sebastian gehrmann

StressTest

atb aufbau taschenbuch

Sebastian Gehrmann, geboren 1979 in Hagen/Westfalen, lebt als freier Journalist und Autor mit seiner Frau und seiner Tochter in Frankfurt. Ziemlich genau ein Jahr nach seinem dreißigsten Geburtstag hatte er diesen immerhin so weit verkraftet, dass die erste Folge von »Tempo 30« erscheinen konnte, seiner wöchentlichen Kolumne über die Tücken des Familie- und Erwachsenwerdens, die er für die *Frankfurter Rundschau* schreibt.

Sophie ist schwanger, aber ihr dauerjugendlicher Freund Lukas ist alles andere als die Traumbesetzung für die Rolle des werdenden Familienvaters. Während sie an ihrer Karriere bastelt und die Rechnungen zahlt, lebt er als Comiczeichner in einer chaotischen WG und kann sich einfach nicht entschließen, erwachsen zu werden. Keine guten Voraussetzungen, um die Bewährungsprobe Kind zu bestehen. Schon bald hat Lukas seine Mühe mit Sophies monatelanger Übelkeit, Listen der allerwichtigsten Babyartikel – »Nur das Nötigste!« –, kilometerlangen Warteschlangen bei Kreißsaalbesichtigungen und nicht zuletzt mit seiner eigenen Co-Schwangerschaft und eklatanten Gewichtszunahme. Als dann auch noch ein Nebenbuhler auftaucht, der alles mitbringt, was Lukas nicht hat, ist Sophie irgendwann weg, mitsamt Bauch und Baby. Und Lukas muss beweisen, dass er der Richtige für Sophie ist.

Für Sarah

prolog

»Vielleicht liegt es an meinem Blut.«

»…«

»Ich meine, das kann doch sein, oder was denkst du?«

»…«

»Sag mal, Sophie, hörst du mir überhaupt zu?«

»Was? Blut? Meine Güte, Luke, bist du das? Mann, siehst du fertig aus. Lass mich schlafen. Ich hatte einen echt harten Tag und morgen muss ich wieder früh raus.«

»Und wenn ich alles erklären kann?«

»Lukas, welchen Teil von ›Lass mich schlafen‹ hast du nicht verstanden? Außerdem hast du eine fürchterliche Fahne.«

»Aber dieses Mal passt alles zusammen. Bitte, Sophie, du kennst mich. Ich würde dich nicht wecken, wenn es nicht wichtig wäre.«

»Aber natürlich würdest du das. Also, was ist jetzt mit deinem Blut, außer den eins Komma drei Promille, die du locker haben dürftest? Und mach das Licht aus! Wie spät ist es überhaupt?«

»Ich glaube, fast zwei.«

»Promille? Ihr geht kurz was trinken, und du hast zwei Promille?«

»Nein – Uhr. Ich glaube, es liegt an meinem Blut, dass ich so bin.«

»Wie bist? Betrunken? Und darauf bist du ganz allein gekommen?«

»Nein, dass ich wie gestern Mittag bin, du weißt schon, der kleine Aussetzer im Supermarkt.«

»Das, mein Freund, war total daneben. Ehrlich, Lukas,

manchmal verstehe ich dich einfach nicht. Wenn du erst drei wärst, gut, meinetwegen. Aber du wirst bald dreißig.«

»Ich weiß. Aber nicht mal der Alkohol macht es halbwegs erträglich.«

»Was hältst du dann davon, dich zur Abwechslung einfach mal wie ein Dreißigjähriger zu benehmen?«

»Sophie, erstens bin ich noch nicht dreißig.«

»In einem Monat aber schon. Vielleicht solltest du dich langsam damit abfinden.«

»Und zweitens habe ich doch gerade gesagt, dass es mir leid tut, oder? Es tut mir leid.«

»Mann, das war so unglaublich peinlich. Da können wir doch nie wieder hingehen. Was. Sollte. Das?«

»Ich würde sagen, wir hatten es eilig.«

»So eilig hatten wir es auch wieder nicht. Und wir waren fast dran.«

»Waren wir nicht. Da waren noch vier Leute vor uns an der Kasse. Hast du gesehen, was allein der alte Gold-Petri in seinem Einkaufswagen hatte? Als würde morgen der Russe einmarschieren.«

»Die paar Minuten hätten wir auch noch warten können. Ich meine, als du dem Mädchen Geld geboten hast, damit es uns vorlässt, habe ich dich noch machen lassen – wobei das streng genommen mein Geld war. Und die Kleine war höchstens sechs. Die hätte uns für zehn Cent vorbeigelassen, aber du musstest ihr ja gleich zehn Euro in die Hand drücken. Der feine Herr hat es ja, nicht wahr?«

»Ist ja gut.«

»Nein, ist es nicht. Du kannst doch nicht die Bananen vom alten Petri vom Band nehmen und zu den Schnittblumen stopfen. Wie der geguckt hat. Der arme Kerl war völlig fertig mit den Nerven. Der hat ernsthaft an seinem Verstand gezweifelt.«

»Die Bananen waren nicht gewogen. Sophie, überleg doch

mal. Der Kassierer hätte aufstehen und nach hinten in die Obstabteilung gehen müssen. Das hätte ewig gedauert. Das war Notwehr.«

»Aber dass er das Gitter vor den Zigaretten wieder einhängen musste, hat die ganze Warterei ungemein beschleunigt, oder wie?«

»Entschuldige, aber ich wollte der Frau nur helfen. Die war doch schlichtweg überfordert.«

»Indem du wie ein wilder Affe an dem Gitter rüttelst, bis es aus der Schiene bricht? Ich muss schon sagen, das war echt nobel von dir, wie du der geholfen hast. Was wolltest du? Bananen? Die hättest du einfacher haben können. Die lagen bei den Blumen. Ehrlich, Lukas, ich hab mich richtig geschämt für dich.«

»Sophie!«

»Das wird immer schlimmer mit dir. Ich kenne dich manchmal gar nicht mehr.«

»Sophie! Es reicht! Jetzt hör mir doch mal zu!«

»Siehst du, jetzt schreist du wieder. Bleib doch einfach ruhig, nur ein einziges Mal!«

»Ich schreie?«

»Und dein linkes Ohr ist schon ganz rot. Immer wenn du so bist, kratzt du dich am linken Ohr. Ich wette, es leuchtet im Dunkeln.«

»Ja, mach dich nur lustig. Ich bin nicht so voll, dass ich mich nicht daran erinnern werde. Bevor wir uns kannten, habe ich mich jedenfalls nie am Ohr gekratzt.«

»Und jetzt bin ich daran schuld, oder was? Es sind immer die anderen, nicht wahr? Lass mich in Ruhe, Lukas, und egal, was du mir sagen wolltest, erzähl es den Nachbarn. Die müssten mittlerweile ohnehin wach sein.«

»Sophie, bitte. Ich weiß doch, dass das heute scheiße war. Gib mir fünf Minuten, und dann lass ich dich schlafen.«

»Die Zeit läuft. Was ist jetzt mit deinem Blut?«

»Es ist zu warm.«

»Dein Blut ist zu warm? Wie kommst du denn darauf?«

»Es ist die einzig logische Erklärung.«

»Dafür, dass du so bist, wie du bist?«

»Genau das sag ich doch die ganze Zeit. Darum kocht es auch so schnell über. Dein Blut ist bestimmt nicht so warm, deshalb bist du auch viel ruhiger. Und du frierst immer. Dass ich da nicht früher drauf gekommen bin.«

»Sag mal, du verarschst mich doch gerade, oder? Findest du deine Phantasie eigentlich blühend genug. Du und deine blöden Theorien.«

»Ich dachte, du magst meine Theorien?«

»Ja, aber nicht um halb drei. Außerdem stimmt diese nicht.«

»Ach was. Und warum nicht, wenn ich fragen darf?«

»Weil ich zufällig Pharmazie studiert habe und deshalb weiß, dass die Körpertemperatur bei allen gesunden Menschen ungefähr gleich ist. Und selbst wenn dein Blut wärmer wäre als mein Blut. Denk doch mal nach. Du bist viel größer als ich und viel schwerer.«

»Du findest, ich bin fett?«

»Nein! Und ich wüsste nicht, was passieren muss, damit du es wirst. Sag mal, kriegst du langsam Komplexe? Du hast einfach mehr Blut als ich. Selbst wenn es wärmer wäre, würde es nicht früher kochen. Bitte, wenn ich morgen in der Apotheke diese Inventur vermassele, sucht der Stern sich eine andere Sommervertretung.«

»Und? Wäre das so schlimm?«

»Zufällig ist der Stern ein alter Schulfreund von Professor Paffrath.«

»Und?«

»Und? Und? Wenn der Paffrath erfährt, dass ich zu dämlich und unfähig bin, selbst eine läppische Inventur fehlerfrei über die Bühne zu bringen, kann ich meine Promotion gleich vergessen. Und die Stelle bei FutureHealth auch. Dann war es das mit der Karriere in der Forschung. Dann versauere ich den Rest meines Lebens in dieser bescheuerten Apotheke.«

»Ich dachte immer, die Arbeit beim Stern macht dir Spaß.«

»Aber das ist doch nichts für immer. Was glaubst du eigentlich, wozu ich das alles gemacht habe? Das Studium. Die unbezahlten Praktika. Jede freie Minute habe ich in der Bibliothek gesessen und gelernt, und wenn ich nicht gelernt habe, habe ich beim Paffrath irgendwelche Daten ausgewertet, um mir das Auslandssemester in Spanien leisten zu können.«

»Aber du verdienst doch richtig gut beim Stern.«

»Gut erkannt. Immerhin verdiene ich überhaupt was.«

»Ach so, darum geht es also.«

»Luke, das verstehst du nicht. Du Schöngeist stehst auf, wenn du wach wirst, und zeichnest deine was weiß denn ich für genialen Comics. Und dann wunderst du dich, dass dieses alberne Stadtmagazin sie nicht drucken will.«

»Immerhin druckt dieses alberne Magazin seit zwei Jahren Linus.«

»Linus ist ein bekifftes Eichhörnchen.«

»Linus ist ein haselnussgeiler Philosoph. Die Leute mögen Linus.«

»Aber sie mögen das Magazin nicht. Und deshalb kaufen sie es nicht mehr. Wie lange wartest du jetzt schon auf dein Geld? Drei Monate? Vier?«

»Die zahlen schon noch. Und falls ich dich daran erinnern darf, hast du von Anfang an gewusst, was ich mache. Du fandest es sogar gut, dass ich mein Ding durchziehe, auch wenn Comics nicht reich machen. Du hast mich sogar überredet, diesen Nachtjob in der Druckerei zu schmeißen, damit wir mehr Zeit füreinander haben.«

»Ja, habe ich. Aber jede Freiheit hat nun mal ihren Preis.«

»Was soll das denn jetzt heißen, Sophie d'Arc?«

»Dass irgendwer das bezahlen muss. Wer hat dir das Geld geliehen, damit du mit Olli im Joker einen trinken gehen kannst? Ich mache das gern, ehrlich. Aber ich muss mir dann nicht anhören, dass ich zu viel arbeite. Die nächsten Monate sind wichtig für mich. Ich bin kurz vor dem Ziel. Da darf jetzt nichts mehr dazwischenkommen. Und solange ich dich mit durchfüttern muss, brauche ich meinen Schlaf.«

»Gute Nacht.«

»Luke. Jetzt leg dich nicht mit dem Rücken zu mir.«

»Ich bin sauer.«

»Entschuldige, jetzt komm schon. Dreh dich wieder um.«

»...«

»Das mit dem Durchfüttern ist mir so rausgerutscht. War blöd.«

»War es.«

»Komm, nimm mich mal in den Arm. Und, Luke? Angenommen, diese Theorie mit deinem Blut stimmt wirklich – ist dir dann jetzt nicht warm?«

»Natürlich. Es ist Ende Januar, draußen liegt die Welt auf Eis, und ich schwitze mir einen ab. Hast du die Heizung aufgedreht?«

»Was denkst du denn? Dann zieh doch einfach diesen fürchterlichen Schlafanzug aus?«

»Moment. Ich dachte, du willst schlafen, weil du früh rausmusst?«

»Ich werde dir das nicht zweimal sagen, Lukas.«

»...«

kapitel 1

Mein dreißigster Geburtstag fiel auf einen Mittwoch. Aschermittwoch.

Da sich meine Begeisterung für jenen alten Brauch, den der Volksmund je nach Breitengrad Karneval, Fasching oder sonst wie nennt, in eher überschaubaren Grenzen hielt, war Aschermittwoch in meinem Leben bislang kein Tag gewesen, um über das normale Maß hinaus Trübsal zu blasen. Zudem fiel es mir neuerdings zunehmend schwerer, mich körperlich und seelisch an die ständigen Wechsel zwischen vier Jahreszeiten zu gewöhnen. Ich brauchte keine fünfte.

Irgendwie mochte ich den Aschermittwoch. Eigentlich.

Mein Wecker klingelte, was wie eine wilde Schießerei klang, und ein kleiner Scheinwerfer warf die Silhouette eines breitbeinigen Cowboys an die Zimmerdecke.

»Luke?«

Ich blinzelte hinauf zu dem Schatten, unsicher, ob mich der Kerl mit dem Grashalm im Mundwinkel gerade beim Namen genannt hatte, als die Tür zu meinem Zimmer behutsam einen Spaltbreit geöffnet wurde und das mit Abstand bezauberndste Wesen, dem ich jemals über den Weg gelaufen war, seinen Kopf hindurchschob. Sophie war eine dieser Frauen, von denen man nicht zu träumen wagte, dass sie am Abend neben einem einschliefen und, wenn man am Morgen aufwachte, immer noch da waren. Und man konnte einfach nicht an sie denken, ohne dabei kitschig zu werden.

Sophie stand in der Tür und lächelte angestrengt. Ihre Füße steckten in dicken Baumwollsocken, die ich ihr nach unserer ersten Nacht geschenkt hatte, und obwohl ich hätte schwören können, dass sie darunter mindestens zwei weitere Paar trug, tippelte sie über den Boden, als liefe sie barfuß über eine Eisscholle. Ihre Zähne klapperten, und ihr Lächeln wirkte wie eingefroren. »Kkkafffee!«

Ich war am Ende.

»Hallo, Luke? Jemand zu Hause? Sag mal, träumst du mit offenen Augen? Du hast bald Geburtstag. Jetzt freu dich doch mal. Und würdest du bitte damit aufhören, mich anzustarren, als wärst du ein geisteskranker Psychopath?«

Nun, so wie die Dinge lagen, war ich kurz davor, einer zu werden.

Sophie legte den Kopf schief und sah mich streng an. »Hättest du die Güte, mir zu verraten, wo eure Kaffeekanne ist? Irgendwas braut sich da in meinem Bauch zusammen, und wenn ich nicht sofort etwas dagegen unternehme, war es das wohl mit Reinfeiern.«

Ich zog mir die Decke über den Kopf: »Klingt gut. Bleiben wir einfach im Bett. Am besten für immer.«

Sophie sah mich noch strenger an. »Wo. Ist. Die. Kanne?«

Ich blinzelte, aber träumte wohl nicht. »In der Küche?«

Noch strenger. »Wann warst du das letzte Mal in eurer Küche? Dort holt sich Mutter Natur gerade zurück, was sich die Ameisen noch nicht unter den Nagel gerissen haben. Und wie es riecht. Die Kanne ist da auf jeden Fall nicht.«

Ich zwickte mich. Nur zur Sicherheit. »Vielleicht im Bad.«

»Was glaubst du, wo ich als Erstes nachgesehen habe? Ich kenne doch deinen Mitbewohner. Der wohnt da ja mittlerweile.«

»Vielleicht hat Obelix sie mit in sein Zimmer genommen.«

»Kannst du Olli bitte fragen?« Da Sophie sich nicht anders zu helfen wusste, verlieh sie ihrer Stimme etwas Schmeichelndes, aber selbst eine tiefe Verbeugung wäre wirkungslos verpufft. Punkt Mitternacht würde ich dreißig werden, und dieser Gedanke quälte mich. Trotz meines Pessimismus, meiner Paranoia und Panik wurde ich alt und brauchte gar nicht zu hoffen, dass mir irgendwelche glücklichen Umstände in letzter Sekunde den Arsch retten würden. Von wegen Lucky Luke. Es würde passieren, ob ich wollte oder nicht. Und es war wohl kein Zufall, dass ich ausgerechnet jetzt, da mein Leben endete, daran denken musste, wie es begonnen hatte.

An dem Tag, an dem ich das Licht der Welt erblickte, waren Pippi Langstrumpf und Kermit der Frosch hektisch damit beschäftigt, mich rechtzeitig vor der Prunksitzung der örtlichen Lach- und Schießgesellschaft zu entnabeln, weshalb sie sich mit ihren weißen Kitteln allenfalls halbherzig als fachmännisch geschultes Krankenhauspersonal verkleidet hatten. Eine Wand des geräumigen Kreißsaals war mit bunten Luftschlangen geschmückt, der Boden war übersät mit Konfetti. Hin und wieder steckte Zorro, der gewisse Ähnlichkeiten mit einem der Oberärzte besaß, seinen maskierten Kopf durch die Tür und erkundigte sich ungeduldig nach dem Verlauf der Geburt. Er soll sogar gedroht haben, die Nabelschnur mit seinem Degen zu durchschlagen, damit es die drei rechtzeitig zum ersten Tusch in den Festsaal schafften.

Möglicherweise hätte man sich denken können, dass es nicht spurlos an so einer halben Portion Mensch vorüberging, wenn ein hyperventilierender Frosch und seine hysterische Gespielin schon vor der Geburt Unruhe verbreiteten, als ginge es um Leben und Tod, obwohl man streng genommen noch nicht einmal existierte. Kein Wunder, dass man da irgendwie verkrampfte.

Dann dachte ich an meinen Vater. Wie er allein hinter einer dicken Scheibe gestanden hatte, die den Kreißsaal von der Geburtsstation trennte. Und wie er von dort aus tatenlos hatte mit ansehen müssen, wie Pippi und der Frosch nervös um meine Mutter herumturnten, während im Hintergrund die Bläck Föös aus einem Kassettenrekorder kölschten: *»Drink doch ene met, stell dich nit esu ann, du stehs he die janze Zick erüm …«*

Es war in der Tat bemerkenswert, wie ruhig Vater geblieben war, wohingegen ich an seiner Stelle spätestens beim Konfetti durch die Scheibe marschiert wäre. Doch er ertrug den ganzen Irrsinn mit der Gelassenheit einer englischen Palastwache. Wie bedauerlich, dass er mir dieses unerschütterliche, stets besonnene Gemüt nicht mit in die Wiege gelegt hatte. Vielleicht wäre dann vieles anders gekommen.

Sophie kam zurück, frisch geduscht und nur mit einem Handtuch bekleidet. Sie setzte sich auf die Bettkante und fing an, ihre schulterlangen, leicht ausgebleichten Haare zu kämmen, die aussahen, als würde sie den Großteil ihres Lebens am Strand und in den Wellen verbringen. Ich stieß einen tiefen Seufzer aus, aber Sophie machte nicht den Eindruck, als würde sie bemerken, in was für einer ausweglosen Lage ich mich befand. Und offensichtlich war ihr jedes Mittel recht, das mich dazu bewegte, aufzustehen und Obelix nach der verfluchten Kanne zu fragen. Ein Tropfen fiel mir direkt ins Auge, das auf der Stelle nervös zu zucken begann. »Scheiße, Sophie! Kannst du das lassen?«

An einem stinknormalen Tag wäre es dieser Tropfen gewesen, der das Fass zum Überlaufen gebracht hätte. Aber ich war zu schwach, wie gelähmt, gefangen in einem klebrigen Netz aus Verzweiflung und Selbstmitleid. Vermutlich hatte das Alter bereits seine Boten geschickt, damit ich schon mal einen kleinen Vorgeschmack bekam. Fehlte nur noch, dass ich mich, ohne es zu bemerken, langsam einpisste.

»Ich habe ja keine Ahnung, auf was für einem Trip du gerade bist, Luke.« Sophie schluckte. »Aber gehst du bitte zu Olli? Mir ist das echt unangenehm.« Sie strich mir behutsam den Haaransatz entlang.

»Sophie, du kennst ihn genau so lange wie mich. Stell dich nicht so an.«

»Was, wenn er wieder nackt ist?«

»Du hast doch diesen ganzen Medizinkram studiert. An dem ist nichts dran, was da nicht hingehört. Er ist auch nicht ungewöhnlich groß oder behaart.«

»Hör auf, Lukas. Mir wird richtig schlecht.« Sophie hielt sich den Bauch, und ihr Bitten klang nun wie ein Flehen. »Was, verdammt noch mal, ist eigentlich dein Problem?«

Nun, mein Problem bestand darin, dass Menschen gemeinhin erwachsen wurden, indem sie in den ersten dreißig Jahren ihres Lebens Entwicklungsstadien unterschiedlichster Schwierigkeitsgrade durchliefen und diese mehr oder weniger erfolgreich meisterten. Sie wurden vor immer kompliziertere Herausforderungen gestellt, und indem sie die richtigen Schlüsse aus dem Zusammenspiel von Ursache und Wirkung zogen und Probleme unterschiedlicher Komplexität lösten, passten sie sich an. Manchmal mussten sie lediglich hier ein wenig justieren und da etwas regulieren. Manche mussten sich auch grundsätzlich verändern oder regelrecht neu erfinden, aber im Laufe der Zeit entwickelten sie sich beständig weiter, bis sie im Alter von dreißig Jahren zu einem erwachsenen Individuum gereift waren.

Ich hingegen war schon immer so, wie ich war – unreif, ungeduldig und, nicht zu vergessen, unausgeglichen. Und so, wie die Dinge lagen, würde ich genau das auch für immer bleiben.

Meine Mutter erzählte manchmal davon, wie ich während meiner Geburt noch in ihr einen derartigen Wutanfall bekam, dass sie gar nicht mehr wusste, ob sie atmen, pressen oder gleich ihre Sachen packen sollte. Es hielt sich sogar das hartnäckige Gerücht, man habe mich bereits schreien gehört, als ich noch nicht zu sehen war, was einer mittelschweren biologischen Sensation gleichgekommen wäre. Ich hatte schon immer Nerven wie Bindfäden, die bei jeder noch so winzigen Berührung rissen, als hätte man nach Leibeskräften an ihnen gezerrt. Vielleicht war ich einfach zu früh auf der Welt. Vielleicht hätte man an diesem Tag in aller Seelenruhe noch ein paar Stunden auf mich warten sollen, damit sich drahtseildicke Nerven bilden konnten. Oder einen Tag. Oder eine Woche.

Erstaunlicherweise hatten meine Eltern aus den Ereignissen jenes Tages nicht die richtigen Schlüsse gezogen. Jedenfalls verließen sie nicht Jahr für Jahr beim Anblick der ersten kastrierten Krawatte fluchtartig das Land, weil ich dem bunten Treiben nervlich offenbar nicht gewachsen war. Nein, zu allem Überfluss luden sie auch noch sämtliche Narren aus der Gegend ein, da eine Geburt um den Rosenmontag die Geburtstagsfeier um dieselbe Zeit zwangsläufig nach sich zog, weshalb es sich anbot, eine Kostümparty auszurichten, wo doch ohnehin schon alle verkleidet waren.

Bedauerlicherweise wurde auch mein Geburtstag seit jeher auf ebenso entzückenden wie verstörenden Schnappschüssen festgehalten. Doch während auf den Bildern der Nachbarskinder Milchzähne kamen, Zahnspangen gingen und Pickel blieben, war ich unter einer Schicht aus dicker Schminke nicht einmal zweifelsfrei zu erkennen. Alles, was man in den ersten Jahren von mir sah, war ein zorniger Kürbis, eine schimpfende Sonnenblume oder ein wütender Fliegenpilz. Als meinen Eltern allmählich dämmerte, dass in ihrem Kind womöglich ein chronischer Choleriker schlummerte, bewiesen sie Humor und verkleideten mich fortan als Rumpelstilzchen, was zumindest halbwegs glaubwürdig wirkte. Und als ich zuhause auszog, fing ich an, mich einzuschließen.

»Olli war nackt!« Sophie sah mich an, als wäre sie gerade einem nudistischen Geist begegnet. »Er hat splitternackt und auf allen vieren nach der Kanne gesucht.« Sie griff sich an die Stirn. »Wie soll ich dieses Bild je wieder aus meinem Kopf kriegen?«

Es war ihr schon immer ein Rätsel, wie sich zwei Jungs in unserem Alter noch eine Wohnung teilen konnten, ohne wissentlich schwul zu sein. In Sophies Augen waren wir unvernünftige und gedankenlose Wesen, denen es in einem höchst bedenklichen Maß an klaren Grenzen zwischen Spaß und Ernst fehlte und die der liebe Gott aus purer Langeweile in die Körper ausgewachsener Männer gesteckt hatte, um sich an ihren kindischen Kapriolen zu erfreuen.

Dummerweise hatte sie sich in einem unbedachten Augenblick in eine dieser infantilen Kreaturen verliebt, nämlich in mich. Und obwohl sie mir keinen Anlass gab, ihre Gefühle grundsätzlich in Frage zu stellen, so mussten sie zuletzt doch immer größere Zweifel beschlichen haben, ob es sich bei dem Mann, dem sie gut zwei Jahre zuvor begegnet war, und jenem Typen, der wie ein hypnotisierter Zombie kreidebleich und mit angezogenen Beinen auf seinem Bett kauerte und die Vorstellung nicht ertrug, bald dreißig zu werden, tatsächlich um ein und dieselbe Person handeln konnte.

Entgeistert hielt sie mir die Kanne unter die Nase. »Sieh dir an, was hier drin ist. Erde, Zweige, ein paar Blätter und – Käfer. Da sind mindestens sechs Käfer.«

»Die leben noch? Ich glaub, die hat er im Hausflur gefunden, und jetzt will er sie über den Winter bringen. Sophie, Obelix ist Feuerwehrmann. Der muss ständig irgendwen retten. War er so groß, wie du ihn dir vorgestellt hast?«

»Sei still!« Sophie presste die Hände gegen ihre Schläfen, als wollte sie den nackten Obelix aus ihrem Kopf quetschen. »Ich mach mir jetzt Kaffee, bevor mir alles hochkommt. Nach Milch brauche ich wahrscheinlich gar nicht zu fragen.«

»Wir haben Milch.« Obelix verdünnte damit die zwei Kilo Quark, die er jeden Tag in sich hineinwürgte, damit die Proteine seine Muskeln zum Bersten brachten, was im Laufe der Zeit zu erstaunlichen Ergebnissen geführt hatte.

»Wie schön. Und mach den Rollladen auf. Und das Fenster, oder zerfällst du dann zu Staub?« Sophie massierte ihre Stirn.

»Findest du nicht, dass du ein klein wenig übertreibst? Seit Tagen haust du hier wie ein depressiver Vampir und wartest, dass Karneval endlich vorbei ist. Dabei wäre es echt schön gewesen, wenn du gestern mit mir auf diese Kostümparty gekommen wärst. Du hättest dich nicht mal verkleiden müssen, Dracula.« Durch einen Spalt im Rollladen fiel das neonrote Licht der Leuchtreklamen auf mein Gesicht, woraufhin Sophie erschrocken zusammenzuckte.

Ich erinnerte mich nicht, Sie um so viel Ehrlichkeit gebeten zu haben.

»Komm schon, Luke. Nimm's nicht so schwer. Ich wette, du zermarterst dir schon den ganzen Morgen das Hirn darüber, wie es ausgerechnet dir passieren kann, dreißig zu werden, stimmt's?«

Ich starrte schwermütig ins Nichts. »Hab ich dir eigentlich erzählt, dass das alles mit meiner Geburt zusammenhängen könnte?«

»Ja, hast du. Letztes Jahr. War eine ziemlich wirre Geschichte, aber ich meine, es wäre sogar ein Frosch darin vorgekommen. Immerhin hast du damals nicht wie in einem drittklassigen Horrorfilm ausgesehen.«

»Noch so ein tolles Kompliment.« Ich ließ den Kopf auf die Knie sinken.

Sophie legte den Arm um mich. »Ist Karneval denn wirklich so schlimm?«

Ich sah sie verwundert an, als hätte ich sie gerade erst bemerkt. Nun, die Frage ließ sich relativ leicht beantworten. Ich mochte Karneval nicht, und Karneval mochte mich nicht, weshalb wir uns einfach aus dem Weg gingen. Aber dann kam Aschermittwoch, und alles war wieder gut. Bis zu diesem Tag. An diesem Aschermittwoch wurde ich dreißig. Alles war vorbei.

kapitel 2

Der Kaffee hatte Sophie offenbar gutgetan. Mit dem Elan einer hyperaktiven Ameise wuselte sie durch mein kleines Zimmer, riss die Vorhänge auf und öffnete das Fenster. Für meinen Geschmack bewegte sie sich eindeutig zu schnell. Das hereinflutende Licht blendete meine Augen, und mit der kalten Februarluft strömten die vertrauten Geräusche des Bahnhofsviertels in das Zimmer. Das Quietschen der einfahrenden Züge. Das Hupen der Lieferwagen, die sich seit dem Morgen an der Baustelle vor dem Haus stauten. Ein handfester Streit zwischen zwei Türstehern, die sich Tag und Nacht vor den Bordellen in wackeligem Deutsch darin überboten, die Touristen mit den abenteuerlichsten Versprechungen anzulocken.

Sophie riss die Bettdecke vom Bett, schüttelte sie auf und hängte sie aus dem Fenster. Anschließend begann sie, sämtliche Kleidungsstücke, die verstreut im Zimmer herumlagen, aufzulesen und in den Flur zu werfen. »Komm schon, Karneval ist fast vorbei. Das Schlimmste hast du überstanden.« Sie reichte mir ihre Hand, um mir aufzuhelfen.

»Schön wär's. Und soll ich dir was verraten, Frau Holle?« Ich schlug nach der Hand wie nach einer lästigen Fliege. »Irgendwie werde ich das dumme Gefühl nicht los, dass das Schlimmste noch kommt.«

»Luke, es reicht. Du klingst ja fast so, als würdest du heute zu deiner eigenen Beerdigung gehen. Wann kommen eigentlich deine Eltern?«

»Vermutlich so gegen acht. Und es gibt übrigens einen Dresscode: Schwarz.«

Sophie hob eine dunkle Hose mit spitzen Fingern auf und

hielt sie direkt vor mein Gesicht. »Da habe ich leider schlechte Nachrichten. Deine schwarzen Sachen riechen so sehr nach Angstschweiß, dass sie dringend in die Wäsche müssen. Schon richtig blöd, so eine Karnevalsparanoia, nicht wahr?«

»Ich werde alt, Sophie.« Ich flüsterte, obwohl ich schreien wollte.

»Darf ich vorstellen, Luke, das ist das Leben. Leben, das ist Luke.« Sophie griff nach einer Dose mit Raumduft.

»Ich will aber nicht.« Es war so eine Art Flüsterschreien.

»Zu spät, Liebster.« Der Rest war ein Nebel aus frischer Zitrone.

Als mir klar wurde, dass bereits am Tag meiner Geburt feststand, dass mein dreißigster Geburtstag auf Aschermittwoch fiele, wurde mir schlecht. Ich Narr. Das war doch ein Zeichen, und ich hatte es mein Leben lang einfach nicht erkannt. Warum nur? Und warum ich? Ich war gerne neunundzwanzig. Leidenschaftlich gerne. Ich war überhaupt nicht qualifiziert, dreißig zu werden. Zumindest nicht jetzt.

Meine ersten Haare hatte ich bereits für immer verloren und damit begonnen, die kahle Stelle am Hinterkopf kunstvoll zu kaschieren. Meine Augen waren noch nie die besten, was bedeutete, dass ich vermutlich bald blind sein würde. Und immer häufiger versuchte ich, morgens aufzustehen, während mein Rücken liegen bleiben wollte. Körperlich war ich womöglich längst bereit für das anstehende Lebensjahrzehnt. Aber war das denn nicht genug? Musste ich deshalb auch mental bereit sein für diese Zäsur?

Mit zehn wollte niemand von dir wissen, was du machst. Mit zwanzig hatte niemanden interessiert, was du verdienst. Mit dreißig aber wurde zum ersten Mal im Leben abgerechnet. Mit dreißig trat man unweigerlich ein in einen nicht mehr enden wollenden Wettbewerb um Bewunderung und Anerkennung. Vielleicht gab mit dreißig irgendeine Hirnverbindung den

Geist auf, ein altes Verschleißteil, und was früher war, zählte nicht mehr. Dass das nicht glücklich machen konnte und niemals glücklich machen würde, verstand sich von selbst. Wettbewerb bedeutete Konkurrenz, und Konkurrenz bedeutete Druck. Der Druck, es sich selbst und anderen fortlaufend beweisen zu müssen, presste die Leichtigkeit aus unseren Körpern wie aus einer reifen Orange. Was unverbindlich war, wurde verbindlich. Aus Träumen wurde Realität. Wir wurden dreißig und verloren unsere Unschuld.

Und wenn ich schon nicht die Zeit anhalten konnte, warum konnte ich sie nicht wenigstens zurückdrehen? Das waren keine guten Zeiten für Menschen, die älter wurden, ohne erwachsen sein zu wollen. Da genügte schon ein Blick aus dem Fenster. Enge Jeans, bunte Sakkos, dünne Schals, kleine Karos. Wie sollte man sich mit dreißig noch einigermaßen jung fühlen, wenn schon die Dreijährigen auf dem Spielplatz in ihren Steppwesten so aussahen, als würden sie zwischen Betriebswirtschaftsstudium und Golfplatz noch zügig eine Sandburg bauen? Alt war das neue Jung. Chapeau, Herr Schaefer, dachte ich, da haben Sie sich ja genau das richtige Jahr für Ihren dreißigsten Geburtstag herausgepickt. Dürfte ich Ihnen zur Feier des Tages diesen exquisiten Clubpullunder überreichen?

»Sag mal, Luke, kann es sein, dass du von diesem Pulli gleich mehrere Exemplare hast?« Sophie hielt ungläubig einen gestreiften Pullover mit Surfermotiv in ihren Händen.

»Vier.« Warum sollte ich lügen, wenn sie meine Gedanken ohnehin lesen konnte.

»Kein Witz?« Sie musterte den Pulli. »Ist mir gar nicht aufgefallen.«

»Was soll ich sagen? Er hat mir gefallen. Er hat auf Anhieb gepasst. Er war runtergesetzt. Also hab ich zugeschlagen, bevor er außer Mode kommt und nicht mehr dem Zeitgeist entspricht. Das nennt man übrigens Vorsorge.« Ich hatte in der achten Klasse auf Surferlook umgestellt und war darauf hängengeblieben.

»Vorsorge?« Sophie hielt den Pullover gegen das Licht. »Nein, liebster Luke, du sorgst nicht vor. Du konservierst.«

»Ich mache was?« Mein linkes Ohr fing bedenklich an zu jucken.

»Du konservierst und zwar dich. Hier – die Jeans, drei Mal. Das Hemd, zwei Mal. Das T-Shirt, fünf Mal. Das ist echt unheimlich. Es ist trotzdem nichts mehr in Schwarz da. Tut mir aufrichtig leid.«

»Sarkasmus, o ja, das ist gut. Genau das richtige Rezept gegen eine ausgewachsene Lebenskrise, Frau Apothekerin!« Ich sprang auf und riss Sophie den Pullover aus den Händen. »Vielleicht ist es einfach meine Art, mich nicht in dieser ganzen Altwerdscheiße zu verlieren, indem ich ein paar Sachen, die mich an bessere Zeiten erinnern, noch eine Weile tragen möchte. Mir geht dieses blasierte Getue dieser ganzen Deppen so auf die Nüsse. Seht nur her, wir sind alle so erwachsen. So vernünftig. So gradlinig. Wir tragen gestärkte Hemden, elegante Aktenkoffer, machen Kinder, bauen Reihenhäuser, fahren nach Sylt und sorgen fürs Alter vor. Das. Will. Ich. Nicht.«

»War das jetzt eine Drohung? Weißt du was, Lukas, ich gebe es auf. Aus dir wird man echt nicht schlau. Willst du eigentlich dein Leben damit verbringen, dich an irgendwelchen Stereotypen abzuarbeiten, nur weil andere anders sind als du?« In der Tat betrieb ich wohl nicht vieles mit einer solchen Leidenschaft, wie aktuellen Trends zu widersprechen. »Du bist so ein verbohrter Schubladendenker. Und soll ich dir verraten, was die Pointe deiner Leidensstory ist?«

»Unbedingt!« Meine Stimme klang nun wie ein Kreischen.

»Du willst jung bleiben, indem du dich verkleidest.«

Ein sehr schrilles Kreischen. »Tue ich nicht. Das ist kein Verkleiden. Das ist authentisch.« Ich holte tief Luft. »Und außerdem, was hab ich denn sonst zu bieten?« Weil sich Sophie längst kopfschüttelnd umgedreht und wortlos die Tür hinter sich geschlossen hatte, war allein ich es, der hörte, wie meine Worte nachhallten, gegen mein altes Skateboard prallten, die Reiseführer, die leeren Graffiti-Dosen, das Pamela-Poster, den Surfkalender, der aus dem Vorjahr war, die eingerahmten Erstausgaben alter Lucky-Luke-Hefte, die Miniatur des Kölner Doms, und wieder zurück zu mir.

Was hatte ich schon zu bieten, wenn mir künftig alle vorrechnen würden, was für erfolgreiche Erwachsene sie waren? Mit dreißig zählte nicht mehr, wie oft man im Hausflur übernachtet hatte, weil man so zugedröhnt war, dass man das Schlüsselloch nicht mehr fand. Es zählte nicht, durch wie viele Länder man in den Ferien auf den Beifahrersitzen ukrainischer Viehtransporte getrampt war und wie viele Tattoos man sich heimlich hatte stechen lassen, wie viele Graffitis man auf Garagentore gesprüht und in welchen Wellen man Kopf und Kragen riskiert hatte.

Mein Haus. Mein Job. Meine Kinder. Das war es doch, was ab jetzt auf der Rechnung stand. Ab jetzt wurde aufgerechnet, mitgerechnet und nachgerechnet, während im Hintergrund irgendjemand seine erste Vernissage feierte oder seine Abschiedsrede hielt, weil ihn die Company zum jüngsten Chief Executive Officer des boomenden asiatischen Departments befördert hatte. Und dann klammerte man sich an seinen unverschämt teuren Drink, dabei hätte man sich setzen müssen und würde lieber an Karneval die Kühlerfigur auf einem der Festwagen geben, als seine Karten ebenfalls auf den Tisch legen zu müssen.

Ich hatte keinen festen Job, und da das Magazin, für das ich dreimal in der Woche Linus zeichnete, nur einen Hungerlohn zahlte, wenn es überhaupt zahlte, beschiss ich bei der Steuer, wo ich nur konnte. Früher hatte ich mir die Nächte in der Verlagsdruckerei um die Ohren geschlagen und gegen

Bares die aktuelle Ausgabe verpackt. Sophie zuliebe schmiss ich den Job – ohne kündigen zu müssen, da mein Name ohnehin nicht in den Büchern stand. Seitdem überwiesen mir meine Eltern den Mietanteil für die Wohnung, die ich mit meinem besten Kumpel Obelix teilte. Den Rest übernahm Sophie. Sie zahlte Tankfüllungen und die Rechnung, wenn wir essen gingen. Sie zahlte die Einkäufe, die Kinokarten und ihre Geburtstagsgeschenke und hielt so die Illusion aufrecht, dass ich mich als Comiczeichner über Wasser halten konnte. Was sollte ich sagen, wenn das nächste Mal abgerechnet wurde? Ich lebe übrigens auf Kosten meiner Freundin?

Moment. Waren das Stimmen? Die Stimmen meiner gereiften Generation? Vielleicht Halluzinationen infolge der Erschöpfung. »Übrigens, Lukas, wenn du willst, kannst du noch in unseren neuen Fonds einsteigen. Wir haben da echt schicke Titel im Portfolio. Da schießt du fünfzigtausend rein und lässt das Geld für dich arbeiten. Fünfzigtausend, ist doch kein Problem, oder zeichnest du etwa immer noch dieses bekiffte Eichhörnchen?«

Tatsächlich. Ich hörte Stimmen. »Wenn du Bock hast, Lukas, komm zum Fußball doch mit in die Loge. Die gehört zwar der Firma, aber das ist kein Ding, wenn ich wen mitbringe. Ist halt Casual Wear angesagt, aber das mit den Trikots ist eh vorbei, oder? Dann stell ich dich den Bossen vor. Die können bestimmt jobtechnisch was für dich machen.«

Immer lautere Stimmen. »Louisa, meine Sekretärin, jetzt verrat ich dir mal was. Der Sex mit der, das hast du noch nicht gesehen. Da kann meine Alte einpacken. Meinetwegen können andere regelmäßig Sport machen, ich hab Louisa. Ach was, Lukas, jetzt im Ernst. Du hast gar keine Sekretärin? Und jetzt sag nicht, du hast noch nicht einmal ein Verhältnis? Jetzt werd mal langsam erwachsen, Junge.«

Ich fing an überzuschnappen. Womöglich ein prätraumatisches Überschnappen als Reaktion auf den anstehenden Geburtstag. Scheiße. Ich wollte nicht dreißig werden. Auf keinen Fall. Ich musste hier raus, weg, und zwar sofort. Ich griff nach meinem Zeichenblock und hinterließ Sophie zum Abschied eine Bildfolge von Linus.

Auf dem ersten Bild beobachtete er Altkanzler Kohl, der als Kassenwart der CDU Oggersheim abgewählt wurde. Auf dem zweiten Altkicker Matthäus, den man als Nationaltrainer von Mikronesien entließ. Auf dem dritten Alt-Talker Gottschalk, dessen Show auf Sparten-TV floppte. Auf dem vierten Bild war Linus verschwunden, bis auf eine sich auflösende Sprechblase: *»Es ist wahrlich keine Schande, zu gehen, bevor es peinlich wird.«*

kapitel 3

Jason saß mir gegenüber, seit ich am Hauptbahnhof in den nächstbesten Zug gestiegen war, und die tief dekolletierte Frau, die aussah, als wäre sie direkt aus einer dieser täglichen Pseudodokus in das Abteil gefallen, war offensichtlich seine Mutter. Ich schaute mir diese intellektuell zweifelhaften Sendungen hin und wieder an, wenn ich händeringend nach einer Idee für Linus suchte. Es gab keine besseren Kanäle, um tief in die Abgründe der menschlichen Seele zu gelangen, als die privaten. So zugedröhnt konnte ich gar nicht sein, um mir solch haarsträubenden Käse auszudenken. Doch wenn ich mir die Frau auf dem Platz gegenüber so recht betrachtete, war das alles vielleicht doch nicht so weit hergeholt.

Den Namen von Jasons Mutter kannte ich nicht. Die gesamte Zugfahrt über würdigte sie mich kaum eines Blickes, obwohl wir höchstens eine Armlänge voneinander entfernt saßen, und wenn ich raten sollte, hieß sie Jessica, Jennifer oder Janine.

Janine redete auch nicht mit Jason, schließlich war sie viel zu sehr damit beschäftigt, angestrengt in einer Zeitschrift zu blättern und gleichzeitig in ihr pinkfarbenes, mit funkelnden Steinen besetztes Handy zu plärren. Keine Ahnung, wie sie das machte.

Wenn ich telefonierte, sah ich gleichzeitig entweder fern, zeichnete, las oder dachte nach, weshalb ich allenfalls die Hälfte von dem mitbekam, was andere zu mir sagten. Selbst wenn ich mich unter größten Anstrengungen zu konzentrieren versuchte, entgingen mir wesentliche Details, was zuletzt gerade bei Telefonaten mit Sophie zu dem ein oder anderen Missverständnis geführt hatte, wenn ich wichtige Verabredungen vertrödelte oder gleich ganz verpasste.

Natürlich hatte Sophie recht, dachte ich, während ich aus dem Fenster starrte und zusah, wie die Landschaft an mir vorbeizog, unscharf und verschwommen, wie ein verlaufenes Aquarell. So fühlte es sich dann wohl an, wenn kurz vor dem Ende ein ganzes Leben wie ein Film vor einem ablief, was ganz vorzüglich in meine desolate Gemütslage passte.

Vielleicht sollte ich Janine fragen. Würde sie mich in ihr kleines Geheimnis einweihen, standen die Chancen nicht schlecht, dass ich fortan alle relevanten Passagen einer Unterredung mitbekäme und sogar behielte, während ich gleichzeitig andere Dinge tat. Doch Janine, deren Mundwerk ihren Intellekt weit in den Schatten stellte, war augenscheinlich nicht der Typ, der sich für die Probleme anderer interessierte. Dafür war sie zu sehr mit ihren eigenen beschäftigt, während sie das gesamte Abteil mit schlüpfrigen Anekdoten unterhielt, ohne dass ihr das irgendwie unangenehm gewesen wäre. So erfuhr die Welt, dass ihr Spinning-Instructor ein chauvinistisches Arschloch war, der ihr ständig »auf die Titten« glotzte, was sie jedoch nicht davon abgehalten hatte, es mit ihm »wie die Karnickel« in einem Abstellraum für Vitaminpräparate zu treiben. Natürlich machte sie keine Anstalten, selbst die pikanten Details auszulassen, weshalb es mir zunehmend schwerer fiel, eine hartnäckige Erektion zu unterdrücken. Auch verschwieg Janine nicht, dass es sich bei der Nummer um ungeschützten Verkehr gehandelt hatte und nun ihre Periode ausgeblieben war, was abwechselnd »Endkacke« oder »Endscheiße« war. Ich nickte ihr verständnisvoll zu, woraufhin Janine nur abfällig ihre schmal gezupften Augenbrauen hob.

Der kleine Jason saß daneben und verzog keine Miene. Entweder hatte er keinen blassen Schimmer von dem, was seine Mutter da so ungemein anschaulich beschrieb, oder er war bereits umfassend aufgeklärt. Ganz sicher war er es spätestens, seit Janine einer gewissen Rebekka am anderen Ende der Leitung erklärt hatte, wie mühsam es war, auf einem Bein einen halbwegs glaubwürdigen Orgasmus vorzutäuschen, ohne das Gleichgewicht zu verlieren. Kopfschütteln auf Platz 89. Augenrollen auf Platz 92. Ein tiefes Schnauben auf Platz 93. Keine Regung bei Jason. Wie ich hatte auch er die meiste Zeit aus dem Fenster gestarrt, doch als er sich zu mir drehte, beschlich mich das seltsame Gefühl, dass wir zwei womöglich beide gerade dasselbe gedacht hatten. »Sechs werd ich nicht. Niemals. Ich schwör.«

»Redest du mit mir?« Aus Jasons Nase hing die Rotze, klebrig und grüngelb, die er bis über die Oberlippe baumeln ließ und dann genüsslich zurückzog. Solange ihm der Schnodder vor den Lippen hing, nuschelte er ein wenig, aber er meinte eindeutig mich. »Und warum willst du nicht sechs werden?«

»Mit sechs ist man alt. Ich will nicht alt sein.« Er verschränkte die Arme vor der Brust, als hätte er das Ende der Menschheit besiegelt.

»Kann ich gut verstehen.« Ich zögerte. »Ich werde morgen dreißig.«

Jason legte den Kopf schief. »Ist das viel älter als sechs?«

»Kommt darauf an, wie man sich fühlt.« Ich rutschte auf den Fensterplatz und saß Jason nun direkt gegenüber, der sich bereits in verschwörerischer Geste zu mir vorbeugte.

»Und wie fühlst du dich?« Er sah mich mit großen Augen an.

»Jedenfalls viel zu jung, um alt zu sein.«

»Versteh ich nicht.« Die Rotze hing ihm nun fast bis zum Kinn.

»Macht nichts.« Es war vermutlich vergebliche Liebesmüh, ihm das Ausmaß meiner Sinn-, Identitäts- und Lebenskrise zu erklären.

»Außerdem will ich nicht in die Schule.« Bis zur Unterlippe. »Find ich einfach blöd.« Wieder zum Kinn. »Du nicht?« Zur Oberlippe.

»Ich glaube, ich bin immer gern in die Schule gegangen. In der Schule lernt man nämlich fürs Leben, weißt du.«

Jason ließ die Rotzfäden mit einem finalen Grunzen verschwinden und blickte mich skeptisch an. »Dreißig ist echt alt, oder?«

»Warum?« Für einen Moment saß ich dem Irrtum auf, ausgerechnet ein Fünfjähriger wäre in der Lage, mich zu verstehen.

»Weil du so klingst.« Bedauerlicherweise verstand Jason mich nicht.

»Ach so. Tut mir leid. Wollte ich nicht. Und was machst du jetzt?«

»Hä?« Der Kleine sah mich an, als sei das die mit Abstand bescheuertste Frage, die er jemals gehört hatte.

»Naja, Menschen werden älter. Das liegt in der Natur der Sache. Ich war schließlich auch einmal fünf, und jetzt bin ich fast dreißig. Ich heiße übrigens Lukas.«

Ich wollte ihm die Hand geben, doch er hielt mir die Faust entgegen.

»Jason.«

Ich zögerte und stieß meine Faust gegen seine, womit ich nun wohl zu seiner Gang gehörte. »Also, Jason, wie willst du das anstellen, nicht sechs zu werden?«

Er sah mich regungslos an. »Ich werde einfach wieder vier.«

»Ach was.«

»Und dann drei, zwei, eins, und dann krabble ich wieder zurück in den Bauch von meiner Mama.«

Ich war mir nicht sicher, ob ich das richtig verstanden hatte.

»Was guckst du denn so blöd?«

Ich dachte nach, und je länger ich das tat, desto klarer wurde mir, was für ein verlockender Gedanke das war. Ab jetzt würde ich nicht älter, sondern jünger. Ich würde alles, an dem ich so sehr hing, dass mir allein der Gedanke, es loslassen zu müssen, beinahe körperliche Schmerzen bereitete, erneut erleben. Ich würde erneut auf all die dummen Gedanken kommen, würde erneut all die leichtsinnigen, die folgenschweren, die richtigen und falschen Entscheidungen treffen. Ich würde all die einmaligen Chancen ergreifen, ohne dabei die Konsequenzen zu bedenken. All die hellen Momente genießen und unter den schwarzen Stunden leiden, alles durchleben, was das Schicksal an Tragik und Komik für einen bereithält. Ich würde die Welt in den Wahnsinn treiben, und nichts lieber tun als das. Und dann, endlich, würde ich zurück in den Bauch meiner Mutter krabbeln. Ich würde alles in allem fast sechzig Jahre auf dieser Erde verbracht und dabei meine Jugend gleich zweimal erlebt haben.

»Genauso machen wir das, Jason.« Ich war noch immer ganz beseelt von dem Gedanken, aber Jason war verschwunden.

Seine Mutter musste ihn in meine Spinnereien hinein gepackt und aus der Bahn gezerrt haben. Und alles, was geblieben war, waren ein süßlicher Parfümgeruch und Janines Zeitschrift. Ich war mir unsicher, ob der kleine Jason seinen tollkühnen Plan in die Tat würde umsetzen können, aber ich wünschte es ihm von Herzen. Ich nahm die Zeitschrift, blätterte durch einige Modestrecken und blieb bei einem Artikel über Songs hängen, die vor dreißig Jahren in den Charts waren. Zunächst lustlos, dann zunehmend gebannt, las ich den Text, während der Zug in den nächsten Bahnhof rollte.

Ich riss meinen Rucksack aus dem Gepäcknetz, türmte aus dem Abteil, rannte über den Bahnsteig, die Treppen hinunter und vorbei an Plakaten, die für Pflegedienste, Haarfärbemittel und Präparate gegen nächtlichen Harndrang warben. Völlig außer Atem stieß ich die Tür zum Ticketcenter auf und reihte mich in die Schlange vor dem einzig besetzten Schalter. Ich wartete, bis mein Puls nicht mehr meine Gedanken übertönte, stellte den Rucksack ab und fragte, für alle gut zu verstehen: »Hat jemand den Araber gesehen, der den Rucksack hier hin gestellt hat? Sein Wecker hat geklingelt.«

Im nächsten Moment hatte sich die Schlange aufgelöst, und ich war an der Reihe. »Ein Ticket zurück, bitte.«

»Entschuldigen Sie, was hätten Sie gern?« Die Frau hinter dem Schalter sah mich herablassend über den Rand ihrer Brille an. »Sie sind doch gerade erst angekommen, richtig? Mit dem Zug oder zu Fuß?«

»Was?« Ich stützte mich vor ihr ab und schnappte nach Luft.

»Spreche ich denn kein Deutsch? Ich sagte, Sie sind wohl gerade erst angekommen. Und jetzt möchten Sie wieder weg, sehe ich das richtig?« Sie blies sich eine blondierte Strähne aus dem Gesicht. »Hagen gefällt Ihnen wohl nicht?«

»Wo bin ich? Entschuldigen Sie. Ich hab es wirklich eilig.«

Sie musterte mich streng. »Na, so schlimm ist es hier auch wieder nicht.«

»Nein, Hagen ist bestimmt wunderschön. Ich meine, allein der Bahnhof. Sieht wirklich vielversprechend aus. Geradezu pittoresk. Und?«

»Zwölf Uhr vierunddreißig, Gleis acht. Sie haben noch drei Minuten. Schaffen Sie das?« Sie sah ernsthaft besorgt aus.

Schweißtropfen quollen auf meiner Stirn.

»Schon gut. Sie sehen nur ein wenig fertig aus. Beeilen Sie sich. Gute Fahrt.«

»Danke.« Ich drehte mich hastig um und blickte in sechs verständnislose Gesichter. Ich erwischte den Zug filmreif im allerletzten Moment und ließ mich auf den nächstbesten freien Sitz fallen. Dann kramte ich Janines Zeitung aus dem Rucksack und begann zu schreiben. Der Zug rollte aus dem Bahnhof, nahm Fahrt auf und rauschte wenig später durch einen Tunnel. Zufrieden blickte ich in mein Spiegelbild und übersah eine Falte. Jetzt hatte ich einen Plan.

kapitel 4

»Wo ist er? Im Schrank?«

Ich hatte den Rucksack neben der Wohnungstür fallen lassen, war auf der Suche nach Sophie in ihr Schlafzimmer gestolpert und von dem Anblick, der sich mir dort bot, wie vor den Kopf gestoßen. Eigentlich hatte ich mir eingebildet, Sophies Repertoire an Blicken zu kennen. Blicke, die leichte Momente schwer machen konnten und schwere leicht. Den angestrengten Blick, wenn sie vor dem Spiegel stand, an sich zupfte und zog und grübelte, ob ihre neue Bluse nicht vielleicht etwas zu offenherzig für die Arbeit war. Oder den leuchtenden Blick, wenn etwas mit Schokolade überzogen war. Doch den Blick, den sie mir an diesem Nachmittag zuwarf, als ich sie in ihrer Wohnung im Bett überraschte, hatte ich noch nie gesehen.

»Na, das ist ja mal eine originelle Begrüßung.« Sophie richtete sich auf und sah mir kopfschüttelnd dabei zu, wie ich an der Schranktür lauschte. »Mach dich nicht lächerlich. Da ist niemand im Schrank.«

»Du guckst aber so komisch. Wer ist es?«

»Wer ist wer?« Sie bemühte sich tatsächlich, ahnungslos zu klingen.

»Im Schrank, verdammt. Das ist hier doch kein beknacktes Quiz.«

»Gut, du hast gewonnen. Der Briefträger.« Sophie kletterte aus dem Bett und hielt sich den Bauch. »Ist dumm gelaufen. Er wollte nur ein Paket für dich abgeben, wir haben uns verquatscht, einen Kaffee getrunken und, na ja, den Rest willst du gar nicht wissen. War wohl keine so gute Idee, deinen Namen mit neben die Klingel zu schreiben, weil bei euch ständig die Post geklaut wird.« Sie stützte sich bei mir ab.

Sophies Postbote war ein sportlicher Schwarzer Anfang zwanzig, dessen permanent gute Laune einem schon schwer auf die Nüsse gehen konnte. Und selbst wenn ich nicht zu übertriebener Eifersucht neigte, hatte meine blühende Phantasie ihn im Laufe der Monate in einen liebestollen Nebenbuhler verwandelt.

Sophie musterte mich. »Jetzt guckst du aber auch komisch. Ist das noch Empörung oder schon Wut?«

Wut. Es war eindeutig Wut.

»Lukas, hör bitte auf, mich so anzusehen. Im Schrank ist niemand. Überzeug dich selbst. Ich habe einfach nicht mehr mit dir gerechnet, als ich die Zeichnung gefunden habe, und mich ins Bett gelegt, um mich auszuruhen.«

»Ich saß schon im Zug.« Ich hatte meine Nerven gerade erst wieder unter Kontrolle, sodass es nicht mehr für eine Ausrede reichte.

»War ja klar.« Den Blick kannte ich bereits, nur die Lesebrille fehlte.

»Wieso?«

»Übersprunghandlung. Ist typisch für Menschen, die das Weite suchen, wenn sie ein Problem nicht anders zu lösen wissen. Laufen lieber weg, als sich ihm zu stellen. Und du, mein Lieber, hast einen äußerst ausgeprägten Fluchtinstinkt.« Sophie ging in die Knie und krümmte sich. »Mir ist schlecht.«

»Wie heute morgen?« In der Tat sah sie nicht gerade wie das blühende Leben aus. Eher wie ein verblühendes Leben.

»Schlimmer.« Sie sollte wirklich aufhören, Gedanken zu lesen.

»Willst du dich nicht besser wieder hinlegen?« Ich bot ihr meinen Arm an.

»Und was ist mit heute Abend? Bei euch in der WG sieht es

immer noch aus, als wolltet ihr die Chaostheorie auf ihre Alltagstauglichkeit hin überprüfen.«

»Wir machen das Essen einfach hier, einverstanden? Entspann dich. Alles wird gut.« Ich probierte es mit einem Lächeln.

»Kommen deine Eltern? Und Olli?« Sophie ließ sich erschöpft auf ihr Bett sinken.

Ich setzte mich neben sie und griff ihre Hand. »Ich denke schon.«

»Du bist abgehauen, ohne ihnen abzusagen? Ach, Lukas.«

»Ich weiß. Ich stand irgendwie neben mir. Aber jetzt bin ich da.« Meine Eltern hatten sich vor Wochen zu dieser überflüssigen Feier angekündigt, und ich hätte ihnen das Herz gebrochen, wenn ich gewagt hätte, sie auszuladen, nur weil ich ein klitzekleines Problem damit hatte, dreißig zu werden. Außerdem wurde ich das Gefühl nicht los, dass sie gewisse Erwartungen, vielleicht sogar Hoffnungen an meinen Geburtstag knüpften. Denn während ich mir in meinen schlimmsten Alpträumen ausmalte, an meinem Geburtstag in der Hölle zu landen, hofften sie, dass es der Himmel auf Erden würde und dass ich altersbedingt fortan Wesenszüge aufblitzen ließe, die bei mir bisher eher selten zum Vorschein getreten waren – Gelassenheit etwa, Selbstbeherrschung, Geduld, vielleicht sogar Reife. Aber da hatte ich so meine Zweifel.

Wir würden, so stellte ich mir den Abend vor, um den Tisch in Sophies Küche hocken und schweigen, während uns die von mir sorgfältig ausgewählten Lieder schmerzhaft daran erinnerten, wie schnell die Zeit und so ein Leben vergingen. Wir würden literweise Rotwein in unsere sich allmählich zersetzenden Körper schütten, weil ein dreißigster Geburtstag Rotwein erforderte, um wenigstens die ein oder andere Zelle zu konservieren. Gegen Mitternacht würden wir uns schwermütig erheben, die vier würden mich lange in den Arm nehmen, trösten und dann wortlos zu Bett gehen.

Nachdem Sophie zwischen Wärmflasche und Wärmekissen eingeschlafen war, schlich ich aus ihrem Zimmer, um die nötigen Vorbereitungen zu treffen. Ich kramte den Zettel mit meinen Notizen aus dem Rucksack, und als ich meine zerknitterte Playlist überflog, lächelte ich zufrieden: »Tragedy« von den Bee Gees, »Don't Cry Out Loud« von Melissa Manchester, »You Can't Change That« von Raydio, »Lonesome Loser« von der Little River Band, »Fool In The Rain« von Led Zeppelin und, der absolute Knaller, »Highway To Hell« von AC/DC. Ich setzte mich an Sophies Laptop, lud die einzelnen Titel über ihren Account herunter und schloss ihre Boxen an den Rechner an. Dann ging ich in eine nahegelegene Weinhandlung, da ich mich nicht mehr in den Supermarkt traute, und in ein Feinkostgeschäft, wo sich ebenfalls niemand darüber wunderte, dass ich, ohne mit der Wimper zu zucken, *Sophie* und *Löwenstein* auf den Beleg kritzelte, bevor man mir ihre Bankkarte gab.

Als ich keuchend die Treppenstufen zu ihrer Wohnung hinaufstieg, konnte ich bereits im ersten Stock riechen, dass Obelix gekommen war und sein berüchtigtes Chili aufgesetzt hatte. Im dritten Stock konnte ich es sogar schmecken. Egal, was er da reinmachte, legal konnte das Zeug jedenfalls nicht sein.

Obelix hieß nicht wirklich Obelix, sondern Oliver Kremer – bis zu dem Tag, an dem das große Derby stieg. Der Fußballverein unserer Herzen traf auf einen Klub aus der Nachbarschaft, und da das Verhältnis der rivalisierenden Fangruppen seit jeher von herzlicher Abneigung geprägt war, wurde dieses Derby von einem Polizeiaufgebot rund um das Stadion begleitet, als würden unten auf dem Rasen nicht Männer in kurzen Hosen kicken, sondern die Mächtigen der Welt über das Schicksal des Planeten konferieren.

Nun gehörten weder Olli noch ich zu den gewaltbereiten Krawallfans, sondern zählten eher zur Gruppe der Verbalhooligans, die, von einem kaum zitierfähigen Repertoire an niveaulosen Beleidigungen abgesehen, an sich harmlos waren. Bevor das Derby stieg, saßen wir vor dem Stadion, tranken Dosenbier in der prallen Sonne, was man nicht tun sollte, und sahen zu, wie sich ein gemeiner Mob vermummter Randalierer vor einem beachtlichen Aufgebot gepanzerter Polizisten aufplusterte, sie provozierte und beleidigte, dass es selbst einem hartgesottenen Verbalhooligan die Schamesröte ins Gesicht trieb. Das Spektakel zog sich bereits eine ganze Weile hin, als Olli aufstand, um sich hinter einer Hecke zu erleichtern.

Vermutlich wird sich niemals einwandfrei rekonstruieren lassen, was genau hinter dieser Hecke passierte, denn mir war die Sicht versperrt und Olli waren die Sinne vernebelt. In seiner Nähe leerten jedenfalls auch einige Beamte ihre Blasen, weshalb sie ihre schweren Helme im Schatten abgesetzt hatten. Als dann die Scharmützel vor dem Stadion zu eskalieren drohten, stürmten die Polizisten davon, wobei drei ihre Helme vergaßen. Olli schnappte sie sich, rannte davon, und wie der Dicke auf mich zukam, mit wehendem rotem Haar und den Helmen im Arm, sah er aus wie Obelix, der Gallier, der gerade eine Legion Römer verhauen hatte.

Nun stand er in Sophies Küche, breitschultrig und längst kein Gramm Fett mehr zu viel auf den Rippen, und rührte im Chili. Dichte Dämpfe waberten durch den Raum und gaben mir den Rest. Obelix musterte mich ungläubig. »Alter, wie siehst du denn aus? Warst du joggen?«

»Einkaufen.« Mit letzter Kraft wuchtete ich die Tüten auf den Tisch. »Diese Treppen machen mich fertig. Aber könntest du das lassen?«

»Hä?« Obelix warf mit vollen Händen Chilischoten in den Topf.

»Von wegen ›Alter‹ und so. Könntest du das heute einfach lassen?«

»Alter, was ist denn los?« Obelix, der Oberarme wie Baumstämme hatte, tippte mir gegen die Stirn, worauf ich zurückwankte.

»Der kleine Lukas ist heute etwas empfindlich.« Sophie stand in der Tür und strich sich eine Haarsträhne aus ihrem blassen Gesicht.

»Sophie. Und? Besser?« Ich versuchte mich halbherzig in einer aufmunternden Umarmung, der sie sich bereits im Ansatz entzog.

»Ist dir schlecht?« Obelix ließ das Chili kurz aus den Augen.

»Weiß nicht. Ist wahrscheinlich nur eine Magenverstimmung.«

»Hast du gekotzt?« Obelix, der auch als Rettungssanitäter Dienst schob und Menschen in den erbärmlichsten Posen hatte reihern sehen, blickte sie besorgt an.

»Olli, wen interessiert das? Ja, verdammt. Vier Mal.«

»Vier Mal? Shit. So oft musste ich nicht mal nach dem Derby.«

»Witzig. An das Spiel hab ich vorhin auch gedacht.«

Ich wollte die Rotweinflaschen gerade in den Kühlschrank räumen, als Obelix mir auf die Schulter schlug.

»Der braucht Zimmertemperatur, weiß man doch. War das Spiel bitter, oder? Achtundachtzigste, Ausgleich. Und kurz vor Schluss wie immer verloren. Dieser Verein macht mich fertig. Ich schwöre, es ist ein verdammtes Wunder, dass wir da noch hingehen. Treue Seelen, sag ich nur.« Er griff sich in pathetischer Geste an die Brust.

»Vor allem ist es ein Wunder, dass sie uns nach der Aktion mit den Helmen noch ins Stadion lassen. Und seit wann kennst du dich überhaupt mit Wein aus?«

»Dank dir, Alter.« Er stellte die Flaschen zurück auf den Tisch.

»Wieso dank dir?« Sophie wollte gerade von dem Chili probieren, entschied sich aber eingedenk der Konsequenzen doch dagegen.

»Weil dein Freund denen eiskalt verklickert hat, dass ich die

Helme nur in Sicherheit bringen wollte, weil da ein paar richtig üble Gestalten ums Stadion geschlichen wären. Und dass er beobachtet hätte, wie die zu den Einsatzfahrzeugen sind, nachdem es hinter der Hecke nichts zu holen gab. Bingo. Danach waren wir fein raus. Wann wollen wir am Samstag eigentlich hoch, Schaefer?«

»Weiß noch nicht.« Ich fühlte mich für den Moment zu gedemütigt, um weiteres Elend fußballerischer Art ertragen zu können.

»Sophie kann doch mitkommen.« Obelix sah sie erwartungsvoll an.

»Sicher nicht.« Sie öffnete das Fenster, und der Dunst verzog sich.

»War doch nur so ein Gedanke. Schaefer sagt doch selbst, wenn du ihn wirklich kennenlernen willst, musst du mal mit ins Stadion.«

»Ich habe ihn im Supermarkt erlebt, Olli. Ich glaube, das reicht.«

»Was war denn im Supermarkt?« Obelix sah mich an, dann Sophie. »Jetzt sag nicht, er hat schon wieder? Alter, Alter, Schaefer. Du bist manchmal drauf.«

Ich starrte zu Boden. »Können wir bitte über was anderes reden.«

»Wer kommt denn alles?« Obelix fing an, den Wein zu entkorken.

»Noch was anderes.« Ich griff nach einer der offenen Flaschen.

»Du tust ja fast so, als hättest du keinen Bock auf die Party.«

Ich genehmigte mir einen kräftigen Schluck.

»Alles klar?« Obelix nahm mir die Flasche ab. »Der muss atmen.«

»Nein, nichts ist klar, verdammt. Sagt mal, riecht ihr das eigentlich auch?«

kapitel 5

Ich schlug die Badezimmertür zu, sank auf die Klobrille, ließ den Kopf voll schwerer Gedanken in die Hände sinken und atmete, während die anderen damit beschäftigt waren, das Chili zu retten. Ist doch erstaunlich, dachte ich, wie ich da mit heruntergelassenen Hosen, aber unverrichteter Dinge saß, zu was für einem vertrauten Ort so ein Badezimmer im Laufe eines Lebens wurde.

Das Bad war für mich wie eine Oase der Ruhe. Hierhin zog ich mich zurück, wenn ich lieber las, als zu reden. Bei ausschweifenden Grundsatzdebatten mit Sophie zog ich ohnehin meist den Kürzeren, weil meine Argumente wie Ausreden klangen, also flüchtete ich lieber aufs Klo. Hier saß ich, um über neue Folgen von Linus nachzudenken. Oder mich abzureagieren. Oder mich selbst zu bemitleiden. Das Badezimmer war der einzige Raum in Sophies Wohnung, den ich abschließen konnte, ohne mich dafür rechtfertigen zu müssen, was, ehrlich gestanden, ein Armutszeugnis war. Nach der Glückseligkeit der ersten Monate hatten wir angefangen, uns immer mehr abzukapseln und nach Freiräumen zu suchen, statt endlich verbindlich zu werden. Alle anfängliche Aufregung war schleichend dem Alltäglichen gewichen, woran ich wohl nicht unschuldig war.

Es gab natürlich Paare, die nicht mal einen Schlüssel für die Badezimmertür besaßen und bei denen er auf dem Klo hockte, während sie sich die Nägel schnitt. Wer bei solchen Leuten zu Besuch war, sollte vorsichtshalber das Wäscheregal vor die Tür schieben, weil es sonst passieren konnte, dass plötzlich die kleine Tochter vor einem stand und wissen wollte, was man da tat, und man gerade noch verhindern konnte, dass sie ihren kleinen Hocker holte, hinaufkletterte und nachsah. Aber so weit waren wir nicht. Keine gemeinsamen Aktivitäten im Bad und erst recht keine Kinder.

Unsere Zweisamkeit im Badezimmer würde vermutlich nie über einträchtiges Zähneputzen hinausgehen, dachte ich und atmete schwerer, zumal wir nicht mal gemeinsam duschten oder badeten. Nicht, dass wir es aus Gründen des guten Geschmacks vermieden. Abgesehen von meinen altersbedingten Verschleißerscheinungen, lagen wir, ästhetisch betrachtet, klar über dem Durchschnitt. Es war nur so, dass wir über ein höchst unterschiedliches Temperaturempfinden verfügten, was ein weiteres, eindeutiges Indiz dafür war, dass mein Blut wärmer war als ihres. Ein einziges Mal hatte ich versucht, zu Sophie unter die Dusche zu steigen, und mich fürchterlich verbrüht. Seitdem hatte ich eine ungefähre Ahnung, wie kalt ihr war.

So bitter es war, aber wir waren zu verschieden, dachte ich. Nicht nur warm und kalt. Ich war Bauch. Sie Kopf. Ich Chaos. Sie Ordnung. Ich Glauben. Sie Wissen. Ich Schweigen. Sie Reden. Ich Risiko. Sie Sicherheit. Ich Fleisch. Sie Gemüse. Gegensätze ziehen sich an, murmelte ich wie ein alter Mann zu mir selbst, und ich musste wohl froh sein, dass sie es taten, weil ich sonst nicht hier gesessen hätte. Nicht in ihrer Wohnung. Nicht auf ihrer Toilette. Nur hatte sich jemand jemals die Mühe gemacht, diesen Gedanken konsequent zu Ende zu denken?

Sophie hatte das zuletzt wohl häufiger getan, denn offenbar stellte sie unsere Beziehung immer mehr in Frage.

Die Ironie der Liebe auf den ersten Blick zeigte sich beim zweiten, dachte ich. Je genauer Sophie hinsah, desto mehr würde sie erkennen, wie sehr ihr erster Blick sie getäuscht hatte, und das machte mir Angst. Dass man zugleich lieben und leiden konnte, wusste ich, seit ich zum ersten Mal beim Fußball war, aber wie sollte ich ihr das erklären? Vielleicht war ich der Mann ihrer Träume, nur würde ich sie nicht erfüllen können.

Wenn ich ehrlich zu mir selbst war, was selten vorkam, hatte ich längst gemerkt, wie sie sich zurückzog. Wie sehr es sie belastete, dass ich war, wie ich war, und dass es mit mir nicht so sein konnte, wie es sollte. Ich war für sie ein Experiment, und es war so gut wie gescheitert.

Ich hätte an diesem Tag noch ewig so dasitzen können. Sophies Badezimmer war ein guter Ort zum Nachdenken. Außer den schrecklichen Kacheln, die sie für den Südbalkon in Kauf nahm und deren bunte Muster auf Dauer eine verstörende und geradezu psychedelische Wirkung entfalteten, gab es nichts, was einen hätte ablenken können. Aber vermutlich hätte Sophie irgendwann geklopft und gefragt, ob ich gerade versuchte, mich durch die Kanalisation aus dem Staub zu machen, oder Obelix hätte die Tür mit einem Draht, einer Gabel oder sonst was geöffnet. Seit er bei der Feuerwehr war, konnte er Türen mit allem Möglichen aufmachen. Oder er trat sie einfach ein.

Es klingelte, und die Party konnte beginnen.

Meine Mutter, die eine lebensfrohe Frau von unerschütterlicher Willenskraft war, kam die Treppen herauf, stolperte im Flur, verlor das Gleichgewicht und hätte mich fast mit sich zu Boden gerissen. »Junge, was macht denn dein Rucksack da?« Meine Mutter bedachte mich mit diesem tadelnden Blick, aber ich mochte es, wenn sie »Junge« sagte. »Willst du verreisen oder mich umbringen?«

»Hallo Mama. Nein, will ich nicht. Weder noch.«

»Jetzt räum den Kram weg.« Konditioniert, wie ich war, parierte ich ohne Widerrede, während meine Mutter liebevoll ihre Handflächen um Sophies Wangen legte. »Kleines, lass dich ansehen. Wie geht es dir denn?«

Sophie versank regelrecht in ihrer Umarmung. »Hallo Elke. Geht so, um ehrlich zu sein.«

»Du siehst blass aus. Ist dir schlecht?« Meine Mutter besaß die außergewöhnliche Gabe, Gebrechen jeglicher Art auf den ersten Blick zu erkennen. »Du musstest dich übergeben, nicht wahr?«

Auch wenn Sophie eigentlich um die unverblümte Direktheit meiner Mutter wusste, erwischte sie sie komplett auf dem falschen Fuß. »Also, ich weiß nicht, irgendwie ist mir das jetzt unangenehm, Elke.«

Meine Mutter griff nach ihren Schultern und drückte sie leicht. »Wie oft?«

»Mama.« Jetzt ging sie eindeutig zu weit.

»Vier Mal.« Sophie seufzte, als würde sie jedes einzelne Mal erneut durchleben.

»Mama!« Vermutlich wollte sie als Nächstes alle Details wissen.

»Jetzt schrei doch nicht so, Junge. Man wird doch wohl noch fragen dürfen. Und was kratzt du dich da eigentlich am Ohr?« Sie wandte sich von Sophie ab, trat einen Schritt an mich heran und fing an, an meinem Ohr zu nesteln. »Hat dich was gestochen?«

»Mich hat nichts gestochen.« Aber es hörte nicht auf zu jucken.

»Hallo Sohn.« Der raumgreifende Bassbariton meines Vaters erklang, und ich war ehrlich erleichtert, ihn zu hören. »Papa, wie gut, dass du kommst.«

»Werner.« Meine Mutter zischte. »Unterbrich mich nicht.« Sie drehte sich wieder zu Sophie. »Eine Lebensmittelvergiftung darf man auf keinen Fall auf die leichte Schulter nehmen, hörst du, Kleines. Was sagt denn der Stern? Hat er dir etwas gegeben?« Sie fühlte Sophies Stirn. »Seltsam. Eiskalt. Hast du ihr wenigstens einen Tee gemacht, Lukas? Ihr eine Wärmflasche geholt? Den Bauch massiert? Hast du?«

»Nein.« Es war sinnlos, den Helden zu spielen, der ich nicht war.

»Warum denn nicht?« Meine Mutter schüttelte resigniert den Kopf. »Also von mir hat er das nicht.«

»Luke war nicht da.« Da mich alle verwundert anstarrten, sah niemand, wie Sophie mir unverhohlen zuzwinkerte.

»Du warst nicht da?« Meiner Mutters Sorge mischte sich mit Erstaunen.

»Ich war Wein holen. Ihr trinkt doch zu besonderen Anlässen Wein, oder?« Ich lächelte verlegen.

»Und dafür warst du den ganzen Vormittag unterwegs?« Erstaunen mit Skepsis.

»Luke ist mit dem Zug gefahren.« Sophie schien ihr Leiden für einen Moment zu vergessen und konnte sich ein hämisches Grinsen nicht verkneifen.

»Und wo bist du bitte schön hingefahren?« Skepsis mit Ratlosigkeit.

»Nach Hagen.« Wo auch immer das lag.

»Hagen bei Dortmund?« Ratlosigkeit mit Fassungslosigkeit.

»Glaub schon. Ich wollte diesen besonderen Wein, und Hagen hat eben …«

»… Hanglage.« Mein Vater legte seinen Arm um meine Schulter. »Und zudem eine ganze Reihe an phantastischen Weinhandlungen, nicht wahr, mein Sohn?«

»Ganz genau, Papa, und jetzt kommt rein und setzt euch.«

Mein Vater schob die anderen kraft seiner natürlichen Autorität in die Küche, bevor er sich zu mir umdrehte. »Und holst du bitte noch unsere Taschen aus dem Auto. Ich hab es wieder mit der Hüfte.«

»Schlimm?« Obelix, der die Szenerie mit wachsender Begeisterung verfolgt hatte, so dass ihm nur noch das Popcorn fehlte, musterte ihn argwöhnisch. Mein Vater war zeit seines Lebens ein passionierter Radfahrer und nie krank oder wehleidig gewesen.

»Nein, Oliver. Liegt wohl am Wetter. Gehst du bitte, Lukas?«

Die Geschichte mit dem Wein war gewiss nicht die erste Ausrede, die ich meinen Eltern mit größtmöglicher Überzeugung auftischte, doch mein Vater hatte offensichtlich schon früh entschieden, diese infantilen Sperenzchen einfach nicht mitzumachen. Er wollte sich den Stress verbissener Debatten um Dichtung und Wahrheit vermutlich einfach nicht antun. Insofern war es natürlich furchtbar naiv zu denken, er würde auch nur ein Wort von dem, was ich sagte, für bare Münze nehmen.

Tatsächlich hatte ich lange Zeit geglaubt, mit meinen Ausreden ungeschoren davonzukommen. Ich erinnerte mich noch, wie erleichtert ich war, dass er mir abnahm, unsere Klassenlehrerin sei mit ihrem peruanischen Geliebten durchgebrannt, weshalb der Unterricht am Morgen nach Obelix' sechzehntem Geburtstag in den ersten Stunden ausfiele und somit rein gar nichts gegen meine Anwesenheit auf seiner unter sexuellen Gesichtspunkten höchst relevanten Party stünde. Ich war sogar so erleichtert, dass ich vergaß, mich rechtschaffen zu echauffieren, als das Auto meines Vaters gerade an diesem Abend ein Problem mit der Zylinderkopfdichtung hatte. Und so leid ihm das auch täte, war es ihm natürlich unmöglich, mich mitten in der Nacht bei Obelix abzuholen. Stattdessen hatte ich unter höhnischem Gejohle der anderen Gästen den letzten Bus kurz nach Einbruch der Dunkelheit zu nehmen.

Mitunter mochte ich die subtilen Erziehungsmethoden meiner Eltern, trotzdem hätte ich an diesem Tag auf ihren Besuch verzichten können. Ich stellte die schweren Taschen im Flur ab, rang nach Luft und beschloss, in nächster Zeit wieder regelmäßig Sport zu treiben, da sonst die Gefahr bestand, es bald nicht mehr hoch zu Sophie zu schaffen. Überhaupt sollten wir wieder öfter gemeinsam ausgehen.

Der Abend lief wie am Schnürchen. Stumm löffelte ich das Chili in mich hinein, und selbst wenn ich mich aus reiner Höflichkeit um etwas Smalltalk bemüht hätte, wäre es unmöglich gewesen, auch nur einen Ton herauszubringen. Um meine inneren Verbrennungen zumindest notdürftig zu kühlen, schüttete ich den Wein wie Wasser in mich hinein, obwohl ich Wein aus vielerlei Gründen ablehnte, und beobachtete mit zunehmend berauschter Genugtuung, dass es den anderen am Tisch nicht besser ging. Wobei Sophie außer Konkurrenz lief, da sie tatsächlich Wasser trank, so sehr hatte ihr die Übelkeit zugesetzt. Dankbar, zumindest etwas Brot bei sich zu behalten, gab auch sie sich ungewohnt mundfaul.

Drei Flaschen Rotwein später grölte Bon Scott: »*Ain't nothing I would rather do. Going down, party time. My friends are gonna be there too*«, ich genoss das leichte Rauschgefühl und säuselte leise: »*I'm on a highway to hell.*« Leider waren meine Eltern nicht gewillt, mich so billig davonkommen zu lassen, denn mit jedem Lied wurden sie immer gesprächiger. Der Rotwein wirkte ganz und gar nicht lähmend, wie es mir der Weinhändler hatte versprechen müssen, nachdem er seine Verwunderung darüber zum Ausdruck gebracht hatte, dass ich einen Wein suchte, der einen müde und träge machte und kräftig runterzöge, während seine Kunden in der Regel rassige, feurige oder wenigstens belebende Weine suchten. Im Gegenteil, der Wein beflügelte meine Eltern regelrecht. Und es war nicht nur der Alkohol, der die Stimmung zunehmend aufhellte. Die verdammte Musik. Selbst Sophie schien ihr Leiden allmählich zu verdauen. Die Stimmung am Tisch wurde immer besser, sogar regelrecht fröhlich.

So langsam dämmerte mir, was ich da angerichtet hatte. Schon die ersten Takte der Songs setzten in meinen Eltern eine Flut von Erinnerungen frei, als würde man den Korken aus einer Weinflasche ziehen, was mein Vater nebenbei unablässig tat. Dem verzückten Aufschrei meiner Mutter folgte ein »Mensch, Werner, weißt du noch?«, woraufhin mein Vater zum Besten gab, wann und wo sie das Lied vor dreißig Jahren gehört hatten. Sie erinnerten sich, was sie damals getan hatten und wie es sich angefühlt hatte. Sie wussten noch, wie sie ihre Firma aufbauten und gleichzeitig ein Kind wollten und wie schwer vieles war, was man natürlich nicht mit heute vergleichen konnte, wo es doch um so vieles leichter war. Ich sank mit dem Kopf auf den Tisch.

Das Anekdotenfeuerwerk gipfelte in der Geschichte, wie sie mit dem alten Lieferwagen über Silvester in die Schweiz fuhren, zu zweit, ein letztes Mal, ganz romantisch, meine Mutter bereits hochschwanger. Wie die Kassette mit den Liedern, die sie jetzt wieder hörten, kurz vor der Grenze einen Bandwurm hatte und mein Vater versuchte, sie aus dem Autoradio zu fummeln, und wie die Grenzposten sie rauswinkten, weil der Wagen in Schlangenlinien fuhr. Sie erzählten, wie mein Vater zum Alkoholtest gebeten wurde, weil die Schweizer dachten, er sei sternhagelvoll. Und wie meine Mutter mit einem Bleistift die Kassette aufdrehen musste und sie den Beamten versprachen, das Radio auszulassen und sich nicht daran hielten. Selbst Obelix fiel zu den meisten Liedern eine hübsche Anekdote ein, obwohl wir ein Jahrgang waren. Der Abend war jedenfalls gelaufen.

Es war Punkt zwölf, als die Bee Gees »Tragedy« summten, was der blanke Hohn war, und die vier, breit und beseelt, wie sie waren, ein Geburtstagsständchen anstimmten. Anschließend überreichte mir Obelix feierlich ein Trikot aus der aktuellen Saison und Sophie das neue Rammstein-Album, worauf ich beschloss, mit ihr ein ernstes Wort über Geschmack zu wechseln. Von meinen Eltern bekam ich einen Gutschein für ein romantisches Wochenende in der Schweiz, im »Bergblick Exklusiv Wellness und Spa Ressort«. Meine Mutter nahm mich in den Arm. »Wir dachten, ihr entspannt euch mal, Junge, auch wenn ich zugeben muss, dass ich keine Ahnung hatte, wie gut ihr das werdet gebrauchen können, jetzt, da Sophie schwanger ist.«

Obelix verschluckte sich und prustete einen kräftigen Schluck Wein quer über den Tisch, während mein Vater über beide Ohren grinste, was auch dem Alkohol geschuldet sein konnte. Sophie wurde kreidebleich, und ich starrte meine Mutter an, als hätte sie mir gerade eröffnet, dass ich noch einen kleinen Bruder bekäme. Oder eine Schwester. Dieser verdammte Rotwein. Wer zur Hölle war schwanger? »Mama, damit macht man keine Späße.« Ich versuchte, möglichst klar und deutlich zu sprechen, was mir schwerer fiel als gedacht. »Sophie ist nicht schwanger.«

Meine Mutter war völlig unbeeindruckt. »Aber natürlich ist sie schwanger.« Sie kniff mir in die Wange. »Ihr ist aus unerfindlichen Gründen schlecht. Sie muss sich ständig übergeben. Vier Mal. Das ist doch eindeutig. Nein, was für eine schöne Überraschung.«

Endlich hatte auch Sophie ihre Sprache wiedergefunden und schlug mit der Faust so heftig auf den Tisch, dass allein aus Macht der Gewohnheit sämtliche Blicke auf mich fielen. Ich hob entschuldigend langsam beide Hände, während Sophies Gesichtsfarbe von Weiß in ein kräftiges Rot umschlug. »Also, wenn sich hier nicht gleich alle wieder einkriegen, schmeiß ich euch raus.« Sie griff nach dem Rotwein und goss sich ein Glas ein. »Und noch was: Ich bin nicht schwanger!«

Noch bevor sie das Glas ansetzen konnte, riss es ihr meine Mutter aus der Hand und kippte es in einem Zug hinunter.

Die nächste Folge von Linus erschien, gezeichnet unter den Eindrücken dieses Abends, während mir die Worte meiner Mutter noch in den Ohren klangen. Auf den ersten Bildern sah man von dem Eichhörnchen nichts, außer spitzen Ohren und dem buschigen Schwanz, die hinter einer aufgeschlagenen Zeitung hervorlugten.

Die Schlagzeile auf der ersten Titelseite lautete: Schiffsbauer präsentieren Weltsensation: »*Titanic unsinkbar*«. Auf der zweiten: Berlin atmet auf: »*Niemand hat die Absicht, eine Mauer zu bauen.*« Der dritten: *IT-Experten warnen vor Millenniumcrash: »Morgen geht die Welt unter!*« Auf dem vierten Bild baute sich Linus aus der Zeitung einen üppigen Joint: »*Irren ist menschlich.*«

kapitel 6

»Ach du Scheiße, wir sind schwanger.«

Hätte der Augenblick, in dem sich der Streifen in dem kleinen Sichtfenster bläulich einfärbte, auch nur annähernd meiner vagen Vorstellung dieser surrealen Situation entsprochen, vermutlich wäre mir gleich aufgefallen, dass Sophie »Wir sind schwanger« sagte und nicht etwa »Ich bin schwanger«. Dass sie »wir« sagte und nicht »ich«, machte nämlich nicht nur grammatikalisch einen himmelweiten Unterschied. Der Plural »Wir sind schwanger« sollte von diesem Tag an auch wie eine unzweifelhafte und unveränderliche Wahrheit über unserem Leben stehen.

Sophie musste das natürlich sofort klar gewesen sein, als sich ihre schlimmsten Befürchtungen durch eine zarte blaue Linie bestätigten. Und es war natürlich kein Zufall, dass sie »wir« sagte, sondern wohlkalkulierte Absicht. Sophie war nicht der Typ, den man so leicht aus der Fassung brachte, selbst dann nicht, wenn eine an und für sich harmlose chemische Reaktion auf einem unscheinbaren Teststreifen eine solche Wucht entwickelte, dass sie einen mühsam errichteten Lebensentwurf wie ein Kartenhaus in sich zusammenstürzen ließ. Und deshalb zeigte sie mir mit ihrer Wortwahl unmissverständlich, dass ich nicht nur am Anfang dieser Schwangerschaft beteiligt war, sondern es auch bis zum Ende bleiben würde.

Mir hingegen wollte sich das alles in diesem wegweisenden Augenblick nicht wirklich erschließen. Verloren stand ich vor der verschlossenen Badezimmertür und meine Gedanken drehten sich wie eine zerkratzte Schallplatte, die ständig über dieselbe Rille hüpfte. »Wir sind schwanger« – »Wir sind schwanger« – »Wir sind schwanger«. Als ob es realer würde, wenn man es nur oft genug wiederholte.

Vielleicht war es schlicht und ergreifend Weitsicht. Auf jeden Fall besaß Sophie diese spezielle Gabe, im Kleinen das große Ganze zu erkennen und das im Bruchteil einer Sekunde. Manchmal wirkte es, als würde sich die Welt für sie dabei wie in Zeitlupe drehen, und während der Rest in seiner gewohnten Hektik den Überblick verlor, überlegte sie in aller Seelenruhe, was als Nächstes zu tun war. Sie antizipierte und analysierte alle denkbaren Varianten, um sich gegen alle Eventualitäten zu wappnen und anschließend eine Entscheidung zu treffen. Wir waren schwanger.

Natürlich hätte Sophie zwei Wochen nach meinem Geburtstag, da ihr Körper verrückt spielte und ihr die wilden Schwangerschaftsphantasien meiner Mutter den Schlaf raubten, einfach einen Test beim ollen Stern aus der Schublade nehmen können. Wozu arbeitete sie schließlich in einer Apotheke. Doch nach jener verhängnisvollen Nacht, in der sie meine Warmblütertheorien mit wohligem Sex beendete, hatte Sophie die anstehende Inventur völlig übermüdet, aber mustergültig geleitet, weshalb der Bestand an Schachteln jeglicher Art ordentlich katalogisiert und einsortiert war. Es wäre selbstverständlich sofort aufgefallen, wenn ein Schwangerschaftstest gefehlt hätte.

Bei ihrem Chef einen zu kaufen oder ihn darum zu bitten, kam für Sophie erst recht nicht in Frage, schließlich handelte es sich um einen auf dürftigen Indizien beruhenden Anfangsverdacht meiner Mutter. Es hätte genauso gut sein können, dass sie nicht schwanger war. Wenn Sophie in ihrem Studium eines gelernt hatte, dann, dass ein und dasselbe Symptom verschiedenste Ursachen haben konnte, weshalb es eine Vielzahl von Gründen geben konnte, dass sie ihre Tage nicht bekam und ihr flaues Gefühl in heftige Übelkeit umgeschlagen war. Julius D. Stern unter die Nase zu reiben, dass sie womöglich neues

Leben in sich trug, hätte ihrer Meinung nach lediglich dazu geführt, dass er ihr selbst dann noch einen heimlichen Kinderwunsch angedichtet hätte, wenn das Ergebnis negativ gewesen wäre. Stern hätte sich zudem umgehend eine neue Urlaubsvertretung gesucht, bevor er seine Sommerplanung kurzfristig über den Haufen schmeißen müsste.

All diese Überlegungen führten am Ende dazu, dass ich den Test besorgen musste und zwar an einem Ort, an dem der Verdacht niemals auf Sophie fallen würde. Und selbst wenn es mir an ihren hellseherischen Fähigkeiten mangelte und ich im Gegensatz zu ihr wichtige Entscheidungen emotional statt rational traf, so verfügte ich doch in schier ausweglosen Situationen über eine gewisse Handlungsschnelligkeit und ein verlässliches Maß an Kreativität.

Ich schaltete auf Autopilot, kramte meine alte Wollmütze, den Schal und die Skibrille aus dem Schrank, wuchtete die Skibox aus dem Keller, montierte den Dachgepäckträger und fuhr mit dem Auto ans andere Ende der Stadt. In einem Neubaugebiet, das an eine spanische Ferienanlage erinnerte, parkte ich in einer verkehrsberuhigten Sackgasse. Es war Anfang März, doch in den Vorgärten trotzten mächtige Palmen dem Wetter, und überall roch es nach Datteln, Speck und Paella. In der Apotheke gab ich mich als norddeutscher Urlauber aus, der auf dem Weg in die Berge war. Ich kaufte wetterfeste Sonnencreme, Branntwein gegen den zu erwartenden Muskelkater und Tropfen, die die Augenentzündung lindern sollten, die mich zum Tragen verspiegelter Skibrillen zwang. Ganz nebenbei erwähnte ich noch den Schwangerschaftstest.

Während die Apothekerin, die in Sophies Alter sein musste, im Hinterzimmer verschwand, malte ich mir aus, wie es wohl sein würde, diesen Test zu machen, beziehungsweise wie Sophie ihn machen würde. Da ich dazu neigte, Unsicherheit mit Sarkasmus zu überspielen, würde ich im Wohnzimmer sitzen, während Sophie im Bad auf den Streifen pinkelte. Und während wir auf das Ergebnis warteten, würden wir uns ausmalen, wie wir den schreienden Karl-Friedrich gegen seinen Willen in die beigefarbene und sündhaft teure Cordhose zwängten, um ihn mit dem Geländewagen zum Spielplatz um die Ecke zu fahren und dort mit seinen Business-Chinesisch-Kenntnissen zu prahlen, während wir mit einem Latte macchiato in der Hand an der Schaukel Schlange standen.

Das Viertel, in dem Sophie wohnte, besaß auf junge und leidlich vermögende Eltern eine nahezu irrwitzige Anziehungskraft, weshalb sie wie die Heuschrecken über jede frisch sanierte Altbauwohnung herfielen, Mondpreise zahlten und den winzigen Park in Beschlag nahmen, der ihnen die fehlenden Gärten ersetzte. An den Sommerwochenenden erinnerte der Spielplatz geradezu an die deutsche Botschaft in Prag kurz vor der Wende, selbst die Frisuren waren original 1989, was einen permanent in Versuchung führte, das Rote Kreuz zu rufen, auf dass es provisorische Notunterkünfte errichtete und Reis verteilte.

Und der Teststreifen? Der würde rein gar nichts anzeigen. Fehlalarm. Nicht schwanger. Bitte gehen Sie weiter, hier gibt es nichts zu sehen.

Wir hatten in der Woche, die Sophie als einzig möglichen Zeugungszeitraum errechnet hatte, nur dieses eine Mal miteinander geschlafen. Meinetwegen hätten es zwei oder drei Mal sein können, aber Sophie wusste sogar das Datum und dass ich unbedingt unten liegen wollte, weil mir oben schwindelig wurde. Ich war wenige Promille vom Absturz entfernt, aber noch fähig zu reden, weshalb sich Sophie, während sie auf mir saß, darüber beschwerte, dass ich sie erst vom Schlafen abhalten, dann zutexten und zur Krönung auch noch faul auf dem Rücken liegen würde. Währenddessen versuchte ich mich in etwas, was man mit viel Phantasie als Sex bezeichnen könnte.

Außerdem nahm sie die Pille. Unter diesen Vorraussetzungen konnte sie nicht schwanger geworden sein.

Doch dann war sie, nachdem ich von meiner Undercovermission zurückkam, im Badezimmer verschwunden, und noch während sie auf den Streifen pinkelte, hatte sich dieser verfärbt. Sophie war so schwanger, wie man es nur sein konnte. Und ich stand allein vor der Tür. »Mach mal auf.« Ich konnte hören, wie laut sie schwieg. So fest es ging, drückte ich mein Ohr an die Tür.

»Du sagst kein Wort. Wenn ich die Tür aufmache, hältst du einfach deine Klappe.« Sie sprach ganz langsam und ohne dabei eine Silbe zu verschlucken. Dann drehte sie von innen den Schlüssel um.

Schwer zu sagen, ob ich erwartet hatte, sie in Tränen aufgelöst vorzufinden, überwältigt und verzweifelt zugleich, denn so war es nicht. Keine Träne, die ihre Wangen herunterkullerte, keine roten Augen, die darauf hätten schließen lassen, dass sie kurz zuvor geweint hätte. Sophie saß auf der Toilette, und da war nur ein ohrenbetäubendes Nichts. Ich kniete mich vor sie und brach mein taufrisches Schweigegelübde: »Sophie, jetzt sag doch was.«

»Das kann einfach nicht wahr sein.« Sie saß da wie angewurzelt.

Ich griff nach dem Test. »Zeig mal. Und die Dinger sind absolut zuverlässig? Ich dachte, du nimmst die Pille?« Ich verglich ihn mit dem Bild auf der Packung und kam mir wie ein Idiot vor, weil ausgerechnet ich ihr Urteil in Frage stellte.

»Natürlich gibt es immer eine Fehlerquote, Schwachkopf. Und die Pille bietet dir auch keinen absoluten Schutz.« Sophie bereute bereits, mich hereingelassen zu haben. Sie hatte »Schutz« gesagt. »Letztendlich kann dir nur deine Frauenärztin mit Gewissheit sagen, ob du schwanger bist. Aber das blöde Teil hat sich verfärbt, da war es noch warm. Das hat so getan, als ob ich bereits kurz vor der Entbindung stehen würde. Aber das geht einfach nicht. Wir können jetzt kein Kind kriegen.«

»Wieso nicht?« Ich wusste selbst nicht, warum ich das gefragt hatte, denn natürlich kannte ich die Antwort bereits.

»Du hast wohl immer noch nicht kapiert, was hier los ist, oder?« Sophie hielt mir den Test unter die Nase. »Ich bin so gut wie im dritten Monat, dabei will ich nicht einmal am ersten Tag sein. Das ist einfach nicht der richtige Zeitpunkt.«

»Den gibt es sowieso nicht.« Ich versuchte vergeblich, souverän zu wirken.

»Doch, Lukas. Den gibt es. Und der hier ist es definitiv nicht. Der richtige Zeitpunkt ist, wenn man sich gemeinsam überlegt hat, dass man ein Kind will und warum und wie man sich ein Leben mit Kind vorstellt. Der richtige Zeitpunkt ist, wenn man sich füreinander entschieden hat, zusammenwohnt und den anderen besser kennt als sich selbst, jede Stärke, jede Schwäche, wenn es einfach keine Geheimnisse mehr gibt.« Sophie wandte sich von mir ab, um mich nicht ansehen zu müssen. Sie fing an, gnadenlos mit uns abzurechnen, und sosehr ich sie heimlich dafür bewunderte, wie sie Grundsatzmonologe aus dem Stegreif zu halten vermochte – diesen hier musste sie von langer Hand geplant haben. Mir lief es eiskalt den Rücken herunter. Was sie sagte, klang gar nicht gut.

»Der richtige Zeitpunkt ist, wenn man sich entschlossen hat, erwachsen zu werden, und es als Herausforderung und Leistung ansieht, alt zu werden, und nicht als Strafe und Last. Wenn man aufhört, ständig seiner Jugend hinterherzutrauern. Der richtige Zeitpunkt ist, wenn man sich aufeinander verlassen kann und nicht wegen jeder Kleinigkeit gleich aus der Haut fährt. Der richtige Zeitpunkt ist, wenn man in schwierigen Momenten ruhig bleibt und nicht nur an sich denkt. Der richtige Zeitpunkt ist, wenn man ein Kind will, verstehst du. Ich will kein Kind. Nicht jetzt.«

»Ich liebe dich.« Ich hatte es gesagt, ohne darüber nachzudenken, und es war nichts als die Wahrheit. Sophie jedoch musste es überhört haben. Vielleicht schon erste Anzeichen von Schwangerschaftsschwerhörigkeit.

»Lukas, eigentlich wollte ich mit dir nach deinem Geburtstag in Ruhe über ein paar grundsätzliche Dinge sprechen. Über uns.«

Ich versuchte es erneut. »Ich liebe dich so sehr, dass ich mit dir gemeinsam alt werden will.« Wieder keine Reaktion. Vielleicht sogar schon eine ausgewachsene Schwangerschaftstaubheit? Man hörte doch von den abenteuerlichsten Dingen, wenn bei Frauen die Hormone außer Kontrolle gerieten. Ich griff nach dem allerletzten Mittel und umschloss ihre Hände. »Sieh mich an, Sophie. Komm schon.«

»Ich kann nicht.« Sie starrte krampfhaft auf die Kacheln, und wenn ich mich nicht beeilte, war sie gleich weggetreten.

Ich schnipste gegen die Skibrille. »Doch, kannst du.«

»Aber nur, wenn du endlich dieses bescheuerte Ding absetzt.«

»Weil sie dir gute Laune macht?« Ich legte den Kopf schief.

Die Stimmung kippte, doch Sophie wehrte sich noch immer nach Leibeskräften. »Nein.«

»Und warum musst du dann grinsen?« Ich schnitt eine besonders entzückende Grimasse, und die verspiegelte Brille tat ihr Übriges.

»Weil du damit wirklich unfassbar dämlich aussiehst.« Jetzt sah man sogar ihre Zähne. Ich stand auf, riss die Arme in die Höhe und hüpfte auf Zehenspitzen durch das Bad. »Seht her, ein Wunder ist geschehen. Sie lacht.« Ich zog Sophie an mich, und sie ließ es geschehen. »Komm her, Süße.« Ich küsste sie auf die Stirn. »Es muss doch erst mal keiner wissen, dass du schwanger bist, oder?«

Sophie versuchte, sich aus meiner Umarmung zu lösen. »Wir.«

»Natürlich, wir. Wir behalten es für uns und überlegen in Ruhe, was wir machen. Ich meine, wir müssen uns darüber klar werden, was wir wollen und was nicht. Und wenn ich das richtig sehe, haben wir auch noch etwas Zeit.« Ich traute mich nicht, das Wort Abtreibung in den Mund zu nehmen. Wie sollte man auch ernsthaft über Schwangerschaftsabbrüche nachdenken, wenn man zuvor nicht mal an Schwangerschaften gedacht hatte? Sophie las meine Gedanken, was wie immer ihre leichteste Übung war. »Einverstanden. Kein Wort zu niemandem? Geschworen?«

»Ja.« Ich würde schweigen wie ein Grab. Ich konnte gut schweigen.

»Indianerehrenwort? Ansonsten soll dich der Blitz treffen.«

»Das mit den Indianern ist jetzt natürlich so eine Sache. Seit dieser Franzose Winnetou war, haben Indianer ihre Eier doch in die ewigen Jagdgründe …«

»Lukas!« Sophie packte mich am Kragen.

»Beim großen Manitu! How! Ich schwöre es.« Ich schloss Sophie erneut in meine Arme, und wer weiß, vielleicht trotzte auch sie in diesem Moment allen Widrigkeiten ihrer besonderen Umstände und war glücklich. Denn zu meinem großen Erstaunen war ich es.

Ich hatte es nicht nur fertiggebracht, dreißig zu werden, was allein schon ein Kunststück für jemanden war, der sich geschworen hatte, Menschen über zwanzig niemals über den Weg zu trauen, sondern dieses dubiose Meisterwerk auch noch mit einer ungeplanten Schwangerschaft gekrönt. Staunend sah ich dabei zu, wie sich mein Leben von Grund auf änderte. Doch entweder wären Kinder das Beste, was einem passieren konnte, oder das Schlechteste, und ich hatte da zumindest einen Verdacht.

Als Linus wieder erschien, begegnete er in einem Fußballstadion an jeder Ecke Frauen mit mächtigen Bäuchen. Er begegnete ihnen in der dichten Menge vor einer Festivalbühne. Zwischen unzähligen Surfern in den Fluten vor einem traumhaften Strand. Auf dem vierten Bild saß Linus, aus seinen Träumen gerissen, verschwitzt in seinem Bett, neben ihm seine Herzdame, die Decke über ihrem Bauch gewölbt: *»Ich sehe schwangere Menschen.«*

kapitel 7

Die Frau, die in mein Leben trat wie das fleischgewordene Fegefeuer, hatte dunkles Haar, leicht abstehende Ohren und einen bemerkenswerten Sonnenbrand, der ihr die Haut von der Nasenspitze schälte. In der linken Hand hielt sie ein Cocktailglas, in dem sich wahrscheinlich die Reste eines Mojito befanden, ihre rechte ruhte auf Sophies braungebrannter Schulter. Die beiden Frauen trugen identische Sonnenbrillen im Haar und bunte Bikinis. Das Foto musste am frühen Abend aufgenommen worden sein, und die Stimmung war ausgelassen. Im Hintergrund erkannte man Palmen, das Dach einer Strohhütte und die untergehende Sonne.

Da ich mich nicht daran erinnerte, dass Sophie, seit wir uns kannten, allein verreist wäre, musste es sich um eine ältere Aufnahme handeln. Zusammen mit anderen Schnappschüssen und exotischen Postkarten klebte sie an Sophies Kühlschrank, der dadurch den Charme eines alten Reisekoffers versprühte.

Ich musste dieses Foto schon unzählige Male gesehen haben, hatte es aber nie genauer betrachtet, da es relativ weit unten hing. Sophie zumindest hatte sich bücken müssen, nachdem sie fuchsteufelswild in die Wohnung gepoltert war, um das Foto abzureißen. Leicht irritiert folgte ich ihr in die Küche, kam aber gar nicht erst dazu, mich nach dem Grund für ihren Tobsuchtsanfall zu erkundigen. Das alles war zu verwirrend: Erstens war gerade Mittag, und um diese Zeit stand Sophie für gewöhnlich in der Apotheke. Und zweitens war ich es einfach nicht gewohnt, sie in dieser Rolle zu erleben. Sophies grüne Augen funkelten.

»Weißt du, wer das ist?« Ihre Stimme war wie Blitz und Donner.

»Nein.« Ich hatte keine Ahnung. »Aber du wirkst etwas gestresst, Schatz. Was ist denn überhaupt los?«

»Du verdammter Idiot!« Sie stieß mich gegen die Brust.

»Sophie, du solltest das lassen, bevor sich noch einer wehtut.« Wie die Dinge lagen, würde ich derjenige sein. Sie war kräftiger, als ich gedacht hätte.

»Das darf nicht wahr sein! Ich könnte dich umbringen!« Ich schielte zu den Küchenmessern, die zum Glück außer Reichweite waren.

»Kannst du wenigstens aufhören, mich zu schubsen? Jetzt beruhig dich mal. Du bist schwanger.« Sophies Frauenärztin hatte ein paar Tage zuvor das Testergebnis bestätigt.

»Ich will mich aber nicht beruhigen. Das hier ist Nina.« Sie zeigte auf das Bild, als müsste es mir jeden Augenblick wie Schuppen von den Augen fallen. »Nina Duncker. Die kommt dir nicht irgendwie bekannt vor?«

»Nein, also von dem Foto halt, aber so genau hab ich mir das nie angesehen. Hängt ja auch ganz schön weit unten.« Ich kniff die Augen zusammen. Wer um Himmels willen war das?

»Nina hat mit mir studiert. Mit Nina war ich vor ein paar Jahren sogar für ein Auslandssemester in Spanien, und danach haben wir uns aus den Augen verloren. Bis sie heute in der Apotheke stand.«

»Und?« Was immer Nina ihr angetan hatte, warum ließ Sophie es an mir aus?

»Dann hat sie mir das hier gezeigt.«

Bei dem zweiten Foto, das mir Sophie unter die Nase hielt, während sie mir eine Auswahl übelster Beschimpfungen entgegenschleuderte, handelte es sich um das Bild einer Überwachungskamera. Und auch wenn sich der Mann darauf redliche Mühe gegeben hatte, sein Gesicht hinter Mütze, Schal und einer riesigen verspiegelten Brille zu verbergen, so handelte es sich zweifelsohne um mich.

»Weißt du, Lukas. Erst hab ich noch ahnungslos getan, und selbst Stern hat dich nicht auf Anhieb erkannt. Aber dann hat mir Nina einen Kassenbeleg gezeigt und gesagt: ›Entweder hat der Kerl deine Karte geklaut, oder du bist schwanger.‹«

»Ups.«

»Ups? Um dein Gehirn auf die Größe einer Erbse zu bringen, müsste man es aufblasen. Meinetwegen hättest du ans Ende der Welt fahren können oder bis nach Hagen, um diesen verdammten Test zu kaufen. Aber nein, du musst ausgerechnet in der Apotheke aufkreuzen, in der Nina arbeitet, und dann bezahlst du zu allem Überfluss auch noch mit meiner Bankkarte.«

»Sie ist jetzt blond.« Ich nahm das Bild und hielt es gegen das Licht.

»Und wenn sie eine Glatze hätte!« Sie hämmerte mit dem Finger auf meine Brust. »Vor ein paar Tagen reden wir noch darüber, dass wir das geheim halten und alles in Ruhe überlegen wollen. Du hast es mir versprochen. Und ich bin auch noch so bescheuert zu glauben, dass du es dieses Mal wirklich ernst meinst.«

»Kann ich doch nicht ahnen, dass die in dem Neubaugebiet arbeitet.«

»Mit meiner Karte. Das ist so …« Sie wusste nicht, wohin mit ihrer Wut.

»… Scheiße! Warum haben die eine Überwachungskamera? Ich meine, das ist doch nicht die Apotheke am Bahnhof, wo Nacht für Nacht die Junkies einsteigen und den Methadonschrank ausräumen.«

»Lukas!« Ihr Zorn würde kaum wie von Geisterhand verrauchen.

»Vermutlich hält man es in diesem Retortenviertel nur aus, wenn man sich das ganz krasse Zeug einwirft.«

»Hör auf! Komm mir jetzt bloß nicht mit irgendeiner Junkie-

Theorie. Du machst alles kaputt. Wie der Stern mich angesehen hat. Da hättest du gleich an FutureHealth schreiben können: *Sehr geehrte Damen und Herren, Frau Löwenstein ist übrigens nicht mehr an der Stelle interessiert, weil sie jetzt Mutter wird und bald nicht einmal mehr die Sommervertretung in der Apotheke machen kann.* Und der Alten im ersten Stock hättest du es auch erzählen können, damit sich gleich die ganze Stadt das Maul über uns zerreißen kann. Wenigstens hat Nina versprochen, in den nächsten Wochen dichtzuhalten.«

»Wie großzügig von ihr. Früher oder später sehen es doch eh alle.«

»Sag mal, Lukas, du hast nicht zufällig eine ungefähre Ahnung davon, was in den ersten drei Schwangerschaftsmonaten alles schiefgehen kann, oder? Welche Komplikationen auftreten können? Wie viele Fehlgeburten es gibt? Ich will doch nicht in die Welt posaunen, dass ich schwanger bin, um kurz darauf erklären zu müssen, warum mein Bauch nicht mehr wächst.« Sophie schniefte, und ihre Augen waren gerötet. »Ich fühle mich schon jetzt ständig unter Beobachtung. Bei der Arbeit löchern sie mich, warum ich noch keine Kinder habe, und wenn wir abends unterwegs sind, achten alle darauf, ob ich Alkohol trinke oder nicht. Hast du diese Blicke noch nie bemerkt?«

Jetzt weinte Sophie. Dicke Tränen liefen über ihr Gesicht, und in ihrem Blick mischten sich Anklage und Abscheu. Sie machte einen Schritt auf mich zu, was auf einmal ungewohnt bedrohlich wirkte. »Du bist total unzuverlässig!«

Nun schrie ich zurück. »Findest du nicht, dass es langsam reicht!«

Wir standen Stirn an Stirn. »Jetzt hattest du ein einziges Mal die Chance, mir zu zeigen, dass in diesem viel zu großen Kind ein kleiner Erwachsener steckt! Aber nein – du Armleuchter versaust es natürlich! Und vielleicht reicht es wirklich. Für dich ist alles nur ein Spaß. Aber das ist immer nur so lange lustig, bis es furchtbar in die Hose geht, und dann lacht keiner mehr. Siehst du mich lachen, Lukas? Weißt du, was Nina noch gesagt hat? Dass sie sich gefragt habe, ob ich einen Bruder habe, weil sie sich nicht vorstellen konnte, dass ich mich von der ›Luftpumpe‹ auf dem Foto habe schwängern lassen.« Sie winkte ab.

Ich hatte noch nie erlebt, wie sich Sophie in eine Furie verwandelte, und da ich mir nicht anders zu helfen wusste, als es ihr gleichzutun, vergriff ich mich im Ton. »Das wird ja immer besser. Wer wollte denn an dem Abend unbedingt? Von wegen: ›Ist dir nicht warm, Luke?‹ – ›Zieh dich doch aus, Luke.‹ – ›Ich sag dir das nicht zweimal, Luke.‹ Sophie, verdammt! Hör auf, mich zu schubsen!«

Sie dachte gar nicht daran. »Ich wusste gar nicht, dass du so ein verdammtes Arschloch sein kannst.« Sie begann zu schluchzen. »Ich wollte dir nah sein, und dafür muss ich mich nicht so von dir nachäffen lassen.«

»Ach ja, und was muss ich mir hier die ganze Zeit anhören?«

»Oh, eine Runde Mitleid, Lukas. Du bist natürlich der, der leidet.«

»Ich brauche dein Mitleid nicht.« Mein Ohr juckte wie blöd.

»Ich wollte einfach nur, dass die Schwangerschaft ein Geheimnis bleibt.«

»Was sonst. Du würdest dein Geheimnis doch am liebsten mit ins Grab nehmen.«

Wir standen wieder Kopf an Kopf. »Das wird nur leider schwer möglich sein, weil ich das Kind sehr wahrscheinlich bekommen werde, bevor ich ins Gras beiße.«

»Du weißt genau, wie ich das meine.«

»Nein, das weiß ich nicht. Und ich will es auch gar nicht wissen.«

»Genauso wenig, wie du etwas von mir wissen willst, richtig? Weil du nicht zu mir stehst. Niemand soll wissen, dass du schwanger bist, und erst recht nicht, dass das Kind von mir ist. Das ist doch das Problem. Wie lange haben wir so tun müssen, als ob wir nur gute Bekannte wären, nur weil du vor deinen Freunden nicht deine Unabhängigkeit verlieren wolltest? Immer neue Ausreden musste ich mir meinen Eltern gegenüber einfallen lassen, weshalb es Monate gedauert hat, bis sie dich kennengelernt haben. Und deine Eltern kenne ich bis heute nicht.«

»Lukas. Bitte.«

Leider merkte ich nicht, wie Sophie einen Gang zurückschaltete, während ich immer weiter in Fahrt kam. »Was bin ich eigentlich für dich? Irgendeine beschissene Affäre?« Ich klang wie ein rostiges Reibeisen, als würde ich einen zweiten Stimmbruch erleben, und musste für einen kurzen Moment an Jason denken.

»Nein, aber wir sind einfach noch nicht bereit für ein Kind.«

»Sag nicht ›wir‹, wenn du mich meinst. Das ist so verlogen.«

»Aber du bist doch selbst noch ein Kind, Lukas. Sieh dich doch an.«

»Jetzt kommt die Leier wieder. Drei Beweise, Sophie.« Ich hatte irgendwann die Regel aufgestellt, nach der es nicht möglich war, Dinge zu behaupten, die nicht durch mindestens drei Tatsachen zu belegen waren. »Drei!«

»Du sammelst Cowboy-Comics.«

»Und?« Die Comics, unter denen sich wahre Schätze befanden, waren bereits ein kleines Vermögen wert, und weil sie weiter im Wert steigen würden, waren sie so eine Art private Altersvorsorge.

»Deine Zahnpasta schmeckt nach Gummibärchen.«

»Und?« Ich war geradezu süchtig nach dem Geschmack.

»Du hast einen gestreiften Schlafanzug, auf dem kleine Geißböcke Fußball spielen. Kannst du mir erklären, wie ausgerechnet du Faschingsneurotiker es mit diesem Karnevalsverein aushältst?«

»Sehr gut halte ich das aus, und zwar egal, wie sehr er mich fertigmacht. Ich bin, wie ich bin. Da kannst du dich auf den Kopf stellen. Und wenn das nicht den Idealen von einem Mann entspricht, mit dem du dein Leben teilen und ein Kind haben willst, dann pack ich mein Zeug und bin weg.«

»Bitte, dann hau doch ab! Lauf wieder weg.«

Das war er also. Der erste wirklich hässliche Streit.

Ich wollte nie mit Sophie streiten, und lange hatten wir das auch höchst selten getan. Wir hatten einfach über unsere kleinen Macken und Makel hinweggesehen. Wir hatten sie verdrängt und uns stattdessen in Ironie geflüchtet. Im Grunde meines Herzens war ich ein Harmoniemensch, und dass ich von einer Sekunde auf die andere die Fassung verlor, geschah eher reflexartig. Ich war einfach nicht gut im Streiten. Ich wurde dann unsachlich, kratze mich am linken Ohr, wurde ausfallend und verletzend.

Sophie aber hatte darauf bestanden, wie wichtig es in einer Beziehung sei, sich richtig streiten zu können. Wie wichtig es war, den anderen kritisieren zu können, ohne ihn anzugreifen. Doch nun war es so gut wie vorbei. Noch ein falsches Wort und Sophie hätte mich rausgeworfen, und ich wäre ohne ein Wort des Abschieds gegangen. Wir wären zu gekränkt und stolz gewesen, als dass einer von uns eingelenkt hätte. Aber dieses kleine Wesen in Sophie, das bereits Lunge, Leber, Bauspeicheldrüse sowie ein Darm- und Nervensystem entwickelt hatte, dessen winzige Beine und Arme im Millimeterbereich wuchsen und dessen Finger, Zehen, Nase, Augenlider und Oberlippe sich abzeichneten, dessen Herz sich in zwei Kammern gespalten und kräftig zu schlagen begonnen hatte, dieses kleine Wesen wollte nicht, dass wir uns stritten und trennten.

Und deshalb rettete es uns.

Sophie blieb stehen, als sei der Blitz in ihren aufgewühlten Körper gefahren, dabei hätte er mich treffen sollen. Sie presste die Lippen zusammen, pustete die Backen auf und starrte mich mit weit aufgerissenen Augen an. »Rammstein!«

»Rammstein? Sophie, was ist los? Oh, ach so – Rammstein!«

kapitel 8

Ich mochte Rammstein nicht besonders. Für mich hatte dieses erbärmliche Geschrammel nicht im Entferntesten etwas mit Musik zu tun. Aber an diesem Tag und in den Wochen danach galt es in Sophies Wohnung, die sie nun immer seltener verließ, vor allem pragmatisch zu denken.

Rammstein hatte zwei entscheidende Vorteile gegenüber anderen volkstümlichen Musikkapellen, den Kastelruther Spatzen etwa. Das Wort »Rammstein« konnte man selbst dann noch hervorpressen, wenn einem das Mageninnere bereits bis zum Hals stand. Und Rammstein war laut. Wenn Sophie also in einer Mischung aus Panik und Pein »Rammstein« gurgelte und ins Bad stürzte, drehte ich im Wohnzimmer die Stereoanlage auf.

Wenn Rammstein lief, vergaßen wir alles. Jede Szene, jeden Streit, selbst den, der so erbittert war wie kein anderer zuvor. Wenn Rammstein lief, war alles egal. Es war egal, wer Schuld hatte und wer sich entschuldigen sollte, es war unwichtig, verglichen mit dem, was uns bevorstand und sich zu Sophies Leidwesen in immer kürzeren Abständen in Erinnerung rief. Wenn Rammstein lief, litt Sophie, verzweifelte und verteufelte alles und jeden, weil es da auf einmal diese unbekannte Variable in der Gleichung ihres Lebens gab, für die sie keine Lösung wusste.

Ich hatte im zarten Alter von fünfzehn Jahren einst einen halben Sonntag auf Knien vor dem elterlichen Klo verbracht und zu meiner Verteidigung kreidebleich etwas von einer Fischvergiftung gestammelt. Wie mein Vater die Lage einschätzte – bevor er versehentlich über das Antennenkabel stolperte, weshalb ich das Saisonfinale verpasste –, war der Fisch an einer Überdosis Wodka krepiert. Ich konnte mir nicht erklären, woher er die akustischen Details meiner Leiden kannte, wo er doch so stolz auf die dicken Stahlbetonwände seiner Baufirma war, die das Haus trugen und das Überleben unserer Sippe sicherten. Aber ich war froh, dass seine Liebe groß genug war, um die Sauerei zu beseitigen.

Wie demütigend hingegen die ersten Monate für Sophie in ihrer hellhörigen Altbauwohnung waren, konnte ich bestenfalls erahnen. Zumindest verhinderte Rammstein, dass ich hörte, wie sehr sie litt. Stolz, Selbstachtung, Würde, das alles hatte plötzlich viel mit Privatsphäre zu tun. Morgens schleppte sie sich zur Arbeit, ab dem frühen Nachmittag hing sie über der Schüssel. Ein Schwangerschaftsbuch, bei dem sie in ihrer Verzweiflung Rat suchte, begann mit den Worten: *Herzlichen Glückwunsch, Sie sind schwanger! Lehnen Sie sich zurück und genießen Sie es einfach.* Anschließend flog das Buch gegen den Spiegel, und der Scherbenhaufen brachte Sophies Gefühlswelt ziemlich genau auf den Punkt. Es gab Tage, da wurde ihr schlecht, weil der Hausflur nach Zitrone roch oder es in Strömen regnete, weil ihr das Essen zu grün war, mein Hemd zu kratzig oder einfach nur, weil ich neben ihr saß und atmete.

Diese Schwangerschaft brachte alles aus dem Gleichgewicht, was vermutlich zu weit weniger Turbulenzen geführt hätte, wären die Dinge zwischen uns einigermaßen stabil gewesen. Binnen kürzester Zeit hatte sich Sophie in ein launisches, dünnhäutiges, gepeinigtes, schlafloses, zweifelndes und verzweifelndes Wesen verwandelt, was wohlgemerkt nur die ersten Anzeichen ihrer Metamorphose waren. Äußerlich war von dem aufquellenden Zellklumpen in ihr noch nicht viel zu sehen, außer dass ihr der Grad ihrer Erschöpfung ins Gesicht geschrieben war wie bei einem Barometer. Und wenn sie sich schon selbst nicht mehr verstand, wie sollte ich es tun?

Leider hatte Rammstein auch Nachteile, denn das Verhältnis

zu den Nachbarn verschlechterte sich binnen kürzester Zeit dramatisch, vor allem zu den Pfannenstiehls im dritten Stock. Herbert Sprotte, der mit seiner Doris im zweiten Stock lebte, ein verblendeter Altnazi war, obwohl er mit seinen sechzig Jahren den Krieg nur vom Hörensagen kannte, und dessen Dackel Rommel zum Gruß die rechte Pfote hob, störte sich eher an Migration als an Musik. Und Oma Lotte, die schon im ersten Stock wohnte, als es nur einen Stock gab, hätte selbst dann nichts von Rammstein gehört, wenn sie ein Konzert in ihrer Küche gegeben hätten. Die Pfannenstiehls aber, die zu den wenig Verbliebenen gehörten, die seit Generationen in dem Viertel wohnten, waren eine Plage alttestamentarischer Güte, insbesondere Karin Pfannenstiehl, die als Mitte dreißig oder Mitte sechzig durchgehen konnte, je nachdem, wie spät es war oder wie viel sie getrunken hatte. Direkt unter Sophies Wohnzimmer leitete sie eine illustre Runde Anonymer Alkoholiker, während Karl Pfannenstiehl im Stadtparlament saß.

Der Pfannenstiehl waren wir spätestens ein Dorn im Auge, seit eine ihrer Schnapsleichen versehentlich bis hoch zu Sophie gewankt war und wir von den streng vertraulichen Trinkertreffen erfahren hatten. Und als ihre Selbsthilfegruppe dann auch noch dauerhaft beschallt wurde, brach alles, was sich in ihr aufgestaut hatte, aus der Pfannenstiehl heraus. Anonymität und Ruhe seien das Wichtigste für ihre Patienten, tobte sie, und wir genau der Schlag Mensch, den hier keiner haben wolle. Sosehr ich um Schadensbegrenzung bemüht war, für sachliche Argumente war es zu spät. Ich beschwichtigte sie, als sie mitten in der Nacht vor der Tür stand. Ich beruhigte sie auf der Treppe, im Hausflur, Keller, wo immer ich sie traf. Ich versuchte es mit Bestechung. Mit Ohrstöpseln. Aspirin. Rum. Womöglich hätte es geholfen, ihr zu erklären, warum wir diesen Höllenlärm veranstalteten, doch darüber schwieg ich mich aus.

Wir hatten uns die Wahrheit ja selbst nicht eingestehen wollen, und als wir sie akzeptiert hatten, verheimlichten wir sie verbissen, weil da diese größere, folgenschwerere Wahrheit bedrohlich über unserem Kind kreiste. Mein Wissen über mögliche Schwangerschaftsrisiken hatte ich in wenigen Tagen um unzählige Gefahrenherde erweitert: Mutationen, Hormonstörungen, bakterielle Infektionen oder was sonst zu Fehlentwicklungen oder Fehlgeburten führen konnte, weshalb einem dringend empfohlen wurde, die Schwangerschaft in den ersten Monaten nicht an die große Glocke zu hängen.

Bei einer der zahlreichen Vorsorgeuntersuchungen versuchte ich vergeblich, das Rätsel auf dem verschwommenen Ultraschallbild zu lösen und Gewissheit über die Gesundheit des Kindes zu bekommen, doch als die Ärztin einen unregelmäßigen Herzschlag maß, spürte ich diesen Kloß im Hals. Ich war erleichtert, als das Herz beim nächsten Mal kräftig pochte, bis bei jeder neuen Untersuchung jede neue Unregelmäßigkeit neue Ängste schürte und einen bunten Strauß Paranoia in mir aufblühen ließ. Bei der Nackenfaltenmessung etwa konnte jede Abweichung allein im Millimeterbereich ebenso auf eine schwerwiegende Behinderung hinweisen wie falscher Alarm sein. Und als sie tatsächlich einige Millimeter über den Toleranzbereich hinaus war, pumpte jeder weitere Tag der Ungewissheit düstere Gedanken in unsere Köpfe, während Sophie gleichzeitig ihr gesamtes medizinisches Wissen bemühen musste, um der Welt da draußen schlüssige Erklärungen dafür zu liefern, warum es ihr nicht gut ging und sie plötzlich so verschlossen und nachdenklich wirkte. Und Sophie war es schließlich auch, die dem Spuk ein Ende bereitete.

Ob wir auch einem behinderten Kind liebevolle Eltern sein würden, fragte sie mich eines Abends am Ende ihrer Kräfte, und ich war froh, dass sie mir das Denken abnahm. Ich antwortete ihr, ohne dass ich etwas hätte sagen müssen, umarmte sie, küsste sie und schlief ein. Fortan verzichteten wir auf Risikodiagnosen, die über die regelmäßigen Untersuchungen hinausgingen, um uns nicht verrückter zu machen, als wir es ohnehin waren. Ich war mir zwar sicher, das Richtige zu tun, sollten wir ein behindertes Kind bekommen, aber nicht, auch das Richtige zu denken. Keine Ahnung, wie oft ich in diesen Tagen dachte: Bitte alles, nur nicht das.

Und je bewusster ich mir der Unwägbarkeiten wurde, desto größer wurde meine Furcht, dem Ganzen nicht gewachsen zu sein. Sophie wollte dieses Kind, weil ihre Achtung vor dem Leben größer war als ihre Angst. Und sie wollte es mit mir, da sie prinzipiell an das Gute im Menschen glaubte. Die große Kunst aber war es, Erwartungen nicht nur in ihr zu wecken, sondern ihnen auch gerecht zu werden, während Abend für Abend die Pfannenstiehl vor mir stand und mich anschrie. »Ruhe! Wir brauchen Ruhe!«

Selbst als unser Kind nach dreieinhalb elendig langen Monaten Ende April zumindest aus medizinischer Sicht aus dem Gröbsten raus war, wir die Nachbarn einweihten und erklärten, was Sophie über ihnen durchmachte, echauffierten sie sich weiter. Sie hatten doch selbst ein Kind, ein zwölfjähriges Mädchen. Was war das Problem? Ich hatte Glückwünsche und versöhnliche Umarmungen erwartet, aber nicht die Wucht, mit der mein Stolz auf ihre Vorurteile prallte.

»Noch ein Kind?« Die Pfannenstiehl sah mich ungläubig an. »Müssen denn heutzutage alle ihre Kinder hier bekommen?« Und das war tatsächlich eine ernst gemeinte Frage.

Ich verstand sie nur nicht. Mit meiner Verwandlung in einen werdenden Vater wuchs das Bedürfnis nach Respekt und Anerkennung, immerhin war ich doch dabei, einen entscheidenden Beitrag zum Fortbestand der menschlichen Spezies zu leisten. Und auch wenn man dieses Gefühl innerer Aufgewühltheit nur schwer beschreiben konnte, platzte ich doch vor Stolz.

»Ihr kommt hierher und reißt euch ohne Rücksicht auf Verluste alles unter den Nagel, als hätte es euch schon immer gehört. Man kann in kein Café mehr gehen, nicht in den Park, nicht auf den Markt, ohne dass ihr schon da seid!«

»Ihr? Ich meine, wir?« Leider wusste man bei der Frau nie genau, ob sie gerade trocken war, aber es war nicht so, dass sie lallte.

Ihre falschen Wimpern klimperten. »Alles wisst ihr besser. Was man isst. Was man fährt. Was man trägt. Was man wählt. Was man sagt. Was man denkt. Wie man lebt. Ihr werdet immer mehr, aber uns kriegt ihr hier nicht weg.«

»Aber …?« Ich wollte doch nur eine kurze Umarmung.

»Und dann dieser Kinderwahn, als wäre es ein Wettrennen um Anerkennung und Selbstverwirklichung. Wem wollt ihr eigentlich was beweisen?«

»Also …« Oder wenigstens einen Handschlag.

»Glaubt ja nicht, dieses Kind wird alles rechtfertigen. Hier muss wieder Ruhe einkehren. Wir werden nicht auch noch aus dieser Wohnung ausziehen.«

Ich sah sie enttäuscht an. »Sie werden mir vermutlich nicht mehr gratulieren, richtig?« Die Tür flog ins Schloss, und selbst wenn ich mir die Mühe hätte machen können, die Pfannenstiehl zu verstehen, war sie mir in diesem Moment schlicht und ergreifend egal. Meine Sorge galt Sophie, die sich weiter eisern in eine Außerirdische verwandelte, nur dass ich dummerweise so gut wie nichts von dieser Spezies verstand. Vielleicht hätte ich für einen einzigen Tag schwanger sein sollen, um das alles zu begreifen.

Sophie hatte die wohl folgenschwerste Entscheidung ihres Lebens getroffen. Sie hatte sich sogar damit arrangiert, dass ausgerechnet ich daran beteiligt war, dass ihr diese Schwangerschaft so übel durch den Magen ging. Doch je öfter sie mich zu Rammstein schickte, desto gereizter wurde sie. Und dann verkündete sie am ersten Samstag im Mai, sich für jede Woche, die ihr das Kind die Verdauung sabotierte, zu rächen. »Ich kann nicht mehr. Das ist doch kein Leben.« Sie hatte größere Ränder als Augen. »Ich dachte, schwanger zu sein, sei etwas Zauberhaftes, Erfüllendes. Aber es ist eine einzige Qual. Das ist doch gemein.«

Ich massierte ihren Rücken, als ließe sich der Brechreiz wie eine Verspannung mit etwas sanftem Druck lösen. »Kann ich verstehen.«

Sie wand sich. »Nein, kannst du nicht.« Ihre Stimme brach, und ich bemerkte, wie ihre Schultern zu beben begannen.

Ich legte vorsichtig meinen Arm um sie. »Doch.«

»Stimmt, hatte ich vergessen. Wie oft warst du schon schwanger?«

»Entschuldige, Sophie, ich habe auch schon mal gekotzt.«

Sophie rückte abrupt von mir ab. »Lukas, sei so nett und denk einen Moment darüber nach, was du da redest. Ich kotze jeden Tag. Ich sehe morgens nicht mehr in den Spiegel, weil mir das nur noch schlechtere Laune macht und ich genau weiß, dass es mir gleich wieder hochkommt. Und alle bekommen es auch noch mit. Das ist so demütigend.«

»Aber du siehst toll aus. Vielleicht etwas mitgenommen, aber toll.« Ich hoffte inständig, sie würde es dabei belassen, denn sie sah aus wie ein Gespenst und sie verhielt sich auch so, wenn sie kreidebleich durch die Wohnung schlich.

»Etwas mitgenommen?« Sophie schluchzte. Irgendwie hatte sie neuerdings viel näher am Wasser gebaut. »Bei der Arbeit denken die Leute doch mittlerweile, sie sind nicht in einer Apotheke, sondern in einer Geisterbahn gelandet. Ich sehe schlimmer aus, als ich mich fühle. Und schuld ist dieser kleine Teufel.«

»Knirps.« Ich mochte es nicht, wenn sie Teufel sagte.

»Satan.« Sie wischte sich die Tränen aus dem Gesicht.

»Zwerg.« Satan mochte ich noch weniger.

»Dämon. Es reicht einfach. Verstanden?«

»Es reicht. Hab ich kapiert. Und was willst du jetzt machen?«

»Drohen.« Von allen Antworten hatte ich mit dieser am wenigsten gerechnet. »Damit es aufhört. Ich will mich endlich wieder wie ein Mensch fühlen. Ich will wieder unter Leute. Uns kennt bald keiner mehr, wenn das so weitergeht.«

Anschließend grübelte Sophie einen ganzen Abend und die halbe Nacht vor der Toilette, dann hatte sie ihre Wahl getroffen. Am nächsten Morgen hockte sie inmitten eines Bergs aus Zeitungen, die ich auf die Schnelle hatte auftreiben müssen, und studierte Geburtsanzeigen. Sophie hatte beschlossen, dem Kind die abenteuerlichsten Vornamen zu verpassen, die sie nur finden konnte, und das so lange, bis es ihr besser ging. Nun ließ sie sich inspirieren. Die Sache war ein Kinderspiel. In den Blättern wimmelte es nur so von Namen, die für das ungeborene Leben wie eine allerletzte Warnung klingen mussten. Innerhalb weniger Tage hatten Cordelia Dorle, Utine Moniek und Lorena Jördis das Licht der Welt erblickt, wie auch Lysander Freimuth, Levente Gutberg und Silvan Norick. Einzelnamen waren völlig aus der Mode, während es auf der nach oben offenen Warnskala kein Erbarmen gab. Bertin Rogger Wieghart, Rixa Line Caprice, Leolas Sonnfried und Finnegan Erasmus. Was ihre Mütter wohl durchgemacht hatten? Sie taten mir leid. Sophie, die nichts von leeren Drohungen hielt, wählte Gracia und Erdmuthe, und da sie nicht wusste, ob sie einen Jungen oder ein Mädchen in sich trug, ging sie mit Bolle und Romwald auf Nummer sicher. Mitte Mai kamen Daisy und Rigobert hinzu und, weil das Kind zäher war, als gedacht, Anfang Juni Gloria und Honke. Als es ihr nach knapp fünf Monaten auf einen Schlag besser ging, als wäre nichts gewesen, besann sich Sophie eines Besseren und legte die Namenssuche auf Eis. Wenn sie wollte, konnte diese Frau ein durchtriebenes Miststück sein, wirklich nachtragend aber war sie nicht.

Kurz darauf erhielt Sophie ein Schreiben ihrer Vermieter, in dem die älteren Herrschaften es ausdrücklich begrüßten, dass im Haus nun wieder Ruhe herrschte. Sie wünschten ihr nur das Beste für den restlichen Verlauf der Schwangerschaft, aber bitte kein Schreikind. Darunter lag ein Umschlag, der wohl versehentlich mit in ihrem Briefkasten gelandet war. Der Brief war an die Tochter unserer Nachbarn aus dem dritten Stock gerichtet. Im Adressfeld stand:

Angelina Jaqueline Pfannenstiehl

Das hatte ich nicht gewusst.

In der nächsten Folge beobachtete Linus mit seinem Fernglas einen mehrstöckigen Plattenbau. Im ersten Fenster spickte ein Glatzkopf in Ledermontur seinen Körper mit Wäscheklammern. Im zweiten saß ein pickliger Hänfling mit einem Skelett in Frauenkleidern auf dem Sofa. Im dritten verfütterte ein fetter Brillenträger lebende Kaninchen an sechs Riesenschlangen. Auf dem vierten kauerte Linus bis an die Zähne bewaffnet vor dem Eingang seiner Baumhöhle: »*Wo nehmen die Menschen nur dieses Vertrauen her, mit ihren Artgenossen unter einem Dach zu wohnen?*«

kapitel 9

Als späte Wiedergutmachung für ihr erlittenes Schwangerschaftsmartyrium legte ich der Pfannenstiehl heimlich, aber dem Anlass entsprechend feierlich eine Schachtel Pralinen und die Rammstein-CD mit Schleife auf die Fußmatte, was sie tags darauf mit einem betörend geistreichen Kommentar quittierte: »Lecken Sie mich einfach am Arsch, Herr Schaefer.«

Ich hatte zwar erwartet, auf taube Ohren zu stoßen, doch immerhin dämpfte meine großzügige Geste den Geräuschpegel über den Nachbarn ein wenig. Endgültig verstummen ließ sie ihn jedoch nicht. Denn kaum war Rammstein aus Sophies mit viel Liebe zum Detail eingerichteten achtundsechzig Quadratmetern ausgezogen, holte sie ihre Gitarre vom Dachboden.

An einem Dienstag um die einundzwanzigste Woche schlenderte ich, den Kopf in den Wolken, durch die Fußgängerzone, als mein Telefon meckerte, als wäre es eine Ziege. Sophie bat mich, CDs zu kaufen, sie habe da was gegoogelt. Das war mein Stichwort. Ich setzte mich.

Wenn Sophie googelte, brauchte das für gewöhnlich seine Zeit, denn sie hatte irgendwann beschlossen, niemandem mehr so sehr zu vertrauen wie ihrem graviditas mobile namens Google. Sophie mochte ein rationaler Mensch und von der Gültigkeit der Naturgesetze vollständig überzeugt sein, doch seit sie schwanger war, befand sie sich in einer ihr völlig fremden, kaum zu kontrollierenden Situation. Und in dieser half ihr selbst keiner der unzähligen Schwangerschaftsratgeber, von denen ich nicht genau wusste, ob es besonders klug oder besonders dämlich war, sie zu lesen.

Allein der Umstand, dass eines meiner Spermien in ihrem Eileiter eine befruchtungsfähige Eizelle hatte finden und mit dieser verschmelzen können, hatte Sophie gehörig aus der Bahn geworfen. Und als unsere rotierende Koproduktion hartnäckig begann, ihren Magen zu malträtieren, und alles, was sie an Gegenmaßnahmen in die Wege leitete, wirkungslos blieb, fing sie an, Google zu fragen. Die auf ihren Kern »Schwangerschaft, Übelkeit, was tun?« reduzierte Frage, beantwortete Google mit sagenhaften einer Million siebenhunderttausend Treffern, und Sophie verwandelte sich in einen überzeugten Googleaner. Dass sie »Wir sind schwanger« sagte, bekam zudem eine völlig neue Note.

Mit Hilfe von Google fand sie nicht nur gute Ratschläge, Empfehlungen und obendrein die bizarrsten Erfahrungsberichte schwangerer Leidensgenossinnen, die so hanebüchen waren, dass an ihrem Wahrheitsgehalt kein Zweifel bestehen konnte. Sie landete überdies in einem Onlineforum, wie auf einem fremden Planeten, auf dem lauter schwanger-werden-wollende, schwanger-seiende und schwanger-gewesene Frauen lebten, sich austauschten und in ihrem Eifer dabei nicht selten mehr Fragen als Antworten hinterließen. Information, das war wohl eine der härtesten Lektionen dieser zehn Monate, bedeutete nämlich nicht zwingend gleich Wissen.

In diesen Foren tummelten sich Frauen, die sich nicht genierten, ihre mächtigen Bäuche und Brüste aus der Vogelperspektive zu fotografieren und als Profilbild neben ihre Kommentare zu stellen. Sie gaben sich Decknamen wie baby4everLove oder *Februarkugel252*, und hinter ihren Beiträgen machten sie penible Angaben über den aktuellen Stand ihrer Schwangerschaft. Sie kokettierten sogar damit, wie weit sich ihr Muttermund bereits geöffnet habe, was jedwede Diskussion um die Weitergabe persönlicher Daten im Internet überflüssig machte.

Frauen, die sich nie begegnet waren, geschweige denn um

die wahre Identität der anderen wussten, tauschten hier ihre intimsten Gedanken aus. Sie gaben sich Kraft, Zuversicht und Mut oder erzählten sich die schaurigsten Geschichten voller Pleiten, Pech und Pannen, die jede Vorfreude auf das Wunder der Geburt bereits im Keim erstickten und latent phobische, labile Menschen wie mich im Handumdrehen in nervliche Wracks verwandelten. Im besten Fall war das Schwarmintelligenz, im schlechtesten Schwarmparanoia.

Februarkugel252 würde niemals aus purer Boshaftigkeit die Welt in blanke Panik versetzen, versicherte mir Sophie eines Abends, ohne zu wissen, wen sie da eigentlich verteidigte, denn es hätte genauso gut ein sexuell überforderter Bibliothekar in Pumps sein können. Irgendwann drohte ich sogar, ihren Internetanschluss zu kappen, würde sie sich nicht sofort aus diesem Forum abmelden, da mich die Geschichten bereits bis in den Schlaf verfolgten. Doch für Sophie sehnten sich diese Frauen allein nach Anerkennung. Jeder sollte sehen, hören und lesen, welche Qualen sie bereit waren zu ertragen, weshalb sie ihre Geschichten vielleicht ein klein wenig ausschmückten. Und vielleicht waren Sophies Erklärungen nichts anderes als ein brachialer Wink mit dem Zaunpfahl.

Doch statt ihn zu bemerken und Sophies Opfer angemessen zu würdigen, sickerte vielmehr die unterschwellige Sorge in meinen Verstand, als Vater vollständig unbegabt, ungeeignet und unfähig zu sein. Nichts interessierte mich weniger als die unangenehm juckenden Brustwarzen von LittleHexe@home,37.ssw/mumu2cm oder die hartnäckige Verstopfung von Mammi&Söhne,39.ssw/mumu4 cm, während Sophies Brüste immer empfindlicher wurden, aber nicht juckten, und ihr Verdauungstrakt einwandfrei arbeitete, was sie mir erleichtert mitteilte, noch während sie auf der Toilette hockte und sich diebisch über das Ergebnis freute, denn sie freute sich über alles, was ihr an Schwangerschaftsleiden erspart blieb.

Sophie war auf einmal die pure Lebensfreude. Das Kind in ihrem Bauch, das bereits stattliche dreißig Zentimeter maß, wirkte auf sie wie ein Permanent-Heizkissen, weshalb sie sich wie eine Blinde gebärdete, die zum ersten Mal im Leben die Welt mit ihren eigenen Augen sah. Sophie fror nicht mehr. Sie genoss, wie ihr Bauch wuchs und wie sich das Baby bewegte, sie trat und sich einen Spaß daraus machte, in eine Art Schockstarre zu verfallen, wann immer ich mich auf Sophie stürzte, um es ebenfalls zu spüren. Mir blieb jedes Mal das Herz stehen, wenn das Kind über Minuten stillhielt, und es begann erst wieder zu schlagen, wenn Sophie den winzigen Fuß wieder bemerkte. Dass Karatekid sich in Wahrheit über Stunden ausgedehnte Nickerchen gönnte und Sophie mir das Gegenteil nur vorspielte, um mich zu beruhigen, erfuhr ich erst später.

Sophie war der Nabel der Welt. Liebling der Massen. Ein Star zum Anfassen. Wildfremde Menschen kamen auf sie zu, gratulierten ihr, nahmen sie in den Arm und streichelten ihr den Bauch, während man mich links liegen ließ, als hätte ich mich gerade mit einem Ploppen in Luft aufgelöst. Sophie hatte es sich in ihrem neuen Leben bequem eingerichtet und das neue Leben sich in ihr. Sie war fast fünf Monate gebückt und gebeutelt durch die Welt geschlichen, wenn sie überhaupt das Haus verließ. Jetzt wurde ihr Gang immer aufrechter, und sie trug den Bauch vor sich her wie eine Trophäe. Das kleine pränatale Zwischenhoch machte sogar den unrasierten Sandsack ihrer schwankenden Stimmungen entbehrlich – mich. Ich hatte in dieser Rolle ohnehin nie wirklich überzeugt.

Sophie samt Bauch wurden sogar zu einer begehrten Währung. Da man Schwangeren und ihren Begleitern auf Babyflohmärkten eine halbe Stunde vor dem gewöhnlichen Gesindel Einlass gewährte, damit sie dem gröbsten Gedränge bei den Schnäppchenschlachten aus dem Weg gehen konnten, buhlten sämtliche Bekannte, die bereits Kinder hatten, um ihre Gunst.

Und obwohl ich eine Instanz in sinnlosem Geldvernichten war, blieb ich bei dem Kaufrausch außen vor.

Stattdessen bekam Sophie relativ zügig einen detaillierten Überblick darüber, wann sie das Kind wie zu kleiden hatte. Um für alle Eventualitäten gerüstet zu sein, türmten sich in ihrer Wohnung bereits Berge von Kinderkleidung, und der majestätische Anblick dieses gigantischen Textilmassivs weckte zuverlässig neue Zweifel. Das Irreale wurde allmählich real. Ich griff nach einer Socke, die so winzig war, als wäre sie maßgeschneidert für meinen Daumen, und ich fragte mich, wie ich dieses empfindliche Wesen jemals in den Händen halten sollte, ohne dass es mir aus den Fingern glitt und sich verletzte. Wie sollte ich mit ihm reden, es erziehen, beschützen und zugleich auf das Leben da draußen vorbereiten, das sich in immer regelmäßigeren Abständen gegen mich verschwor?

Schwangerschaft war der Zeitraum zwischen Kinderlosigkeit und Elternsein, und nichts bereitete einen darauf vor. Es sprach mehr dafür als dagegen, dass ich kein besonders strenger Vater würde, und Sophie schwante bereits, dass es an ihr sein würde, klare Regeln, Grenzen und Verbote durchzusetzen, während ich den toleranten Alleinunterhalter gäbe. Und mir drängte sich, wann immer wir über Erziehung sprachen, die Frage auf, ob das Schicksal Sophie und mich nun füreinander bestimmt oder sich nur einen schlechten Scherz erlaubt hatte?

Ich fragte mich, wann ich die Zeit finden würde, um wenigstens ab und zu an meinen Comics zu arbeiten, um ein wenig Geld zu verdienen, denn wie die Dinge lagen, ließ mein internationaler Durchbruch noch etwas auf sich warten. Und waren »ab und zu« und »ein wenig« nicht etwas dürftig, wenn ich bald eine Familie zu versorgen hatte? Die Glaubwürdigkeit eines Künstlers, heißt es, rühre nicht zuletzt aus seiner Mittellosigkeit, doch nun würde es nicht mehr reichen, einfach nur über die Runden zu kommen. Also versuchte ich meinen Boss davon zu überzeugen, dass es an der Zeit wäre, unsere Zusammenarbeit auf eine womöglich unkonventionelle, aber solide und perspektivisch verheißungsvolle Basis zu stellen.

»Du willst eine Festanstellung, Lukas?« Der Boss, Mitte vierzig, untersetzt, mit einem graumelierten Kranz Resthaar am Schädel und dem Cholesterinspiegel eines Sumoringers, sah mich nicht einmal an, ließ seine Hosenträger gegen sein verschwitztes Hemd schnacken und grinste dreckig, als hätte er einen dieser Witze gemacht, für die der Begriff politisch unkorrekt erfunden wurde.

»So könnte man es natürlich auch ausdrücken.«

Ich stand noch eine Weile in dem kleinen Büro, unsicher, ob es sich lohnte, auf eine Antwort zu warten. Anschließend hatte ich die Konkurrenz abgeklappert, Arbeitsproben verteilt und Bewerbungen verschickt. Bedauerlicherweise kroch die Branche keuchend im Staub, und ihr Husten klang beängstigend. Ich hatte Sophie versichert, eine unbefristete Stelle zu finden, und zuversichtlich gelächelt. Ich war motiviert, vom Ehrgeiz gepackt, bereit gewesen, jede Hürde zu nehmen – und über jede gestürzt.

Ich hörte Sophies Stimme wieder deutlicher am Telefon, wie sie aus den Ergebnissen zitierte, die Google auf die Stichwörter Musik und Schwangerschaft parat hatte: »Beruhigende Musik hat eine positive Wirkung auf die Schwangerschaft und die Entwicklung des Kindes. Schon während der Schwangerschaft kann Musik Mutter und Kind die nötige Ruhe und Harmonie verschaffen. Spielen Sie dem Säugling in der Schwangerschaft Musik von Beethoven oder Mozart vor, und es wird in Mathematik hervorragende Leistungen zeigen.«

Ich hatte nur flüchtig zugehört, mir aber angewöhnt, wenigstens den letzten Satzfetzen aufzuschnappen und zu wiederholen. Ich erinnerte Sophie daran, dass ich einst den Mathematik-Leistungskurs belegt hatte, was genetisch gesehen so schlechte

Voraussetzungen nicht waren. Wir könnten getrost auf Mozart verzichten, weil ich statt seiner in die Bresche spränge. Zum Beweis sang ich ihr die dritte binomische Formel vor, woraufhin mir eine Passantin einige Münzen vor die Füße warf. Richtige Formel. Falscher Ton.

»Diverse Tests bestätigten den positiven Einfluss von h-a-r-m-o-n-i-k-a-l-e-r Musik auf die Schwangerschaft, den Geburtsverlauf und die Kindesentwicklung.« Das Wort harmonikal betonte Sophie auf jeder einzelnen Silbe, dann bat sie mich, ihr »Baby Beat – Musik zum Entstressen und Entspannen« sowie Beethovens Neunte zu besorgen. »Und wenn dich jemand casten will, geh einfach weiter. Beeil dich.«

»Warte. Ich muss dir noch … Also wegen der Stelle …« Aufgelegt.

Ich nahm meinen Block aus der Tasche und zeichnete eine neue Folge von Linus.

Erst lag er in seinem Liegestuhl vor dem Baumhaus und baute einen Joint, während unter ihm ein Kühlschrank mit einem Mädchen Gassi ging. Eine Frau in engen Jogginghosen wetzte einem Stöckchen hinterher, das ihr Staubsauger warf. Ein Anzugträger machte vor einem Fernseher Männchen. Linus zündete sich die Tüte an: *»Niemand hat euch gezwungen, den Maschinen blind zu vertrauen.«*

Statt auf direktem Weg in die Musikabteilung zu gehen, bog ich, frustriert, wie ich war, in einen Bereich ab, über dem der Schriftzug *TV & Entertainment* leuchtete. Ich sah mir oft Dinge an, von denen ich glaubte, sie dringend zu benötigen, obwohl ich sie mir nie würde leisten können. Es sei denn, ich gewänne im Lotto. Um aber im Lotto zu gewinnen, war es zwingend nötig, Lotto zu spielen, was ich nicht tat, weshalb ich mir vorstellte, wie es wäre, es zu tun und zu gewinnen. Ich konnte ganze Tage mit solchen Gedanken verbringen.

Ich blieb vor einem besonders imposanten Fernsehgerät stehen und dachte, dass allein der Karton für dieses Monster nie und nimmer in das Cabrio passen würde, das ich mir von den vielen Millionen spendieren würde. Vielleicht in die Limousine? Den Geländewagen? Ich könnte den Gärtner mit dem Lieferwagen schicken. Dieser Apparat würde jedenfalls vortrefflich in das Arbeitszimmer unseres kernsanierten Vorstadtgehöfts passen, für das ich die Sekretärin zudem eine pittoreske Mahagonikommode ersteigern ließe, da es im großem Saal mit dem Billardtisch, an dem ich gegen den Butler spielte und dabei neue Ideen für meine mehrfach preisgekrönten Comics ausbrütete, so sehr hallte. Mahagoni passte einfach hervorragend zu dem Chagall.

Ein hagerer Verkäufer mit bis unter die Achseln gezogenen Hosen trat wie aus dem Nichts an meine Seite und bot mir an, mir lieber ein Gerät aus einem der unteren Preissegmente zu zeigen. Ich verneinte empört und ließ mich auf ein breites Ledersofa fallen, vor dem die besten Fußballer des Landes in Lebensgröße einem knappen Rückstand gegen eine der ehemaligen sowjetischen Teilrepubliken hinterherliefen. Die Nationalspieler auf dem Bildschirm waren so groß wie die Lautsprecherboxen, die ihn flankierten und für eine beeindruckende Geräuschkulisse sorgten, bis sich Mitte der zweiten Halbzeit der sommersprossige Verkäufer neben dem deutschen Torwart aufbaute und auf seine Uhr deutete. »Entschuldigen Sie, aber wir schließen jetzt.«

»Was? Jetzt schon? Es ist doch noch gar nicht so spät.« Ich bedeutete ihm mit einem Nicken, dass er mir die Sicht versperrte, und erntete im Gegenzug ein Stirnrunzeln.

»Haben Sie die Durchsage nicht gehört?« Er schielte nach oben.

»Welche Durchsage?« Ich zeigte zuerst auf meine Ohren und dann auf die Lautsprecher.

»Jedenfalls sind Sie der letzte Kunde.« Vergeblich versuchte er, mit einer ausladenden Geste meine Aufmerksamkeit auf die verwaisten Gänge zu lenken.

»Nur noch zehn Minuten.« Ich vermutete, dass mir in Zukunft wohl nicht mehr viele dieser ungestörten Augenblicke blieben, und hatte beschlossen, diesen vollends auszukosten. »Sagen Sie, hat der eigentlich Videotext?«

Der Mann zog die Augenbrauen hoch. »Tut mir wirklich leid für Sie, aber ich habe meine Vorschriften. Wenn Sie mir dann bitte folgen würden.«

»Sie haben wohl nichts für Sport übrig, oder?« Wenn man die Schwächen des eigenen Wesens erst einmal akzeptiert hatte, war es nicht mehr schwer, gewisse Grenzen locker zu überschreiten.

»Und Sie treiben wohl keinen, oder?« Der Mann lächelte und musterte mich abfällig. »Ich würde Sie jetzt wirklich höflich bitten, das Geschäft zu verlassen.« Er öffnete sein Jackett und zeigte auf ein Funkgerät, als wäre es eine Waffe.

»Einverstanden. Ich müsste nur noch kurz in die Musikabteilung.«

»Das geht nicht.« Er seufzte. »Die Kollegen haben Feierabend.«

»Kein Problem. Ich finde mich auch allein zurecht.«

»Da ist schon das Licht aus.« Sein Tonfall wurde schärfer.

Was mich auch nicht abschreckte. »Dauert auch nicht lange.«

»Sagen Sie, sind Sie schwer von Begriff?« Er tippte mit dem Finger gegen seine Stirn, was er nicht hätte tun sollen.

»Ist zu Ihrer eigenen Sicherheit.« Mein Ohr. Das linke.

Die Sommersprossen verschwanden in seinem hochroten Gesicht. »Wollen Sie mir drohen? Gehen Sie, oder ich rufe den Wachdienst.« Er griff in sein Jackett.

»Schalten Sie das Funkgerät wieder aus und beruhigen Sie sich. Sehen Sie, ich brauche nur zwei CDs, die meine schwangere Freundin dem Kind vorspielen will. Wenn es diese CDs nicht hört, wird es nur schwer schreiben, kaum lesen und überhaupt nicht rechnen können. Es wird die Schule abbrechen, keine Lehrstelle finden und von zu Hause abhauen. Es wird mit üblen Gestalten in düsteren Gassen krumme Geschäfte machen, Leute belästigen und Drogen nehmen. Und wenn Sie nicht wollen, dass Sie es eines Tages beim Klauen erwischen und es Sie im Rausch mit mehreren Schüssen niederstreckt, rate ich Ihnen, mich noch kurz in die Musikabteilung zu lassen.«

»Sie haben sie doch nicht mehr alle. Verschwinden Sie jetzt.«

Ich ahnte, wie Sophie mich ansehen würde, dieser Blick, als wolle sie sagen: »Ich weiß auch nicht, warum ich dir das zugetraut habe.« Und da die Aussicht, die Sache hier gründlich vermasselt zu haben, allein nicht zum Tiefpunkt des Tages taugte, mischte sich Wut in meine unentwegte Unzufriedenheit über alles, was in meinem Leben hinter meinen Erwartungen blieb. »Aber du Elektronikkobold hast noch alle Latten am Zaun, oder was?« Ich war in meinem Element. »Die haben hier natürlich nur auf so eine studierte Intelligenzflöte gewartet, um dir Digitaldödel diesen sozialversicherungspflichtigen Nichtskönnerjob geben zu können. Oder ist da noch mehr? Cabrio? Geländewagen? Jetzt sagen Sie nicht, ein Billardtisch?«

»Es reicht.« Er hielt die Hand auf. »Geben Sie sofort die Fernbedienung her.«

»Glotzenmolch.« Mein Frust entlud sich in einer Salve Flüche.

»Und runter vom Sofa.« Er versuchte, mich zu packen.

»Flimmerkistenbefruchter.« Ich entkam auf eine der Lehnen.

Er griff ins Leere und versuchte es erneut. »Hier sind überall Kameras.«

»Überwachungskameras? Als ob mich das irgendwie beeindruckt. Du hast keinen blassen Schimmer.« Ich war es allein meiner Größe wegen gewohnt, die Blicke auf mich zu ziehen.

Aufmerksamkeit zu erregen war ein nicht gerade unbedeutender Teil meiner Persönlichkeit. Außerdem hatte ich mir abgewöhnt, mir in solchen Situationen peinlich zu sein. »Röhrenlutscher.«

Zwei Wachmänner, dem Akzent nach hochdekorierte Diplomingenieure aus einer ehemaligen sowjetischen Teilrepublik, stampften die Rolltreppe hinauf. Da sie nicht gerade den Eindruck erweckten, als könnten sie frei aus den Standardwerken zur Anti-Konfrontations-Theorie zitieren, und da man immer wissen sollte, wann Flucht keine Schande ist, rannte ich davon. Ich warf dem Verkäufer die Fernbedienung zu und lief in Richtung Ausgang, während die Uniformierten keine Anstalten machten, mich aufzuhalten, und wie paralysiert auf den Bildschirm starrten. Die Deutschen hatten gerade das Siegtor geschossen.

Ich stürmte ins Freie, rief Sophie an und gestand ihr, die CDs nicht gefunden zu haben und wie leid mir das täte. Weil ich abgekämpft und völlig außer Atem klang, glaubte sie mir zumindest, dass ich die komplette Innenstadt auf den Kopf gestellt hatte, um die Scheiben aufzutreiben, da ich mittlerweile ebenfalls von ihrer Notwendigkeit überzeugt sei. Sophie schien von meinem Eifer ehrlich beeindruckt.

Es war spät geworden, alle Läden dicht, die Stadt wie ausgestorben. An einer Tankstelle kaufte ich Blumen. Sophie mochte Blumen, und ich hatte mich bislang nur geweigert, ihr welche zu kaufen, weil ich keiner dieser gesichtslosen Elitestudenten war, wie sie damals an der Universität ständig um sie herumschwirrten, sie in der Mensa auf einen Kaffee einluden, Blumen kauften und sich nicht zu schade waren, neben ihr im Kino zu weinen. Ich richtete mich regelmäßig an dem Gedanken auf, wie sie sich unter ihren Seitenscheiteln das Hirn zermartern, dass ausgerechnet der Comiczeichner diese Frau abbekommen hatte, bevor sie zu skrupellosen Advokaten der hiesigen Finanzwelt wurden und ausgesorgt hatten, bevor sie mit dreißig in den wohlverdienten Ruhestand gingen.

Als ich ins Wohnzimmer trat, spielte Sophie Gitarre. Sie saß im Schneidersitz auf der Couch, zupfte an den Saiten und sang ihrem Bauch »How Many Roads« von Dylan vor. »Ist zwar nicht Mozart, aber ich glaube, dem Baby gefällt es.«

Da ich viel zu viel Zeit damit verbrachte, von meinem Leben enttäuscht zu sein, und zu wenig, die Konsequenzen meiner Taten zu bedenken, und darüber hinaus das außerordentliche Talent besaß, in jeder Situation nicht nur das Falsche zu sagen, sondern es auch zu tun, zog ich von einer der Blumen die Blüten ab und ließ sie auf Sophie regnen. Ich schwang mir die Wolldecke um die Schultern, die gefaltet neben ihr lag, imitierte einen kraftvollen Flügelschlag und tanzte wie eine zugedröhnte Primaballerina auf Zehenspitzen vor ihr auf und ab. Dazu krächzte ich nach Leibeskräften: »How many roads must a man walk down, before you can call him a man?«

Sophie schenkte mir einen eiskalten Blick. »Eins schwöre ich dir: Wenn du dich so bei der Geburt aufführst, haue ich dir eine rein.«

Kurz darauf lag sie beleidigt im Bett, während ich die Blüten aufzukehren hatte. Die übrigen Blumen legte ich Karin Pfannenstiehl vor die Tür. Am nächsten Tag stürmte sie zum Friseur auf der anderen Straßenseite. Irgendwie sah sie danach jünger aus.

kapitel 10

Auf dem Klodeckel klebte ein kleiner gelber Zettel. Wenn Sophie sauer war und nicht den geringsten Drang verspürte, auch nur ein Wort mit mir zu wechseln, schrieb sie mir. Kommunikation war ihr selbst dann ein hohes Gut, wenn sie mir lieber einen professionellen Schläger auf den Hals gehetzt hätte. Die Zettel klebte sie anschließend auf den Klodeckel, damit ich sie auf alle Fälle finden würde, und zwar gleich nach dem Aufstehen. Im Prinzip saß ich morgens bereits auf dem Klo, noch während ich aufstand. Senile Bettflucht womöglich.

Am Anfang hatte Sophie mir noch romantische Botschaften auf den Zetteln hinterlassen, kurze Gedichte etwa, aber auch zweideutige Sauereien und sie in ihrer Wohnung versteckt. Aber dann hatte ich mir eines Abends nicht mehr die Mühe gemacht, nach den Zetteln zu suchen, nachdem sie mich angerufen und gefragt hatte, ob ich nicht die Nacht bei ihr verbringen wolle, weshalb ich Obelix mit zwei angebrochenen Flaschen Bier in unserer Küche zurückließ, zu ihr wankte, die Kerzen, die Rosen und den Sekt übersah und auf der Stelle einschlief. Seitdem klangen die Zettel eher förmlich.

Sophie ließ mich kurz und knapp wissen, dass Obelix am Vorabend versucht hatte, mich zu erreichen. Ich musste beim Elektrodiscounter mein Telefon überhört haben.

Ich wählte Obelix' Nummer, landete jedoch bei der Mailbox, was bedeutete, dass er entweder Dienst schob oder schlief, da er in Schichten arbeitete, die einen ganzen Tag dauerten. Den folgenden Tag hatte er dann frei, zumindest in der Theorie. In der Praxis war die Wache, auf der der Feuerwehrmann sich seinen langgehegten Kindheitstraum erfüllte, chronisch unterbesetzt.

Ständig fielen Kollegen aus, deren Frauen schwanger waren, gerade Nachwuchs bekommen hatten oder deren Kinder krank oder gewitzte Simulanten waren. Der Ausfall dieser Männer führte dazu, dass die wenigen Namen der kinderlosen Einsatzkräfte, zu denen Obelix zählte, immer öfter in dem ausgedünnten Dienstplan auftauchten.

Obelix hatte immer seltener frei und brauchte immer mehr Ruhe, und so liefen wir uns in unserer Wohnung nur noch höchst unregelmäßig über den Weg. Wenn wir uns aber trafen, genügte es, uns ohne große Worte vor den Fernseher zu hocken, um uns wie immer blendend zu verstehen. Jedenfalls hatte Sophie bei einem ihrer ersten Besuche innerhalb einer halben Stunde mehr aus Obelix herausgequetscht als ich in einem halben Leben, wobei ich das mit dem Faible für Uniformen irgendwie geahnt hatte, nicht jedoch, dass er auf Handschellen stand. Wir waren wahre Meister im Starren und Schweigen, mit der kleinen Einschränkung, dass Obelix Sendungen, in denen es um Schwangerschaft, Geburt oder Kinder ging, irgendwann nur noch erschöpft ausschaltete.

Als dann ausgerechnet die Freundin seines besten Freundes aus heiterem Himmel schwanger wurde, glaubte Obelix erst an einen schlechten Scherz, dann an ein heimtückisches Komplott, und je seltener Sophie das Halbverdaute in sich behielt und je öfter ich nicht von ihrer Seite wich, beschlich ihn das ungute Gefühl, winzige Wesen mit riesigen Köpfen wollten ihn langsam fertigmachen und ihm zu allem Überfluss auch noch mich wegnehmen.

Nicht, dass Sophie zu übertriebener Anhänglichkeit neigte. Sie liebte es, alle Freiheiten zu haben, und hatte sich bei erstbester Gelegenheit von ihren Eltern emanzipiert. Sie wollte um jeden Preis auf eigenen Beinen stehen, trennte Privates von Beruflichem, Arbeit von Vergnügen, Freundschaft von Liebe. Natürlich war ihr wichtig, dass wir Zeit miteinander verbrachten, doch sie bestand darauf, dass wir nicht wie die Kletten aneinanderhingen.

Obwohl ich wusste, dass sie es mochte, wenn ich überraschend vor ihrer Tür stand und wie selbstverständlich bis zum nächsten Morgen blieb, hatten wir nie ein Wort darüber verloren, wie es wäre, wenn wir täten, was andere Paare irgendwann nun mal so tun, nämlich zusammenzuziehen. Vermutlich hatten wir unseren Status quo mit seinen Fluchtwegen und Rückzugsräumen nicht überstürzt aufgeben wollen. Seit Sophie allerdings schwanger war, wurde ich über Nacht der einzige Mensch, den sie in ihrer Nähe duldete, und nach einigen Wochen war ich praktisch bei ihr eingezogen. Die wenigen Male, die ich mich noch am Bahnhof blicken ließ, verschlief Obelix oder er vertrat einen Kollegen. Wenn man so wollte, hatte das Wunder des Lebens mich mit Sophie zusammengeführt und mit Obelix entzweit.

Seit meinem dreißigsten Geburtstag jedenfalls hatten wir so gut wie keinen Kontakt mehr, und den Schuldigen hatte er mühelos gefunden – mich. Obelix hatte mich so um die dreizehnte Woche angerufen, nachdem ich mich tagelang nicht gemeldet hatte, weil er nicht gerade in Jubelstürme ausgebrochen war, als ich ihm von der Schwangerschaft erzählte. Doch als ich endlich ans Telefon ging, war außer Rammstein nicht viel zu verstehen.

»Erst abtauchen und dann auf das Konzert von diesen Primaten gehen. Alter, das geht mal gar nicht!« Obelix brüllte mir seinen ganzen Abscheu entgegen.

»Kein Konzert. Konserve.« Ich senkte die Lautstärke, worauf sofort Sophies gluckernder Unmut aus dem Bad drang, leise plätschernd und doch bestimmt, als würde sie mit Schalldämpfer reihern.

»Ich schwöre dir, Schaefer, die sind noch schlechter als die Fohlen. Außerdem ist das in der Lautstärke bestimmt nicht gut fürs Baby.«

»Ist ein Notfall.« Ich drehte den Regler wieder auf volle Lautstärke.

»Wirklich? Soll ich kommen?« Wie gesagt: Helfersyndrom.

»Nein.« Sophie hatte Obelix zwar nackt auf Knien gesehen, und es wäre ein Akt ausgleichender Gerechtigkeit gewesen, wenn er sie dafür vor dem Klo erlebte, aber das stand wirklich nicht zur Debatte.

»Jetzt mach ich mir echt Sorgen. Ich sitze im Rettungswagen. Mit Blaulicht bin ich in drei Minuten da. Ist wirklich alles in Ordnung bei euch?«

»Ja.« Ich legte die größtmögliche Überzeugung in meine Stimme.

»Sicher? Du ahnst nicht, wie viele Leute glauben, alles im Griff zu haben, statt den Notruf zu wählen, und dann kommt die Kavallerie.«

»Bei uns ist alles gut.« Natürlich war nichts gut, und Obelix machte es nicht besser. Was, wenn sie sich wirklich die Seele aus dem Leib reiherte? Wenn Sophie vor Erschöpfung eines Tages einfach die Augen verdrehte und umkippte. Ich hätte mir das nie verziehen, aber ich hatte versprochen, es gemeinsam mit ihr durchzustehen. »Bis dann, Obelix. Ich melde mich.« Doch das war eine glatte Lüge.

In Wahrheit sahen wir uns anschließend überhaupt nicht mehr, und nun war es höchste Zeit, das zu ändern. Sophie würde mich vorerst ohnehin mit Missachtung strafen, weil ich sie mit dem Ausdruckstanz und den Blüten verarscht hatte. Und das letzte Mal, dass ich mit einer Frau über Zettel kommunizierte, war ich zwölf Jahre alt gewesen, und es hatte die Antwortmöglichkeiten *Ja*, *Nein* und *Vielleicht* gegeben. Ich schrieb Obelix eine SMS: Um acht bei Sophie. Grüße, Lukas.

Anschließend rief ich Sophie an und sagte ihr, dass ich mit Obelix um die Häuser ziehen würde, was wörtlich gemeint war, denn mehr als fünfhundert Meter, und zwar Luftlinie, durfte ich mich von ihr und dem Ungeborenen nicht entfernen. Wenn etwas nicht stimmte, musste ich kommen, ohne auf dem Weg zu verunglücken, was Sophies eigentliche Sorge war. Ich hatte die U-Bahn zu meiden, die noch unzuverlässiger als ich war, zumal ich im Notfall ohnehin in die falsche Linie steigen oder gleich vor den Zug laufen würde. Auch das Fahrrad war keine ernsthafte Alternative, da panische Möchtegernerwachsene für sich und alle anderen Verkehrsteilnehmer die größte Gefahr waren. Und das Auto? Nun, das Viertel, in dem Sophie wohnte, bestach neben seiner zentralen Lage und den halsabschneiderischen Mieten durch ein krasses Missverhältnis von Angebot und Nachfrage von Parkplätzen. Wer einen gefunden hatte, behielt ihn oder vererbte ihn weiter. Manche Parkplätze waren angeblich seit Generationen in Familienbesitz. Außerdem sprang mein französischer Kombi meist sowieso nicht an.

Obelix musterte mich ungläubig, als ich ihm vor der Haustür vorschlug, in die Pusteblume zu gehen oder ins Grünschnabel oder was es in der Nähe sonst an netten Läden gab. »Nett ist die kleine Schwester von Scheiße. Wieso gehen wir nicht ins Joker? Wie immer.« Das Joker war eine Spelunke alter Schule im Bahnhofsviertel, und bei Obelix war es Liebe auf den ersten Blick.

»Geht nicht. Ist zu weit weg.«

»Alter, das sind vier Stationen.« Er hielt mir die Hand vor mein Gesicht und knickte den Daumen ein, damit ich nachzählen konnte.

»Ich weiß, aber dann kann ich gleich wieder hochgehen. Da lässt Sophie mich nicht hin, kapiert? Das Grünschnabel ist doch gar nicht so schlecht.« Ich hoffte inständig, er würde mir das abkaufen.

»Nicht schlecht? Verkackte Gentrifizierung, Alter.«

»Verkackte was?« Obelix war nicht der Typ, der mit Fremdwörtern um sich warf, und dass er damit anfing, konnte nur Ausdruck seiner tiefsten Beunruhigung sein.

»Stand in der Zeitung, also, dass ihr in einem klassisch durchgentrifizierten Viertel wohnt. Wusstest du das nicht?« Er sah mich ungläubig an.

»Moment. Sophie wohnt hier.«

Obelix runzelte die Stirn und deutete auf das Klingelschild. »Wem willst du was vormachen? Das war hier mal eine echt anständige Gegend. Nicht ganz so wie am Bahnhof, aber anständig. Und jetzt? Die Trinkhalle ist dicht. Die Spielhalle ist dicht. Selbst die Frittenhalle hat dichtgemacht, weil irgendein Idiot Unterschriften gegen für Kleinkinder ungeeignetes Essen gesammelt hat. Und weißt du, wer gerade Spanplatten vor sein Juweliergeschäft nagelt? Gold-Petri. Aber der glaubt ja ohnehin, er hat Alzheimer, seit der Sache im Supermarkt. Bleibt nur noch das Casanova, aber da kannst du mittlerweile vor elf auch nicht mehr hin. Stattdessen blättern die Investmentschnösel hier pro Quadratmeter Warmmiete den Preis einer Dauerkarte hin, und bei dem Fahrradhändler kostet allein der Rahmen mittlerweile so viel wie ein Kleinwagen. Den Alten hier wird die Hölle heißgemacht, dass sie endlich ausziehen. Alles ist jung, hip und stylisch, aber nicht so scheiße, dass es schon wieder cool ist, sondern einfach nur scheiße. Keiner gönnt hier irgendwem irgendwas. Jeder will hier leben, aber alle nerven sich nur an, weil zu viele Weltanschauungen aufeinanderprallen. Jeder gibt dem anderen die Schuld, dass das Viertel seinen ursprünglichen Charakter verändert und sein Flair verliert. Die High-Level-Singles den Luxus-Mamis, die Alt-Alternativen der Bio-Boheme. Das, Alter, ist Gentrifizierung. Findest du das etwa gut? Willst du dabei mitmachen? Ich bitte dich, das ist nicht dein Ernst. Komm wieder zurück.«

»Bio-Boheme?« Mir wurde die Sache langsam unheimlich. »Bist du fertig? Oder willst du gleich zur Pfannenstiehl hoch. Ihr würdet euch prächtig verstehen.«

Obelix liebte das Bahnhofsviertel und empfand eine tiefe

Abneigung gegen Lokalitäten, in denen es in Speisekarten Rubriken wie Die tolle Knolle oder Aus dem Gemüsegärtchen gab und das Bio-Wiener fünfunddreißig achtzig kostete. Natürlich liebte er noch mehr unsere Heimatstadt und den Verein unserer Herzen und war nur weggezogen, weil er dort keine Ausbildungsstelle gefunden hatte. Und da mir egal war, wo ich nach meinem halbherzigen Versuch, eine Universität zu besuchen, Comics zeichnen würde, kam ich mit. Außerdem gefiel mir die Vorstellung, ausgerechnet mit Obelix, mit dem ich meine Kindheit und Jugend verbracht hatte, als wären wir Brüder, zusammenzuwohnen. Und es war großartig – anarchisch, chaotisch, skurril. Aber diese Zeit ging nun zu Ende.

Man begriff so etwas leider erst, wenn es zu spät war, und im Grunde waren Obelix und ich einfach nur froh, dass wir uns nach all den Wochen wiedertrafen. Also gingen wir ins Brot& Spiele. Dreihundertfünfzig Meter Luftlinie. In der Ecke saß eine Gruppe Studenten vor frisch gebrühtem Tee und einem mittelalterlichen Rollenspiel, am Tresen wurde gewürfelt, und am Kicker standen vier junge Frauen und kreischten. Wir bestellten vier kleine Bier, trugen uns in die Warteliste beim Kicker ein und tranken, bis ein dumpfes Surren die Stille unterbrach und mein Handy eine eingegangene E-Mail anzeigte. Schlagartig kontrollierten sämtliche Würfelspieler sowie vier von den fünf Brettspielern ihre Smartphones.

»Michael Stäusel will mit mir auf Facebook befreundet sein.«

»Michael wer?« Obelix pulte kleine Krümel aus seinem Bierdeckel.

»Stäusel. Biologie- und Chemie-Leistungskurs. Hornbrille, Mittelscheitel und Pickel, als stünde die Enzyklopädie des Scheiterns in Blindenschrift auf seinen Wangen.«

»Stäuselkuchen?« Es hatte klick gemacht.

»Sein Alter hatte die Praxis neben der Tankstelle. Ich werd nie vergessen, wie Stäusel im weißen Kittel durch die Schule stolziert ist und Formeln vor sich hin murmelte. Der war völlig durch. Warte, hier ist sein Profil. Sieh dir das an. Der Patient arbeitet bei Bayer. Als Versuchskaninchen, oder was? Und tschüs. Abgelehnt.« Ich schoss die Mail mit großer Geste ins Nirwana.

»Was?« Bei »Bayer« hatte Obelix schlagartig das Interesse verloren.

»Ich bin doch nicht mit Stäuselkuchen auf Facebook befreundet. Ich hoffe nur, meine Absage trifft Frankenstein nicht zu hart. Mach's gut, du Flasche.«

Obelix fiel mir ins Wort, indem er so tief Luft holte, dass die Gefahr bestand, er würde das Brot&Spiele vakuumverpacken. »Alter, Schaefer, das ist doch kein Zustand!« Ich wusste sofort, was er meinte. »Ich hab schon überlegt, ob ich eine Vermisstenanzeige aufgeben soll, nachdem ich die Spinnweben in deinem Zimmer gesehen habe. Übrigens ist deine Zimmerpalme verreckt, und wenn du nicht bald auftauchst, ist selbst der Kaktus platt. Wie stellst du dir das vor? Soll ich jetzt jedes Mal die Dicke um Erlaubnis fragen, damit sie dich gehen lässt?« Obelix nannte Sophie nur noch »die Dicke«. »Ich schwör dir, hätte ich das geahnt, ich hätte dich im Joker so abgefüllt, da wäre nichts mehr mit Kindermachen gewesen.«

»Du musst sie nicht fragen. Das ist albern. Ihr ging es nicht so gut in letzter Zeit, aber jetzt ist es vorbei. Hab ich dir doch erklärt.« Weiteren Protest erstickte Obelix mit einem strengen Blick im Keim.

»Die Dicke ist schwanger und nicht todsterbenskrank. Sie wird es überleben, wenn du mal für ein paar Stunden nicht bei ihr bist.«

»Sophie hat mich gebraucht, Obelix.«

»Niemand verlangt, dass du sie im Stich lässt. Aber wir kennen uns schon unser ganzes Leben, Alter. Da haut man nicht einfach so ab. Du hättest wenigstens mit zu den Heimspielen kommen können. *Nur zesamme simmer stark …* und so weiter. Weißt du eigentlich, wie ätzend das ist, neben einem leeren Platz zu hocken? Der Typ vor uns, der mit dem Zwirbelbart, hat mich letztens gefragt, ob du tot bist.«

»Ich weiß, dass ich mich hätte melden müssen.« Ich hatte es mir fest vorgenommen, es jedoch immer wieder vor mir her geschoben, und irgendwann war es zu spät. »Du warst nicht gerade völlig aus dem Häuschen, als ich dir von der Schwangerschaft erzählt habe.«

»Es kam etwas überraschend. Was hast du erwartet?«

»Keine Ahnung. Weißt du, für mich ist das alles manchmal so weit weg. Ich wache manchmal auf und frage mich, ob ich das alles nur geträumt habe. Und manchmal denke ich, das wäre auch besser, weil mich jetzt schon alles überfordert. Aber dann liegt Sophie neben mir, und ihr Bauch wird immer kugelrunder, dass ich Angst habe, sie platzt irgendwann. Mehr als die Hälfte ist schon rum, und ich bin überhaupt nicht vorbereitet. Kannst du dir mich vorstellen – mit Kind auf dem Arm, beim Fläschchengeben und Wickeln?«

»Nein, aber ich werde da sein, wenn ihr um die Wette brüllt. Das ist bestimmt sein Eintrittsgeld wert.« Er leerte sein Glas in einem Zug. »Aber weißt du was? Ich bin verdammt stolz auf dich.« Es knackte, als er mir auf die Schulter schlug.

»Stolz? Genauso klingst du gerade, Obelix. Du platzt ja geradezu vor Stolz. Verarschen kann ich mich alleine.« Die Schulter war taub.

»Alter, du wirst Vater, ich meine, das ist doch großartig.«

Vermutlich schüttete ich bereits körpereigene Schmerzblocker aus und war deshalb komplett zugedröhnt, denn Obelix konnte das unmöglich ernst meinen.

»Darum geht es doch am Ende, richtig, Schaefer? Eine Familie gründen, Kinder haben, sesshaft werden. Ich meine, das ist verdammt noch mal der Sinn des Lebens.«

»Der Sinn des Lebens? Sag mal, wann hast du heute angefangen zu saufen?« Ich zog ihn am Ärmel. »Und seit wann trägst du überhaupt diese bescheuerten Hemden? Ist das etwa gebügelt?«

Obelix grinste mich an. »Sogar gestärkt. Kleine Typveränderung. Jetzt lenk nicht ab. Was ich damit sagen wollte, ist, dass das ja nicht heißt, dass man deshalb gleich auf alles andere verzichten muss. Es heißt nämlich Sinn des Lebens und nicht Ende des Lebens.«

»Das war aber schwer philosophisch, mein Freund, nicht schlecht.«

»Danke.« Obelix bestellte mehr Bier. »Du musst dein altes Leben ja nicht wegwerfen, als wäre es nichts mehr wert. Aber du kannst jetzt nicht mehr zurück. Du wirst dich von ein paar Dingen trennen müssen. Und wenn du es nicht kannst, werde ich es tun.«

»Und was genau soll ich deiner Meinung nach jetzt bitte machen?«

»Werd erwachsen, Schaefer.«

»Vergiss es.« Ich griff nach meiner Jacke, aber Obelix war schneller.

»Alter, das ist mein Ernst.« Und dann führten wir tatsächlich das erste ernstzunehmende Männergespräch unseres Lebens. Wir redeten über die Dinge, über die man reden muss, wenn man Vater wird und die Hosen gestrichen voll hat. Wir redeten, als hätten wir viel zu lange geschwiegen.

Wir tranken Bier, und die letzten Dellen, die ich mit meiner werdenden Vaterschaft in unserer Freundschaft hinterlassen hatte, beulte Obelix am Kicker aus. Ich war ein erbärmlicher Tischfußballspieler und verlor, obwohl ich mich nach Leibeskräften wehrte, mit eins zu zwölf. Ich spendierte ihm noch ein Butterbrot nach Art des Hauses für dreizehn fünfzig, und danach war die Welt wieder in Ordnung. Das Gute an alten

Freundschaften, die auf platonischer Liebe basierten, war doch, dass man sich über Wochen, Monate oder auch Jahre aus den Augen verlieren, ignorieren und vergessen konnte, und dann ging trotzdem alles wieder seinen gewohnten Gang.

Um kurz nach elf gingen wir ins Casanova zu Pepe.

kapitel 11

Die Pizzeria Casanova lag im Erdgeschoss, vier Stockwerke unter Sophies Wohnung, und hatte es jemals einen Ort gegeben, an dem der erste Eindruck zwingend einen zweiten erforderte, war es dieser. Die bunten Mosaikfliesen waren aus minderwertigem Mörtel, die Marmorsäulen ausgehöhlte Attrappen und die eleganten Kronleuchterkerzen zuckten elektrisch. Pepe, der sein Restaurant mit der Attitüde eines sizilianischen Ganoven führte, hieß in Wahrheit Youssef El Habassi und kam aus Marokko. Da Youssef El Habassi bedauerlicherweise nicht die Spur italienisch klang, meldete er nach seiner Ankunft kurzerhand seine Papiere als gestohlen und nannte sich Pepe, und um möglichst authentisch zu klingen, sprach er gebrochenes Deutsch mit starkem italienischem Akzent. Davon abgesehen backte er die beste Pizza nördlich der Alpen.

Dieser Umstand war auch den Rucksacktouristen nicht verborgen geblieben, jedenfalls tauchte Pepes Pizzeria vor Jahren in einem dieser populären Reiseführer auf, weshalb der Laden nun tagsüber von Japanern und Australiern bevölkert wurde, die Lasagne für typisch regionale Hausmannskost hielten. Und seit Pepe in einem der hiesigen Restaurantführer abgefeiert worden war, die der Stadt regelmäßig den Puls fühlten und die unverfälschte Atmosphäre des Casanova zwischen Girlanden aus saftigen Weinreben und Gemälden italienischer Sonnenuntergänge priesen, strömten mit Einbruch der Dämmerung die Gentrifizierer hierher. Dass es sich in Wahrheit um Reben aus asiatischem Plastik und marokkanische Sonnenuntergänge handelte, schien niemanden weiter zu stören.

Obwohl Pepe diese Popularität insgeheim schmeichelte, gebärdete er sich, als wären ihm Andrang und Schulterklopfer eher lästig, und erlaubte sich, seine Gäste wie elende Schmarotzer zu behandeln. Er ignorierte diejenigen, die Pizza Funghi ohne Pilze bestellten, drehte den Fernseher auf, wann immer es ihm unpassend erschien, und beschimpfte seine Kundschaft mit italienischen Phantasiewörtern. Als Dank erntete er entzückten Beifall. »Grandissimo, Pepe, du bist und bleibst ein Original.« Und wenn die letzten Weinseligen von ihm gegen Viertel vor elf mehr oder weniger höflich rausgeschmissen wurden, winkten sie ihm übermütig. »Forza, bella Italia! Arrivederci!« Pepe verscheuchte sie mit einem Geschirrtuch. »Ciao. Mackte, dasse ihr rauskommt, ihr Funghifatones.«

Ab elf wurde es ruhig im Casanova, dann kamen die Stammgäste, zu deren erlauchtem Kreis auch Obelix und ich gehörten. Wir hatten bereits unzählige Stunden damit verbracht, auf den Hockern vor Pepes Tresen zu kauern und zu lauschen, wie der kleine Mann in großen Gesten Geschichten von gestern erzählte, und nach nichts sehnte ich mich an diesem Abend mehr, als in Erinnerungen zu schwelgen. Pepe goss uns von seinem selbstgebrannten Blindmacher ein: »Neunzehnhunertunesecksunackzick.« Er stieß einen leisen Pfiff aus.

»Neunzehnhundertsechsundachtzig? Armer Pepe, kein gutes Jahr für Italien. Im Viertelfinale raus gegen Frankreich.« Für manche Dinge besaß ich ein wahrhaft phänomenales Gedächtnis.

»Weisse ick selber, aber meine ick nickt.« Er schielte zu allen Seiten, als würde er beobachtet, weil er glaubte, damit besonders geheimnisvoll zu wirken. In seinen schmalen Augen leuchteten die Erinnerung und der Selbstgebrannte.

Ich tat ihm den Gefallen. »Was war dann?«

»Nun, habe ick die Laden zu dem gemackte, wasse heute iste.«

Mehr brauchte es nicht, um meine Neugier zu wecken. »Erzähl.«

»Neunzehnhunertunesecksunackzick, in die Mitte von die Juni, bin ick geworde Vater von eine Sohne und funf Tage später nocke von eine Tochter.« In seiner Stimme mischten sich Stolz und Scham.

Ich hatte die etlichen Regalmeter an Schwangerschaftsliteratur, die uns unsere Bekannten überlassen hatten, aus reinem Selbstschutz nach wenigen Seiten zugeklappt, da sie einen entweder restlos verängstigt oder völlig eingeschüchtert zurückließen und sich darauf beschränkten, einem die Gefahren auszumalen, die dem Baby tagtäglich auflauerten, und die übermenschliche Kompetenz, mit der die Autoren sie meisterten. Trotzdem verfügte ich über genügend medizinisches Basiswissen, um Pepe der schamlosen Lüge zu überführen. »Zweimal Vater – in einer Woche? Schon klar.«

»Glaubte ihr nickte, wa? Iste aber die reine Wahrheite.« Das Casanova hieß noch Colosseo, als Pepe es übernahm, und es war ein Rätsel, woher er das Geld hatte. Er mochte eine Plaudertasche sein, doch diese Geschichte hütete er wie einen Schatz, weshalb allerlei Gerüchte darüber kursierten, wie der kleine Glatzkopf zu seinem Reichtum gekommen war. Im Durchschnitt kamen dabei vier Menschen ums Leben. Pepe aber würde sein Geheimnis mit ins Grab nehmen, und man konnte in seinen Augen lesen, dass er jedem, der versuchte, es ihm zu entlocken, die Füße einbetonieren und ihn im nächsten Baggersee versenken würde.

Pepe hatte Marokko mit Anfang dreißig verlassen und war, wie ich immer wieder wehmütig bemerkte, seitdem kaum gealtert. Bis auf das fehlende Haar hatte er noch dieselben scharf geschnittenen Gesichtszüge und sah nicht mal annähernd wie Mitte fünfzig aus. An die ersten Wochen in der Fremde konnte er sich nach eigenem Bekunden kaum erinnern, denn er erlebte sie wie im Rausch. Alkohol. Drogen. Alles. Er verführte eine gewisse Rosemarie und dann ein Mädchen, das Waltraud hieß.

Das Colosseo benannte er, betört von seiner unbändigen Libido, in Casanova um.

Rosemarie bekam zehn Monate später einen Jungen, Waltraud ein Mädchen. Da Pepe erst wieder zu sich gekommen war, als die Damen längst in den Wehen lagen und ihm bereits mit dem ersten klaren Gedanken bewusst wurde, was er angerichtet hatte, war es längst zu spät, sich um sie zu kümmern. Dennoch machte er beiden einen Heiratsantrag und das der Einfachheit halber gleichzeitig, was dazu führte, dass er ihnen fortan per richterlichem Beschluss nicht näher als fünfzig Meter kommen durfte. Um ihm die Sache zu erleichtern, gingen die beiden Frauen fort. Seine Kinder bekam Pepe niemals zu Gesicht. Als kurz darauf seine marokkanische Ehefrau aufkreuzte, wurde er obendrein geschieden.

Pepe war anschließend nie wieder einer Frau näher gekommen als jenen, denen er im Casanova in den Mantel half. Stattdessen verwandelte er sich in Liebesdingen in einen unverbesserlichen Moralapostel, der die Welt Anstand und Treue lehrte. Der neonrote Schriftzug über dem Casanova sollte fortan all jenen eine Warnung sein, die drauf und dran waren, ihren Liebsten das Herz zu brechen. Wenn ich es bei Sophie täte, versprach mir Pepe, als wir das erste Mal bei ihm saßen, würde er mir mit seinem Pizzaroller eigenhändig die Eier abschneiden. Sophie stand unter seinem persönlichen Schutz. »War dasse meine Geschickte für heute. Jetzte ihr.«

»Neunzehnhundertsechsundneunzig.« Ich sah mit leuchtenden Augen zu Obelix, er nickte, und ich tat, was ich schon immer am besten konnte. Ich kramte die Sternstunden meiner Jugend aus dem Gedächtnis, um mit den Insignien meines Lebens zu prahlen.

In jenem Jahr hatten Obelix und ich ein Bußgeld kassiert, weil wir gegen eine Vorschrift verstießen, die das Urinieren in der Öffentlichkeit verbot, womit zu unserem Erstaunen auch der düstere Nebeneingang der Stadtsparkasse gemeint war. Wir hatten dort noch am Morgen versucht, den Dispokredit auf meinem Konto von fünfzig auf fünftausend Mark zu erweitern, was der sichtlich um Fassung ringende Kundenberater für keine gute Idee hielt. Um mit dem Zug nach Rotterdam zu fahren, dort auf einem Frachter anzuheuern, nach Südamerika überzusetzen, einige schlaflose Nächte am Strand von Rio zu verbringen und zurückzufliegen, bedurfte es allerdings eines gewissen Budgets. Wir ertränkten unseren Frust in Bier, und der Protest des Proletariats gegen die Willkür der herrschenden Klassen, wie wir unsere kleine Guerillaaktion tauften, plätscherte noch gegen die Sparkassenfassade, als hinter uns ein Blaulicht eingeschaltet wurde.

Den Rest der Sommerferien verkrochen wir uns in Obelix' Zimmer, da wir ja offiziell im Ausland waren, tranken uns die Palmen auf seinen Postern schön und bestellten Pizza, während die Fußball-Europameisterschaft übertragen wurde. Im letzten Vorrundenspiel traf Deutschland auf Italien. Die Italiener mussten gewinnen, um nicht frühzeitig rauszufliegen, während sich die Deutschen selbst eine knappe Niederlage leisten konnten. Ich griff zum Telefon, wählte wie in den Tagen zuvor die Nummer der Pizzeria, und von da an wurde die Sache ein klein wenig kompliziert.

Der freundliche Römer am anderen Ende der Leitung, der noch am Vortag darauf bestanden hatte, ihn Mario zu nennen und seine Familie bei nächster Gelegenheit in Latium zu besuchen, beschimpfte mich ohne Vorwarnung und weigerte sich, in den folgenden neunzig Minuten Bestellungen von Deutschen anzunehmen. Hätte man uns schwindelig gespielt und vernichtend besiegt, könnten wir uns gern wieder melden. Aufgelegt. Nächste Pizzeria. Schmähungen unter der Gürtellinie und Lobeshymnen auf die italienische Spielkunst. Aufgelegt. Nächste Pizzeria. Wilde Flüche, mutmaßlich nicht jugendfrei.

Aufgelegt. Nächste Pizzeria. Aufgelegt. Nächste. Besetzt. Nächste. Anrufbeantworter.

Der deutsche Torwart Andreas Köpke verhinderte in den folgenden neunzig Minuten sämtliche der italienischen Großchancen, unter anderem einen Elfmeter. Als der Schiedsrichter die Partie abpfiff, stand es noch immer null zu null, Deutschland im Viertelfinale und ich neben Obelix freudetrunken auf der Couch. In der dritten Halbzeit wählten wir sämtliche Nummern von Pizzerien in der Umgebung, dann aus dem näheren Umkreis, schließlich bundesweit. Wir meldeten uns abwechselnd mit dem immer gleichen Satz: »Hallo, mein Name ist Andreas Köpke. Ich hätte gerne eine Quattro Finalo.«

Man beschimpfte uns aufs Übelste und beleidigte selbst unsere Mütter, die sich nun wirklich nicht für Fußball interessierten. Man drohte, die wunderlichsten Dinge an unsere Haustür zu nageln, darunter alles, was die menschliche Anatomie hergab, insbesondere Köpkes rechte Hand. Dieses Unentschieden fühlte sich für sie an wie eine Niederlage, was es, nüchtern betrachtet, auch war. Ich wusste, dass wir der deutsch-italienischen Freundschaft an diesem Abend keinen großen Gefallen getan hatten. Und auch wenn es streng genommen keinen Grund gab, sich ausgerechnet bei Pepe zu entschuldigen, einen anderen Italiener kannte ich nicht. Und es war an der Zeit, die Sache aus der Welt zu schaffen. »Tut mir leid.«

»Isse gar nickt keine Probleme. Habe ick euck Kartoffeln damals einfack mit eine internationale Flucke belegt. Und, muss ick wirklick sage, wirkte bisse heute tadellos, hab ick nickt rechte?« Er winkelte die Arme an, schob die Brust vor und machte eine Bodybuilder-Pose.

»Arschloch.« Ich ging zur Toilette, und als ich zurückkam, hatte Pepe mein Glas abgeräumt, in dem der Totengräber noch einen Daumen breit gestanden hatte.

»Und jetzte, meine Freund, isse Feierabend fur dick. Gehst

du dalli dalli hock zu Sophie.« Er goss Obelix nach, der seinerseits keine Anstalten machte aufzustehen.

»Schmeißt du mich raus, Pepe? Und was ist mir dir, Obelix? Ich dachte, wir wollten uns gepflegt die Lichter ausknipsen. Ich merk noch überhaupt nichts.«

»Alter, geh hoch. Sophie braucht dich. Ihr müsst das jetzt hinkriegen.«

»Natürlich. Seit sie nicht mehr kotzt, ist alles gut. Der Rest ist Kinderkacke.«

»Mammamia, verfluckte sei die Tag, an dem du Idioti haste geschwängert diese wunderschone Frau. Solle ick dir sage, wasse euche noche alles kanne bevorstehe? Sophie kanne bekomme furchtliche Blahungen, Juckereize, Schwindel, Naseblute, Krampfeadern, Heißehunger, Sodebrenne, Taubheitsgefuhle, Kopfeschmerze und Ruckenschmerze.« Pepe, der ein leuchtendes Beispiel dafür war, dass man aus Fehlern lernen und Erfahrung klug machen konnte, hatte sich im Laufe der Zeit in ein wandelndes Schwangerschaftslexikon verwandelt. »Sehstorungen, unreine Haut, bruchiges Haar und dicke Fuße. Macke dick schlau, Lukasse, bevor es iste zu spät, denne esse wirde der Momente komme, an dem sie wirde jemande brauche, der ihr sagte, dasse er sie so liebte, wie sie iste.« Er hatte feuchte Augen.

»Netter Versuch, Pepe, aber ich hab das voll im Griff.«

»Bitte, Lukasse, Sophie wirde seien weg, wenne du bauste große Scheiße. Entäusche mich nickt, kapisch. Und denkste du immer hubsch an deine Eier.«

Obelix hob sein Glas. »Auf Papa, Alter.«

»Auffe Papa.« Pepe wies mir mit seinem Pizzaroller die Tür.

Ich griff meine Jacke, und als ich mich umdrehte, ein letztes Mal, in der Hoffnung, sie würden es nicht so meinen, hörten die beiden auf zu tuscheln, als hätte ich sie beim Knutschen erwischt. Pepe hielt sich eine Hand vor den Mund, als müsste er jeden Moment laut losprusten, und die andere vor den Bauch. Niemand konnte so unverschämt dreckig grinsen wie er. »Unne, Lukasse. Sage mir, meine Junge. Wer isse jetzt eigentelick schwanger? Sophie oder du?«

kapitel 12

Wenn man bedachte, was Sophies Schwangerschaft von meinem einst leidlich schlanken Körper am Ende übrig lassen sollte, konnte man in meinem Spiegelbild nach fünf von zehn Monaten nichtsdestotrotz einen geradezu drahtigen Mann erkennen. Im Vergleich zum ersten Monat gab es jedoch nichts mehr zu beschönigen. Ich war fett. Und als ich eines Morgens der schrecklichen Alten im Hausflur in die Arme lief, war es ihr ein außerordentliches Vergnügen, mir die reine und unverfälschte Wahrheit genüsslich einzuschenken.

Ich stieg das Treppenhaus hinab, sie putzte den Hausflur, und noch während ich mir den Kopf zerbrach, ob ich wohl eine Badehose benötigte, um durch den Schaumsee in Richtung Haustür zu schwimmen, blickte sie zu mir auf. Eine Welle klatschte gegen die unterste Stufe. »Obacht, Schuldiger. Hier wird feucht gewischt.« Hatte nicht genau das Gott zu Noah gesagt? Sie musterte mich, indem ihr Blick vom Scheitelansatz über den Hals und meine Brust hinabwanderte. An Bauch und Hüfte angekommen, hielt sie inne, dann vollführte ihr Kopf eine langsame und übertrieben halbrunde Bewegung. »Aber geh ruhig, Schuldiger. Fett schwimmt ja oben.«

Lieselotte Kolbich, die um die achtzig sein musste, war so etwas wie der Hausdrache, wo doch Haustiere grundsätzlich verboten waren, mit Ausnahme von Rommel. Überhaupt genoss ausgerechnet NS-Sprotte, der der einzige Mensch war, der es fertigbrachte, auf einem ärmellosen Unterhemd tellergroße Achselschweißflecken zu produzieren, in dem Haus zahlreiche Privilegien. So war Sprottes Wohnung im zweiten Stock die mit Abstand größte, da sie, neben den drei obligatorischen Zimmern, über eine Wendeltreppe in ein weiteres Zimmer im ersten Stock führte, an das ein Wintergarten und eine nachträglich errichtete Terrasse anschlossen, die der einzige Zugang zum Garten war.

Früher wohnten die drei Pfannenstiehls im zweiten Stock, und sie waren es auch, die Oma Lotte überredeten, eines ihrer Zimmer an sie abzutreten und eine der seltenen städtischen Sondergenehmigungen für den Wintergarten und die Terrasse beschafften. Warum die Pfannenstiehls jedoch in einer wilden Nacht-und-Nebel-Aktion ausgerechnet mit Sprotte die Wohnungen tauschten, darauf konnte sich selbst Pepe keinen Reim machen, nur diesen: »Diese Pfannenstiehles musse habe eine ganze uble Leicke in ihre Keller.«

Da ich eine fast magische Anziehungskraft auf Frauen besaß, die der Spezies Mann im Allgemeinen und der Gattung Väter speziell mit Misstrauen begegneten, hatte auch Oma Lotte Gefallen daran gefunden, ihre Geringschätzung meiner Person lautstark zu bekunden, wann immer sich die Gelegenheit bot. Die schreckliche Alte war in ihrem Leben gleich mehrmals hochschwanger sitzen gelassen worden, wobei man ihrem ersten Mann, einem Wehrmachtssoldaten, immerhin zugutehalten musste, dass er sich nicht absichtlich aus dem Staub gemacht hatte, sondern mit Einbruch des Winters in Stalingrad festsaß. Auch Ehemann Nummer zwei fiel gewissermaßen dem Russen in die Hände, einem gewissen Alexej, der stahlblaue Augen, die Figur einer griechischen Statue und ein Faible für Damenunterwäsche hatte. Umso bitterer war es, dass sich Nummer drei ausgerechnet in den jungen Arbeiter-und-Bauern-Staat verguckte und der vermutlich einzige deutsche Grenzflüchtling war, der sich einen Tunnel von West nach Ost grub.

Für gewöhnlich war es Sophies alte und neue beste Freundin Nina, die stets einen Reigen plausibler Gründe dafür fand, warum es mir grundsätzlich an allem mangelte, und Sophie gegenüber keinen Hehl aus ihrer Verachtung und Skepsis machte, wann immer sie mit ihrer kleinen Holzkiste bei ihr aufkreuzte. In der Kiste befand sich eine exquisite Sammlung exotischer Teesorten, deren Namen klangen, als stammten sie aus den Werbeflyern asiatischer Massagesalons, die sich im Bahnhofsviertel wachsender Beliebtheit erfreuten. Momente des Glücks oder Sturm der Sinne waren dort hingegen das Werk professioneller Masseusen mit garantiertem Happy End.

Weil Nina studierte Pharmazeutin und mit der tödlichen Wirkung von allerlei Substanzen bestens vertraut war, fand ich irgendwann auf einem Notizblock eine von Hand geschriebene Formel, nach der es ohne weiteres möglich sein sollte, mich mit Hilfe von dreihundertvierundachtzig Tassen Tee ins Jenseits zu befördern. Dass sie in ihrer Gleichung mein Lebendgewicht auf schlanke hundertzwanzig Kilogramm schätzte, war zwar eine bodenlose Frechheit, aber vielleicht wollte sie einfach auf Nummer sicher gehen. Ich konnte von Glück reden, keinen Kaffee zu trinken, dann hätten schon hundertsechsundachtzig Tassen genügt.

Die schreckliche Alte war ungefähr vom gleichen Kaliber wie Nina, nur hatte sie ein halbes Jahrhundert mehr an Enttäuschung, Kummer und Verbitterung auf dem Buckel, weißes Haar und eine Schwäche für geblümte Kittel und Nylonstrümpfe in orthopädischen Sandalen. Als ihr zu Ohren kam, dass Sophie schwanger war, lautete ihre erste Frage: »Von wem?« Und als ihr allmählich dämmerte, dass ich »der Schuldige« war, war es ihr natürlich eine willkommene Gelegenheit, mir ihre angestaute Verbitterung regelmäßig entgegenzuzischen. Es war auch allemal bequemer, als in den nahen Park zu humpeln, sich auf den Spielplatz zu setzen und ihre Ressentiments unter die neureichen Jungeltern zu bringen.

Sie rührte mit ihrem Wischmopp in dem Putzeimer, als wollte sie mich darin kochen. »Komm bloß nicht auf die Idee, da oben an den Tapeten zu knabbern. Die sind Hauseigentum.« Oma Lotte piesackte mich, wann sie nur konnte, und sie hatte einiges nachzuholen, nachdem ich in den ersten üblen Monaten selten vor die Tür kam, meine spärlichen Sozialkontakte verkümmerten und das kleine Bewegungsdefizit begonnen hatte, deutliche Spuren zu hinterlassen.

»Und wenn ich dich dabei erwische, wie du den Treppenlifter benutzt, ruf ich die Polizei.« Solange sie mich beleidigen konnte, hatte die alte Frau durchaus ihre hellen Momente. »Oder steht hier bald ein Kran vor dem Haus?«

Ich ließ es über mich ergehen. Hätte die Kolbich nicht jener Erbengemeinschaft angehört, die das Haus verwaltete, ich hätte sie am liebsten im Flur ertränkt. Oder wenigstens beleidigt. Aber dann hätte Sophie umgehend ausziehen müssen, und das Kind wäre ohne Vater aufgewachsen. Ich beließ es dabei, Schuhe und Socken auszuziehen und mit aufgekrempelten Hosenbeinen zur Tür zu waten. Meine Badehose war ohnehin schreiend davongelaufen, als sie mich das letzte Mal nackt gesehen hatte. Außerdem hatte Sophie Hunger. Während ich mich mit dem Rücken zur Wand an der schrecklichen Alten vorbeizwängte, sang sie munter vor sich hin: »Schieb den Wal, schieb den Wal, schieb den Wal zurück ins Meer.«

Eigentlich war Sophie der gute Geist in unserer Beziehung, was soziale Gerechtigkeit, ökologische und moralische Verantwortung anging. Für sie gab es zu viele Menschen, die sich um zu wenig Gedanken machten, und sie verstand es durchaus als ihre Mission, mich ein klein wenig besser zu machen. Und ich hatte meinen Blickwinkel unter ihrem Einfluss bereits dahingehend verändert, dass ich nicht mit ansehen konnte, wie die Unmengen von Lebensmitteln, die ich heranschaffte, unangetastet blieben und verdarben. In den wenigen Momenten, in denen Sophie zu Beginn der Schwangerschaft überhaupt das Gefühl hatte, feste Nahrung bei sich behalten zu können, war es nämlich mit ordinärem Reis, Nudeln oder was sonst gerade im Haus war, nicht getan.

Ihr Magen besaß in dieser Zeit hochempfindliche Sensoren, die bis auf die kleinste Zutat maßen, was eine Chance auf vollständige Verdauung hatte und was nicht. Zum Beispiel verlangte sie nach Kartoffelklößen in Käse-Sahne-Soße, darin eine Spur Petersilie sowie allenfalls ein Hauch von Koriander, woraufhin ich in den Supermarkt lief und an der Kasse hoch und heilig versprechen musste, dass es sich tatsächlich um einen Notfall handelte, während ich mich vordrängelte. Kaum aber stand ich in Sophies Küche, wurde ihr allein von dem Geruch des Salzwassers so schlecht, dass sie nur Rote Grütze auf Karamellpudding und Schwarzwälder Kirschtorte vor dem Verhungern retten konnten. Ich lief abermals los, um Pudding und Torte zu besorgen, während ich überlegte, was aus den fünf Kilogramm Klößen und vier Litern Soße wurde, die ich vorsorglich eingekauft hatte, da es endlich etwas zu geben schien, an dem sie unter kulinarischen Aspekten ernsthaft interessiert war.

Konnte ich ahnen, dass sie nicht einen Bissen Kloß verdrücken, geschweige denn von der Soße auch nur probieren würde und ich darauf ebenso sitzenbliebe wie auf einer jungfräulichen Schwarzwälder Kirschtorte und mehreren Bechern Pudding mit Grütze? Im Endeffekt aß Sophie nicht einmal die Hälfte von dem, was sie für gewöhnlich verdrückte, während ich doppelte und dreifache Portionen verschlang. Und während sie in den ersten Monaten ihrer Schwangerschaft stetig an Gewicht verlor, gewann ich hinzu. Wobei gewinnen eventuell die falsche Kategorie war. Ich brachte es sogar fertig, weiter zu verfetten, als die Phase der Schwangerschaftsübelkeit überwunden war und Sophie einen beängstigenden Heißhunger entwickelte. Selbst als sie nach einer Woche aufgeholt hatte, was ihrem Körper in Monaten unfreiwillig entzogen wurde, blieb ihr Appetit ungebrochen, weil Essen keine Qual mehr war. Manches, was ich heranschleppte, schaffte es nicht einmal in die Küche, da hatte Sophie es schon verdrückt.

Anfangs nahm ich die Sache relativ gelassen. Sophie war Vegetarierin, und so blieb mir immerhin das Fleisch. Damit konnte ich leben. Ihre strikte Trennung zwischen Tierischem und Pflanzlichem war zwar genauso schlecht für meine Figur, aber sie war gut für Sophies Gemüt und mir insofern nicht unsympathisch, als gewisse Dinge, eine Fleischwurst etwa, verlässlich im Kühlschrank lagen, nachdem man sie gerade gekauft hatte. Mit Obelix in der WG war das anders. Mit Obelix war allerdings auch anders, dass wir gemeinsam joggen gingen und ins Fitnessstudio und am Wochenende im Park bolzten. In Sophies Zustand konnte man mit ihr weder laufen noch trainieren, noch kicken. Als es wärmer wurde und Sophie nichts lieber tat, als zu schwimmen, weil sie sich im Wasser leicht und schwerelos fühlte, saß ich am Beckenrand und zog bis zur Bewusstlosigkeit den Bauch ein. Sie wurde naturgemäß und sichtlich vergnügt kugelrund, und ich bekam mit jedem Kilogramm mehr auf den Hüften mehr Probleme. Egoprobleme, die jedoch unbedeutend waren im Vergleich zu denen, die an einem Sonntag mit Nina zum Frühstück hereinschneiten.

Sophie war gerade dabei, Kräuterquark, Himbeermarmelade, Erdnussbutter und Camembert auf einem Brötchen zu schichten, als Ninas Teelöffel filmreif zu Boden fiel. Sie sah Sophie an, wie sie in ihren Burger biss, als würde ihr jeden Augenblick die Haut vom Körper fallen. »Du hast gerade Camembert gegessen, oder?« Es klang, als hätte sie Fliegenpilz gesagt. Sophie hörte augenblicklich auf zu kauen.

»Mit Rinde.« Was wie Zyankalihut klang. »Weißt du denn nicht, wie gefährlich das ist?«

Das Brötchen steckte noch immer zur Hälfte in Sophies Mund, während ich sie eindringlich ansah. »Was ist los, Luke?

Warum starrst du mich so an?« Sophie klang ehrlich verunsichert.

»Nichts. Ich warte nur darauf, dass du tot umfällst.« Ich deutete mit dem Finger auf sie. »Ist das schon Schaum vor deinem Mund?«

»Nicht für Sophie gefährlich, für das Baby, du Schwachkopf.« Nina warf mir diesen Blick zu, mit dem sie bereits seit Wochen versuchte, mich zu töten. »Weißschimmelkäse kann das Wachstum von Listeria-Bakterien begünstigen.«

»Meinetwegen muss Sophie auch nicht ausgerechnet jetzt mit dem Rauchen anfangen, aber so ein bisschen Käse wird ihr schon nichts anhaben können.« Nachdem mich die Auffälligkeiten bei der ersten Nackenfaltenmessung beinahe um den Verstand gebracht hatten, bevor sie sich nach quälenden Wochen als harmlos herausstellten, hatte ich mir bei neuen Schwangerschaftsgefahren eine Art Selbstschutz zugelegt, der auf Sarkasmusbasis funktionierte.

Nina schlug mit der Faust auf den Tisch. »Klappe, Lukas, das ist nicht witzig.«

Ich warf Sophie einen flehenden Blick zu, während sie sich die Käsereste aus den Mundwinkeln kratzte. »So kann die doch nicht mit mir reden, oder?« Sophie zuckte lapidar mit den Schultern und gurgelte einen Schluck Wasser.

»Diese Listerien können im Gegensatz zu vielen anderen Bakterien über die Plazenta in den Fötus gelangen, der aber keine adäquaten Abwehrmechanismen hat, weshalb es zu Infekten der Organe kommen kann, die sogar tödlich sein können.«

»Wirklich?« Super Mechanismus.

»Nein, Lukas, ich wollte dich nur verarschen. Natürlich!«

»Verdammt, Nina. Mit Ängsten spielt man nicht.« Warum musste diese Welt eigentlich auf einmal so verdammt tödlich sein? Dreißig Jahre lang hatte ich mir um nichts Sorgen gemacht, und plötzlich lauerten die Gefahren für Sophie und das

Kind hinter jeder Ecke. Chemikalien, Schadstoffe, Infektionen, Medikamente bis hin zu gewöhnlichen Kopfschmerztabletten konnten hochdramatische Auswirkungen haben. Selbst Sport war nicht mehr gesund, zumindest gab es einiges, was Sophie wegen der Erschütterungen nicht mehr tun durfte. Und jetzt auch noch das Essen.

Von einem Tag auf den anderen standen einst harmlose Käsesorten auf einer roten Liste, und ich war peinlich bemüht, alles, was aus nicht pasteurisierter Milch hergestellt wurde, von Sophie fernzuhalten. Ich beschützte sie vor abgepackten Sandwiches und angebrochener Mayonnaise. Vor eingeschweißtem Pflücksalat und halbrohen Eiern. Auch musste ich mein kleines »Handbuch der tödlichen Lebensmittel« ständig aktualisieren, wann immer wir Menschen trafen, die dieses oder jenes als eigentlich harmlos betrachteten, während anderes viel schlimmer war, als eigentlich gedacht, weshalb Sophie fortan von mir auch nichts Geräuchertes, keine Innereien, keine Waldpilze, kein Wild, keine Raubfische, keine Muscheln, keine Meeresfrüchte, keine Wurstpasteten und unter gar keinen Umständen etwas Gegrilltes aus dem Straßenverkauf bekam, an dem sie als Vegetarierin glücklicherweise ohnehin nicht interessiert war.

An einem Samstag, der das letzte Schwangerschaftsdrittel einläutete, besuchten wir den Wochenmarkt, der zugleich Szenetreff und bourgeoiser Catwalk war und auf dem schon mittags bedenkliche Mengen Weinschorlen getrunken wurden. Sophie ging zielstrebig voran, und ich trottete hinterher, bis ich mich in einen Strauß Papier- und Plastiktüten verwandelt hatte. Ich steuerte einen der Stände an, die in dichtem Nebel lagen, bestellte eine Bratwurst, und als ich gerade nach Kartoffelpuffern für Sophie fragen wollte, drängte sie sich dazwischen. »Zwei Würste, bitte.« Auf einem Kohlegrill tropfte das Fett angerußter Bratwürste und Steaks in die Glut, in einer Pfanne schwammen Schnitzel in einem Bad aus Öl. Bockwürste hingen von der Decke, gerupfte Hühner und blutige Koteletts. Sophie zeigte auf den Rost. »Ich brauch das jetzt einfach.«

Ich sah von Sophie zum Grill zu Sophie zum Grill und wieder zurück. »Entschuldige bitte, aber das ist Fleisch.«

Sophie starrte nur auf den Grill. »Lukas, dein Talent, das Offensichtliche in Worte zu fassen, ist wirklich einzigartig.«

»Aber du isst kein Fleisch.« Ich hätte mir niemals vorstellen können, sie je daran erinnern zu müssen, aber sie hatte mittlerweile Schwangerschaftsalzheimer im fortgeschrittenen Stadium. Dieselbe Frau, die es auf den Tod nicht ausstehen konnte, wenn ich eine Verabredung oder Ähnliches verschusselte, hatte offensichtlich vergessen, dass sie das Schlachten von Tieren konsequent ablehnte.

Sophie schob mich beiseite. »Heute schon. Und das sind Biowürste.«

»Und wenn sie den Schweinen Pullover gegen die Kälte gestrickt und mit ihnen am Lagerfeuer zu romantischen Liedern getanzt hätten.« Ich ließ die Tüten fallen und griff nach ihrem Gesicht. »Sieh mich an. Das sind alles tote Tiere.«

»Jetzt reicht's, du militanter Vegetarier.« Ein grotesk aufgepumpter Mecki mit verspiegelter Sonnenbrille hatte sich aus der Reihe hinter uns gelöst. »Willst du hier unbescholtene Bürger bekehren?« Er schlug mir auf den Kopf, als wäre ich ein Tipp-Kick-Männchen. »Wenn die Frau Wurst will, bekommt sie sie, Wichser!« Er machte das internationale Zeichen für Selbstbefriedigung. Bedauerlicherweise war er einer dieser Typen, die Typen wie mir die Eier langzogen, damit sie sich selbst lecken konnten, wenn sie ihnen dumm kamen. »Oder soll ich dir erst die Eier langziehen, damit du sie dir selbst lecken kannst, du Lutscher?« Er machte das internationale Zeichen für Blowjob. Weshalb sich Typen wie ich in solchen Momenten besser verpissen sollten, bevor Typen wie er ihnen den Kopf abrissen. »Und jetzt verpiss dich, bevor ich dir den Kopf abreiße, du Ficker.« Er machte das internationale Zeichen für Geschlechtsverkehr.

Weil ich aber der Typ war, der Typen wie ihm trotzdem dumm kommen musste, drehte ich mich um, posierte mit einem diabolischen Grinsen in seiner verspiegelten Brille und trat dem Muskelberg mit einer Ausholbewegung vors Schienbein, als wäre mein Knie ein Scharnier.

»Du willst echt einen aufs Maul, du Hackfresse, oder?« Mittlerweile hatte sich ein Kreis von Schaulustigen um uns gebildet.

»Hackfresse? Sag mal, hast du heute schon in den Spiegel gehhhhhsssssseee …« Er griff mir ohne Vorwarnung an die Kehle.

»Halt, was soll das!« Sophie quetschte sich durch die gaffende Menge. »Loslassen! Sofort!« Mecki drehte sich um, doch bevor er sie weit unterhalb der Gürtellinie beleidigen konnte, sah er, was sich darüber befand. Der Anblick der schwangeren Sophie in Kombination mit der ehrfürchtigen Stille, die über der Szene lag, wirkte wahre Wunder. Er ließ mich los, drängte sich durch die Umstehenden und verschwand.

»Die Würste, Luke. Wir gehen.« Im Hintergrund herrschte wieder gewöhnliches Treiben, als wäre nichts gewesen.

»Gegrillt vom Straßenverkauf ist bestimmt nicht gut für das Baby. Schon vergessen?« Ich versuchte, möglichst einfühlsam zu klingen.

»Es ist nur eine Wurst. Das geht schon in Ordnung. Was macht das?«

»Elf Euro zwanzig.« Der glatzköpfige Kerl hinter dem Grill schien sich nicht einmal dafür zu schämen.

Ich sah ihn verblüfft an, dann die Würste, dann wieder ihn. »Verzeihung, wir wollten nicht das ganze Schwein kaufen.«

»Stimmt so.« Sophie drückte dem Mann großzügig einen Zehner in die Hand, der fragend auf den Geldschein starrte und ihn ihr dann hinhielt. Sie griff sich an die Stirn. »O Gott, entschuldigen Sie, ich bin in letzter Zeit etwas schusselig.«

Mit entschuldigender Geste zahlte ich den Restbetrag. »Sie isst eigentlich kein Fleisch.« Ich griff Sophies Hand und schleifte sie fort, als bräuchte sie dringend ärztliche Hilfe.

Ich hatte immer auf diesen Sinneswandel gehofft, mir jedoch niemals die Konsequenzen ihrer plötzlichen Entvegetarisierung bewusst gemacht. Fortan musste ich um jede Scheibe Schinken, jedes Stück Speck, jede Messerspitze Mettwurst betteln. Und stets hatte Sophie die besseren Argumente parat. »Das ist gut für das Baby.« – »Das braucht doch das Baby.« – »Denk an das Baby.« – »Das Baby.« – »Das Baby.«

»Scheiße, und was ist mit mir?« Wir saßen in ihrer Küche, und ich beneidete sie um ihre Ausreden. Wenn sie etwas vergaß, war es das Baby. Wenn sie etwas überhörte, war es das Baby. Wenn sie schlecht drauf war, war es das Baby. Wenn sie ihre Ruhe wollte, war es das Baby. Missmutig kaute ich auf einer Portion Kartoffelsalat, dem Sophie nach wie vor nichts abgewinnen konnte, was auch keine Lösung für mein Figurproblem war. Wir sind schwanger. Als ob sie das alles hatte kommen sehen. Selbst Rammstein hatte sie kommen sehen. Und egal, woher sie das konnte, ich wollte es auch können. Ich war genervt. »Unser Kind kommt noch in einem Naturdarm zur Welt, wenn du so weitermachst.«

Sophie lächelte mitfühlend. »Luke, spiel hier nicht die beleidigte Leberwurst.« Dann griff sie beherzt nach der letzten Scheibe Salami.

In der nächsten Folge saß Linus auf dem Dach eines italienischen Eiswagens. Auf der Leuchtreklame einer Fastfood-Kette. Auf der Markise einer Konditorei. Auf dem vierten Bild balancierte er auf einem Ast und schob sich eine Haselnuss in den Mund: *»Solange sie immer fetter werden, kommen sie wenigstens nicht auf die Idee, zurück auf ihre Bäume zu klettern.«*

kapitel 13

Es gab diese Momente, die ich wie auf einem Gemälde festhalten und in die Gehirngalerie mit den schönsten Erinnerungen hängen wollte, um mich mein Leben lang an ihnen zu erfreuen. In genau einem dieser Momente saß ich an einen Baum gelehnt im Stadtpark, der Himmel wolkenlos, neben mir lag Sophie auf dem Rücken und machte Beckenbodenübungen. Sie hatte es unter anderem mit Schwangerschafts-Yoga probiert, um ihren Körper auf die Strapazen der Geburt vorzubereiten, doch als man sie aufforderte, tief in ihre Geschlechtsteile zu atmen, worauf die anderen Frauen in dem Raum anfingen nach Leibeskräften und tatsächlich halbwegs melodisch zu furzen, beschloss sie, es mit herkömmlichen Übungen zu versuchen. Auch widerstand sie der Versuchung, sich ihren Damm von mir mit Muskatellersalbei massieren zu lassen, und regelte das lieber selbst, während ich ihr abends lieber den Bauch mit einer Creme gegen Schwangerschaftsstreifen einreiben sollte.

Sophie winkelte ihre Beine an, drückte das Becken nach oben, und ich legte meine Hand auf ihren Bauch. »Was war denn das?« Ich zog sie erschrocken zurück. »Es hat sich bewegt.« Ich hatte es nur ganz leicht gespürt, aber da war etwas Hartes unter ihrer Bauchdecke. Es war das erste Mal, dass ich das Baby fühlen konnte.

Sophie senkte das Becken und atmete tief durch. »Könnte daran liegen, dass es ein Lebewesen ist.« Sie stemmte sich erneut hoch.

»Für dich mag es normal sein, mit einem Untermieter zu leben …« Weiter kam ich nicht, da ich ein Kribbeln unter ihrer Bauchdecke bemerkte. Wieder zog ich meine Hand zurück.

Sophie lächelte milde. »Luke, es beißt nicht. Es hat noch keine Zähne, weiß du.«

Ich sah Sophie an und überlegte, was sie mir damit sagen wollte. Wenn es Zähne hätte, würde es sich nach draußen fressen? Wie in Ridley Scotts *Alien*, von dem Obelix uns eine illegale Kopie besorgt hatte, worauf sich meine Eltern verwundert fragten, was nur in ihren pubertierenden Sohn gefahren war, dass er plötzlich wieder in ihrem Bett schlafen wollte.

Sophie bemerkte meine Verstörung. »Entschuldige, das war blöd. Ich weiß doch, wie sehr du dich darauf gefreut hast, es zu spüren.« Sie nahm meine Hand und legte sie wieder auf ihren Bauch. Es war perfekt. Ich betrachtete Hand, Bauch und Sophie und versuchte, das Bild für meine Gehirngalerie abzukupfern, als sich ein Fliederstrauch in voller Blüte vor mein geistiges Auge schob. Ich blinzelte kurz, doch der Flieder blieb. Ich kniff die Augen zusammen. Flieder. Ich rieb mir die Lider und riss die Augen weit auf. Ich kratzte an Schläfe und Hinterkopf, doch sosehr ich mich bemühte, mich auf die Szene im Park zu konzentrieren, der Flieder drängte sich hartnäckig dazwischen. Ich trommelte mit den Fäusten gegen meinen Schädel. »Verpiss dich, du verfickter Flieder!«

Sophie zuckte zusammen, blickte mich fragend an und deutete zaghaft auf ihren Bauch, als wolle sie sagen: Was möchtest du dem Kind denn noch alles an unflätigen Kraftausdrücken beibringen?

Verantwortlich für den Gehirnflieder war Berthold Schornstein, ein ehemaliger Biologielehrer. Unsere Wege kreuzten sich in der Mittelstufe, und es kam der Tag, an dem es ihm der Lehrplan erlaubte, sein geballtes Wissen über das menschliche Gehirn, das zu geradezu erstaunlichen Erinnerungsleistungen im Stande sei, an uns weiterzugeben. Ein Experiment sollte uns überzeugen. Er führte uns in den Schulgarten, wo ein jeder sich eine Pflanze zu suchen hatte. Mir der fatalen Folgen nicht bewusst, wählte ich das nächstbeste Gestrüpp, einen Flieder, wie mich Schornstein aufklärte. Eine Viertelstunde sollte ich auf die Blüten starren, auf dass sie mir auf ewig im Gedächtnis blieben, und merkte nicht, wie sich der fiese Flieder in meinem Kopf einnistete. Was Schornstein nicht verriet, war, dass ich mich nicht nur mein Leben lang an den Flieder erinnern, sondern der Gehirnflieder zuverlässig auftauchen würde, wenn ich versuchte, mir etwas besonders intensiv einzuprägen.

Das ging nun schon mein halbes Leben so. Das erste Welle. Flieder. Die erste Zigarette. Flieder. Das erste Mal. Flieder. Führerschein. Abschlussball. Abstiege. Aufstiege. Flieder. Flieder. Flieder. Flieder. Wie sehr ich diesen Flieder hasste. Bereits zu Schulzeiten hatte ich Schornstein als die Wurzel allen Übels ausgemacht und den Herrn des Flieders mit konsequentem Desinteresse an seiner Passion, der Biologie, gestraft. Wenn er redete, hörte ich weg. Wenn er experimentierte, schaute ich aus dem Fenster. Als ich vor dem Abitur erste Fächer abwählen konnte, fiel mir die Wahl nicht schwer.

Im letzten Biologietest meines Lebens hatte ich schwarze Hasen mit kurzen Ohren und weiße Hasen mit langen Ohren zu kreuzen, doch so weit sollte es nicht kommen. Die Mendel'schen Regeln verstand ich nicht, Schornstein mochte ich nicht. Ich nahm das Arbeitspapier und zeichnete ein Grab auf das Blatt. Zeichnen konnte ich. Auf den Grabstein malte ich ein kurzes schwarzes und ein langes weißes Hasenohr unter die Inschrift *Stoppt Tierversuche*. Ich betrachtete mein Werk und versuchte, es mir einzuprägen. Ich blickte auf das Grab. Auf dem Grab stand ein Flieder.

Viel mehr blieb nicht. Die gesamte Schulzeit über hatte ich mir einreden lassen, für das Leben zu lernen, und nun sollte ich mit ein paar mathematischen Formeln und einem ausgewachsenen Gehirnflieder zurechtkommen? Bald würde ich Vater sein, eine Familie haben, aber was könnte ich in Zeiten der Not für sie tun? Was, wenn der Strom ausfiel oder wir eingeschneit waren? Wenn wir uns verliefen, verirrten, auf uns allein gestellt waren, irgendwo in der Wildnis? Man sollte Schülern beibringen, wie man auf die Jagd ging, ein Floß baute, Feuer machte. Ihnen zeigen, wie man Weizen säte, Weizen erntete und aus Weizen Brot backte. Wie man Sternbilder deutete und mit ihrer Hilfe navigierte. Wie man Metalle fand und Waffen schmiedete. Nichts von dem konnte ich. Hatte ich nicht im Zug dem kleinen Jason vorgeschwärmt, wie ungeheuer wichtig die Schule sei? Hoffentlich hatte er mir kein Wort geglaubt.

Sophie lag neben mir, den Kopf auf meinen Beinen, meine Hand auf ihrem Bauch, und hatte angestrengt zugehört. »Eigentlich schade.«

»Was? Die Sache mit dem Gehirnflieder?« Ich massierte meine Schläfen. »Das ist regelrecht traumatisch.«

»Ich meine, dass du Biologie abgewählt hast.« Sie schluckte.

»Warum?« Ich fand, dass es eine durchaus weise Entscheidung war.

Ihr Blick schweifte ab. »Weil man merkt, dass du davon keine Ahnung hast.«

»Wovon rede ich hier denn eigentlich die ganze Zeit? Schornstein hätte uns wenigstens zeigen sollen, welche Pilze man essen kann, wenn wir schon nicht auf hundert Metern mit einem Speer ein Wildschwein erlegen, es ausnehmen und aus der Haut regenfeste Zelte nähen können. Oder meinst du, das Tier stirbt freiwillig, weil ich es mit irgendwelchen Vererbungsgesetzen vollsülze und ihm klarmache, dass seine Mutter wohl was mit dem Biber hatte, woraufhin es sich aus lauter Verzweiflung in meinen Speer wirft?«

Sophies Miene verfinsterte sich. »Mal im Ernst. Du hast doch keinen blassen Schimmer von dem, was ich mache, oder?« Da war keine Spur von Sarkasmus in ihrer Stimme. »Und es interessiert dich auch nicht.«

»Tut es wohl.« Das musste für den Augenblick als Antwort genügen.

Tat es aber nicht. »Warum fragst du dann nie nach? Wie oft habe ich dir schon erzählt, an welchen Medikamenten gerade geforscht wird, wie sie wirken und den Menschen helfen können. Wie sie Leben retten und welche Risiken es gibt. Oder als ich dir erzählt habe, in welche alternativen Forschungszweige gerade investiert wird. Woran Wissenschaftler noch regelmäßig scheitern und warum.«

»Und?« Ich konnte mich dunkel an irgendwas mit Naturharz erinnern.

»Und du sitzt dann vor mir, und ich sehe dir an, wie froh du bist, wenn wir endlich das Thema wechseln und dass du überhaupt keine Lust hast, dich auf das, was ich dir erzähle, einzulassen.« Sie löste sich aus meiner Umarmung.

»Wir können uns doch sehr nett über andere Dinge unterhalten.«

»Nett ist die kleine Schwester von scheiße. Noch nie gehört? Und darum geht es auch nicht. Ich würde mich einfach freuen, wenn ich das, was mich beschäftigt, mit dir teilen könnte. Für mich ist das alles so aufregend und interessant, dass ich mich danach sehne, dir den ganzen Abend davon zu erzählen. Ich würde gern deine Meinung hören und mit dir diskutieren, aber das kann ich mir wohl abschminken. Und, Luke, nur dass du es weißt – ich finde, unser Mädchen sollte sich für diese Dinge interessieren.«

»Unser Mädchen?« Ich musterte Sophie, als würde sie phantasieren. »Wie kommst du darauf, dass es ein Mädchen wird?«

Sie zuckte mit den Schultern. »Ist so ein Bauchgefühl.«

»Natürlich.« Immer, wenn sie keine besseren Argumente hatte, war es »so ein Bauchgefühl«.

»Soll ich dir verraten, was mein Bauchgefühl sagt? Es wird ein Junge.«

Sophies Miene hellte sich auf. »Wenn du dich angestrengt hast.« Sie zwinkerte mir zu.

»Außerdem war der Teststreifen blau. Eindeutiger geht's wohl …« Ich stockte und verlor den Faden. »Mich angestrengt?«

Sie schnaubte, als würde sie resignieren. Als wäre ich der einzige Mensch auf der Welt, der ihre kleine Spitzfindigkeit nicht auf Anhieb verstand. »Das weißt du natürlich auch nicht.«

»Nein, natürlich weiß ich das auch nicht, Sophie.«

»Die Gene des Mannes entscheiden über das Geschlecht.« Sie machte eine Kunstpause, ging in den Schneidersitz und drückte den Rücken durch. »Sämtliche genetischen Informationen liegen auf den Chromosomen, die bei Männern und Frauen identisch sind, außer bei denen für das Geschlecht. Verschmelzen nun Eizelle und Spermium, bringen beide je die Hälfte an Chromosomen mit, doch für das Geschlecht läuft das anders.« Sophie hielt erneut inne, bevor sie die Katze aus dem Sack ließ. »Die Eizelle enthält immer ein X-Chromosom, das Spermium hingegen ein X- oder ein Y-Chromosom. Verschmelzen zwei Geschlechtszellen, die jeweils ein X-Chromosom enthalten, wird es ein Mädchen, bei einem X- und einem Y-Chromosom ein Junge.« Tusch.

»Wirklich?« Es war faszinierend und erschreckend zugleich.

»Lies es nach, falls du überhaupt eine vage Vorstellung davon hast, wo meine Medizinbücher stehen.«

»Wie auch immer.« Ich verschränkte die Arme vor der Brust und schob die Unterlippe nach vorn, eine Pose, die längst zu meinem Markenzeichen geworden war. »Hauptsache, es wird ein Junge.«

Sophie stieg voll darauf ein. »Das ist doch bescheuert, Luke. Also, mir ist es egal, ob es ein Junge oder ein Mädchen wird. Hauptsache, das Baby ist gesund.«

»So, dir ist das also egal. Und wie egal ist es dir?« Das war die Retourkutsche für: »Wenn du dich angestrengt hast.«

»Was ist das denn für eine blöde Frage?«

Ich erzählte Sophie, wie ich ein paar Tage zuvor in einem Café gesessen und unfreiwillig eine Gruppe werdender Eltern belauscht hatte, die dermaßen angeregt aufeinander einredeten, dass ich gar nicht anders konnte als zuzuhören. Jedenfalls diskutierten die vier, die in unserem Alter sein mussten und alle dieselbe Funktionskleidung trugen, als hätten sie ihr alpines Basiscamp vor der Tür aufgeschlagen, ziemlich angestrengt das Thema *Junge oder Mädchen? Ist mir doch egal.*

Ich lernte, dass man sich bei *Junge oder Mädchen? Ist mir doch egal* zum Beispiel darin übertreffen konnte, wie sehr es einem egal war. Man sagte dann, es einem total egal, jetzt ehrlich, total egal, nur für den Fall, dass irgendjemand daran zweifeln könnte, wie egal es einem war. Oder man sagte, es spiele für einen keine Rolle, mache keinen Unterschied, habe keine Bedeutung oder dass es auf das Gleiche hinausliefe, was natürlich völliger Humbug war. Wer viel redete, lief eben Gefahr, auch viel zu sagen. Deshalb konnte man bei *Junge oder Mädchen? Ist mir doch egal* natürlich sagen, dass es für einen Jacke wie Hose sei oder Wurscht oder dass es einen nicht die Bohne interessiere, es Latte sei, schnuppe, schnurzpiepegal oder völlig schnurz. Und irgendwann hatte tatsächlich einer der vier diesen Satz gesagt, unzweideutig und über jeglichen Zweifel erhaben: »Junge oder Mädchen? Das geht mir am Arsch vorbei.«

Mochte man dem widersprechen? Wobei sich der auf emotionaler Ebene bis in die Arschregion hineinreichende Gleichgültigkeitsgrad natürlich auf rationaler Ebene noch steigern ließ. Das fing relativ harmlos an, als es hieß: »Junge oder Mädchen? Hauptsache, alles dran.« Doch dann fing ich an, darüber nachzudenken, was die Alternative dazu wäre? Hauptsache, beide Füße und wenn doch nur einer, dann bitte der linke. Und wenn nur drei Finger, bitte Daumen, Mittelfinger und Ringfinger? Sagte man deshalb, *Hauptsache, alles dran?* Ich bezahlte, und als ich auf dem Weg zum Ausgang an ihnen vorbeiging, konnte ich es mir einfach nicht verkneifen, den vieren im Vorbeigehen ein »Hauptsache, ER ist gesund« zuzuraunen.

Hatte ich an dieser Stelle meiner Geschichte auf einen herzlichen Lacher von Sophie gehofft oder wenigstens ein heiteres Schmunzeln, so wurde ich enttäuscht. »Jetzt mal ehrlich, Lukas. Warum willst du so sehr einen Jungen?« Immer, wenn es ernst wurde, sagte sie Lukas.

Ich starrte verloren in die Gegend. »Ist einfach so.«

»Drei Gründe, Lukas. Du kennst die Regeln. Du hast sie selbst aufgestellt.«

Nun, wenn sie es nicht anders wollte, war es an der Zeit, einige Klischees zu bedienen. »Autos. Wusstest du, dass ich gerade erst reden konnte und schon alle Automarken kannte? Ich wusste, was ein Mercedes ist und ein Citroën, wie ein Mitsubishi aussieht und wie ein Lamborghini. Unser Sohn soll Mechaniker werden, wie ich.«

Sophie verzog den Mund. »Du bist kein Mechaniker, Lukas.«

»Aber ich wollte mal einer werden.«

»Du kannst noch nicht mal einen deiner Zeichenstifte anspitzen, ohne dich zu verletzen. Und du bist wohl der handwerklich unbegabteste Mann, den ich kenne.« Sophie hob den Daumen. »Eins. Was noch?«

Schwere Frage. »Fußball. Ich will mit dem Jungen bei jedem Wetter in den Park gehen und bolzen. Und ins Stadion. Und Sportschau gucken. Sophie, der ist so gut wie im Verein angemeldet. Das geht überhaupt nicht mehr anders.«

Sie streckte den Zeigefinger aus. »Zwei. Und?«

Gute Frage. Sehr gute Frage sogar.

»Drittens?« Sie wackelte mit den drei ausgestreckten Fingern. »Was, mehr fällt dir nicht ein? Soll ich dir was sagen? Für jemanden, der nicht erwachsen werden will, hast du ein echt antiquiertes Weltbild.«

»Das ist doch nicht antiquiert.«

»Das ist sogar von vorgestern. Weil Mädchen das alles natürlich nicht können. Schon klar, Blödmann.«

»Und drittens soll er einen Bart haben.« Ich sprang triumphierend auf. »Was sagst du jetzt?« Probierte mich in einer Art Tanz.

Sophie vergrub ihr Gesicht in ihren Händen.

Ich ließ die Hüften kreisen. »Ist das ein Lachen? O ja, komm schon. Zeig mir dein schönstes Lächeln.«

Ich kniete mich vor sie und legte meinen Kopf auf ihren Bauch. »Hallo, Sohn, ich bin's, Luke, dein Vater. Ich soll dir von deiner Mutter ausrichten, dass du dich mal wieder rasieren könntest. Dein Bart kitzelt sie nämlich so sehr, dass sie gerade fürchterlich lachen muss, dabei will sie doch gar nicht lachen, hörst du. Sie will ernst bleiben. Also mach den Bart weg.«

»Lukas, lass das.« Sophie hatte noch nicht entschieden, ob ihr Gluckern in ein schallendes Gelächter oder wütendes Schreien umschlagen würde.

»Wenn du dich immer brav rasierst, verspricht dir der Papa, dir jeden Samstag die Fußballergebnisse vorzulesen und dir von den neuen Automodellen zu erzählen und wie man einen Schülerausweis fälscht und nachts ins Schwimmbad einbricht und …«

»Es reicht!« Das war ein wütendes Schreien. »Und was machst du, wenn es kein Junge ist, was übrigens längst feststeht?« Sie sah mich mit großen Augen an. »Bist du dann enttäuscht, oder was?«

»Keine Ahnung. Vielleicht schon.« Ich wusste es wirklich nicht.

»Das kann doch nicht dein Ernst sein. Willst du dem Kind jetzt die nächsten Wochen auf den Bauch binden, was für ein toller Junge es ist, auch wenn es ein Mädchen ist? Ich kann mir nicht vorstellen, dass das für alle Beteiligten gut ist.«

»Vielleicht mache ich das ja längst.« Ich tat es insgeheim wirklich.

»Lukas? Ich glaube, ich will jetzt doch wissen, was es wird.«

kapitel 14

Doktor Inge Beuchelbach gehörte zu jener Sorte Frau, die Männer lediglich für eine lästige Begleiterscheinung der Evolution hielten und sich nicht zu schade waren, sie dementsprechend zu behandeln. Sophies Frauenärztin hatte mindestens einmal zu oft in ihrem Leben mit ansehen müssen, was Männer ihren Patientinnen angetan hatten, und eigentlich darauf gesetzt, dass sie von allein ausstarben, weil ihr Y-Chromosom auf die Dauer nicht widerstandsfähig genug wäre. Doch nach jüngsten Erkenntnissen waren die Jungs hartnäckiger, als gehofft. Insofern hielt sie es für besser, wenn sich Frauen lieber gleich selbst reproduzierten. Diese Methode, hörte ich sie eines Tages der Sprechstundenhilfe gegenüber schwärmen, hatte zudem den unschlagbaren Nebeneffekt, dass sie die Geburt von Jungen kategorisch ausschloss, da die Zellen logischerweise kein männliches Erbgut enthielten. Keine Ypsilone. Nur Xe.

Ich stand hinter der Tür und war sprachlos, schockiert, so gut wie ausgerottet. Ich hatte mich schon seit unserem ersten Besuch gefragt, warum sie mich wie eine bedrohte Art behandelte, und dachte immer, es läge an der Chemie zwischen uns und dass da irgendwas Elementares nicht stimmte. Doch es war gar nichts Persönliches, sondern lediglich ein grundsätzlicher Abscheu gegenüber Männern.

Doktor Beuchelbach hielt es mit der alten Tradition, wonach Männer bei Frauenärzten nichts zu suchen hatten. In ihren Augen handelte es sich bei ihrer Praxis um eine Art Geheimloge, deren Mitglieder sich abgeschottet von der Außenwelt unangenehme Geschichten über Pilzinfektionen und Menstruationsschmerzen anvertrauen. Doch dann änderten sich die

Zeiten und eine Welle moderner Männer wurde in ihr Wartezimmer geschwemmt. Männer, die Beine übereinanderschlugen, in Babyzeitschriften blätterten, fliederfarbene Polohemden trugen und zärtlich Bäuche streichelten. Männer, die ungefragt mit ins Untersuchungszimmer kamen und beim Anblick unscharfer Ultraschallbilder hemmungslos weinten. Die Beuchelbach hatte für Männer allgemein schon nicht viel übrig. Werdende Väter hasste sie wie andere Leute Karneval.

Doch als Zeichen ihres guten Willens und weil es zuletzt die ein oder andere Beschwerde gegeben hatte, gestattete sie jedem Vater, seine schwangere Frau ein einziges Mal in ihre Praxis zu begleiten. Des weiteren vergab sie grundsätzlich nur Spontantermine am späten Vormittag, um sich erwerbstätige Begleiter elegant vom Leib zu halten. Ich hingegen hatte immer Zeit. Der Vormittag war ebenso wenig ein Problem wie der Morgen, Mittag, Nachmittag oder Abend. Gegen einen Nachttermin protestierte dann selbst Sophie. Und je klarer mir wurde, wie sehr der werten Frau Doktor meine pure Anwesenheit widerstrebte, umso lieber kam ich mit, und sei es nur, um ihr zu zeigen, dass ich noch lebte. Außerdem galt es, meine Potenz lobend zu erwähnen, hatten meine Spermien doch einen glorreichen Sieg der Natur über die Schulmedizin in Form der Antibabypille errungen.

Beuchelbach öffnete die Tür zu ihrem Behandlungszimmer, sah Sophie, sah mich und ließ resignierend die Schultern hängen. Dann berappelte sie sich und bedachte mich mit einem verächtlichen Blick. Wir hatten bis zu diesem Tag keinerlei Auskunft über das Geschlecht unseres Kindes verlangt, hofften insgeheim jedoch beide, dass unser Bauchgefühl uns nicht im Stich ließe. Sophie ging davon aus, dass wir ein Mädchen bekamen, ich von einem Jungen. Im Nachhinein betrachtet, hätten wir natürlich von vornherein darauf bestehen sollen, dass das Geheimnis bei der erstmöglichen Gelegenheit gelüftet wird.

Das hätte zumindest mir die Peinlichkeit erspart, Abend für Abend zu warten, bis Sophie eingeschlafen war, um heimlich mit ihrem Bauch zu sprechen, beziehungsweise dem kleinen Leben darin, von dem ich überzeugt war, dass es ein Junge sei. Aber wie zuverlässig kann das Bauchgefühl schon sein, wenn es hinter einer dicken Fettschicht verschwindet.

Letztlich hatte die harmlose Bemerkung im Park dazu geführt, dass Sophie außerplanmäßig auf Beuchelbachs Liege lag. Sie zog sich ihre Strickjacke, einen Pullunder, ein Hemd und ein Trägershirt unter die Brust, bis ihr Bauch zum Vorschein kam. Tatsächlich trug sie an diesem Julitag nur vier Schichten Wäsche am Körper. Der Heizfötus lief offenbar auf Hochtouren. Die Ärztin presste eine glibbrige Flüssigkeit aus einer Tube, und eine Art Schleimberg türmte sich auf Sophies Nabel, den die Beuchelbach mit ihrer Ultraschallsonde verrieb. Auf dem Monitor tauchte ein Körper aus Graustufen auf, als ob jemand einen Scheibenwischer betätigt und das Schwarze vom Bildschirm entfernt hatte. Obwohl meine Augen in Ordnung waren, hatte mein Verstand nach wie vor Probleme, zu verarbeiten, was ich da sah. Und es zu verarbeiten hieß noch lange nicht, es zu begreifen. Davon abgesehen hatte ich, auch wenn mir dieses Bild einigermaßen vertraut geworden war, so meine Schwierigkeiten, irgendetwas zu erkennen. Zugegebenermaßen war es nach einer Weile relativ einfach, den Kopf zu finden. Auch eine Hand oder ein Fuß nahm recht zügig die bekannten Konturen an. Mit den inneren Organen hingegen haderte ich noch immer, und so war ich der Einzige im Raum, dem es an dem fachmännischen Blick oder der nötigen Phantasie mangelte, um sicher Lunge und Leber zu identifizieren.

Mir blieb nichts anderes übrig, als zumindest so zu tun, als sei an mir ein ausgezeichneter Gynäkologe verloren gegangen, während sich die beiden Frauen in einem wahnwitzigen Fachchinesisch über den aktuellen Entwicklungsstand unseres

Babys verständigten, dass es unmöglich war, ihren Worten zu folgen, geschweige denn, das Gesagte mit dem Bild auf dem Monitor in Einklang zu bringen. Zumindest beruhigte es mich, dass mit dem Kind auf den ersten Blick alles in Ordnung schien. Keine drei Beine, genau zehn Finger, nur ein Kopf. Hauptsache gesund, dachte ich, während die Beuchelbach blitzschnell das Kind vermaß. »So.« Sie räusperte sich. »Dann werfen wir mal einen kurzen Blick zwischen die Beine.«

Ich spürte, wie sich die Anspannung ihren Weg durch meinen Körper bahnte. Und noch bevor ich mir darüber klar wurde, dass es dieser Moment sein würde, in dem das Wunder des Lebens eines seiner größten Rätsel preisgab, grinste mich die Beuchelbach zufrieden an. »Herzlichen Glückwunsch, es ist ein Mädchen.«

Ich versuchte, mich des Eindrucks zu erwehren, dass mich der Schreck fünf Jahre meines Lebens kosten würde, während ich auf das Ultraschallbild starrte. Das kann die doch nicht so ohne weiteres behaupten, war der erster Gedanke, der mir kam. Wenn du männerverachtendes Miststück hier einen Herzinfarkt provozieren wolltest, wäre dir das beinahe gelungen, der zweite, und der dritte, dass es auf jeden Fall so etwas wie Interpretationsspielraum geben musste. Eine durch Messungenauigkeiten bedingte Fehlerquote. Ultraschallbilder waren furchtbar unscharf, da konnte man leicht ein Männlein mit einem Weiblein verwechseln. Das wuchs doch alles noch. Jetzt nur keine voreiligen Schlüsse ziehen, dachte ich, nicht dass der Bub das mitbekommt. Den Komplex wird er doch nur schwer wieder los, und das alles, weil die Beuchelbach sich irrte.

»Irrtum ausgeschlossen. Ein Mädchen.« Sie deutete auf das Bild.

Ich ging einen Schritt auf den Monitor zu und berührte ihn fast mit der Nasenspitze. »Warten Sie. Da ist doch ein Hoden.«

»Nein, ist es nicht.« Die Beuchelbach verdrehte genervt die Augen. »Da ist kein Hoden.«

»Doch. Da unten, der kleine dunkle Fleck.« Ein Hoden. Eindeutig.

»Luke, bitte.« Sophie richtete sich auf und zog an meiner Hand.

»Siehst du das denn nicht, Sophie? Da, da, da!« Ich riss mich los und hämmerte wie wild mit der Fingerkuppe auf den Bildschirm.

»Herr Schaefer, ich habe ja keine Ahnung, wie groß Ihre Hoden sind.« Sie zog eine Augenbraue hoch. »Und selbst wenn dieser winzige Fleck tatsächlich ein Hoden wäre, da ist nur einer. Wollen Sie wirklich, dass Ihr Sohn nur einen Hoden hat?«

Das war aus dem Stegreif natürlich schwer zu beantworten.

Sie zeigte auf den Monitor. »Der Fleck ist übrigens am Knie.«

Was die Sache nicht gerade vereinfachte. »Egal. Hauptsache, er ist gesund.« Das Kind auf dem Monitor griff sich an den Kopf, als wollte es sich die Ohren zuhalten, und der Fleck war verschwunden.

Vielleicht hätte ich mich doch nicht so sehr auf mein Gespür verlassen sollen. Ein Mann spürt das – von wegen. Nichts spürte man. Hätte ich gewusst, dass wir in jener Nacht vor sechs Monaten gerade dabei waren, ein Kind zu zeugen, wäre ich natürlich vorbereitet gewesen. Selbst wenn Sophie behauptete, ich würde das Geschlecht unseres Kindes zwar bestimmen, ohne es beeinflussen zu können, so gab es doch, zumindest kulturhistorisch gesehen, allerhand Möglichkeiten der Manipulation.

Andererseits hätte ich dafür einen chinesischen Empfängniskalender studieren müssen, und ich konnte kein Chinesisch. Wahrscheinlich hätte Sophie wegen einer Vielzahl stümperhafter Übersetzungsfehler am Ende statt eines Jungen einen schlitzäugigen Drachen zur Welt gebracht, und das Risiko erschien mir eindeutig zu groß. Auch hätte ich Mondphasen beobachten können, denn da waren Drachen nahezu ausgeschlossen, dafür stieg die Werwolfgefahr. Es gab Quellen, nach denen man ein halbes Jahr auf der rechten Körperseite schlief, um sicher einen Jungen zu zeugen, aber dann hätte ich in der Nacht der Nächte neben Sophie gelegen wie ein stocksteifes Brett und ausgesehen wie ein schlitzäugiger Werwolfdrache. Von den Franzosen wusste man, dass sie lange glaubten, einen Jungen erzwingen zu können, indem sie sich relativ kompromisslos den linken Hoden abschnürten. Und im Nachhinein war ich froh, es nicht getan zu haben.

»Sie lächelt.« Sophie lag wieder auf der Liege und warf den grauschattierten Babykonturen einen verliebten Blick zu.

»Sag mal, Sophie, ist dir kalt?« Sie hatte eine Ganzkörpergänsehaut.

Sie schüttelte den Kopf. »Nein, überhaupt nicht. Guck doch mal – unser Mädchen. «

»Vielleicht solltest du dich lieber anziehen. Also, ich bin ja kein Arzt, aber wenn ich einer wäre, würde ich dir raten, hier nicht länger mit nacktem Bauch zu liegen. Nicht, dass du dich erkältest.«

»Jetzt halten Sie endlich Ihre verdammte Klappe.« Die Beuchelbach sah flehend an die Decke. »Stress überträgt sich auf das Baby. Wenn Sie eine kleine Cholerikerin haben wollen, machen Sie nur weiter.«

»Wie schön sie ist, Luke!« Sophie hatte immer befürchtet, das Kind könnte hässlich sein. Dass sie es zum ersten Mal sehen würde und es nicht in ihr Herz schließen könnte. Dass es ihr für alle Zeiten fremd blieb. Mit zittrigen Fingern ergriff sie meine Hand. Tatsächlich. Unsere Tochter lächelte. Wahnsinn.

Ich schrieb Obelix von der überraschenden Wende, die diese Schwangerschaft genommen hatte, und obwohl er in seinem Leben noch keinen Jungen gemacht hatte, geschweige denn ein Mädchen, so hatte er über die Jahre doch zumindest ein feines

Gespür dafür entwickelt, wann es an der Zeit war, ein wenig Verständnis für meine Lage zu zeigen und mich wieder aufzubauen.Er schrieb zurück.

Jungs machen Jungs, Männer machen Mädchen.

Und wie immer es hatte passieren können. Es fühlte sich gut an.

Am Abend zeichnete ich Linus. Während er seine Hanfplantage goss, sah man, wie unter ihm ein Proll mit zeitlosem Vokuhila sein Cabrio in einer Parklücke zu Schrott fuhr. Wie ein Kraftprotz in Latzhosen ein Bild aufhängte und dabei die ganze Wand einriss. Wie ein Fettsack in Tennissocken und Sandalen komplett in Flammen aufging, während er einen Grill anzündete. Auf dem vierten Bild zeigte Linus seinen Bizeps: *»It's a man's world.«*

kapitel 15

Wir besuchten meine Eltern. Nun, da wir wussten, dass es sich bei unserem kleinen Jungen um ein Mädchen handelte, war es an der Zeit, sie auf den neusten Stand zu bringen, was mit einem schnöden Anruf allein nicht getan war. Seit Sophie ihr Enkelkind in sich trug, hatten wir sie noch öfter zu besuchen, als wir es ohnehin taten, damit sie sich persönlich vom Wohl der Mutter und dem reibungslosen Verlauf der Schwangerschaft überzeugen konnten. Meiner Mutter war es zudem ein aufrichtiges Bedürfnis, Sophie wenigstens für die Zeit unseres Besuchs zu verwöhnen, was sie so unverblümt betonte, dass ich den unterschwelligen Vorwurf gar nicht überhören konnte.

Die rund zweihundert Kilometer zum Ort meiner Kindheit spulte ich früher souverän in einer Stunde vierzig ab, linke Spur, bei Wind und Wetter. Doch mit Rücksicht auf Sophie, das ungeborene Leben und das Nervenkostüm meiner Eltern benötigten wir in meinem grünen Kombi französischer Bauart, einem DS Break, Baujahr 1975, mit original Ledersitzen, die den Duft von Abenteuer, Freiheit und abgelegenen Stränden versprühten, nun locker drei Stunden. Bei Regen, der auf dieser Strecke zuverlässig fiel, länger. Sollte es sogar geschneit haben, laut Wetterbericht absehbar schneien oder verdächtig nach Schnee aussehen, nahmen wir die Bahn.

Französische Autos hatten in meiner Familie eine gewisse Tradition, da ein Onkel dritten Grades des Cousins des Neffen meines Vaters ein Autohaus führte, das vornehmlich Fabrikate aus Frankreich verkaufte. Dieser Onkel bestand darauf, dass sämtliche innerhalb der Sippe verkauften Wagen in seine Werkstatt gelenkt und von ihm persönlich inspiziert wurden, sobald es Probleme gab. Und da der »Scheißfrosch«, wie Sophie den abgetakelten Oldtimer nannte, mutmaßlich an einem Montag gebaut wurde, fuhren wir regelmäßig in die alte Heimat oder ließen uns schleppen, um undichte Zylinderköpfe oder poröse Bremsscheiben fachmännisch austauschen zu lassen. Dass wir uns aus einem anderen Grund auf den Weg machten, kam bis zur Schwangerschaft eher selten vor. Doch vor lauter Stolz fing ich an, diese Besuche zu mögen. Ich drehte das Autoradio leiser. »Ich liebe euch.«

Sophie starrte auf ihre geschwollenen Füße, auf ihren Bauch, in dem sich die Kleine zunehmend breiter machte und damit begonnen hatte, ihr die Organe zusammenzuquetschen, und dann wie paralysiert auf mich, als wollte sie sagen: Warum hast du mir das nur angetan?

Ich legte meine Hand auf ihr Knie. »Dich und das Baby.«

Sophie nahm meine Hand und legte sie auf das Lenkrad. »Du solltest nicht so dicht auffahren, wenn du es noch aufwachsen sehen willst.«

»Ich glaube, das wird gut mit uns. Es fühlt sich richtig an.«

Sophie wischte sich den Schweiß von der Stirn. »Ist die blöde Lüftung etwa auch kaputt?« Sie legte den Bauch frei und fächerte sich Luft zu.

Schwangerschaftstaubheit, vermutlich im Endstadium, dachte ich, denn jedes Kompliment, jeden Treueschwur oder jedes Liebesbekenntnis nahm Sophie, wenn überhaupt, allenfalls zur Kenntnis. Als ob ein einfaches »Ich liebe dich auch« oder »Es freut mich, dass du der Vater meines Kindes bist« einen Knebelvertrag in Kraft treten ließe, der sie für alle Zeiten an mich band. Wenn aber die Karre wieder herumzickte, entging ihr das selbstverständlich nicht. »Ich hab's verstanden, in Ordnung. Ich weiß auch nicht, warum ich unbedingt einen Jungen wollte, und falls ich damit deine und seine, äh, ich meine, ihre Gefühle verletzt haben sollte, dann tut es mir aufrichtig leid.«

Sie presste sich die Hand gegen die Stirn. »Diese elenden Kopfschmerzen.« Sie sank in den Sitz. »Wird der Schlafmangel sein. Oder das ständige Nasenbluten.«

»Ich werde glücklich sein mit einer Tochter. Ist das angekommen?«

»Ja, natürlich. Ich bin doch nicht schwerhörig.« Sie lauschte. »Sag mal, was ist denn das wieder für ein komisches Geräusch?«

Ich horchte angestrengt in das Innere des Wagens, aber da war nichts, was an und für sich schon ungewöhnlich gewesen wäre, denn eigentlich war bei dieser Möhre immer was. Noch ungewöhnlicher war jedoch, dass Sophie es hören konnte. »Da, schon wieder. Sag mal, du wirst langsam echt taub oder, alter Mann?«

Stress überträgt sich auf das Baby, dachte ich und beschloss, unter allen Umständen ruhig zu bleiben. Nicht, dass ich mir später Vorwürfe machen müsste. Immer schön ruhig, dachte ich. »Ich hab keine Ahnung. Wirklich nicht. Ist vielleicht irgendwas mit der Scheibenwischanlage. Oder der Kupplung. Dem Radlager. Der Antriebswelle. Das kann alles mögliche sein.« Ganz ruhig.

»Aber wir waren erst vor vier Wochen wegen der Keilriemensache oben. Das kann doch nicht sein, dass dieser blöde Scheißfrosch jetzt schon wieder den Geist aufgibt.« Sophie schlug mit der flachen Hand auf das Handschuhfach, wovon ich ihr dringend abraten sollte. Als ich das letzte Mal vor Wut mit der Faust auf das Lenkrad eingedroschen hatte, hatte ich es anschließend komplett in der Hand, was mitten im Berufsverkehr nur ein ganz klein wenig peinlich war.

Ich blieb einfach ruhig. »Ist vielleicht ganz harmlos.«

»Harmlos? Wann war irgendein Klappern oder Quietschen bei diesem Schrotthaufen jemals harmlos?« Sophie schnaubte, und ich dachte, fang jetzt bloß nicht an zu pressen, das ist viel zu früh.

»Es klingt jedenfalls nicht so, als würden wir gleich liegen bleiben.« Ich war die Ruhe selbst.

»Als ob wir das nicht schon oft genug wären.«

»Sophie, wenn wir bei meinen Eltern sind, soll meine Mutter dich betüddeln, ich fahr ins Autohaus, und der Chef bringt das höchstpersönlich wieder in Ordnung.« So ruhig.

»Und dann? Macht er uns wieder seinen Familienrabattspezialpreis? Was für ein Onkel ist das überhaupt, der dir so einen Scheißfrosch andreht?«

Immer noch ruhig. »Es reicht langsam, oder? Er hat den Wagen nicht gebaut, und als er ihn mir verkauft hat, lief er trotz seines hohen Alters ohne Probleme. Er kann nichts dafür, dass an dem Auto ständig irgendwas kaputtgeht. Es hat eben eine gewisse Reife.«

»Schon klar.« Sie verdrehte übertrieben die Augen. »Darüber regt der feine Herr sich natürlich nicht auf.«

Nicht mehr ganz so ruhig.

»Jetzt guck nicht so. Du weißt genau, was ich meine.«

»Nein, weiß ich nicht.« Unruhiger.

»Über alles mögliche kannst du dich fürchterlich aufregen. Aber sobald es um deine Familie geht« – bei »Familie« ließ Sophie ihre Finger flattern, als beschwöre sie eine Schlange –, »und sei es nur dieser komische Onkel, mit dem du noch nie über etwas anderes gesprochen hast als Vergaser und Lichtmaschinen, bist du auf einmal der verständnisvollste und ausgeglichenste Mensch der Welt. Und wehe, man sagt auch nur ein falsches Wort. Dieser Typ lebt auf unsere Kosten. Der hat sich schon dumm und dämlich an dieser vermaledeiten Froschplage verdient. Der fliegt zweimal im Jahr auf die Balearen – von meinem Geld.«

»Ich dachte, das hätten wir geklärt. Es ist meine Familie.« Noch unruhiger.

Sophie lief langsam, aber sicher rot an. »Und was bin ich?«

»Na ja …« Ungehalten. Ungenießbar. Ungerecht.

»Na ja? Ist das alles? Na ja? Was kommt als Nächstes? Blut ist dicker als Wasser, und am besten gleich noch die passende Theorie.«

Ziemlich unruhig. »Lassen wir das und reden über was anderes.«

»Ich will aber über nichts anderes reden. Ich bin auch deine Familie. *Wir* sind auch deine Familie. Vielleicht würden *wir* uns auch wünschen, dass du dich bei uns genauso beherrschst. Aber vermutlich sind *wir* dir nicht wichtig genug.« Bei »wichtig« machte sie wieder die Schlangenbeschwörungsnummer.

»Das ist doch Blödsinn. Natürlich seid ihr mir wichtig. Sehr sogar.«

»Davon merk ich aber nichts.«

Äußerst unruhig. »Was soll das? Ich bemühe mich gerade ernsthaft, nicht aus der Haut zu fahren, wenn irgendwas nicht so läuft, wie es laufen sollte, und das ist dir auch wieder nicht recht, oder was? Das kann doch nicht wahr sein!«

»Jetzt regst du dich ja doch auf.« Sie schüttelte den Kopf.

»Was habe ich vorhin gesagt? ›Ich liebe dich. Es fühlt sich richtig an.‹ Hast du mir denn nicht zugehört? Kriegt man von diesen Gefühlsschwankungen eigentlich ein Schleudertrauma?« Unruhiger ging nicht.

»Ist doch egal, was du gesagt hast. Jetzt kratzt du dich wieder am Ohr. So hab ich schon keine Lust mehr, zu deinen Eltern zu fahren.«

»Natürlich, das musste ja kommen. Fahr doch allein. Ich steig aus.«

»Was? Hier – auf der Autobahn? Du hast sie doch nicht mehr alle, Lukas!«

Ich trat etwas heftiger auf die Bremse, als ich das hätte tun sollen, weshalb sich Sophie panisch in ihren Sitz drückte und der Frosch mit quietschenden Reifen auf den Standstreifen rutschte. Ich riss an der Handbremse, drückte wie wild auf den Anschnaller, bis sich der Gurt endlich löste, stieß die Tür auf und ließ sie wütend ins Schloss knallen. Und weil ich nur zwei Gemütszustände kannte, nämlich himmelhoch jauchzend und zu Tode betrübt, lief ich los.

»Lukas!« Sophie schrie mir hinterher, während ein schwarzer Sportwagen an mir vorbeirauschte. Ein roter Jeep. Ein blaues Cabrio. Man bekam ein anderes Gefühl für Geschwindigkeiten, wenn man auf einer dreispurigen Autobahn an der Leitplanke entlanglief.

»Lukas, komm zurück!« Ein Gefahrguttransporter wechselte dicht neben mir auf den Mittelstreifen, und der Fahrtwind drückte mich zur Seite. Sophie kletterte auf den Fahrersitz, schaltete den Warnblinker an und holte mich ein. Sie schrie aus dem offenen Fenster. »Lukas, bitte, das macht mir Angst!«

»Lass mich!« Eine Motorradgang raste an uns vorbei. Hupkonzert.

»Steig wieder ein, das ist gefährlich!«

»Mir egal!« Ein Reisebus. Blitzlichtgewitter, das ich mit zwei ausgestreckten Mittelfingern quittierte.

»Du bist wahnsinnig. Das ist es doch nicht wert.« Und damit hatte sie recht. Worüber hatten wir uns eigentlich gestritten? Ein Auto? Außerdem sollte man, wenn einem das Leben lieb und teuer war, über Autos auf der Autobahn im Auto streiten. Ich blieb stehen, drehte mich um und lächelte. Dann stieg ich ein. »Tut mir leid.«

»Mir auch.« Sophie warf einen Blick über die Schulter. »Ich glaube, es ist diese elende Hitze, dass ich mittlerweile ständig aus der Haut fahre.« Sie fädelte in den Verkehr ein. »Als ob mein Kopf kocht. Kannst du das verstehen?« Ich sah sie fragend an und schnallte mich an. Auf den nächsten Kilometern stimmte ich Sophie in all ihren Kritikpunkten, die den vermaledeiten Pannenfrosch betrafen, zu, während sie mit Tempo achtzig über die rechte Spur raste.

»Du hast recht. Die französische Schrottmühle ist alt, sie ist schwach und unzuverlässig. Es wäre unverantwortlich, das Liebste, was ich habe, ihrer Willkür auszusetzen.«

Sophie schielte zu mir herüber, stutzig und skeptisch zugleich, während sie sich mit wilder Entschlossenheit in den Windschatten eines Tanklasters zog.

»Dieser froschfarbene Seelenverkäufer ist eine Gefahr für die Allgemeinheit und besonders für das Kind und gehört unbedingt aus dem Verkehr gezogen. Ich werde mich persönlich darum kümmern, dass er fachmännisch entsorgt wird, und mich um einen adäquaten Ersatz bemühen.« Es war seltsam, aber der Gedanke gefiel mir. Aus dem Frosch, in dem ich zwischenzeitlich sogar gewohnt hatte, würde die Presse einen handlichen grünen Würfel Schrott machen, und ich konnte meinen heimlich, still und leise in mir aufsteigenden Nestbautrieb mit einem schicken neuen Familiengefährt befriedigen.

Obwohl wir gewissermaßen gemeinsam über Sophies Konto verfügten, hatte ich zwar keinen blassen Schimmer, welche Summe sie auf die Schnelle würde lockermachen können. Da Sophie aber mit jedem Fünfer so bedächtig umging, als sei es ein wertvolles Gemälde, während ich die Fünfziger wie etwas Selbstgekritzeltes behandelte, war ich mir relativ sicher, dass sie die geplante Neuanschaffung nicht einmal über einen menschenverachtend teuren Kredit würde finanzieren müssen, sondern schlichtweg bar bezahlte. Doch Sophie ließ es nicht zu, dass ich diesen Gedanken weiterspann. Sie war gerade dabei, Leben zu schenken, und den Frosch in die ewigen Jagdgründe zu schicken, behagte ihr überhaupt nicht mehr. Im Gegenteil. In dem Moment, in dem ich ihr glaubhaft versicherte, dass wir die grüne Montagsseuche aus dem Verkehr zögen, streichelte sie sanft über die Lüftung und fuhr mit ihrer Hand weiter über das Armaturenbrett. »Aber ich mag doch den Frosch.« Dann schlug sie das Lenkrad ein und parkte den Wagen in der Einfahrt meiner Eltern. Unter lautem Getöse fiel der Auspuff ab.

Wir wurden in der Reihenfolge Sophie, Bauch, Sohn begrüßt. Es war zum Heulen. Fast dreißig Jahre lang war ich der Mittelpunkt ihres Universums, zumindest hatte ich mir das eingebildet, und da war weit und breit niemand, der mir den Rang hätte ablaufen können. Ich hatte es meinen Eltern nicht immer leicht gemacht, aber man wuchs bekanntlich an seinen Aufgaben, und als ich auszog, hatten sich die täglichen Spannungsfelder, die mein labiles Gemüt erzeugte und die uns über die Jahre zermürbten, in Wohlgefallen aufgelöst. Wir fingen an, uns aufeinander zu freuen, und meine Besuche waren geprägt von einer geradezu kitschigen Harmonie.

Als Sophie schwanger wurde, stürzte ich ungebremst auf Platz zwei der Begrüßungskette. Ich redete mir ein, dass das allenfalls eine vorübergehende Begleiterscheinung der Schwangerschaft wäre und zehn Monate ein langer, aber überschaubarer Zeitraum seien. Dass mich nun allerdings ein zwei Kilogramm schwerer, in einer Brühe aus Chlor, Natrium, Eiweiß, Glukose, Milchsäure und Harnstoff schwimmender, hodenloser Grinsefötus auf Platz drei verdrängte, war eine himmelschreiende Ungerechtigkeit. Und selbst wenn es mir schwerfiel, es zuzugeben: Ich war eifersüchtig. Was hatte denn dieses Baby, was ich nicht hatte? Käseschmiere?

Alles, was wir bisher über unsere Tochter wussten, hatte uns die Beuchelbach erzählt oder auf rorschachartigen Ultraschallbildern gezeigt, weshalb wir streng genommen gar nichts wussten. Das Kind konnte zickig, verrückt, behämmert oder jähzornig sein, wobei Letzteres meine größte Sorge war. Solange wir keine eindeutigen Beweise für ihren tadellosen Charakter hatten, war es angebracht, sie nach mir zu begrüßen. Doch sogar mein Vater beachtete mich nicht weiter und warf Sophies Bauch einen verträumten Blick zu. »Da seid ihr ja endlich. Wir haben uns schon Sorgen gemacht.«

»Wir standen im Stau.« Ich schob mich gekränkt und zutiefst beleidigt im Hohlkreuz durch die Tür.

»Wo?« Vater griff mir von hinten auf die Schulter.

»Auf der Autobahn. Schon mal davon gehört? Das sind diese geteerten Straßen mit den vielen Spuren.«

Er hielt mich fest. »Davon haben sie im Radio gar nichts gesagt.«

»Es gab einen Unfall, vermutlich kurz vor uns.« Ich riss mich los.

»Und unser Held hier ist ausgestiegen und ein Stück auf dem Standstreifen gelaufen, um zu sehen, ob alles in Ordnung ist. Und ich bin mit Warnblinklicht hinter ihm her.« Sophie hielt mir ihren ausgestreckten Daumen entgegen.

Vater rieb sich die Nase. »Ich hab vorhin die Verkehrsnachrichten gehört, und ich könnte schwören, dass die kein Wort darüber verloren haben.« Als Nächstes würde er mich bitten, den Rasen zu mähen, weil er es mit den Knien hatte.

Vater nickte in Richtung Garten. »Die Knie. Leider streikt der Elektromäher. Aber du kannst den Handmäher nehmen.« Erziehung.

Meine Mutter schloss die Haustür und nahm Sophie zum dritten Mal in zwei Minuten in den Arm. »Das reicht. Sie sind heil angekommen und nicht wie die Irren gerast. Setzt euch, sonst werden die Rouladen kalt. Die hattest du dir doch gewünscht, Sophie, nicht wahr?«

»Ja, die sehen echt superlecker aus.« Wieder einer dieser Sätze, von denen ich hätte Stein und Bein schwören können, sie würden Sophie niemals über die Lippen gehen.

»Superlecker?« Ich wollte mich auf meinen alten Platz setzen, aber Sophie war schneller. »Kein Mensch sagt superlecker. Warum nicht gleich supi? Außerdem mag ich keine Rouladen, Mama.«

»Dann iss den Salat. Schadet dir bestimmt nicht, Junge.« Sie füllte Sophie Rouladen auf ihren Teller. »Erinnert ihr mich, dass ich euch unbedingt zeigen muss, was ich für das Mädchen gekauft habe.«

»Für das Mädchen?« Ich stocherte lustlos in dem Salat. »Woher weißt du, dass es ein Mädchen wird?«

Meine Mutter legte ihren Arm um Sophie. »Wir haben telefoniert.«

»Ihr habt telefoniert? Aber? Wieso weiß ich davon nichts?«

»Frauengespräche, Junge, davon verstehst du nichts.«

Meine Mutter und meine Freundin telefonierten hinter meinem Rücken, und sobald unsere Tochter die Nummer ihrer Großeltern wählen konnte, würde mein Nummer-Drei-Begrüßungs-Status auf ewig zementiert sein. Meine Mutter blickte besorgt an mir vorbei. »Stimmt irgendetwas nicht, Sophie?«

»Nein, nein, es ist alles in Ordnung. Ich habe nur kalte Füße.«

»Willst du ein Paar dicke Socken haben?«

Ich schielte zu dem Wandkalender. »Ich glaube nicht, dass das was bringt.« Es war der zweite August. »Sie hat schon drei Paar an.«

»Das kann Sophie bestimmt selbst entscheiden, oder?« Autsch.

»Glaub mir, Mama, ich weiß, wovon ich rede.« Selbst mit Thermobaby im Bauch waren Sophies Füße so kalt, dass man einen Gefrierbrand an der Wade bekam, wenn sie einen berührten.

Meine Mutter stand auf. »Ich hole die Pantoffeln.«

»Die Pantoffeln?« So langsam wurde die Sache unheimlich. Von mir aus konnten sie beim nächsten Besuch den Frosch vor mir begrüßen und ihm zärtlich den Kotflügel streicheln und beim übernächsten anfangen, mich zu siezen. Doch ich konnte unmöglich hinter die Pantoffeln zurückfallen.

Diese Pantoffeln hatten zu dem ersten und einzigen Streit

zwischen meinen Eltern geführt, die schon im Kindergarten Händchen hielten und mehr als dreißig Jahre verheiratet waren. An einem Heiligabend, ich war vielleicht acht, hatte mein Vater sie ihr geschenkt, ein ganz besonderes Paar aus Grunzochsenleder, innen mit Pamirwolle gefüttert. So was war damals, so ganz ohne Online-Shopping, unheimlich schwer zu bekommen – es sei denn, man stieg in ein Flugzeug nach Kathmandu, dort in eine Propellermaschine nach Lukla, in Lukla in einen Bus nach Jiri, in Jiri auf einen Esel, und den Rest lief man, um in einem Kloster vor den Toren von Shivalaya allem Weltlichen zu entsagen, bevor man den Mönchen zum Abschied landestypische Souvenirs abkaufte, unter anderem erwähnte Hausschuhe.

Ob mein Vater für die Schuhe wirklich diesen weiten Weg auf sich genommen hatte – man weiß es nicht. In jedem Fall wusste meine Mutter ihr Geschenk nicht wirklich zu würdigen. Vielmehr verlangte sie beim Anblick der Grunzochsenledertreter, mein Vater solle die Schuhe besser meiner Oma schenken, denn die käme langsam in das richtige Alter. Weil die Schuhe außerdem bestialisch stanken und meine Mutter sich weigerte, sie zu tragen, solange sie noch laufen konnte, verschwanden sie in einer kleinen Kommode unter der Treppe.

Niemand traute sich seither, die Grunzochsenledertreter anzusehen, über sie zu reden oder auch nur an sie zu denken, und ich war mir sicher, umgehend enterbt zu werden, hätte ich Sophie den Vorschlag gemacht. Und nun hielt meine Mutter die Schuhe in ihren Händen, ausgerechnet sie, kniete sich vor Sophie und zog sie ihr an.

»Gehörst ja längst zur Familie.« Es hatte etwas von einer Zeremonie.

Sophie genoss den Moment, in dem sie in die Pantoffeln schlüpfte und feinste Pamirwolle ihre kalten Füße wärmte. Diesen Blick hatte ich das letzte Mal bei ihr gesehen, als ich ihr nach unserer ersten Nacht ein Paar arktiserprobte Wollsocken geschenkt hatte, wobei ich da mehr an mich als an sie dachte. Die Grunzochsenpantoffeln jedoch bedeuteten weit mehr als warme Füße.

Ich verstand, dass Sophie meine Eltern an diesem Tag endgültig in ihr Herz schloss und meine Eltern sie in ihres. Ich verstand, dass meine Familie an diesem Tag größer geworden war. Und später, als meine Eltern uns in den Garten führten, in dem sie vorsorglich schon eine Sandkiste, ein Klettergerüst und eine Rutsche aufgebaut hatten, verstand ich, was es bedeutet, eine Berufung zu haben. Und wer weiß, vielleicht haben in einem Kloster vor den Toren von Shivalaya an diesem Tag einige nepalesische Mönche sogar geweint.

kapitel 16

Auf dem Briefumschlag standen ganz unzweifelhaft unsere beiden Namen, und um Verwechslungen von vornherein auszuschließen, waren sie in Druckbuchstaben gemalt. Jeder Buchstabe war ein Kunstwerk für sich, an allen Ecken und Kanten verziert und veredelt, und was für eine Arbeit es gewesen sein musste, allein diesen Umschlag in mühsamer Handarbeit zu beschriften, vermochte ich mir nicht vorzustellen. Davon abgesehen, dass ich es nicht verstand.

»Denk nicht einmal im Traum daran, Sophie.« Was sollte diese Einladung? »Ich gehe prinzipiell nicht auf dreißigste Geburtstage.« Nina wurde dreißig, was die ganze Sache nicht besser machte. »Menschen, die diesen Tag als Segen verstehen, während es doch ganz sicher ein Fluch ist, sind mir zutiefst unsympathisch.«

Sophie verdrehte die Augen, als würde sie meine kleine Rede bereits in- und auswendig und in Gedanken mitsprechen können.

Ich ignorierte sie. »Außerdem kann Nina mich auf den Tod nicht ausstehen. Warum lädt sie mich überhaupt ein?« Ich wedelte mit dem Umschlag. »Das hier geht gar nicht. Ich wette, sie will, dass wir in ihr Poesiealbum schreiben, wenn wir da sind.«

»Nina mag dich.« Sophie nahm mir den Umschlag ab, bevor ich es an ihm ausließ.

»Sie hat gesagt, dass du bei ihr einziehen kannst, nachdem du mit mir Schluss gemacht hast.« Ich sah Sophie an. »Nina hasst mich.«

»Oh, das hast du gehört?« Ich war an einem dieser Tage, an denen Nina versuchte, Sophie mit heißem Tee und warmen

Worten zur Besinnung zu bringen, damit sie mich endlich in den Wind schoss, früher als erwartet nach Hause gekommen. »Sie hat es nicht so gemeint. Sie ist meine beste Freundin. Sie macht sich Sorgen.«

»Sie wollte, dass du mir sagst, dass das Kind nicht von mir wäre. Es würde mir zwar das Herz brechen, aber lieber ein Ende mit Schrecken als ein Schrecken ohne Ende.« Ich merkte, wie unangenehm Sophie die Sache wurde, aber es ließ sich nun mal nicht leugnen. Nina war ein durch und durch intrigantes Biest.

Ich setzte mich, nahm die Einladungskarte aus dem Umschlag, drehte sie im Licht und stellte mir vor, wie viele Stunden Nina damit verbracht haben musste. Der Mischung aus schlecht eingescannten Schnappschüssen, diversen Typografien in unterschiedlichen Schriftgrößen und einem Dutzend grobkörniger Symbole nach zu urteilen, mussten es Tage gewesen sein. Ich schüttelte den Kopf.

Nina. Die ehemals beste Freundin meiner Freundin hatte in den Wochen nach meiner Slapstickeinlage in der Stadtrandapotheke ein beeindruckendes Comeback in Sophies Leben gefeiert. Die beiden Frauen, die einmal wie Pech und Schwefel waren, hatten sich nach einem gemeinsamen Auslandssemester in Spanien aus den Augen verloren, nachdem Nina sich Hals über Kopf in Land, Leute und das Leben vor Ort verliebte und an der Universität von Cádiz blieb, während Sophie zurückging, um sich als Hilfskraft von Professor Paffrath zu verdingen. Sie schrieben sich noch eine Weile, vergaßen zu schreiben, waren gekränkt, weil sie nichts mehr voneinander hörten, und zu stolz, sich selbst zu melden. Als Nina zurückkam, bekam Sophie es einfach nicht mit. Bis ich bei Nina aufkreuzte.

Ich hatte ein Monster geweckt, ein besserwisserisches, nörgelndes und an meinen Fähigkeiten als Mann, Partner und Vater zweifelndes Monster. Seit ich die beiden wieder zusammengeführt hatte und sie, was immer auch zwischen ihnen vorgefallen war, mit einem Bussi links und einem rechts aus der Welt geschafft hatten, hing Nina an Sophies Ohr und soufflierte ihr Tag und Nacht, warum es mir an einer grundsätzlichen Eignung zu allem mangelte.

»Alles in Ordnung, Luke?« Sophie beugte sich zu mir herab, was ich erst bemerkte, als sich unsere Nasenspitzen beinahe berührten. »Ich glaube, das letzte Mal hast du mich an Karneval so angestarrt.« Sie setzte sich auf mich, rund und schwer, wie sie es in der dreißigsten Woche war. »Nur damit du mir nicht wegläufst.«

Ich zeigte Sophie die Karte. Auf einem der Fotos war ein Säugling abgebildet, mutmaßlich das Geburtstagskind, dessen Ähnlichkeit mit den Ninja-Turtles frappierend war. Mund, Nase, Ohren – es passte alles. »Guck mal, Sophie, ein Nina-Turtle.«

Sophie rutschte blitzartig von meinem Schoß. »Sag zu ihr heute Abend einmal Nina-Turtle, und ich mach sofort Schluss.«

Ich wusste natürlich, dass das eine leere Drohung war. Niemals hätte sie mich deswegen verlassen, doch da Sophie neuerdings zu schwangerschaftsbedingten Kurzschlussreaktionen neigte, wagte ich es nicht, es darauf ankommen zu lassen. Ich hatte entgegen meiner Vorstellungskraft erlebt, wie sie mit einer Sandale nach einer roten Ampel warf, weil sie die pralle Sonne nicht ertrug. Wie sie in der Rushhour nicht mit obszönen Gesten geizte, weil ihr das Kind erbarmungslos auf die Blase drückte. Oder wie sie im Supermarkt den Kassierer beleidigte, weil ihr Leben an einem Cashew-Sauerrahm-Eis hing, das bereits schmolz. Sophie spielte zur Zeit in derselben Liga wie ich, und deshalb nahm ich ihre Drohung ernst.

Neben dem Babyturtlefoto und den anderen Schnappschüssen, auf denen sich Nina in dreißig Jahren von einer Kampfschildkröte in die Schwester eines Vulkaniers verwandelt hatte, hatte sie die Symbolbilder platziert. Ich erkannte eine Torte,

Weinflaschen und einen Türstopper, von dem ich später erfuhr, dass es eine Käseecke war, stand Ninas Feier doch unter dem Motto Käse & Wein.

»Käse und Wein? Ich fass es einfach nicht.« Meine aufrichtige Empörung war keineswegs gespielt. »Ich gehe prinzipiell nicht auf Partys, zu denen man Käse und Wein mitbringen soll.« Und nichts auf der Welt würde mich umstimmen.

»Aber natürlich kommst du mit.« Sophie zog mich aus der Wohnung und das Treppenhaus hinunter, während ich lautstark protestierte und gleichzeitig versuchte, nicht zu stolpern. »Was ist eigentlich aus den Partys geworden, zu denen man Bier und Chips mitbringt, und zwar nicht, weil der Gastgeber es auf seiner selbstgehäkelten Einladung wünscht, sondern aus Sorge, es könnte zu wenig davon geben?«

Ich bockte. »Verboten? Vergessen?« Sophie zog mich am Handgelenk auf die Straße und zerrte mich den Bürgersteig entlang bis zum Auto. »Wenn ich schon zu Ninas dreißigstem Geburtstag gehen muss, werde ich ihr stilecht Bier und Chips mitbringen.«

»Wirst du nicht.« Sie fuhr aus der Parklücke und trat das Gaspedal durch.

»Werde ich nicht? Interessant. Und wer will mir das verbieten?«

Sophie drehte sich zu mir und lächelte. »Ich.«

Als spätpubertäre Protestnote wurde mir lediglich gestattet, Wein in Tetrapaks zu kaufen, was eine, wie ich fand, gerade noch akzeptable und im Subtext mitschwingende Form der Kritik an dem unsäglichen Partymotto war. Und im Gegensatz zu Sophie hatte ich natürlich nicht die leiseste Ahnung, dass Wein in Pappkartons in gewissen Kreisen neuerdings der letzte Schrei war, weshalb Nina kaum Luft bekam, als ich ihr die Tüten überreichte. Sie breitete mit einem falschen Grinsen ihre Arme aus, was der Beginn einer Umarmung werden sollte, und hielt mir ihre rechte Wange entgegen. Ich blieb wie angewurzelt vor ihr stehen.

Um es kurz zu machen. Ich war gegen jedwede Form von Bussis, egal ob zur Begrüßung oder Verabschiedung. Eines Tages, wenn die Menschen längst ausgestorben waren, würden fremde Wesen auf der Erde landen. Sie würden das, was von uns übrig war, untersuchen und zu der Erkenntnis gelangen, dass uns ein hochinfektiöser Virus zur Strecke gebracht hatte. Sie würden herausfinden, dass wir uns wohl besser per Handschlag begrüßt hätten – und was für ein Jammer es um diesen schönen Planeten war, nachdem wir gerade noch rechtzeitig die Umweltschweinereien, Ernährungsprobleme und Glaubenskriege in den Griff bekommen hatten. Dann würden die Aliens in ein schallendes Gelächter ausbrechen, in ihr Raumschiff steigen und davonschweben.

»Lukas?« Sophie stieß mir den Ellbogen in die Seite, als wäre ich im Stehen eingeschlafen, während Nina noch immer leicht gebeugt und mit geschlossenen Augen vor mir stand.

Ich zog meine Hand zurück, die ich Nina hingehalten hatte und hielt ihr die Wange entgegen. Bussi. Ich fuhr zurück und wollte gerade an ihr vorbei ins Haus gehen, als Nina mir ihre linke Wange hinhielt. Ich zögerte erneut und beugte mich dann abermals vor. Bussi. Und in der fälschlichen Annahme, Nina würde mir wieder die andere Wange hinhalten, tat ich es ebenfalls, während sie sich umdrehte. Ich busselte ins Leere und wünschte mich an einen schöneren Ort.

»Aber nicht so stürmisch, Lukas. Was soll denn Sophie denken?« Nina hakte sich bei Sophie unter. »Und jetzt kommt rein. Martin und die Kinder warten schon.«

Wir hätten es nicht tun sollen. Wir hätten auf dem Absatz kehrtmachen und gehen sollen. Die Casa Duncker, die man durch ein von zwei mächtigen Säulen gehaltenes Vordach betrat, unter dem ein verwitterter, mit Kräutern in Tongefäßen bestückter Holzkarren stand, lag vor mir wie die Löwen in einem skandinavischen Safaripark. Exotisch, aber doch irgendwie deplatziert. Hinzu kam, dass das mediterrane Gebäude auf der einen Seite wie ein siamesischer Zwilling nahtlos in die Casa Rehfuß überzugehen schien und auf der anderen in die Casa Schnattner, und das ging die ganze Straße hoch so weiter, um die Ecke und dann weiter bis zum Horizont. Ich erinnerte mich, wie dieses Retortenviertel in den Hochglanzheftchen, die in Sophies Briefkasten lagen, als außerordentlich ruhig und sicher angepriesen wurde, dabei musste es doch eine Zumutung sein, wenn sich Abend für Abend die betrunkenen Nachbarn an fremden Türschlössern zu schaffen machten, weil es schon nüchtern kaum möglich war, ein Haus vom anderen zu unterscheiden. Im Wohnzimmer lief ich Martin in die Arme. »¡Hola! Du musst Lukas sein. Cómo estás?«

Ich hatte Ninas Ehemann, vierunddreißig, Webdesigner mit Nerdbrille und einem Helm aus Naturlocken, zwischen den vielen großen und kleinen Palmen in seinem grünen Pullunder einfach übersehen. Und auch wenn es reine Panikmache war, dass einem eine Überdosis an Zimmerpflanzen angeblich die Luft zum Atmen nahm, konnte dieses Wohnzimmerbiotop auf keinen Fall gesund sein. An der Decke waren im Abstand von einem halben Meter schwere Holzbalken eingezogen, an den pastellfarbenen Wänden hingen Porzellanteller und flache Regale, auf denen farbige Glasflaschen standen. Ohne gefragt zu werden, bekamen wir eine einstündige Hausführung.

Die Casa Duncker war ein innenarchitektonisches Meisterwerk, durchdacht bis ins kleinste Detail. Alles hatte seinen Platz, nichts wirkte zufällig oder unordentlich. Man musste in genau diesem Haus leben, um solche Einladungskarten zu verschicken. Selbst Raúl Alejandro und Hernando Gaspard, die uns im Kinderzimmer im ersten Stock artig begrüßten, waren mit ihren anderthalb und drei Jahren unfähig, das mediterrane Idyll zu zerstören. Der dreißig Quadratmeter große, in Gelb-

und Rottönen gehaltene Indoorspielplatz der beiden war nicht nur doppelt so groß wie mein WG-Zimmer. Es war auch nur halb so unordentlich. Bei meinem Anblick zog Hernando Gaspard seine Mutter am Rockzipfel und raunte ihr zu: »Mami, kriegt der Mann da auch ein Baby?«

Ein peinlich berührter Moment der Stille legte sich über die Casa Duncker, dann hakte sich Nina erneut bei Sophie unter. »Hier ist die Liste, Schätzchen.«

»Welche Liste?« In Sophies Stimme lag ein Hauch von Verunsicherung.

»Schätzchen?« Ich sah Sophie fragend an. Niemals hätte ich mich getraut, sie »Schätzchen« zu nennen. Schätzchen ging gar nicht.

»Luke!« Ab sofort war offenbar nicht nur Nina-Turtle ein Trennungsgrund.

»Entschuldigung.« Ich griff beschämt nach Raúl Alejandros Plüschstier, als müsste ich ihn auf Stichwunden untersuchen.

»Nur noch zehn Wochen, Schätzchen, die Uhr tickt. Steht alles Wichtige drauf.« Nina redete nicht. Sie flötete.

Um ein wenig an meiner Reputation zu feilen, griff ich nach dem Zettel und prüfte ihn mit strengem Blick. »Wickelkommode. Wickelunterlage. Fläschchen. Nuckel. Heizstrahler. Beistellbett. Milchpulver. Schnuller. Schlafsack. Babyfon.« Ich zählte die einzelnen Punkte mit den Fingern ab, stockte bei zehn, betrachtete eindringlich meine Hände, versuchte das Ausmaß zu begreifen und fing wieder von vorn an. »Fläschchensterilisator. Windeln. Windeleimer. Feuchttücher. Waschlappen. Spucktücher. Wundschutzcreme. Nabelpuder. Babykosterwärmer. Stilleinlagen. Still-BH. Stillkissen. Milchpumpe. Tragetuch. Tragesystem. Kinderwagen. Kindersitz. Badeöl. Badeeimer. Babydecken. Beißring. Spielzeug. Babywippe.« Ich war ratlos.

»Ist nur, was mir auf die Schnelle eingefallen ist. Habt ihr das schon?« Nina beließ es bei einer rhetorischen Frage. »Hier stehen ein paar Adressen, wo man die Sachen supigünstig kaufen kann. Am besten, ihr behauptet, ihr würdet Zwillinge bekommen, dann kriegt ihr Prozente. Geburtsvorbereitungskurs?«

»Jetzt schon?« Sophie wirkte ebenso überrascht. Es war Mitte August und der errechnete Termin war der 29. Oktober.

»Na klar, Schätzchen. Ich hab den Sechs-Wochen-Kurs gemacht, jeden Mittwoch, anderthalb Stunden. Man lernt supileicht andere Schwangere kennen. Ist echt total nett. Zu den meisten hab ich noch immer Kontakt, und viele wohnen gleich um die Ecke. Die kommen später auch noch. Hier ist die Telefonnummer.«

»Danke. Kümmerst du dich bitte darum, Luke?«

»Ich?« Ich wusste nicht, wozu ich so einen Kurs brauchen sollte.

»Ja. Du.« Es klang vielmehr so wie: Wer, wenn nicht du?

»Na logisch. Mach ich gleich morgen.« Ich steckte die Nummer ein.

»Wann lasst ihr den großen Herzultraschall machen?« Nina ging die Treppe hinunter, und wir dackelten ihr hinterher wie einer dampfplaudernden Fremdenführerin.

»Hast du den machen lassen? Meinst du, dass man ihn braucht?« Sophie stockte. »Wir haben uns eigentlich dagegen entschieden.«

»Aber das müsst ihr unbedingt, Schätzchen. Mir war das supiwichtig, zu wissen, ob mit dem Baby wirklich alles in Ordnung ist. Außerdem sieht man das Kind in Drei-D. Das ist supiinteressant. Am besten geht ihr dazu in das Krankenhaus, in dem du auch entbinden lässt. Bei welchem seid ihr denn angemeldet?«

»Bei gar keinen. Ich dachte, wir gehen in die Uniklinik.«

»Die Uniklinik? Bloß nicht. Was ich da an Geschichten gehört habe. Das wär mir zu gefährlich. Im Städtischen Krankenhaus gibt es jeden zweiten Montag im Monat einen Informationsabend für werdende Eltern. Solltet ihr nicht verpassen – so spät, wie ihr dran seid.« Nina drückte mir einen weiteren Zettel in die Hand. »Und wenn ihr Babysachen braucht, also Strampler, Strumpfhosen, Mützen, Jäckchen, Schals, Handschuhe und den ganzen Rest, könnt ihr alles von uns haben. Wobei – was wird es denn überhaupt?«

Sophie streichelte verträumt ihren Bauch. »Ein Mädchen.«

»Supi.« Nina umarmte Sophie und wollte sich mir gerade um den Hals werfen, als sie es sich anders überlegte und es doch bei einem abfälligen Kopfschütteln beließ.

»Jungs machen Jungs, Männer machen Mädchen – autsch.«

Sophie stieß mir in die Rippen. »Jetzt lass Nina doch mal ausreden.«

»Ich dachte nur, sie müsste zwischendurch mal Luft holen.«

Musste sie nicht. »Wir haben uns damals ja überraschen lassen. Ich kann euch nicht sagen, wie egal mir war, was es wird. Ich sag immer, Hauptsache, gesund. Deshalb haben wir nur neutrale Sachen gekauft. Habt ihr schon einen Namen?«

Sophie ließ sich nach der Wanderung durch die Casa Duncker in einen der Sessel fallen, die im Wintergarten standen. »Nein. Also, das heißt, wir hatten einen, aber das hat sich zum Glück erledigt.«

»Macht ja nichts. Ist ja auch noch massig Zeit.« Nina beugte sich zu Sophie. »Und verratet ihn bloß nicht. Nicht dass ihn euch jemand wegschnappt.«

»Wen?« Es kostete mich einige Überwindung, mich zusammenzureißen. Wovon redete die eigentlich?

»Nicht dass jemand anderes sein Kind genauso nennt wie ihr eures.«

»Es gibt da diesen Fußballer, Nina, relativ bekannt, der heißt auch Lukas.«

»Wie auch immer. Hauptsache, ihr habt eure Kleine in der Kita angemeldet. Den Namen könnt ihr dann später einfach nachreichen.«

»Wo nachreichen?« Sie konnte es einfach nicht lassen.

»In der Kindertagesstätte. Die Plätze da sind schwerer zu kriegen als original andalusische Tapasschalen. Jetzt mal ehrlich, Lukas, wie lange hast du dich bislang mit dieser Schwangerschaft beschäftigt? Eine Minute? Zwei?«

Sarkasmus, dachte ich, kannst du haben. »Wir hatten da eher an ein privates Kindermädchen gedacht. Dreisprachig, mit einem Diplom in Expressionismus und Business-Tai-Chi. Und jetzt verrat mir, Nina, warum hat eure Apotheke eine Überwachungskamera? Irgendjemand von den Angestellten langt ordentlich in die Kasse, weil er die Raten fürs Haus nicht zahlen kann, richtig?«

Sophie öffnete den obersten Knopf an ihrer Hose. »Luke, wolltest du dir nicht von Martin den Garten zeigen lassen?«

Ich sah durch die Terrassentür direkt auf eine Hecke. »Was für einen Garten?«

Sophie öffnete auch den zweiten Knopf. »Und ich werde hier alles in Ruhe mit Nina besprechen, einverstanden?«

Weil das ganz offensichtlich keine Frage war, stand ich kurz darauf auf einem handtuchgroßen Grünstreifen, während Martin etwas von großes Haus oder großer Garten faselte und anbot, schon mal den ersten Wein zu probieren. Bevor ich ablehnen konnte, hatte er die Flasche mit einem elektrischen Korkenzieher geöffnet, mein Glas gefüllt und mir die Geschichte aufgetischt, die er vom Weinhändler seines Vertrauens hatte. »Und dann hat dieser Kerl nach einem Wein verlangt, der einen müde macht und richtig abtörnt. Das muss man sich mal auf der Zunge zergehen lassen. Unglaublich, oder?«

Jedenfalls endete die Geschichte damit, dass der Weinhändler dem Mann stattdessen einen zuverlässigen Zungenlöser verkauft hatte, weil der arme Kerl auf ihn einen so niedergeschlagenen Eindruck machte.

kapitel 17

Die übrigen Gäste kamen, und während Martin nicht versäumte zu betonen, dass er nichts lieber tat, als die Kinder ins Bett zu bringen, erwähnte Nina beinahe beiläufig die ein oder andere Kleinigkeit, die sie gedachte, nun vorzubereiten, bevor sie in der Küche verschwand. Ich beschloss, das Buffet, es würde zweifelsohne bombastisch sein, mit keiner Silbe lobend zu erwähnen. Mit den übrigen Gratulanten, die innerhalb von höchstens zwei Minuten nacheinander an der Tür geklingelt hatten, nahmen wir am Duncker'schen Esstisch Platz, der mit Muscheln, Blüten und bunten Glasperlen dekoriert und so lang war, dass man auf ihm mühelos hätte kegeln können.

Uns gegenüber saßen Swetlana, achtundzwanzig, Flugbegleiterin, und Gerald, sechsunddreißig, Fondsmanager, zwei Töchter, vier und zwei Jahre alt, sowie Caroline, dreiunddreißig, Innenarchitektin, und Edgar, vierunddreißig, Anästhesist, drei Kinder, zwei, drei und fünf Jahre alt. In der Mitte war noch Platz für die Gastgeber. Neben Sophie saßen Miriam, zweiunddreißig, Dolmetscherin, und Rüdiger, dreißig, Musiklehrer, Zwillinge, Mädchen, anderthalb, und neben mir Phuong-Anh, dreißig, Biochemikerin, und Huy-Thanawat, einunddreißig, Feinkosthändler, zwei Kinder, zwei und bald eins, für ihr Alter beide schon unheimlich weit.

Hin und wieder kam Nina aus der Küche und präsentierte, was ihre Gäste dem Buffet beigesteuert hatten, wobei sie jedes einzelne Stück Käse und jede Flasche Wein lautmalerisch anpries, als wollte sie uns das Zeug hinterher verkaufen. Nina überschlug sich regelrecht in ihrer Gourmet-Exegese. Diese würzige Note. Dieses samtige Aroma. Diese lebhafte Säure.

Diese zarte Süße. Dieses kernige Bouquet. Dieser intensive Abgang. In der Apotheke waren Ninas Talente jedenfalls verschenkt. Sie hätte auf dem Fischmarkt arbeiten sollen. Oder in einem Fachgeschäft für Adjektive. Als Nina wieder verschwand, beugte sich Miriam zu Sophie, noch bevor so etwas wie verlegene Stille aufkommen konnte. »Und, wie habt ihr euch kennengelernt?« Sechzehn Augenpaare starrten uns erwartungsvoll an.

Nun, eigentlich waren wir uns darüber einig, wann und wo wir uns das erste Mal begegnet waren, nämlich im Joker. Es mochte romantischere Orte geben als diese miese Bahnhofsspelunke, in die man allenfalls ging, wenn man aus der benachbarten Tabledancebar geflogen war oder, wie Obelix und ich an diesem Abend, erst gar nicht hineinkam. Oder man ging ins Joker, wenn man durchs Bahnhofsviertel irrte und das dringende Bedürfnis verspürte, seine vielen Sorgen für wenig Geld zu ertränken. So war es bei Sophie.

Ich hatte an diesem Tag vom auflagenstärksten Magazin der Stadt die Zusage erhalten, dass sie Linus dreimal wöchentlich abdrucken würden, was einem Rentenvertrag gleichkam und gebührend gefeiert werden musste, weshalb Obelix die Oben-Ohne-Bar vorschlug. Da ich bald reich und berühmt sein würde, war es höchste Zeit, meine Biographie durch einige pikante Anekdoten aufzumotzen. Dass wir zwei Helden nicht einmal bis zur Tür kamen, gehörte definitiv nicht dazu. Etwa zur gleichen Zeit stieg Sophie in unmittelbarer Nähe aus einem Taxi, was das Ergebnis eines erdbebenartigen Familiendramas war, das sich kurz zuvor bei ihren Eltern abgespielt hatte. Sie sprach nicht darüber, doch was immer vorgefallen war, es hatte sie so erschüttert, dass sie Hals über Kopf in das nächstbeste Taxi sprang, obwohl es sie ein Vermögen kostete, und später im Joker am Fenster saß und Wodka wie Wasser trank, weil das das effektivste Mittel war, um den ganzen Mist zu vergessen.

Ich kauerte mit Obelix auf zwei Barhockern in der Nähe der Spielautomaten, entdeckte Sophie, die mich nicht weiter beachtete, und war mir sicher, nie zuvor eine derart zauberhafte Frau gesehen zu haben. Erst recht keine, die sich so zielstrebig die Lichter ausschoss. Ich würde Obelix auf ewig dankbar sein, dass er mich in diese Stripbar schleppen wollte, ebenso wie dem übel gelaunten Türsteher, der uns nicht hineingelassen hatte, weil ihm unsere »blöden Hackfressen« nicht gefielen. Ich starrte hinüber zu Sophie. Sie sah aus dem Fenster. Ich lächelte beseelt. Was für ein Abend. Ich war so gut wie reich, betrunken und schon schwer verliebt.

Bis hierhin deckten sich unsere Erinnerungen, auch wenn Sophie, wenn sie die Geschichte erzählte, die Menge an Alkohol, die sie im Joker heruntergespült hatte, deutlich nach unten korrigierte. Erhebliche Unterschiede in der Dramaturgie der dann folgenden Ereignisse offenbarten sich jedoch, wenn es um unscheinbare Details ging wie etwa jenes Augenklimpern, von dem ich überzeugt war, es habe mir gegolten. Sophie hatte mich tatsächlich irgendwann wahrgenommen und mir, da war ich mir sicher, relativ unverhohlen zugeblinzelt, was meiner Ansicht nach nur eines heißen konnte: Komm zu mir. Ich kann zwar nicht mehr sprechen, aber das mit uns könnte was werden.

Ich wusste die Feinheiten zwischen einem absichtlichen und einem zufälligen Blinzeln durchaus zu unterscheiden, und Sophie hatte es in diesem magischen Moment ganz bestimmt weder versehentlich noch unwissentlich getan. Angetrieben von der Aussicht, den Abend mit der Frau zu verbringen, die ich am nächsten Morgen heiraten würde, bestellte ich eine Flasche Wodka, verabschiedete mich von Obelix und setzte mich zu Sophie. Jetzt brauchte es nur den passenden Spruch, phantasievoll und poetisch zugleich.

»Na, auch hier?«

Während sie so eisern trank, wie sie schwieg, erzählte ich ihr von Linus, dem Stadtmagazin und der Welt, die mir zu Füßen lag. Davon, was für ein lukratives Geschäft das alles sei, wie viele Ausgaben von Lucky Luke rund um den Globus bereits verkauft wurden und wie wertvoll die frühen Originale waren. Ich prahlte, dass der Geschichte der Comics ein neues Kapitel hinzugefügt werden müsse, wenn Linus erst einmal ein Eichhörnchen von internationalem Ruf geworden sei. Und wer weiß, vielleicht hätte es mit uns schon an diesem Abend etwas werden können, wenn ich Sophie gegenüber nicht irgendwann erwähnt hätte, dass ich mich doch niemals getraut hätte, sie anzusprechen, wenn sie nicht geblinzelt hätte.

»Ich hab nicht geblinzelt.« Sophie sah mich mit glasigen Augen an.

»Hast du doch. So.« Ich machte es ihr vor. Ohne zu übertreiben.

»Hab ich nicht.« Sie hickste, als hätte sie einen Schluckauf. »Und wenn, war es höchstens ein nervöses Zucken.«

»Vor Aufregung?« Sie wird mich heiraten, dachte ich, warum also tiefstapeln.

»Vom Alkohol. Und würdest du mir jetzt den Gefallen tun, dich zu verpissen?« Sie füllte ihr Glas auf, trank, füllte es auf, trank, füllte es auf, während ich ihr interessiert dabei zusah. Sie hickste erneut. »Wenn ich mir deine Nummer aufschreibe, verpisst du dich dann?«

Ich nickte, auch wenn ich die Hochzeit ungern verschieben wollte.

»Falls ich mich morgen noch an dich erinnern kann, ruf ich dich an.« Dann krachte sie mit dem Kopf auf den Tisch.

Die nächsten Tage verbrachte ich damit, mein Telefon anzustarren und es im Minutentakt auf seine Funktionsweise zu überprüfen, während ich rhythmisch mit dem Kopf gegen die Wand schlug, weil ich als Gegenleistung dafür, mich zu verpissen, nicht nach Sophies Telefonnummer verlangt hatte. Eine

Woche verging, in der ich spürte, wie jedes Klingeln leise Hoffnung in mir aufsteigen ließ, die einen Augenblick später tiefer Enttäuschung wich.

Dann erschien die allererste Folge von Linus.

Er stand völlig zerzaust und mit wirrem Blick in einer Apotheke, als hätte man ihn hypnotisiert. Zuerst fasste er sich an die Stirn: *»Haben Sie was gegen erhöhten Serotoninspiegel?«* Dann an den Bauch: *»Unnatürliche Oxytocinwerte?«* Ans Herz: *»Testosteronüberschuss?«* Auf dem letzten Bild sank er wie benommen in die Arme der bildhübschen Apothekerin. *»Ich glaube, ich bin verliebt.«*

Es war ausgerechnet Julius D. Stern, der den Comic entdeckte und Sophie am nächsten Tag in der Mittagspause zeigte. Der Rest ergab sich dann irgendwie.

Ich beendete meinen Teil der Geschichte und blickte verstohlen in die Runde. Nun waren die anderen an der Reihe. Swetlana und Gerald waren sich auf einem Trekkingpfad in den Anden in die Arme gelaufen. Caroline und Edgar beim Segelfliegen nähergekommen. Miriam und Rüdiger hatten sich bei einem Auffahrunfall kennengelernt, Phuong-Anh und Huy-Thanawat bei einem Molekularkochkurs und Nina und Martin bei einer Demonstration von Exil-Spaniern, die gegen die blutige Tradition der Stierkämpfe in ihrer Heimat protestierten. Nina stellte mit großem Tamtam den liebevoll garnierten Käse auf den Tisch und wechselte das Thema.

In den folgenden Stunden wurden wir in Bezug auf Sophies Schwangerschaft nach allen Regeln der Kunst durch die Mangel genommen, angefangen von der Farbe des Erbrochenen, über die Dicke der Nackenfalte, was zielsicher alte Ängste weckte, bis zur Weite des Muttermundes und den diversen Möglichkeiten, den exakten Wert mit den Fingern zu bestimmen. Immerhin konnten wir gerade noch verhindern, den Akt der Zeugung pantomimisch nacherzählen zu müssen, während uns Nina ihre Geburt vorturnte. Dann klemmte sie sich eine der Weinflaschen zwischen die Schenkel, entkorkte sie und verkündete: »Raúli hat Kacki ins Töpfchen gemacht. Supi, oder?« Sie hob die Flasche.

»Jetzt erst?« Swetlana machte ein Gesicht, aus dem eine Mischung aus Spott und aufgesetzter Sorge sprach. »Ist er nicht fast zwei?«

»Einundsiebzig Wochen und zwei Tage.« Es war rechtschaffene Empörung, während Nina Swetlana nur halb einschenkte.

»Also Theresa Viktoria konnte schon mit achtundfünfzig Wochen allein aufs Töpfchen.« Swetlana ballte die Fäuste, drückte die Knie aneinander und imitierte ein Drücken, während sie puterrot wurde.

Miriam winkte ab. »Und wie hat sie das gemacht, ohne krabbeln zu können? Lila und Blue konnten schon mit zehn Monaten laufen.«

»Neundreiviertel, Schatz.« Rüdiger nickte unterstützend in die Runde, als wäre er ein headbangender Wellensittich.

»Kann nicht sein.« Caroline und Edgar sagten das im Chor. »Dann müssten sie auf Karl Gustavs zweitem Geburtstag hinter seinem Fahrrad hergelaufen sein, sind sie aber nicht. Davon gibt es Fotos.«

»Und ein Bild.« Phuong-Anh küsste Huy-Thanawat auf die Stirn. »Hat Collin-Ty gemalt.«

Caroline war noch zwei Wochen vor der Geburt zehn Kilometer joggen, Nina hatte höchstens eine halbe Stunde in den Wehen gelegen, Swetlana nach drei Tagen abgestillt, Miriam innerhalb eines Monats ihr Idealgewicht zurück und Phuong-Anh am Tag nach der Geburt wieder im Labor gesessen. Gerald hatte sämtliche Möbel im Kinderzimmer selbst geschreinert, Edgar seine Frau ins Krankenhaus getragen, Rüdiger die Geburt seiner Zwillinge mehr oder weniger selbst gemanagt und Huy-Thanawat den Babybrei aus Bioprodukten selbst angebaut und eigenhändig hergestellt. Als ich begriff, dass es sich um einen Wettbewerb handelte, wollte ich mich erst bereiterklären, den Schiedsrichter zu geben, beließ es aber dann doch dabei, im Stillen den Spielstand zu zählen.

Swetlanas Tochter hatte ihren ersten Zahn mit einhundertundzwölf Tagen, Miriams mit einhundertacht, Punkt für Miriam. Edgars ältester Sohn hat mit einem Jahr Papa gesagt, Phuong-Anhs mit elf Monaten, Punkt für Phuong-Anh. Geralds Töchter konnten mit zwei Jahren einen Purzelbaum, Nina war kurz davor, ihre Söhne zu wecken, um zu beweisen, dass sie es ebenfalls konnten, aber stattdessen ging Martin und sah nach, ob sie schliefen, Punkt für Gerald. Rüdigers Kinder konnten schon auf dem Bauch rutschen, Huy-Thanawats nur auf dem Rücken, Punkt für Rüdiger. Carolines Jüngste konnte bereits bis zehn zählen, Miriams nur bis neun, Punkt für Caroline.

»Seit ihr eigentlich sehr besorgt, dass eure Wunderkinder etwas zurückgeblieben sind?« Ich prostete ausnahmslos ratlosen Gesichtern zu. Sophie trat mir auf den Fuß. Punkt für mich.

»Ätzend, oder? Als ob es keine anderen Themen mehr gäbe.« Martin öffnete einen der beiden Tetrapaks, nachdem er mich unter einem Vorwand in die Küche gelockt hatte, was ich ihm hoch anrechnete. »Raúl hatte vor zwei Tagen Durchfall, und weißt du, was das Einzige war, was Nina wissen wollte?«

Ich nahm einen Schluck und zuckte mit den Schultern.

»Welche Farbe er hatte. Über so etwas unterhalten wir uns nur noch. Das ist doch Scheiße.« Martin klopfte mir auf den Rücken, und als Nina hereinschneite, kündigte er an, nach den Kindern zu sehen, wie er es schon mindestens ein Dutzend Mal an diesem Abend getan hatte, bevor er für eine geschlagene Viertelstunde nicht mehr auftauchte. Ich ging zurück zum Tisch, gefolgt von Nina, die ein Tablett mit kleinen Schälchen mit Stiersymbolen balancierte. Sie hatte das Fleisch geholt. Ich fing an, sie zu mögen.

»Jetzt hätte ich glatt die Oliven vergessen.« Oliven mochte ich nicht.

Selbst wenn ich ihren widerlichen Geschmack auch nur halbwegs ertragen hätte oder zumindest den abscheulichen Gestank, keine einzige von Ninas Oliven hätte ich angefasst, und wenn nur aus der festen Überzeugung, niemals mit in die allgemeine Olivenekstase zu verfallen. Allein das mediterrane Flair, von dem am Tisch plötzlich jeder glaubte, Oliven würden es verbreiten, war doch unerträglich.

Jedes Stück Fleisch, hörte ich Rüdiger schwärmen, müsse zuerst in Olivenöl eingelegt und darin gebraten werden. Caroline schwärmte von der Frische grüner Oliven. Edgar pries die Einzigartigkeit von mit Knoblauchcreme gefüllten schwarzen Oliven. Und Thanawat, der Einzige, dem ich halbwegs zutraute, wirklich zu wissen, wovon er sprach, würdigte die Qualität des Öls, das in der Casa Duncker zum Einsatz kam. Das Öl, säuselte Gerald, verleihe jedem Gericht den Geschmack einer lauen spanischen Sommernacht, und ich wartete darauf, dass sie begannen, Olivenöl in ihren Gläsern zu schwenken, daran zu schnuppern und es zu gurgeln, wie edlen Wein.

Ich schob das Schälchen mit den Oliven, das direkt vor meiner Nase stand, zur Seite und griff eine Schüssel Salat, doch der triefte nur so vor Olivenöl, wie auch der Schafskäse, der auf einem Glasteller lag.

Nina sah mich besorgt an. »Stimmt irgendwas nicht, Lukas?«

»Doch, doch. Ich mag nur keine Oliven.«

»Keine Oliven? Das hab ich ja noch nie gehört.« Betretenes Schweigen am Tisch.

»Ist eine lange Geschichte.« Ich nahm das wertvolle Öl und drehte die Flasche einmal um die eigene Achse. »Ist alles lange her.«

»Macht doch nichts.« Martin kam von oben, setzte sich und prostete mir zu. »Ein Schwank aus deiner Jugend. Erzähl.«

In den Sommerferien, ich muss neun oder zehn Jahre alt gewesen sein, fuhren meine Eltern mit mir nach Spanien, in einen kleinen Ort in der Nähe von Málaga. Wir verbrachten zwei Wochen in einer als Hotel ausgebauten Burgruine, im Garten gab es einen Pool, dahinter eine flache Steinmauer, ein Wellblechtor und das Haus von Pedro, dem Olivenbauern. Es war ein unfassbar heißer Sommer, so heiß, dass die Sohlen meiner Turnschuhe auf dem Asphalt schmolzen, weshalb wir diesen Sommer ausnahmsweise auf ausgedehnte Spaziergänge verzichteten. Stattdessen spielte ich Fußball.

Den ganzen Tag über drosch ich den Ball gegen das Wellblechtor und am vierten oder fünften Tag, ich hatte ihn gerade gekonnt in den Winkel geschlagen, stand Pedro vor mir, über das Traumtor nicht sonderlich erfreut. Pedro beschimpfte mich ausführlich, dem Tonfall nach war es wenigstens etwas Anzügliches, wenn nicht Kränkendes, und erst der Hoteldirektor vermochte den aufgebrachten Bauern zu beruhigen. Weil der arme Pedro Nacht für Nacht aufstand, um seinen Olivenhain zu wässern, da es sonst viel zu heiß dafür war, wollte er am Tag seine Ruhe. Ich blickte zu meinen Eltern, die im Schatten auf ihren Liegen dösten, und mangels Alternativen holte ich erneut aus.

Es dämmerte bereits, doch die Hitze blieb unerträglich, als Pedro die Fensterläden im ersten Stock aufschlug, mich erneut zum Teufel wünschte, während am Pool bereits eine imposante Musikanlage aufgebaut wurde, denn am Abend sollte es eine Party geben. Meine Eltern schickten mich ins Bett, und die Bässe gaben Pedro den Rest.

Ein Knall riss mich aus meinen Träumen, ein Platschen, als würfe jemand einen Stein in den Pool. Ein zweiter Knall, wieder ein Platschen. Auf den dritten Knall folgte ein metallisches Geräusch, als ob der Stein das Wellblechtor getroffen hätte. Wieso werfen die mit Steinen?, dachte ich. Sind die schon so betrunken? Dann Schreie. Die Zimmertür sprang auf, und meine Eltern stürmten herein. Jemand habe auf sie geschossen. Pedro.

Drei Schüsse hatte er vom Dach seines Hauses aus abgegeben, aber schlecht gezielt, weshalb niemand ernsthaft verletzt worden war. Nur eine Frau aus Gütersloh hatte einen leichten Schock erlitten. Als wir ins Freie traten, parkte bereits ein Streifenwagen mit eingeschaltetem Blaulicht in Pedros Einfahrt, und zwei Beamte führten den armen Olivenbauern, der mit einer feuchten Unterhose nur spärlich bekleidet ein jämmerliches Bild abgab, in Handschellen ab. Vorbei an der Steinmauer. Vorbei an dem Wellblechtor. Vorbei an mir.

»Ich hoffe, dass ich das noch halbwegs richtig zusammenkriege, aber weiß hier irgendjemand was ›Para el resto de mi vida, a mear en la de aceite de oliva‹ heißt? Pedro hat das während seiner Verhaftung ununterbrochen gebrüllt und die Faust gen Himmel gereckt, als wäre er ein südamerikanischer Revolutionär.«

Nina lief grün an und stammelte: »Für den Rest meines Lebens pisse ich in euer Olivenöl.«

»Genau, das war's. Und seitdem mag ich nun mal keine Oliven mehr. Kann man doch auch irgendwie verstehen, oder? Woher kommt das Öl eigentlich?«

Nina warf sich halb über den Tisch nach der Flasche. »Málaga!« Sie sank in ihren Stuhl.

Ich stand auf, ging in die Küche und versuchte, das Olivenöl vom Schafskäse zu waschen, als Sophie plötzlich neben mir stand und mich mit strengem Blick musterte. »Ich wusste gar nicht, dass du Spanisch sprichst.«

»Tue ich auch nicht. Ist aus einem Übersetzungsprogramm.«

Sie runzelte die Stirn. »Pedro hat das so nie gesagt, oder?«

Ich verneinte.

»Und ihr seid auch nie in Málaga gewesen, oder?«

Sie kannte die Antwort.

»Sevilla. Sophie, bitte, sie wollte, dass du mit mir Schluss machst.«

»Ich werde ihr in einer ruhigen Minute sagen, dass du eigentlich ganz in Ordnung bist, wobei sie auch nicht immer ganz unrecht hat.« Sie seufzte. »Was machen wir eigentlich mit diesem Drei-D-Ultraschall? Gehen wir da hin?«

»Auf keinen Fall.«

kapitel 18

Den Termin für den großen Herzultraschall hatte Sophie noch an dem Abend bei Nina gemacht. Das ging direkt über die Internetseite des Krankenhauses, und solange man in einem der Pflichtfelder ankreuzte, privat versichert zu sein, erhielt man Sekunden später eine Bestätigung per Mail und zusätzlich noch eine per SMS. Nur persönlich kam zu meinem großen Erstaunen niemand vorbei.

Sophie war nicht privat versichert. Sie hatte sogar noch versucht, Nina davon abzuhalten, einen Haken in das falsche Kästchen zu setzen, weil das, was sie da tat, im Grunde genommen Betrug war. Aber Nina hatte ihre Sorgen nonchalant überhört, da niemand, der gesetzlich krankenversichert, aber ansonsten bei klarem Verstand sei, dieses offen zugeben würde. Es konnte sonst Wochen oder Monate dauern, einen Termin zu bekommen. Außerdem gelte sie als unzurechnungsfähig, da sie mit Urin verunreinigtes Olivenöl intus hatte. Ich überlegte, ob Kassenpatietinnen ihre Kinder womöglich allein im Wald zur Welt brachten, behielt diesen Gedanken jedoch für mich, da wir bereits dabei waren zu gehen und ich dieses Fass nicht aufmachen wollte. Stattdessen lallte ich ernsthaft besorgt: »Der ganze Schwindel fliegt bei dem Termin doch ohnehin auf.«

»Nicht wenn es sich um eine wirklich gute Täuschung handelt.« Nina winkte ab. Sie würde mein verunglücktes Schmierentheater in ihrer Apotheke niemals vergessen. Zudem schwor sie Stein und Bein, dass bei der Anmeldung grundsätzlich beschissen wurde, während sie, ohne mit der Wimper zu zucken, *Besondere Vorgeschichte* und *Härtefall* ankreuzte. Anschließend briefte sie Sophie: »In der Klinik spielst du einfach das supisüße Dummerchen, als wäre dir das alles vor lauter Aufregung durcheinandergeraten.«

»Und das funktioniert wirklich?« Sophie fing an, auf ihren Fingernägeln zu kauen, was ein sicheres Zeichen dafür war, dass sie dem Plan nicht traute.

»Aber natürlich, Schätzchen. Diese modernen Ultraschallgeräte kosten ein Vermögen. Niemand kann sich leisten, eine Patientin wegzuschicken. Die nehmen lieber in Kauf, eine Kassenpatientin zu behandeln, und rechnen es später über die Demenzkranken ab.«

Man konnte über Schwangere ja sagen, was man wollte, aber gerissen waren sie.

Am darauffolgenden Mittwoch hatte Sophie einen Termin für Viertel nach zwölf, und sie konnte von Glück reden, dass der Montag wie auch der Dienstag selbst für Härtefälle mit besonderer Vorgeschichte bereits ausgebucht waren. Wie sonst hätte sie es schaffen sollen, den Fragebogen auszufüllen, den das Krankenhaus mit der Bestätigungsmail geschickt hatte? Bei dem, was die von uns wissen wollten, grenzte es an ein Wunder, dass wir nicht splitternackt kommen mussten. Und die Frage, ob der Kindesvater unter Berücksichtigung der beiliegenden Tabelle als übergewichtig einzustufen sei, war dabei der Gipfel der Unverfrorenheit. Ich malte unter die vorgegebenen Antwortmöglichkeiten ein weiteres Kästchen und kreuzte es an. Daneben schrieb ich: *Am Tag der Zeugung nicht.*

Auch hegte ich erhebliche Zweifel an der Seriosität der Klinik, verlangte man doch, dass wir uns spätestens drei Stunden vor dem vereinbarten Termin in der Geburtsstation einfinden sollten, da ansonsten der reibungslose Ablauf der Untersuchung nicht zu gewährleisten sei. Wir mussten also wohl oder übel davon ausgehen, dass es sich um eine Scheinadresse handelte, während das Krankenhaus in Wahrheit in einem abgelegenen Karpatendorf von rumänischen Wanderhebammen betrieben wurde. Die Aufforderung, irgendwo drei Stunden vorher zu erscheinen, kannte ich bis dahin jedenfalls nur von internationalen Flughäfen

»Vergiss bloß nicht, deinen Reisepass und die Kamera mitzunehmen, Schatz.« Es war Mitte August, der Himmel klar, und bekämen wir einen Fensterplatz, der Blick auf das osteuropäische Hochgebirge wäre atemberaubend. Ich warf einen flüchtigen Blick in meinen Kalender. Das Essen mit dem Gründer eines renommierten Comicverlags könnte ich problemlos absagen, den Besuch einer Abendtalkshow locker um eine Woche verschieben. »Und was immer auch das Preiskomitee führender Gegenwartsphilosophen mit mir zu bereden hat, muss jetzt einfach warten.«

Sophie hob eine Augenbraue und drückte mir den Koffer mit dem Fragebogen in die Hand. »Kannst im Auto weiterträumen. Und falls es dir möglich ist, reiß dich bei der Untersuchung zusammen.«

Zwanzig Minuten später erreichten wir die Klinik, was mir im Hinblick auf die Geburt als eindeutig zu lang erschien, weshalb ich beschloss, in den kommenden Wochen zu verschiedenen Tageszeiten und Verkehrsbedingungen die jeweils schnellste Route zu suchen.

Schwester Melissa Jane, eine untersetzte Frau mit rausgewachsener Dauerwelle, saß hinter einer mit bunten Kinderhänden übersäten Scheibe und sah uns tadelnd an. Dann schielte sie zu der Uhr, die über ihr hing. Es war zwanzig nach neun. Sophie reichte ihr den Fragebogen, und Melissa Jane stopfte ihn in eine Art Faxgerät. Die Bögen rauschten durch den Apparat, und nur ein einziges Mal stoppte die Maschine. Ein Warnton erklang, und Melissa Jane zog den Zettel, auf den ich das Kästchen gemalt hatte, heraus. Sie überflog die Seite, schüttelte den

Kopf und musterte mich. Dann ließ sie ihren Zeigefinger für meinen Geschmack viel zu weit auf der Tabelle nach unten gleiten und setzte ihr Kreuz. »Nehmen Sie doch bitte noch einen Moment im Wartezimmer Platz, Frau Löwenstein. Doktor Schneider kommt gleich.« Es war zwanzig vor zehn.

Doktor Albert Cornelius Schneider war ein ausgemergelter, braun gebrannter Mittdreißiger mit hoher Stirn. Seine Beine waren dünn wie Streichhölzer, was die neongrünen Sportschuhe erklärte, die er zu Jeans und Jackett trug, als könnte er jederzeit einen Ultramarathon laufen, ohne zu schwitzen. Noch bevor er sich überhaupt die Mühe machte, sich vorzustellen, fragte er Sophie nach dem Namen ihrer Krankenversicherung, den er in dem Unterlagenstapel partout nicht hatte finden können.

»Meine Versicherung?« Sophie sah ihn verblüfft an. »Habe ich die denn nicht angegeben?« Sie runzelte die Stirn und kratzte sich am Kinn, als wäre da ein Bart.

»Sie haben in dem Formular nur ein Kreuz hinter *privat versichert* gemacht.« Er hielt einen Ausdruck hoch, als wäre es ein Beweisstück in einem Mordprozess.

»Privat? Wirklich? Aber das kann gar nicht sein.« Sophie kniff die Augen zusammen, um den Ausdruck besser lesen zu können.

Schneider tippte ungeduldig auf die brisante Stelle. »Doch, hier.«

»Aber ich bin bei dieser gesetzlichen – na, wie heißt sie jetzt? Die mit den drei großen Buchstaben.« Sophie schnippte mit den Finger. »Jetzt sagen Sie schon. Bei der, die diese lustige Werbung mit den kleinen Kindern und diesem tollpatschigen Hund hat. Der Hund rennt am Ende die Leiter um. Wie heißt die denn?«

Schneider wirkte, als versuchte er ernsthaft sich zu erinnern.

»Ich weiß wirklich nicht, was mit mir los ist. Seit Tagen schon bin ich total durch den Wind. Ich werde immer vergesslicher, und mir passieren so saudumme Fehler.« Sophie ruderte mit den Armen, als wäre sie eine Windmühle. »Wissen Sie, Herr Doktor, ich fange an, mir ernsthaft Sorgen zu machen, ob alles in Ordnung ist mit mir und dem Kind. Deshalb auch die Untersuchung. Ist das jetzt schlimm, dass ich da etwas Falsches angekreuzt habe? Schicken Sie uns jetzt weg? Bitte, tun Sie das nicht. Ich würde mir doch mein Leben lang Vorwürfe machen, wenn wirklich etwas nicht stimmte. Wie heißt denn nur diese blöde Versicherung, verdammt? Die mit dem Hund.«

Während Sophie Schneider aus seinen sündhaft teuren Sportschuhen quasselte, stand ich neben ihr und konnte weder mein Erstaunen noch meine Ratlosigkeit verbergen, was Sophies Geschichte nur umso glaubwürdiger machte. Sie spielte ihre Rolle so überzeugend, dass es sich bei ihr und der Frau, die ich der Lüge für unfähig hielt, kaum um ein und dieselbe Person handeln konnte. Eine Apothekerin, die den Namen einer Krankenversicherung vergisst. Das war einfach genial. Wenn sie jetzt noch anfängt zu heulen, dachte ich, und sie hatte in letzter Zeit immer wieder diese Weinkrämpfe, einfach, weil ihre Hormone sie überrannten, hat Schneider verloren. Aber für so durchtrieben hielt ich sie nun auch wieder nicht.

»Aber nicht doch, Frau Löwenstein, ich bitte Sie, das ist doch kein Grund zu weinen.«

»Ich hab das ganz bestimmt nicht mit Absicht gemacht.« Ein feuchter Film legte sich über Sophies Augen.

»Das unterstellt Ihnen doch auch niemand. Kommen Sie, hier entlang. Jetzt machen wir erst mal die Untersuchung.«

»Wirklich?« Sophie hatte es tatsächlich geschafft, sich eine Träne aus dem Auge zu drücken. Schneider war ihr hilflos ausgeliefert.

»Natürlich. Und den Rest regeln wir intern.« Er lächelte angestrengt. »Und jetzt wischen Sie sich bitte die Tränen ab, einverstanden?«

Sophie schniefte übertrieben. »Danke!«

»Schon gut.« In der Zwischenzeit hatte sich Sophie hin- und ihren Bauch freilegen müssen. Schneider presste etwas von der glibbrigen Flüssigkeit auf seine Ultraschallsonde und fing an, sie über Sophies Bauch zu führen, als ginge er mit einem Metalldetektor auf Schatzsuche. Auf dem Monitor erschien unser Kind.

»Alles in Ordnung, Herr Löwenstein?«

»Schaefer.« Ich konnte kaum glauben, was ich da sah.

Das Bild war in Farbe. Eigentlich waren es eher Brauntöne, aber woher sollte ich wissen, wie es in einer Fruchtblase aussah, und das war es auch nicht, was mir die Spucke raubte. Es war der dreidimensionale Effekt. Atemberaubend. Zum allerersten Mal nahm unser Kind vor meinen Augen Gestalt an. Wie bei einer Videoschalte mit einer Raumstation. Etwas verwackelt, etwas unscharf und doch zum Greifen nah. Was abstrakt war, wurde real. Und während ich gerührt auf den kleinen Körper starrte, die Finger, die nach etwas zu tasten schienen, die Brust, die zuckte wie bei einem Schluckauf, die geschlossenen Augen, der friedliche Gesichtsausdruck, verliebte ich mich.

Sophie hingegen, die diese Untersuchung nicht gewollt hatte und sich dennoch hatte breitschlagen lassen, Schneider dafür, ohne rot zu werden, ins Gesicht zu lügen, schien das, was sie sah, regelrecht zu bestürzen: »Was sind denn das für Beulen?«

Schneider schien die Frage erst nicht richtig verstanden zu haben, weshalb er erst nach kurzem Zögern reagierte. »Das sind keine Beulen, Frau Löwenstein.«

Was Sophie als Antwort natürlich nicht reichte. »Entschuldigen Sie, aber mein Mädchen sieht aus, als hätte man sie in ein Hornissennest gesteckt.«

»Das ist ein Bildfehler.« Er setzte die Untersuchung unbeirrt fort.

»Einer?« Sophie griff nach der Sonde und hielt sie fest.

»Hören Sie, lassen Sie mich das erklären. Dieser dreidimensionale Effekt wird erzeugt, indem der Computer unzählige Einzelbilder zusammensetzt. Da Ihr Kind sich jedoch ständig bewegt und das Gerät auch das Fruchtwasser darstellt, kann die Haut auf dem Bild solche Unregelmäßigkeiten aufweisen. Sehen Sie denn nicht, wie sich die Beulen, wie Sie es nennen, ständig verschieben?«

»Das ist nicht mein Kind.« Sophie versuchte, sich aufzurichten. »Mein Kind ist wunderschön.«

Der Doc drückte sie zurück. »Aber natürlich ist das Ihr Kind. Oder ist hier noch eine andere Schwangere?«

Schneider und Sophie musterten mich gleichzeitig, doch ich konnte meinen Blick nicht von dem Bildschirm abwenden.

Schneider sah auf seine Uhr. »Wenn ich dann weitermachen dürfte?«

»Machen Sie ruhig.« Sophie verschränkte die Arme vor der Brust. »Ich werde mein Kind auch mit Beulen lieben.«

»Das sind keine Beulen, Sophie.« Ich nahm ihren Kopf in beide Hände und drehte ihn so, dass sie den Monitor sah. »Da, jetzt lächelt sie wieder.« Meine Stimme zitterte. »Wahnsinn, oder?«

»Wo lächelt sie?« Sophie war der reine Trotz. »Ich seh nur Beulen.«

»Sophie!« Meine Geduld neigte sich langsam dem Ende entgegen.

»Hören Sie sofort auf, hier rumzuschreien, Herr Schaefer.« Der Doc hielt mir die Sonde entgegen, als wäre es eine Glibberkanone. Ein dicker Tropfen fiel langsam zu Boden. »So kann ich nicht arbeiten. Und was machen Sie da eigentlich mit Ihrem Ohr? Das ist ja schon ganz rot. Soll ich mir das mal ansehen?«

»Meinem Ohr geht es gut. Kümmern Sie sich lieber um das Kind.«

Es war ausgerechnet Sophie, die die Gemüter beruhigte.

»Lassen Sie ihn nur, das ist nur ein nervöser Tick. Der kriegt sich gleich wieder ein. Was ist jetzt mit meinem Mädchen? Geht es ihr gut, ich meine, bis auf die Beulen?«

Schneider seufzte und schloss die Untersuchung ab, während er sichtlich um Fassung rang. Das Kind war kerngesund. Es gab keine Auffälligkeiten, nichts, was uns hätte beunruhigen sollen, und doch hatte dieser Besuch die Dinge gehörig durcheinandergebracht.

Am nächsten Morgen fand ich die Ultraschallbilder unserer Tochter, die uns Schneider mitgegeben hatte, nur um uns loszuwerden, zerknüllt im Mülleimer unter der Spüle. Bis dahin hatte Sophie alle Bilder liebevoll in ihren Mutterpass geklebt. Am Freitag rief Sophie Julius Stern an und meldete sich krank, was sie selbst an Tagen, an denen sie ununterbrochen über der Kloschüssel hing, nicht getan hatte. Statt in der Apotheke zu arbeiten, hockte sie apathisch auf dem Sofa, hielt ihren Bauch, und wenn ich es nicht besser gewusst hätte, hätte ich schwören können, dass ihr dreißigster Geburtstag nicht vier Jahre hinter, sondern vier Stunden vor ihr lag. Am Samstag nahm ich die Dinge selbst in die Hand und besorgte ein Stethoskop, so wie es in jeder gängigen Arztpraxis verwendet wurde. Sophie hatte ihr Vertrauen in die moderne Medizin verloren, und etwas Schlimmeres konnte nicht passieren. Also versprach ich ihr, fortan persönlich über das Wohl unseres Kindes zu wachen, und sie ließ es regungslos über sich ergehen. »Und du glaubst wirklich, sie hat Hunger?« Sophie schielte ungläubig zu mir hinunter.

Sie lag auf dem Bett, während ich ihren Bauch abhörte. »Ich schwöre dir, das klingt wie in Jurassic Park. Als ob die Kleine seit Tagen nichts gegessen hat. Hätte der Doc das nicht merken müssen?«

»Lukas.« Sophie machte eine Pause. »Das Kind wird ständig über die Nabelschnur versorgt. Das ist mein Magen.«

»Du hast immer noch Hunger?« Ich hatte gerade einen Stapel Pizzakartons aus dem Casanova in den vierten Stock balanciert.

»Nein, Lukas. Ich verdaue.«

»Indem du die Vitamine aus dem Essen rausbrüllst?«

Sophie griff wortlos nach dem Stethoskop, schob es unter ihr Kopfkissen und vergrub sich in meinen Armen.

Als gut zwei Wochen später ihre Verunsicherung immer noch nicht nachgelassen hatte, plädierte ich für eine Scheibe.

»Was denn für eine Scheibe?« Sophie musterte mich, als hätte ich in dem Bemühen, sie aus ihrer Schockstarre zu befreien, völlig den Verstand verloren.

»So eine Art Schaufenster. Frauen sollten während der Schwangerschaft einen transparenten Bauch haben. Das wäre evolutionsbiologisch eine wirklich sinnvolle Innovation gewesen, aber darauf kommt die Natur natürlich nicht. Oder Gott. Mit einer Scheibe könnte man sich diesen Stress nämlich schenken. Man wäre nicht mehr fremdbestimmt, nicht angewiesen auf diese ganzen, wer weiß wie wichtigen Untersuchungen und gut gemeinten Ratschläge. Was soll dieser paranoide Wahnsinn? Warum sind die Menschen eigentlich nicht längst ausgestorben, wo es das doch früher alles nicht gab. Aber soll ich dir was verraten, Sophie?« Sie nickte schwach. »Die Menschen haben einst in ihren Höhlen gesessen und sich und ihrem Kind einfach vertraut. Sie haben gefühlt, wie es wächst, haben gespürt, wie es sich entwickelt, gemerkt, wie gut es ihm geht. Sie haben ein Feuer gemacht, sich in ihre Felle gewickelt und einfach auf ihr Kind gefreut. Doch seit sie dieses Urvertrauen verloren haben, bräuchte man wirklich eine Scheibe.«

»Luke, kannst du mich mal kneifen?« Sie hielt mir ihren Arm hin.

»Warum?« Ich zögerte. »Also, gut, wenn du unbedingt willst.«

»Aua, lass das! Jetzt sieh dir das an – willst du mich markieren?« Sie rieb sich den Arm. »Ich dachte nur gerade, ich träume. Ich meine, das war wirklich klug, was du da eben gesagt hast. Hätte ich dir gar nicht zugetraut. Und was glaubst du, warum wir das Vertrauen verloren haben?«

Ich kniff ein Auge zusammen. »Du willst meine Theorie hören?«

»Ja, Luke, ich würde liebend gern deine Theorie hören.«

»Die Gier hat die Menschen ihrer Sinne beraubt.«

Sophie sah mich verwirrt an. Also erklärte ich es ihr.

»Irgendwann verfügten sie über das medizinische Wissen, um den Verlauf von Schwangerschaften zu beeinflussen. Das war im Grunde genommen auch gar nicht verkehrt, schließlich verlief nicht jede Schwangerschaft wie im Bilderbuch. Viele endeten sogar tragisch, was fürchterlich war. Das wünscht man wirklich niemandem. So gesehen waren die Menschen natürlich froh, dass man ihnen etwas von ihren Sorgen nahm. Doch dann reichte es ihnen nicht mehr, diese oder jene Gefahr ausschließen oder zumindest rechtzeitig bannen zu können. Und als die Mediziner erkannten, wie sehr sich die Menschen vor Komplikationen und Krankheiten fürchteten, war es im Grunde genommen zu spät. Die Menschen verlangten neue Untersuchungen, Messungen und Tests, und ihnen wurde immer häufiger gesagt, wie wichtig diese für sie und ihr Kind seien. Sophie, ich habe gestern zum ersten Mal im Internet recherchiert, ob man so einen Drei-D-Ultraschall unbedingt braucht, und die Antwort ist: nein. Trotzdem tun alle so, als wäre er lebensnotwendig, und wir lassen uns davon auch noch anstecken. Mit dem Ergebnis, dass wir hinterher total durch den Wind sind.«

»Und was meinst du, sollten wir jetzt tun?« Zum ersten Mal in diesen zehn Monaten sah mich Sophie geradezu erwartungsvoll an.

»Wir machen uns locker. Sollen sich alle anderen verrückt

machen lassen, wir nicht. Wir hören darüber hinweg. Wir sehen nicht hin. Wir schweigen uns aus. Wie die drei Affen. Du kannst vermutlich sämtliche Ratgeber lesen und Kurse besuchen, die es gibt, und trotzdem bleibt die Vorstellung, dass in deinem Bauch ein Kind wächst, etwas völlig Abstraktes. Und weil das alles so theoretisch ist, so ungewohnt, ist es so ein riesengroßes Geschäft. Sieh dir Ninas Liste an. Das sollen wir alles kaufen? Brauchen wir das? Vielleicht. Vielleicht aber auch nicht. Also, sage ich, machen wir uns locker.«

»Gut, einverstanden. Machen wir uns locker.« Sophie küsste mich.

»So sieht es aus. Keinen Stress mehr.« Ich war wild entschlossen.

»Klingt verlockend. Keinen Stress. Ach und – Luke. Denkst du bitte an morgen?«

Sie zeigte auf den Kalender. Der Montag hatte einen roten Kringel.

kapitel 19

An jedem zweiten Montag im Monat lud das Städtische Krankenhaus, von dem in der Casa Duncker jede Frau nur in den höchsten Tönen geschwärmt hatte, werdende Eltern zu einem Informationsabend mit anschließender Kreißsaalführung ein, was eine viel zu harmlose Umschreibung für den Wahnsinn war, der dort Methode hatte. Dennoch erfreuten sich diese Veranstaltungen größter Beliebtheit, weshalb sich die Schwangeren bereits Stunden vor dem offiziellen Beginn Bauch an Bauch durch den Eingang zu der kleinen Krankenhauskapelle pressten, als würde an diesem heiligen Ort der Teufel persönlich Gratisgutscheine für schmerzfreie Geburten verteilen. Um einen der Sitzplätze zu ergattern, musste man vermutlich nächtelang auf dem Bürgersteig zelten.

»Soll ich uns den Campingkocher einpacken?« Sophie hatte am Nachmittag entschlossen nach ihrer Jacke gegriffen, dabei sollte der Irrsinn erst am Abend beginnen, und nichts würde sie aufhalten, außer Hohn und Spott. »Vielleicht auch den kleinen Handpresslufthammer? Anders werden wir die Heringe für das Zelt wohl kaum in den Bordstein kriegen.« Sophie hielt mir meine Jacke hin. Eine Jacke. Für mich. Im August.

»Ich schwöre dir, ich hätte bei Wind und Wetter vor der Apotheke ausgeharrt, wenn du mir nach dem Zwinkerreinfall im Joker keine zweite Chance gegeben hättest.« Sophie beugte sich nach ihren Schuhen. »Ich hätte mich nicht vom Fleck bewegt, bis du dich in mich verliebt hättest, und sei es nur aus Mitleid.« Weil das nichts als die Wahrheit war und irgendwie romantisch klang, zögerte Sophie, dann zog sie ihre Jacke wieder aus. »Aber das heute ist mir wichtig, verstehst du?«

Ich hängte die Jacke zurück auf den Haken. »Warum? Findest du nicht, dass wir um Krankenhäuser vorerst einen großen Bogen machen sollten?«

Sophie schnaufte leicht. »Ich würde mir einfach gern ein Bild von dem Ort machen, an dem unsere Kleine zur Welt kommt.«

»Aber wir waren doch da. Zu diesem Ultraschall. Und das Ergebnis war, wenn ich das bemerken darf, nicht unbedingt zufriedenstellend. Ich sag nur: Beulen. Schon vergessen? Außerdem hab ich mir alles genau gemerkt. Wirklich, frag mich, Sophie, los. Ich kann dir sogar sagen, welche Farbe der Boden in den Fluren hatte.«

»Ich möchte vorher den Kreißsaal sehen.« Sophie sagte das in so einem Ton, als ginge es um eine mittelalterliche Folterkammer.

»Der Boden war grün. Es war nicht das gleiche Grün wie das der Türrahmen und nicht ganz das Grün der Wände oder der vielen Hinweisschilder. Aber er war ganz bestimmt grün. Ich habe da so eine Vermutung, wie der Kreißsaal aussieht.«

»Und ich möchte die Ärzte und Hebammen kennenlernen.« Sie setzte sich, weil ihr langsam jeder Schritt zur Qual wurde.

»Doktor Schneider kennst du doch schon.«

Sie tupfte sich den Schweiß von der Stirn. »Aber nicht die anderen.«

»Ist doch egal, solange sie wissen, was sie tun. Und Nina hat gesagt, dass die Klinik gut ist. Ich dachte, ihre Meinung ist dir wichtig.«

Fächerte sich Luft zu. »Ja, schon.«

»Sophie, sie hat *supi* gesagt. Was glaubst du denn, was dir die Leute da heute Abend sagen werden? Dass ihr Krankenhaus die letzte, von tödlichen Keimen verseuchte und kompletten Fachidioten geführte Klinik des Grauens ist? Das werden sie nicht tun. Sie werden sagen, dass sie ihren Patientinnen jeden Wunsch von den Lippen ablesen. Dass sie nichts tun werden, was das Wohl des Kindes oder der Mutter gefährdet. Dass sie höchste Hygienestandards haben, die modernsten Methoden anwenden und seriöseste Institutionen sie mehrfach zertifiziert und ausgezeichnet haben.«

»Woher willst du das wissen?« Sophie stützte ihren Kopf ab.

Ich reichte ihr ein Glas Wasser. »Hat Obelix mir erzählt.«

»War ja klar. Gerade der muss es natürlich wissen.« Leer.

»Er ist Rettungssanitäter. Der kennt die Krankenhäuser. Alle.«

»Aber er kennt nicht die Geburtsstationen. Luke, er simuliert jedes Mal eine wasserfallartige Durchfallerkrankung, wenn er Schwangere in die Klinik bringen soll. Und warum? Weil es nämlich passieren könnte, dass die noch auf dem Weg ihr Kind bekommen und das sein größter Alptraum ist. Denn das hat Olli mir zufällig erzählt.«

»Diese Informationsabende müssen ganz üble Werbeveranstaltungen sein, weil jede Schwangere für die Kliniken letztlich bares Geld ist.«

»Und das will ich mit eigenen Ohren hören.« Für Sophie war das Thema durch. »Hilfst du mir bitte in die Jacke?«

»Haben wir nicht gerade erst gesagt, dass wir uns locker machen wollen? Wir sollten ins Kino gehen. Oder tanzen.« Sophie starrte mich mit großen Augen an. »Na gut, vielleicht nicht unbedingt tanzen. Ich weiß, dass Vorahnungen nicht unbedingt meine Stärke sind, aber bei dieser Sache habe ich echt kein gutes Gefühl.«

»Sei einfach locker.« Sie klopfte mir aufmunternd auf die Schulter. »Und zeig mal ein wenig Enthusiasmus für diese Geburt.«

»Machst du Witze? Du wirst in diesem Kreißsaal Schmerzen erleiden, die weit über meine Vorstellungskraft hinausgehen. Du wirst schreien, als würde es dich in Stücke reißen. Du wirst mich übel beschimpfen und mir die Schuld geben.«

»Warum sollte ich das tun?«

»Glaub mir, du wirst es. Und es wird blutig sein. Obelix war ein einziges Mal dabei, und er hat gesagt, dass er das nie wieder erleben will. Wie viel Enthusiasmus sollte ich deiner Meinung nach also zeigen?«

»Du hast dich mit der Geburt beschäftigt? So richtig? Also langsam wirst du mir echt unheimlich, Freundchen. Aber wenn du ohnehin schon alles weißt, wird dich heute ja nichts mehr schockieren können. Ist doch gut. Und könntest du mir vielleicht die Schuhe zubinden. Ich komm da langsam nicht mehr so gut ran.«

»Wirklich nicht? Kippst du dabei nach vorne um?«

»Lukas!« Witze auf ihre Kosten waren absolut tabu.

»Locker bleiben, war doch nur Spaß. Zeig mal her.«

Wir erreichten das Krankenhaus pünktlich zwei Stunden zu früh und somit deutlich zu spät. Sämtliche Stuhlreihen waren besetzt, und das kleine Buffet – den Krümeln und umgestoßenen Plastikbechern nach zu urteilen, hatte es Cracker und Saftschorlen gegeben – war restlos geplündert, weshalb Sophie nicht nur stehen, sondern auch noch hungern musste. Sie wandte sich von mir ab und wünschte sich, für alle Umstehenden gut zu verstehen, einen jüngeren Mann. Am besten einen mit Zelt. Gegebenenfalls, raunte sie einer der Frauen zu, die schwer atmend neben ihr an der Wand lehnte, würde sie mich auch gegen einen Sitzplatz eintauschen, doch zu meiner großen Enttäuschung ging niemand auf das Angebot ein. In meinem Stolz gekränkt und in der Absicht bestärkt, endlich joggen zu gehen, wollte ich die Kapelle umgehend wieder verlassen, doch die Tür war bereits von nachschiebenden Bäuchen versperrt.

Eine Frau, die so etwas wie eine notdürftig zusammengenähte Gardine trug, wie ein Nilpferd schnaubte und obendrein aussah, als hätte sie den armen Dickhäuter mit nur einem

Bissen verschlungen, stieß mich zur Seite, während sie mit einer Bekannten im Schlepptau durch den Raum pflügte. »Und dann hat mir Wiebke was voll Krasses von den Stümpern hier erzählt. Das glaubst du nicht. Die hatte so heftige Wehen, die ist fast gestorben vor Schmerzen. Nur war die Fruchtblase noch nicht geplatzt.«

»Und dann?« Die andere trug einen tarnfarbenen Poncho, als hätte sie auf dem Gehweg geschlafen und das Zelt gleich anbehalten.

»Jedenfalls haben die Deppen ihr die Fruchtblase gesprengt und dabei was mit aufgerissen.« Ich zuckte zusammen. »Eine natürliche Geburt hatte sich damit natürlich erledigt, also haben sie einen Notkaiserschnitt gemacht, und wenn ich Wiebke richtig verstanden habe, war das echt knapp. Die hat schon das Licht am Ende des Tunnels gesehen. Da stand schon ihre Oma und hat gewinkt.«

»Und dann?« Die Biwakfrau schob mich rabiat aus dem Weg.

»Meinst du, da hätte sich auch nur einer bei ihr entschuldigt? Von wegen. Und das Beste kommt noch: Es gab kein freies Zimmer. Sie hat die Nacht über in einem Bett auf dem Gang geschlafen. Das soll hier die reinste Massenabfertigung sein. Hier kommen im Schnitt acht Kinder am Tag zur Welt. Die sind völlig überlastet. Das sollen sie uns mal erklären, bevor wir uns von denen aufschneiden lassen.« Dann waren die beiden außer Hörweite.

Ich zwängte mich neben Sophie und nahm die Schimpfkanonaden der umstehenden Frauen billigend in Kauf. Man solle mich fettes Schwein ruhig vorbeilassen, schließlich hätte ich nicht minder schwer zu schleppen, war noch das Netteste, was ich aufschnappte.

Eine weitere Dreiviertelstunde verstrich, während der noch so manche Geburtstragödie die Runde machte, bis sich eine Tür hinter dem Altar öffnete und acht übertrieben gut gelaunte

Menschen zwischen fünfundzwanzig und fünfundvierzig hereinstürmten und winkten, als wäre das eine Familienquizshow. Alle trugen grüne Turnschuhe, Jeans und das gleiche grüne Polohemd, bedruckt mit den Köpfen quietschfideler Säuglinge. Doktor Schneider trug zudem in der rechten Hand ein Funkmikrofon. Die anderen, zwei Männer und fünf Frauen, schwangen sich auf den Altar und ließen vergnügt die Beine baumeln, woraufhin ich mich auf der Stelle bekreuzigte.

Erst jetzt entdeckte ich die Leinwand neben dem Altar. Der Doc fingerte eine Fernbedienung aus seiner Jackentasche und knipste einen Beamer an. Es folgte ein sechzigminütiges Powerpoint-Feuerwerk, bei dem es weniger darum zu gehen schien, über den Geburtsvorgang als solchen zu informieren, als vielmehr die Fülle der Funktionen von Schneiders Rechner zu demonstrieren. Die einzelnen Folien gingen in einem Wirbel ineinander über, sie zersplitterten, als hätte man einen Stein auf die Leinwand geworfen, oder rollten als Kugel ins Bild, um sich dann zu entfalten. Auch die Überschriften, Diagramme, Tabellen und Texte hüpften, blinkten und blitzten, veränderten ununterbrochen ihre Farbe, sie tauchten auf wie aus dem Nichts und genauso verschwanden sie wieder.

Während ich wie hypnotisiert auf die Leinwand starrte, schien sich sonst niemand für Schneiders Effektgewitter zu interessieren. Dabei wirkte es nicht einmal, als ob der Vortrag das Publikum langweilen würde. Es gab auch augenscheinlich niemanden, der währenddessen eingenickt war oder zumindest tapfer gegen die aufkommende Müdigkeit ankämpfte. Vielmehr herrschte die ganze Zeit eine nervöse Unruhe, bis Schneider den entscheidenden Satz sprach. »Gibt es noch irgendwelche Fragen?« Arme schnellten in die Höhe. Finger wurden geschnipst. Köpfe gereckt.

Gleich die ersten Wortmeldungen drehten sich um das Thema geburtshilfliche Instrumente, wobei niemand der höflichen Bitte nachkam, erst seinen Namen zu nennen, sondern lieber gleich zur Sache kam. Eine Frau aus Reihe drei berichtete von einer Freundin, deren Sohn mit Hilfe einer Saugglocke auf die Welt gekommen war, und da ich früher in den Schulferien in einem Klempnerbetrieb ausgeholfen hatte, musste ich sofort an einen Toilettenpümpel denken. Die bei der Saugerei entstandene Beule am Kopf des Kindes, verdeutlichte die Frau auch ohne Powerpoint-Spektakel recht anschaulich, war zunächst sehr weich gewesen. Doch dann wurde die Beule immer härter, die Schädeldecke verformte sich regelrecht, weshalb eine böswillige Tante das Kind kurzerhand E. T. taufte. Ein erstes Raunen ging durch die Stuhlreihen, und der Doktor lächelte milde.

Eine Frau aus Reihe zwölf wollte wissen, ob in dem Krankenhaus im Fall der Fälle besagte Saugglocke zum Einsatz käme, und sie bestand ausdrücklich darauf, die Wahrheit zu erfahren, worauf Schneider ihr hoch und heilig versprach, sie nicht anzulügen. Immerhin befände man sich hier in einem Gotteshaus, da stände mutwilliges Schwindeln per se unter Strafe. An diesen Umstand erinnert, hörten die lustigen Sieben auf dem Altar augenblicklich auf, mit den Beinen zu baumeln. Die Frau aus Reihe zwölf erzählte von der Tochter einer Bekannten, bei der der Saugglockeneinsatz zu einer kahlen Stelle am Hinterkopf geführt hatte. Es bestand Anlass zur Sorge, dass diese nie mehr zuwüchse, doch diese Sorge konnte ihr Schneider nonchalant nehmen. Eine Frau aus der vorletzten Reihe beschrieb die orthopädischen Schäden beim Säugling einer Verwandten. Schuld an dem ganzen Schlamassel war dem Hörensagen nach der falsche Gebrauch einer Geburtszange.

»Wo gibt es denn so was?« Das kam von links vorn.

»Ja, ich glaub, ich spinne.« Von rechts hinten.

»Ist ja unerhört.« Von der Nilpferdgardine.

Den ersten Sturm trächtiger Entrüstung ertrug Doktor Schneider, dem solche Schreckensszenarien wohl regelmäßig zu Ohren kamen, mit professioneller Gelassenheit. Geduldig hörte er zu, auch wenn die aufgeregten Frauen kaum zu verstehen waren, da ihnen regelmäßig die Puste ausging. Er ließ sie ausreden, ohne ihnen ins Wort zu fallen, dann entkräftete er jeden einzelnen Vorwurf bis auf den letzten Restzweifel. »Bitte, meine Damen. Wir werden nichts tun, was das Wohl des Kindes oder das der Mutter gefährden könnte.« Hatte ich es doch gewusst. Ich machte mich locker.

Schneider würde die Nummer routiniert und ohne mit der Wimper zu zucken durchziehen. Er würde die kugelbäuchige Meute ebenso reizend wie resolut durch die Geburtsstation und den Kreißsaal führen, und am Ende würden sie ihm derart verfallen sein, dass sie blind alles an Formularen unterschrieben, um in seiner Klinik gebären zu dürfen. Eigentlich hätten wir jetzt gehen können, und im Nachhinein war es natürlich ein Fehler, es nicht getan zu haben, als eine junge Frau in Reihe sieben aufstand, eine geradezu zierliche Person mit langem, glattem Haar und Tränen in den Augen. »Und was, wenn ich nicht schwimmen kann?«

»Wie bitte?« Schneider beugte sich nach vorn. »Junge Frau, Sie müssen schon etwas lauter reden. Man kann Sie hier leider nur ganz schwer verstehen.«

Die Lippen der Frau bebten. »Ich kann nicht schwimmen.«

»Aber, aber, das ist doch kein Grund zu weinen.«

»Und jetzt hab ich so eine Scheißangst.« Dicke Tränen kullerten über ihre schmalen Wangen.

»Jetzt hören Sie doch bitte auf zu weinen. Bitte nicht immer gleich weinen!« Der Doc machte eine besänftigende Geste. »Wovor haben Sie denn Angst?«

»Zu ertrinken.« Man konnte hören, wie sämtliche Frauen die Luft anhielten.

Dem Doc entgleisten die Gesichtszüge. »Ertrinken? Wo? Hier?«

»Ich will doch eine Wassergeburt, und ich hab Angst, dass mir in den Wehen die Kräfte schwinden und ich nicht mehr den Kopf über Wasser halten kann.«

Und das war selbst für den Doc zu viel des Guten. Schneiders Mundwinkel begann zu zucken.

»Das ist nicht lustig, Herr Doktor.« Schneider versuchte irgendwie die Contenance zu wahren. »Wissen Sie eigentlich, was es mich für eine Überwindung gekostet hat, hier aufzustehen? Da muss ich mich von Ihnen nicht auslachen lassen.« Ihre zarte Stimme bebte.

Zustimmung von allen Seiten. »Genau!«

Wütender Protest. »Die arme Frau!«

»Hat vielleicht jemand ein Taschentuch?«

Und noch während Doktor Albert Cornelius Schneider sichtlich verunsichert um Schadenbegrenzung bemüht war, brachen sämtliche Dämme. Genauer gesagt, rissen sie.

Zwei Frauen aus der ersten Reihe, die es nicht mehr auf ihren Stühlen hielt, berichteten von miserabel vernähten Dammrissen und dilettantisch durchgeführten Schnitten, während sie mit dem Rücken zu dem Häuflein Schneider standen, das wie gelähmt und abgemeldet am Altar lehnte. Sie erzählten von Höllenschmerzen und Medikamenten, deren Nebenwirkungen lebensgefährlich waren, und behaupteten, dass sich in dem Krankenhaus Schwangere in den letzten, entscheidenden Wehen nicht gegen den Einsatz dieser Medikamente zur Wehr setzen könnten, obwohl sie im Vorfeld schriftlich das Gegenteil verfügt hatten.

»Unverschämtheit!« Die letzten Reihen standen bereits.

»Skandal!« Die Biwakfrau sah aus wie ein Völkerschlachtdenkmal.

Ein Stuhl fiel um. »Kurpfuscher seid ihr alle miteinander!«

»Kurpfuscher! Kurpfuscher! Kurpfuscher!« Es klang wie ein Chor, und jeden Moment würden sie anfangen, mit ihren Füßen auf den Boden zu stampfen. In der Kapelle herrschte nun eine Stimmung wie auf einem mittelalterlichen Marktplatz zu Hochzeiten der Inquisition. Fehlten nur noch die Mistgabeln und Fackeln.

Ich griff nach Sophies Hand. Wie naiv war ich gewesen, als ich geglaubt hatte, dass eine Geburt einem zwar körperlich und seelisch alles abverlangte, aber die Chancen, dass alles halbwegs komplikationsfrei über die Bühne ginge, nicht schlecht stünden. Selbst Schneider schien mittlerweile daran zu zweifeln, so wie er vor dem Altar kauerte, während der Mob das Kommando übernahm.

Das Thema PDA brandete auf, eine Buchstabenkombination, die, wie mir Sophie zuraunte, das Wort Peridualanästhesie abkürzte und eine Betäubungsmethode beschrieb, die die Geburtsschmerzen linderte. Nur käme es regelmäßig vor, klagte eine Frau aus Reihe zehn, dass Ärzte die PDA aus medizinischen Gründen verweigerten. Ihre Bekannte habe regelrecht um eine PDA betteln müssen. Sie hätte sich die Infusion sogar direkt durchs Auge setzen lassen, so stark seien die Schmerzen gewesen, aber man habe ihr gesagt, dass es für eine PDA zu spät sei, dabei würden in Ländern wie Frankreich Frauen ohne PDA überhaupt keine Kinder mehr zur Welt bringen, vor allem in Paris, aber auch in ländlicheren Regionen, wie der Normandie. Mir wurde schwindelig.

Eine weitere Frau, von der ich nicht sagen konnte, wo genau sie sich befand, da mittlerweile fast alle standen, hatte von unzähligen vergeblichen Versuchen, eine PDA zu legen, und zerstochenen Rücken gehört. Einmal, sagte eine Stimme aus derselben Richtung, hätte die PDA im Rückenmarkskanal einer Gebärenden einen solchen Schaden angerichtet, dass diese danach wochenlang unter einer Art Schüttellähmung beider Hände litt. Ich schloss langsam die Augen. An die erschütternden Berichte über literweise Blutverlust, Nabelschnurschlingen und Notkaiserschnitte konnte ich mich später kaum noch erinnern, wohl aber daran, dass das Risiko für die Mutter bei einem Kaiserschnitt zu sterben, um ein Vielfaches höher sei als bei einer normalen Geburt, wie eine Frau vor mir in Richtung Altar brüllte. Der Informationsabend gipfelte in der Frage, für wen sich die Ärzte, sollte es zum Äußersten kommen, entscheiden würden. Für die Frau oder das Kind? Stille im Saal. Jemand fiel in Ohnmacht.

Ich lehnte kreidebleich an der Wand, meine schweißnasse Hand noch immer in Sophies, und starrte mit offenem Mund auf den hilflosen Schneider, der sich einigermaßen berappelt hatte und in einer letzten, versöhnlichen Geste versicherte, dass sich modernen Medizinern die Frage *Frau oder Kind* zum Glück nicht mehr stellte. Doch das war nur ein schwacher Trost. Ich war so unlocker, wie man es nur sein konnte, und zum ersten und einzigen Mal erschien mir Linus, ohne dass ich ihn dafür hatte zeichnen müssen.

Er saß in vierfacher Ausführung auf dem Querbalken des Kreuzes, das über dem Altar hing. Der erste Linus hielt sich die Augen zu. Der zweite die Ohren. Der dritte den Mund. Der vierte drückte sich eine Pistole an die Schläfe.

Ich hatte dreißig Jahre lang Zeit gehabt, eine ausgewachsene Altersparanoia zu entwickeln, und nun hatten dreißig Minuten ausgereicht, dass ich diese Geburt fürchtete wie der Teufel das Weihwasser. »Ich muss hier raus, Sophie.«

»Was? Nein, warte.« Sophie griff nach meinem Arm.

»Tut mir leid.« Ich löste mich, trat der Frau links neben mir auf ihren geschwollenen Fuß und stürmte aus der Tür. Ich stolperte auf den Gang, taumelte über den grünen Linoleumboden, vorbei an grünen Wänden, grünen Türrahmen, grünen Hinweisschildern und rannte ungebremst in – Jasons Mutter. Mit dickem Bauch stand mir jene Frau, der ich einst im Zug gegenübergesessen hatte, auf hochhackigen Schuhen im Weg, die jeden Orthopäden in den Wahnsinn getrieben hätten. Sie stieß mich von sich, ich verlor das Gleichgewicht und fiel zu Boden. Wie hieß sie noch? Jessica? Jennifer? Janine?

»Ey, du Endspinner! Was soll das?«

Ich rappelte mich auf und trat einen Schritt zurück. »Das wollte ich nicht. Ich … Entschuldigung, ich habe Sie einfach nicht … Tut mir wirklich leid.« Ich wollte mich gerade abermals bei Janine entschuldigen, als mir jemand unsanft gegen den Hinterkopf schlug. Und diesen Schlag kannte ich nur zu gut.

»Leck mich fett! Der militante Vegetarier!« Der Wochenmarkt-Mecki plusterte sich vor mir auf und ließ seine Brustmuskeln auf und ab wippen, was bei *auf* ziemlich bedrohlich und bei *ab* ziemlich behämmert aussah. Sein Gesicht lief hinter seiner verspiegelten Sonnenbrille rot an und seine Halsschlagader pumpte wie ein abgeklemmter Gartenschlauch. Das musste Janines Spinning-Instructor sein, der Potenzprotz aus dem Abstellraum. Aber wo war Jason? »So, Flachwichser. Jetzt wird's dunkel. Alles klar, Baby?«

»Nein, nichts ist klar.« Janine schnaufte vor Wut. »Der ist voll in mich rein. Mach ihn platt, Rico.«

Ich versuchte es mit einer halb abwehrenden, halb beschwichtigenden Geste. »Moment. Ich habe Ihre Frau wirklich nicht gesehen. Das war keine Absicht.«

»Zu spät, Arschmade.« Ohne Vorwarnung hatte Rico seinen Arm um meinen Hals gelegt und meine Nase in seinen Oberschenkel gedrückt, während er seine Fingerknochen auf meinem Hinterkopf scheuerte, was ein fürchterliches Geräusch machte. Ich versuchte mich panisch aus seiner Umklammerung zu lösen, bevor mir vollständig die Luft ausging. Als ich meinen Kopf zur Seite drehte, war ich auf Augenhöhe mit Janines Bauch. Er war riesig. »Jason?« Mit letzter Kraft befreite ich mich aus Ricos Schwitzkasten, sank auf die Knie und krabbelte keuchend auf Janine zu. »Jason!«

Janine wich einen Schritt zurück »Sag mal, dreht der jetzt total durch? Rico, mach doch was.«

Ich umklammerte Janines Bein und hielt mein linkes Ohr an ihren Bauch. »Jason, das gibt's doch nicht. Du Teufelskerl. Wie hast du das gemacht?« Und vor allem so schnell?

»Lass mich los, du Perversling.« Janine versuchte, mich abzuschütteln wie einen lüsternen Hund.

»Hey, Spasselmacke, hast du immer noch nicht genug? Na, warte.« Rico packte mich erneut und schleifte mich zurück, während ich versuchte, wieder zu Janine zu strampeln. »Jason, bitte! Rede mit mir!«

»Luke!« Noch bevor Rico ein weiteres Mal meinen Kopf bearbeiten konnte, hatte mich Sophie erreicht und zur Seite gezogen. Dann stellte sie sich entschlossen zwischen mich und den Muskelberg und schrie: »Schluss jetzt!«

Er blickte auf ihren Bauch und ließ von mir ab.

Aus einem der Behandlungsräume kamen zwei verdutzte Pfleger, Doktor Schneider hetzte aus der Kapelle, dann folgten die Hebammen und die restlichen Teilnehmer dieses denkwürdigen Informationsabends. Während sich der Gang langsam füllte und aufgescheuchte Schwangere mit medizinischem Personal diskutierten, legte sich Sophie meinen Arm um ihre Schulter und half mir auf die Beine. »Alles klar bei dir, Luke?«

»Sophie, ich sag dir – wir sind des Wahnsinns fette Beute.«

Niemand beachtete uns, als wir gingen.

kapitel 20

In der folgenden Nacht hatte ich einen fürchterlichen Alptraum. Ich stand in einem offenen Kreißsaal, der an einem Strandabschnitt in der Normandie lag, im Hintergrund erkannte man schemenhaft die Silhouette von Paris. Es war kalt und windig, aber für einen Herbst ungewöhnlich grün. Die Felsen hatten nicht ganz das Grün wie der Sand, der wiederum ein anderes Grün als das Wasser hatte, das sich in tosenden Wellen vor der Küste brach und auf den Strand klatschte. In der Brandung entdeckte ich Sophie, nur ihr Kopf und der riesige Bauch ragten aus dem Wasser. Von Wehen geschüttelt, kämpfte sie tapfer gegen die schäumende See und schrie nach einer PDA. Panisch sah ich mich um, doch außer Doktor Schneider, der vor einem Altar aus leeren Stühlen stand, war nichts zu sehen.

Ich lief zu ihm und fiel vor ihm auf die Knie, während mir die Tränen aus den Augen schossen. Der Doc aber stieß mich von sich und fuhr mich an, warum ich immer gleich heulen müsste. Er nannte mich einen Perversen, drohte mir mit Rico, und als er sich umdrehte, erkannte ich die kahle Stelle an seinem verformten Hinterkopf. Ich stand auf und nahm ihn in den Schwitzkasten, bis aus seiner Tasche eine Geburtszange fiel. Ich griff danach und versuchte, sie Sophie zu reichen. Sie solle sich an der Zange festhalten, schrie ich, als die Nilpferdfrau neben ihr auftauchte, eine Stange Dynamit in der Hand, und drohte, Sophies Fruchtblase zu sprengen. Als sie, zum Äußersten bereit, ihre Fackel an die Zündschnur hielt, schreckte ich schweißgebadet auf.

Instinktiv wälzte ich mich zur anderen Bettseite, um mich zu vergewissern, dass Sophie nicht ertrunken war, doch sie schlief tief und schnarchte leise. Es war nur ein Traum. Eine Täuschung der Sinne. Erleichtert fiel mir ein Stein vom Herzen, so laut, dass Sophie davon aufgewacht sein musste. »Luke? Was ist denn los? Ach du liebes bisschen! Du bist ja klatschnass.«

»Du kannst dir nicht vorstellen, was ich gerade geträumt habe.«

»Kannst du dich erinnern?« Sie richtete sich auf.

»Und wie ich mich erinnern kann. An jedes einzelne Detail. Leider. Ich hätte mich gestern gleich in die Neurologie einliefern lassen sollen.« Ich berichtete ihr von den Ereignissen dieser Nacht und wie froh ich sei, mir alles nur eingebildet zu haben. Dann drehte ich mich um, ließ mich von ihr in den Arm nehmen, was wohl anders herum meine Aufgabe gewesen wäre, aber eine ungemein beruhigende Wirkung auf mich hatte, weil sie so warm und weich war, und schlief friedlich wieder ein.

Am nächsten Abend kletterte Sophie, alle Bedenken ignorierend, eine kleine, gemeingefährliche Klappstufenleiter hinauf auf den Dachboden, schnitt ihr Seepferdchenabzeichen sorgfältig aus ihrem alten Badeanzug und nähte es auf ihr Nachthemd. Sie lehnte sich an meinen Arm. »Damit du heute Nacht ruhig schlafen kannst.«

»Du bist süß.« Ich streichelte ihr über die Wange, während sie mich irritiert ansah. »Das mit dem Seepferdchen, meine ich. Das ist echt süß.«

»Hast du gerade etwa ›süß‹ gesagt? Geht's dir wirklich wieder gut?« Sie sah mich ernst an. »Übrigens hattest du recht.«

»Womit?« Ich hatte nie mit irgendetwas recht.

»Wir hätten nicht in dieses Krankenhaus gehen sollen. Nicht beim ersten Mal und auch nicht beim zweiten. Wir sollten tatsächlich aufhören, uns von den anderen verrückt machen zu lassen. Und weißt du was? Wenn du nicht vor diesem Informationswahnwitz geflohen wärst, eine Minute später hätte ich es getan.«

»Du wärst weggelaufen?« Nicht, dass ich das falsch verstand.

»Vielleicht wäre ich nicht unbedingt dieser wildfremden Frau um den Bauch gefallen, aber ja, mir war das auch zu viel. Da bin ich doch viel lieber bei dir. Nur bei dir. Hier. Allein.« Sie küsste mir zärtlich die Stirn.

Ich wich zurück. »Aber weglaufen ist doch keine Lösung.«

»Nein, aber manchmal vielleicht der einzige Ausweg.« Das Ohr.

»Sophie, ich sehe, wir fangen langsam an, uns zu verstehen.«

»Tun wir?« Küsste den Hals. Nacken.

»Unbedingt. Ich hab mir das schon vor einer ganzen Weile überlegt, weil ich mich frage, ob ich echt so schlimm bin, wie du immer tust.«

»Immer?« Ihre Hand schob sich unter mein Shirt.

»Nein, natürlich nicht immer. Manchmal.« Ihre Finger erreichten meine Brustwarzen. »Und dann habe ich mir gedacht, es ist vielleicht kein Zufall, dass wir so verschieden sind. Selbst wenn ich in vielem genau das Gegenteil von dir bin, kann es doch nicht schlecht sein, wenn ein wenig von mir auf dich abfärbt. Ein wenig Chaos. Cholerik. Clownerie. Zwar glaube ich nicht unbedingt, dass du dich deshalb bewusst in mich verliebt hast …« Den Bauchnabel. »Warum hast du dich eigentlich in mich verliebt?«

»Luke, was ich eigentlich sagen …« Ihre Hand glitt in meine Hose.

»Nein, nein, nein, warte. Im Umkehrschluss bedeutet das selbstverständlich auch, dass ich genauso hoffe, dass ein wenig von dir auf mich abfärbt. Ein wenig Ruhe. Rücksichtnahme. Reife. Und allein der Umstand, dass ich darüber nachdenke, zeigt doch …«

»Lukas, jetzt sei doch mal still.« Sie umschloss ihn.

»Still? Warum denn? Ich dachte, es würde dich freuen, dass

wir reden. Kann es sein, dass du immer genau das Gegenteil von dem willst, was ich gerade tue?«

»Ich will mit dir schlafen.«

Die Worte »ich«, »will«, »mit«, »dir« und »schlafen« waberten noch irgendwo zwischen Trommelfell und Hörrinde durch meinen Kopf, als Sophie schon auf mir lag. Wobei eigentlich nur ihr Bauch auf meinem Bauch lag, während der Rest von ihr über mir zu schweben schien, was eine fast zirkusreife Nummer war. Jetzt musste nur noch ein Affe auf ihren Rücken springen und anfangen zu jonglieren. Ihr Mund küsste meinen Mund, meine Brust, den Bauch, küsste immer weiter, als endlich bei mir ankam, was Sophie gerade gesagt hatte. Sie wollte mit mir schlafen. Und sie wollte es nicht im Sinne von friedlich schlummern, sondern im Sinne von Geschlechtsverkehr. Im Sinne von meinem Geschlecht in ihrem Geschlecht.

Um ehrlich zu sein, ich konnte nicht. Nicht, dass ich es nicht wollte, prinzipiell wollte ich natürlich schon, obwohl ich mir eingestehen musste, in den Wochen zuvor zum ersten Mal in meinem Leben ein wenig die Lust verloren zu haben. Es war, als ob meine Libido in eine Art Schlummermodus gefallen war. Ich hatte auch in den ersten Wochen der Schwangerschaft gewollt, aber da wollte Sophie nicht, weil ihr schlecht war. Wir hatten es nur ein einziges Mal probiert, aber nicht aufgehört, auf den Eimer neben ihrem Bett zu starren, worauf ich vorübergehend impotent wurde. Als Sophie nicht mehr schlecht war, war sie müde und schlief einfach unter mir ein, und es wäre unanständig gewesen, unter diesen Umständen weiterzumachen. Als sie nicht mehr müde war, musste sie andauernd pinkeln, und als sie nicht mehr pinkeln musste, schmerzten ihre Brüste, weshalb Sophie sie auf Ninas Rat hin mit kaltem Speisequark zu kühlen versuchte, den sie mit Kohlblättern fixierte. Ich konnte danach weder Quark noch Kohl essen, und den Gedanken an Sex verwarfen wir, noch bevor wir ihn ernsthaft ausgesprochen hatten.

Stattdessen richteten wir uns an dem Versprechen auf, nach der Geburt umgehend wieder an einem ausschweifenden Liebesleben arbeiten zu wollen.

Doch in dem Moment, in dem mir klar wurde, dass Sophie es wirklich ernst meinte, und sie zielstrebig ihren Kopf zwischen meinen Beinen vergrub, schossen mir zwei Gedanken durch den Kopf, die augenblicklich verhinderten, dass an Geschlechtsverkehr überhaupt zu denken war, geschweige denn an eine Erektion.

Erstens hätte ich mich dazu ausziehen müssen, was nichts anderes bedeutet hätte, als dass ich irgendwann nackt gewesen wäre, und das wollte ich uns beiden ersparen. Ich war nicht über die Maßen eitel, aber ich hatte aufgehört, meiner Vorstellung von Ästhetik zu entsprechen. Für Sophie war es eine Form von Bestätigung, wenn man ihr sagte, wie rund sie geworden sei. Für mich war es das Gegenteil. Ich wollte weder auf ihr liegen noch unter ihr oder wie immer das überhaupt noch möglich war, und mit mir hadern, während wir miteinander schliefen.

Und zweitens hätte ich die ganze Zeit an das Kind denken müssen. Mir war es egal, wie groß Sophies Bauch war, denn ich fand, dass Schwangere eine ganz besondere Schönheit entwickelten. Aber in diesem Bauch steckte unser Kind. Und es konnte nicht weg. Ich konnte doch nicht mit Sophie schlafen, während das Baby nach mir trat, und dieser Gedanke brannte sich regelrecht in mein Hirn. Außerdem machte ich mir ernsthaft Sorgen, die Kleine zu wecken oder, noch schlimmer, sie zu verletzen.

Alle diese Überlegungen führten im Ergebnis dazu, dass mir nichts anderes übrig blieb, als Sophie von ihrem Vorhaben abzuhalten, und am besten wäre selbstverständlich die Wahrheit gewesen. Aber den Mut hatte ich nicht.

Ich legte meine Hand unter ihr Kinn und hob ihren Kopf. »Warte. Ich … Ich kann nicht. Tut mir leid. Ich hab total Kopfschmerzen.« Ich schwöre, das war das erste und auch das letzte Mal, dass ich versuchte, eine Frau mit ihren eigenen Waffen zu schlagen.

»Kopfschmerzen? Erzähl doch keinen Scheiß. Lukas, jetzt mal ehrlich: Findest du mich noch attraktiv?«

»Natürlich. Du siehst toll aus.« Gab es auf diese Frage eigentlich mehr als eine mögliche Antwort?

»Dann schlaf mit mir.« Sie senkte ihren Kopf.

»Aber …« Ich merkte, wie mir die Argumente ausgingen.

»Kein Aber, Lukas. Ich will dir nah sein. Ich will dich spüren. Wir haben doch in letzter Zeit an so viele andere Dinge gedacht, dass wir uns dabei völlig selbst vergessen haben.«

Ich wandte den Blick von ihr ab. »Vielleicht morgen.«

»Morgen?« Sophie ließ von mir ab. »Das ist alles? Mehr kommt da nicht? Wusstest du, dass Sex in der Schwangerschaft etwas ganz Besonderes sein soll? Etwas Einmaliges, Intensives. Ich weiß, dass ich lange Zeit nicht wirklich scharf darauf war, aber mein ganzer Körper ist jetzt viel sensibler als sonst. Wenn wir miteinander schlafen, wird sich das alles noch größer anfühlen, verstehst du, noch schöner. Und das möchte ich nicht verpassen.«

Und dann verpasste ich auch die letzte Gelegenheit, ehrlich zu Sophie zu sein. »Dir geht es nur um dich, oder was?«

»Nein, natürlich nicht.« Sie drehte sich um und verzog sich auf ihre Hälfte des Bettes. »Ach, lass mich einfach in Ruhe, Lukas. Du schaffst es doch, selbst den romantischsten Augenblick kaputtzumachen. Dann sei doch wenigstens so ehrlich und gib zu, dass ich dir zu dick bin. Dass du mich nicht mehr begehrst. Nicht mehr liebst.«

»Aber …« Ich versuchte, zu retten, was noch zu retten war.

»Lass mich! Kapiert? Gute Nacht.«

Leider war da nichts mehr zu retten.

Von schlechtem Gewissen geplagt und zu ehrlicher Reue bereit, erwachte ich am nächsten Morgen aus einem traumlosen Schlaf und streckte meine Hand aus nach Sophie. Nichts. Vermutlich war sie längst aufgestanden, vermutlich vor Stunden, denn zu den zahlreichen Begleiterscheinungen ihrer Schwangerschaft hatte sich mittlerweile auch Schlafentzug gesellt. Ich tastete träge auf dem Bettlaken herum, bis ich ihr Bein berührte. Sie saß so weit von mir entfernt, wie man in dem Bett nur entfernt voneinander sitzen konnte, und schlug nach meiner Hand wie nach einer lästigen Fliege.

Ich räkelte mich, tastete erneut nach ihrem Bein, und dieses Mal schlug sie so heftig zu, als hätte ich nicht nach knapp zwei Jahren Zweisamkeit ihre Nähe gesucht, sondern nach knapp zwei Minuten. Zunehmend ungehalten ob der unsanften Zurückweisung, hob ich missmutig erst das linke, dann das rechte Augenlid und sah hinüber zu Sophie. Ihr Blick verhieß nichts Gutes. Sophie war sauer. Stinksauer. »Du hast mit einer anderen geknutscht.« Warum sollte auch auf eine schlechte Nacht ein guter Tag folgen?

Es gab zwei Dinge, von denen ich mit Sicherheit sagen konnte, sie in dieser Nacht nicht getan zu haben: Ich hatte weder mit Sophie geschlafen noch eine andere geküsst. »Bitte *was* habe ich gemacht?«

»Mit einer anderen geknutscht. In der Sauna.« Was natürlich ziemlich starker Tobak war, aber Sophie klang vollständig überzeugt von dem, was sie da steif und fest behauptete.

Es war einfach zu bizarr. »Wann?«

»Heute Nacht.« Sie senkte den Kopf. »Nach allem, was gestern Abend passiert ist. Du bist echt ein Arsch.«

»Sophie. Ich habe die ganze Nacht über neben dir gelegen. Was ist das jetzt wieder – eine Schwangerschaftshalluzination?«

»Du bist so enttäuschend, Lukas. Manchmal würde ich dich

am liebstem an die Wand klatschen, bis du dich in einen hässlichen Frosch verwandelst und quakend davonhüpfst.«

Sophie erinnerte sich sogar an jedes noch so winzige Detail ihres Traums, was sie nur umso überzeugter von ihrer Version der Ereignisse machte. Sie erinnerte sich daran, wie wir beide in der Sauna saßen und eine Fremde die Sauna betrat. Wie sich die Fremde neben mich setzte, wir ins Gespräch kamen und uns küssten. Wie Sophie mich empört zur Rede stellte und wissen wollte, wie ich mit dieser Fremden rummachen könnte. Und ich ihr entgegnete, dass wir nicht rumgemacht, sondern uns nur geküsst hätten und dass sie das verstehen müsse, schließlich hätte die Fremde eindeutig den besseren Body-Maß-Index. Sie war außer sich. »Body-Maß-Index? Ich bitte dich. Was ist das bloß für ein bescheuertes Kriterium?«

Das war genug. »Sophie. Das. War. Ein. Traum.«

»Dass du nicht mit mir schlafen willst, weil ich dir zu fett und hässlich bin, ist das eine. Aber so etwas hätte ich dir niemals zugetraut. Du liebst mich wirklich nicht.« Sie knallte die Tür hinter sich zu, stampfte durch den Flur und schloss sich im Bad ein.

Es gab bei Frauen Phänomene, die mir auf ewig ein Rätsel bleiben würden. Denn selbst als Sophie realisierte, dass es sich bei ihrem Traum tatsächlich nur um eine nächtliche Fata Morgana gehandelt hatte, blieb sie dennoch zutiefst erschüttert und verletzt von meinen Saunaeskapaden. Ich frühstückte die nächsten beiden Tage allein, denn Sophie war das alles zu sehr auf den Magen geschlagen. Außerdem legte sie keinen gesteigerten Wert auf meine Gesellschaft. Ich war ihr zu trivial, zu primitiv und darüber hinaus zu wenig an ihr interessiert. Irgendwann hörte sie dann gänzlich auf, mit mir zu reden, und wenig später fand ich einen ihrer gelben Zettel.

Habe gerade deinen Body-Maß-Index ausgerechnet. Bin in der Sauna. Vielleicht finde ich einen Besseren.

Linus stolperte betrunken aus einer Kneipe und prallte gegen eine Litfaßsäule. Stieß gegen ein Baugerüst, das über ihm zusammenstürzte. Lief, nachdem er sich wieder berappelt hatte, vor ein Auto. Auf dem vierten Bild war er übersät von blauen Flecken und Schürfwunden, während ihn seine schwangere Eichhörnchendame fassungslos musterte: »*Wir hätten den Abend auch einfach nur kuscheln können, aber du wolltest ja nicht.*«

kapitel 21

Die Grippe erreichte Deutschland im Herbst, an einem trüben Montag Anfang September. Kein anderes Thema beherrschte fortan mehr die Schlagzeilen, war Aufreger und Aufmacher quer durch alle Nachrichten. Sonderbeilagen wurden gedruckt, Sondersendungen gedreht. In Asien hatte es erste Todesfälle gegeben, ebenso in Südamerika. In Belgien rangen zwei Rentner und ein kleines Kind mit dem Tod, Experten hatten den mutierten Virus in Polen nachgewiesen, in Norwegen und Italien. Obwohl es hierzulande allenfalls vage Verdachtsfälle gab und keine einzige bestätigte Infektion, warnten Mediziner und wer von den selbst ernannten Experten sonst auch nur halbwegs gerade in ein Mikrofon sprechen konnte, auf sämtlichen Kanälen vor den unkontrollierbaren Folgen einer flächendeckenden Epidemie. Und so wurde innerhalb von drei Tagen aus einer gewöhnlichen Grippe eine tödliche Seuche.

Sophie sollte daher bereits vorsorglich große Mengen aller bekannten, in den meisten Fällen jedoch völlig überflüssigen Impfstoffe bestellen – hatte ihr Chef in seinem langen Leben doch bereits unzählige dieser hysterischen Grippewellen mitgemacht und wusste deshalb nur allzu gut um die labile Gemütslage seiner Kunden. Es wäre nur eine Frage der Zeit, bis sie ihm die Apotheke einrennen würden. Auch wenn der olle Stern ein kauziger Idealist sein mochte, im Grunde seines Herzens war er ein knallhart kalkulierender Geschäftsmann. Und niemandem hätte er diese Aufgabe lieber anvertraut als Sophie.

Sie hatte ihn den ganzen Sommer über tapfer wie tadellos vertreten, während er in seinem irischen Cottage auf der Veranda saß und Schafe zählte. Und obwohl es nur noch wenige

Tage waren, bevor sie in den wohlverdienten Mutterschutz gehen sollte, hätte sie Sterns Bitte niemals abgeschlagen, selbst wenn sie seit geraumer Zeit das ungute Gefühl hatte, immer unkonzentrierter zu werden. Woran sie übrigens mir die Schuld gab. Dass ihr unser Kind beim Ultraschall wie die Crashtestversion eines Embryos erschienen war, hatte sie noch verkraftet, ebenso die unheilige Inquisition Doc Schneiders in der Klinikkapelle. Aber dass ich ihren Wunsch nach Zärtlichkeit und Nähe abgewiesen und ihrem inneren Frieden den Krieg erklärt hatte, spukte seitdem wie ein böser Geist durch ihren Kopf und verdrängte jeden klaren Gedanken. Folgerichtig entfernten wir uns immer weiter voneinander, je näher der Geburtstermin rückte.

Ich hatte in meinem Leben schon so viele Fehler gemacht, dass es mir mittlerweile hätte leichtfallen sollen, mich für jeden weiteren auf der Stelle zu entschuldigen, und sei es nur aus Macht der Gewohnheit. Aber ich tat es nicht. Je schwerer meine Fehler wogen, umso heftiger verbarrikadierte ich mich in einer trotzigen Trutzburg aus falschem Stolz und verletzter Eitelkeit, die vielmehr ein Gefängnis war. Was blieb Sophie also übrig, als auf meine Ignoranz mit Distanz zu reagieren. Sophie schlief in ihrem Bett. Ich auf der Couch. Wer überraschend zu Besuch kam, musste unweigerlich den Eindruck gewinnen, ich wäre lediglich ein alter Bekannter, der bei ihr vorübergehend Unterschlupf gefunden hatte, während sie kaum erwarten konnte, mich endlich wieder loszuwerden.

Sophie war stattdessen ganz damit beschäftigt, ihr Leben mit Kind, aber ohne mich zu planen. Sie tat das nicht im Verborgenen, sondern wickelte uns vielmehr direkt vor meinen Augen ab. Sie studierte Stellenanzeigen, in denen europaweit nach Pharmazeutinnen in Teilzeit gesucht wurde, und markierte sie mit einem Rotstift. Sie bestellte Ratgeber für alleinerziehende Mütter und setzte meinen Namen auf die Rechnung. Sie zeichnete sogar kleine Comics, in denen ein Strichmännchen mit buschigem Schwanz von einer Welt ohne Männer träumte.

Und dann vergaß sie, die Impfstoffe zu bestellen.

Die Tinte auf Sterns Empfehlungsschreiben, das Sophie nach so vielen Jahren des Verzichts die Promotion und die Stelle bei FutureHealth ermöglicht hätte, war kaum getrocknet, da hatte es der alte Apotheker bereits in tausend Stücke zerrissen. Ich kam an diesem Tag eher zufällig in der Apotheke vorbei, und als ich Stern wie einen Rohrspatz schimpfen hörte und dabei Wortfetzen wie »Vertrauen«, »Unzuverlässigkeit« und »Enttäuschung« aufschnappte, dachte ich natürlich sofort, dass er nur mich meinen konnte. Doch dann sah ich Sophie, die Schnipsel, sah ihre Tränen, und mir wurde schlagartig bewusst, dass ich Stern entweder noch an Ort und Stelle am Schlafittchen packen und zwingen konnte, sein Konfetti wieder zusammenzupuzzeln, was sein altes Herz vermutlich nicht mitgemacht hätte. Oder ich musste das wieder in Ordnung bringen, indem ich diese verdammten Medikamente auftrieb. Ich musste uns wieder zusammenbringen. Warum, verdammt noch mal wusste man eigentlich immer erst, wenn etwas kaputtgegangen war, wie wertvoll es ist?

Am Abend kauerte ich wie ein Häuflein Elend im Joker neben Obelix am Tresen und gab ein erbärmliches Bild ab. Der geniale Geistesblitz, der in solchen Momenten sonst zuverlässig in mich fuhr, als würde das Schicksal seine schützende Hand über mich halten, hatte nicht mal als besserer Kurzschluss getaugt. Weder war es mir gelungen, Sophies Chef mit Hilfe einer hanebüchenen Theorie zur Besinnung zu bringen, noch hatte ich es geschafft, auch nur eine einzige dieser verdammten Impfstoffdosen aufzutreiben.

Eigentlich wollte ich ins Casanova, damit ich es kurz nach meinem rettenden Einfall nicht weit zu Sophie hatte. Doch wir standen noch halb in der Tür, als Pepe seinen Pizzaroller aufblitzen ließ, während er sich mit finsterer Miene in den Schritt griff. Und überhaupt hätten wir von vornherein ins Joker gehen sollen. Dort hatte ich immerhin die Idee, Sophie anzusprechen. Das Joker war ein guter Ort für gute Ideen. Nur hatte ich keine. Ich war sogar zum Äußersten bereit und hatte Nina angerufen, und beim ersten Mal erbarmte sie sich sogar abzuheben, um mir mit schrillenden Hasstiraden einen erstklassigen Tinnitus zu verpassen. Danach drückte sie mich nur noch weg.

Ich spielte daraufhin ernsthaft mit dem Gedanken, in ihre Apotheke einzusteigen und den Impfstoff zu stehlen, und Obelix war sogar loyal genug, meine Harakiri-Aktion zu unterstützen, indem er mir zeigte, wie man Türen mit einem Stück Draht öffnete. Nur war ich einfach nicht aus dem Holz geschnitzt, mitten in der Nacht in eine Vorstadtapotheke einzubrechen. Das war mindestens eine Nummer zu groß für mich. Außerdem war da noch die vermaledeite Überwachungskamera, und ich wollte nicht zu jenen Vätern gehören, deren Kinder aufgereiht vor der Gefängnismauer standen und Jahr für Jahr Geburtstagslieder über den Stacheldraht trällerten.

»Scheiße, ich hab's!« Obelix schlug so heftig auf den Tresen, dass ich einen ordentlichen Schluck Bier ausprustete, bevor mein Herz schlagartig aussetzte. »Alter, ich wusste, der Tag würde kommen, an dem ich mich für die Sache mit den Helmen revanchieren kann!«

Mein Herzschlag setzte wieder ein, wenn auch etwas holprig und doppelt so schnell. »Und wie? Mach es nicht so spannend!«

Obelix sah mir in die Augen. »Du musst Stäusel um Hilfe bitten.«

»Das ist nicht dein Ernst.« Jeden würde ich fragen, aber nicht ihn.

»Alter, er arbeitet bei Bayer. Wenn du eine bessere Idee hast, lass dich nicht aufhalten. Aber meine Kontakte in die Pharmaindustrie sind eher spärlich gesät. Stäusel ist deine einzige Chance.«

Und so bitter es war – Obelix hatte recht. Selbst wenn Michael Stäusel nur eine ausgebeutete studentische Hilfskraft war, an der weitgehend unerforschte Medikamente getestet wurden, hätte er doch zumindest eine Ahnung, wer im Konzern diese Impfstoffe auftreiben könnte. Zwar hatte ich seine Freundschaftsanfrage, ohne mit der Wimper zu zucken, abgelehnt, was bedeutete, dass er nicht besonders gut auf mich zu sprechen sein würde, aber einen Versuch war es wert. Ich griff zum Telefon und schickte ihm eine Mail.

Hallo Michael,

war neulich keine böse Absicht oder so, dass ich deine Freundschaftsanfrage abgelehnt habe. Muss da irgendwie auf eine falsche Taste geraten sein. Würde mich jedenfalls freuen, wenn du dich mal meldest. Vielleicht noch heute? Du arbeitest doch bei Bayer, oder? Ich glaube, ich könnte deine Hilfe gebrauchen.

Viele Grüße
Lukas

Drei Minuten später kündigte sich seine Antwort an, woraufhin drei Gäste am Tresen ihr Telefon zogen, um es sichtlich enttäuscht und unauffällig wieder verschwinden zu lassen.

Schön, von dir zu hören, Lukas.

Hatte ehrlich gesagt gar nicht mehr mit dir gerechnet, nachdem du nicht reagiert hast. Ich glaube übrigens, man bekommt nicht angezeigt, wenn Freundschaftsanfragen abgelehnt werden.

»Verdammt.« Ich schlug mir mit der flachen Hand gegen die Stirn.

Obelix schüttelte den Kopf. »Drauf geschissen. Lies weiter.«

Auf jeden Fall helfe ich dir natürlich, womit auch immer. Sag einfach Bescheid, was du brauchst.

Mit freundlichen Grüßen/Best regards
Dr. med. Dipl.-Chem. Michael Stäusel
Vice-President of Bayer HealthCare Executive Committee
PS Du willst aber kein Attest, oder?

»Leck mich fett, Alter.« Obelix verschluckte sich fast. »Was ist der?«

»VizeirgendwasHealthkeineAhnung.« Ich wurde unruhig. »Obelix, ich glaube, der hat das mit dem Attest die ganze Zeit gewusst.«

Es war nicht das erste Mal, dass Obelix seine Schwierigkeiten damit hatte, sich an die Heldentaten unserer Jugend zu erinnern. Ich half ihm auf die Sprünge.

»Wir haben Stäusel doch damals überrumpelt und in die Besenkammer neben der Aula gesperrt, weil wir den Praxisschlüssel von seinem Alten brauchten, um den Attestblock mitgehen zu lassen. Erinnerst du dich nicht, wie sie in der Schule angefangen hatten, Stress zu machen und mit Verweisen zu drohen, von wegen zu oft unentschuldigt gefehlt?« Ich sah ihn prüfend an.

»Stimmt. Hattest du nicht sogar diese Skimaske auf?«

»Was für eine Aktion.« Ich hob mein Glas und prostete ihm zu. »Vielleicht sollte ich doch in Ninas Apotheke einsteigen.«

»Egal.« Obelix stürzte hastig sein Bier herunter. »Stäusel kann uns nicht erkannt haben. Ist lange her. Ruf ihn an.«

»Moment, jetzt warte doch mal. Wie hieß noch der Arzt, den wir erfunden haben? Overath? Häßler? Das gibt es doch nicht. Ich schwöre dir, langsam verblassen meine Erinnerungen. Das ist gar nicht gut. Bald ist das alles weg.«

»Ruf ihn an, Alter.« Obelix rutschte nervös über seinen Hocker und fing an, ständig auf die Uhr zu sehen. »Worauf wartest du?«

»Du hast sogar im Laden deiner Eltern diesen Stempel machen lassen, und jeder in der Schule hat uns den falschen Doc abgekauft.« Ich schnipste mit dem Finger. »Polster! Doktor Pierre Polster, Allgemeinmedizin. War das groß. Unser Ticket in die Freiheit. Warum kann das nicht für immer so sein?«

»Schaefer, jetzt mach doch bitte mal 'nen Punkt. Ich meine, es ist ja echt ganz nett, dieses gepflegte Abhängen und in Erinnerungen Schwelgen und so, aber irgendwann erschöpft sich jede Anekdote.«

»Nett?« Obelix hatte nicht wirklich »nett« gesagt.

»Sieh dich doch an. Jetzt sitzt du hier wieder mit leuchtenden Augen und erzählst in epischer Breite deine Attestgeschichte.« Während andere fürchteten, die Geister der Vergangenheit könnten sie einholen, konnte ich gar nicht erwarten, dass sie kamen. »Aber was bringt dir das? Ruf Stäusel an. Sieh zu, dass das mit Sophie in Ordnung kommt, bevor es zu spät ist. Und hör damit auf, dich immer tiefer in die Scheiße zu reiten. Mach einfach, was ich dir gesagt habe. Und noch was, Schaefer – warum muss ich dir eigentlich ständig sagen, was du tun oder lassen sollst? Das geht mir echt auf die Nüsse. Du bist doch kein Kind mehr.« Er stand auf und zahlte.

»Obelix, verdammt, wo willst du hin? Komm schon, das war immerhin deine Idee mit Stäusel, oder? Und seit wann trägst du keine Turnschuhe mehr? Ist das etwa echtes Leder?«

Und dann war Obelix weg. Einfach so. Als hätte er etwas Besseres zu tun, als mit mir im Joker zu sitzen und so zu sein, wie wir immer waren.

kapitel 22

Den gelben Zettel hatte mir Sophie zusammen mit einem flüchtigen Lächeln in die Hand gedrückt, das die Erinnerungen an glücklichere Tage weckte, und war dann wortlos aus der Wohnung verschwunden. Ich stand in der Tür und lauschte, wie das Treppenhaus ihre Schritte verschluckte, bevor ich mich traute, ihn zu lesen:

Heute Abend bei Dir.

Das war immerhin ein Anfang. Etwas zu schreiben war zwar nicht so gut, wie etwas zu sagen, aber allemal besser, als zu schweigen. Sophie wollte wieder bei mir und nicht einfach nur da sein. Die ganze Zeit über war sie mir auf so quälende Weise nah gewesen und zugleich doch unendlich weit weg. Ich hatte stumm in der Küche gesessen, während sie Kaffee kochte. Vor der Tür gewartet, während sie unter der Dusche stand. Ferngesehen, während sie las. Es war, als würde sie mit einem Geist zusammenwohnen und warten, dass der Spuk ein Ende hatte.

Ich las ihren Zettel wieder und wieder, als würde die unendliche Geschichte aus vier Worten bestehen. Da wir ihre Wohnung in zwei Leben geteilt hatten, bedeutete *bei Dir* im Wohnzimmer, und aus ihrem Lächeln sprach, dass mein Anruf bei Stäusel von Erfolg gekrönt war. Ich hatte mich vor ihm böse in den Staub werfen müssen, bevor er versprach, die Medikamente zu besorgen. Und Dr. med. Dipl.-Chem. Stäusel hatte es sich ebenfalls nicht nehmen lassen, sich ungeheuer wichtig zu machen, weil er trotz seiner Kontakte in die Chefetage des Konzerns einige Tage brauchen werde, um das Zeug aufzutreiben. Ich musste ihm Sophies private Telefonnummer geben, bevor er eine Tonlage zu überheblich ankündigte, den Kontakt zu mir abzubrechen, da er nicht wolle, dass irgendwer von unserem Plan erführe. Das war mir nur recht. Je früher Stäusel wieder aus meinem Leben verschwand, umso besser. Und nun hatte der Tor seine Schuldigkeit getan.

Die Frau, mit der ich mein Leben verbringen wollte, gab mir noch eine letzte Chance, und es lag allein an mir, sie nicht zu enttäuschen. Ich war nervös, fürchterlich nervös, obwohl ich so viele Stunden mit Sophie verbracht hatte, fühlte es sich an wie vor dem ersten Date. Und dieses Gefühl gefiel mir so sehr, dass ich meine Sachen packte und ging.

Den Rest des Tages verbrachte ich damit, neue Folgen von Linus zu zeichnen. Normalerweise brauchte ich dafür absolute Ruhe, weshalb ich froh war, wann immer ich in der Wohnung allein war, mich zurückziehen und verkriechen konnte, um mich ungestört in meinen Gedanken zu verlieren, mich an ihnen zu berauschen oder an ihnen zu verzweifeln. Doch an diesem Tag ging ich ausnahmsweise in die Redaktion. Ich setzte mich an einen der verwaisten Schreibtische, von denen es mehr gab als noch ein paar Wochen zuvor, breitete Stift, Papier und Farbe aus und stürzte mich in die Arbeit.

Es gab diese Tage, an denen Inspiration und Talent eine produktive Symbiose eingingen, und das war so ein Tag. Es war, als hätte mich Sophies Zettel am Kragen gepackt und aus meinem selbst verschuldeten Schlamassel gezogen. Ich zeichnete, als wäre es das Selbstverständlichste auf der Welt, Comicstrips am Fließband zu produzieren. Und dann zeichnete ich eine Folge nur für Sophie.

Linus lag auf einem Ast, kiffte und blies Rauch in Herzchenform in die Luft, während sich auf einer Parkbank Donald und Daisy Duck verliebt in den Armen lagen. Homer und Marge Simpson schlenderten Händchen haltend einen Weg entlang.

Popeye und Olivia wälzten sich übermütig im Gras. Auf dem vierten Bild stand Linus vor einer Apotheke: »*Man kann die Narren nicht lieben, ohne ihnen zu verzeihen.*«

Ich stand auf, packte meinen Kram und durchquerte das Büro mit einer derart guten Laune, dass ich fast zu pfeifen begonnen hätte. Neben einer Pinnwand, an der Redaktionspläne hingen, stieß ich eine Glastür auf und legte dem Boss die Comics vor. Er grüßte nicht, überflog sie, und ich meinte, ein wohlwollendes Grinsen zu sehen. »Die sind nicht schlecht, Lukas. Ehrlich. Nicht so pessimistisch wie die letzten. Die sind ja regelrecht fröhlich. Gefällt mir.«

Ich legte meine Hände vor ihm auf den Schreibtisch und beugte mich nach vorn. »Genau das wollte ich hören. Wenn sie dir gefallen, gib mir eine feste Stelle. Ansonsten bin ich weg. Da draußen gibt es jede Menge Verlage, die mich haben wollen. Boss, ich muss bald für eine Familie sorgen. Ich brauche Sicherheiten.«

Der Boss machte eine halbe Umdrehung mit seinem Sessel und zeigte auf die Balkendiagramme, die wie die Skizze einer talwärts führenden Treppe hinter ihm hingen. »Das dritte Quartal war wieder eine Katastrophe. Minus dreizehn Prozent bei der verkauften Auflage. Es heißt, es gebe bereits einen neuen Sanierungsplan. Den dritten dieses Jahr.«

Ich ging auf und ab. »Und wir sollten Linus täglich bringen. Ich hab einen Lauf, Boss. Ich könnte den ganzen Tag nichts anderes machen, als dieses Eichhörnchen zu zeichnen.«

»Minus neunzehn Prozent bei den Anzeigen. Das ist mehr als eine Katastrophe. Das ist der Untergang.« Der Boss wirbelte mit dem Sessel herum. »Ich dachte, wir bezahlen dich dafür, dass du den ganzen Tag nichts anderes machst, als zu zeichnen?«

Ich setzte mich auf seinen Schreibtisch. »Zu Weihnachten machen wir ein Sonderheft. Und einen Kalender. Vielleicht ein Buch.«

»Ende des Jahres müssen wieder fünf Leute gehen. Fünf. Und Ersatz gibt es nur außertariflich. Bald arbeiten hier nur noch Studenten.«

»Also, denk darüber nach. Qualität hat ihren Preis. Ruf mich an.« Ich stand auf und formte mit den Fingern das international gängige Zeichen für Telefon.

Der Boss formte das international gängige Zeichen für kein Anschluss unter dieser Nummer, indem er einen imaginären Strick hinter seinem Kopf festzog. »Lukas, ich glaube, die machen uns den Laden bald dicht.«

Die Tür fiel ins Schloss.

Ich ging zu Fuß, und es fühlte sich an, als würde ich schweben. Mein Leben war in tausend Stücke zersplittert, und nun setzte es sich langsam wieder zusammen. Sophie erwartete mich an der Tür und strahlte über beide Ohren. In der linken Hand hielt sie ein Schreiben, auf dem ich Sterns Unterschrift erkannte, mit der rechten Hand griff sie nach meinem Unterarm. Wie sehr mir diese beiläufigen Berührungen gefehlt hatten. »Da bist du ja endlich.« Sie zog mich hinein. »Mike ist auch schon da.«

»Mike?« Ich blieb in der Tür stehen. »Was für ein Mike?«

»Du brauchst mir nichts vorzumachen. Ich weiß, dass ihr euch aus der Schule kennt und du ihn um Hilfe gebeten hast.« Sie küsste meine Wange. »Danke.«

Es gab zwei Dinge, die meine Vorstellungskraft überstiegen. Michael Stäusel nannte sich Mike? Und er war hier? Meinetwegen konnte sich der VizeirgendwasHealthkeineAhnung sonst wie nennen, um sein klägliches Wesen aufzumotzen (was im Grunde genommen aussichtslos war) – doch zu allem Überfluss saß der Kerl in meinem Wohnzimmer, dort, wo ich mich mit Sophie versöhnen und ihr versprechen wollte, zugunsten unserer kleinen Familie auf die Freiheiten freischaffender Künstler zu verzichten. Ich wollte ihr sagen, dass ich einen Vertrag unterzeichnen würde, der aus mir einen durchschnittlichen, kleinbürgerlichen Spießer mit dreißig Urlaubstagen im Jahr, Stimmrecht bei den Betriebsratswahlen und Lohnfortzahlung im Krankheitsfall machte. Ich wollte ihr sagen, dass ich bereit war, erwachsen zu werden. Irgendwie zumindest.

Ich bereitete eine kleine Rede vor, mit der ich Stäusel höflich, aber bestimmt vor die Tür setzen würde, und da ich Stammgast im Casanova war, fiel es mir nicht schwer, die richtigen Worte zu finden. Ich holte tief Luft, schob das Kinn nach vorn, trat entschlossen ins Wohnzimmer – und musste zu meinem Erstaunen erkennen, dass es der schmächtige, stotternde Stäuselkuchen nicht bei der kleinen Namensänderung belassen hatte. Lederstiefel. Designerjeans. Ein tailliertes Hemd, das bedrohlich über der Brust spannte. Seidenschal. Seitenscheitel. Stäusel saß dort, als hätte ihn Frankenstein persönlich aus einem aktuellen Katalog für Herrenmode zusammengeklebt. Er schnalzte mit der Zunge, als er mich sah. »Welcome, buddy.« Ich meinte, einen Südstaatendialekt zu erkennen, während er auf mich deutete und seine Zähne aufblitzen ließ. »Wir warten schon. Was machen die Comics? Schon reich und berühmt?« Offenbar war er zu allem Überfluss auch noch bis in die akkurat gegelten Haarspitzen motiviert, gewisse Diskrepanzen in unseren Biographien herauszuarbeiten.

Unter anderen Umständen war ich wohl ein leidlich schlagfertiger Mensch, wortgewandt, wenn auch nicht immer eloquent, aber fähig, verbale Vorlagen zuverlässig zu verwandeln oder nonchalant zu parieren. Selbst wenn man mich auf dem falschen Fuß erwischte, kompensierte ich mangelnde Souveränität mit bissiger Ironie oder blankem Zynismus, da ich besser austeilen, als einstecken konnte. Doch ausgerechnet jetzt stand ich mit offenem Mund vor Michael Stäusel, als hätte seine bloße Anwesenheit sämtliche Schlagfertigkeit aus mir herausgespült. »Die Comics?« Ich verschluckte mich und kämpfte gegen den

Hustenreiz. »Alles gut.« Ich lief rot an. »Prima.« Kein normaler Mensch sagte »prima«. Ich röchelte. »Und bei dir?«

Stäusel zog die Augenbrauen hoch und schlug die Beine übereinander. »Was ich mich nämlich gefragt habe, ist, ob man at the end of the day von den Bildchen leben kann. Die erscheinen doch nur in diesem kriselnden Stadtmagazin, right?«

»Ja und ja, Michi, äh, Mike.« Ich stand wie bestellt und nicht abgeholt vor ihm.

»Really. Weißt du, ich hab deinen Namen gegoogelt, weil mich das natürlich interessiert hat.« Stäusel griff nach einer Erdnuss und warf sie sich in den Mund. »Aber es gibt nur diese beiden Youtube-Videos. Das bist doch du mit der Skibrille? Ich war mir da nicht ganz sicher, aber der Typ, der beim Elektrodiscounter ausflippt. Das bist du ohne Zweifel. Oh my good, that's so fucking cool.«

Asshole, dachte ich, während ich am liebsten im Boden versunken wäre oder irgendwas zertrümmert hätte, um mich abzureagieren. Doch womöglich war es gar nicht Stäusels Absicht, mich zu provozieren. Vermutlich war er winzig, und Stäusel musste da irgendwas kompensieren, weshalb ich ihm seine Scharade einfach verzeihen sollte. Vielleicht hätte ich sogar Mitleid haben sollen, was Sophie mir zweifellos hoch angerechnet hätte, wobei im Nachhinein auch Hochmut ein geeignetes Mittel gewesen wäre. Ich hätte Stäusel sagen sollen, dass ich unter einem Pseudonym zeichnete, damit nicht ständig die Groupies unter dem Fenster stünden und sich die Seele aus dem Leib kreischten. Aber alles, was ich über die hohe Kunst der Schlagfertigkeit wusste, war weg. »Ich … äh, keine Ahnung … Michael – Mike …« Ich stotterte mich um Kopf und Kragen.

»Ich hab ja noch überlegt, ob ich die Videos kommentieren soll, aber da steht echt schon eine Menge Scheiße. Würde ich ja gerichtlich gegen vorgehen.« In hohem Bogen warf er sich weitere Nüsse ein. »Willst du meinen Anwalt? He's a great guy. Der

Mann hat natürlich seinen Preis, aber er ist jeden Cent wert. However.« Nuss. »Bei mir ist alles easy, Business halt.« Nuss. »Ich bin ja schon ein paar Tage hier und hab das für Sophie gedealt und mich ein wenig um sie gekümmert.« Er verzog sein Gesicht zu einem widerlichen Grinsen.

Und dann erfuhr ich, dass Stäusel keinesfalls mehrere Tage und Telefonate benötigt hatte, um die Sache mit den Impfstoffen zu klären, sondern gleich am nächsten Morgen in die Apotheke marschiert war. Er hatte Sophie erzählt, dass seine Firma eine bundesweite Werbekampagne plane und nach ausgewählten Standorten suche. Dass man den Apotheken als Gegenleistung eine Art Sonderzugriffsrecht auf Arzneien gewähre, woraufhin Sophie natürlich auf der Stelle erkannte, wie sie die Dinge geradebiegen konnte. Allerdings verlangte Stäusel im Gegenzug, sie zum Essen ausführen zu dürfen, woraufhin sie gelächelt und gesagt hatte, dass er sie dazu schon anrufen müsse, aber nicht ihre Nummer bekäme. Am späten Nachmittag meldete sich Stäusel dann überraschend, schickte ihr ein Taxi, und die beiden verbrachten den Abend bei Kerzenlicht in einem sanierten Vorstadtgehöft, dessen Besitzer Stäusel persönlich kannte und ihm noch einen Gefallen schuldete.

Motherfucker, dachte ich und setzte mich auf einen winzigen Hocker, den Sophies Oma ihr vererbt hatte und der aus einer Zeit stammte, in der Menschen meiner Statur noch eine Attraktion auf dem Jahrmarkt waren. Ich erinnerte mich, wie ich an jenem Abend auf Sophie gewartete hatte, in der Hoffnung, sie würde mir verzeihen, sie aber nicht kam. Dann fiel mir ein, dass sie auch die Tage darauf ständig unterwegs gewesen war, und so, wie mich Stäusel ansah, würde ich gleich erfahren, wo.

Am zweiten Tag fuhren die beiden in seinem Geländewagen in ein Waldstück, in dem er sie mit einer Reihe Nachwuchswissenschaftler bekannt machte, die revolutionäre Experimente mit Naturharz durchführten. Dazu gab es kulinarische Spezialitäten aus der Region und ein prasselndes Lagerfeuer. Am dritten Tag besuchten sie ein Kinderheim, das Stäusel als Schirmherr einer privaten Stiftung unterstützte. Er hatte Stofftiere gekauft, sie lasen den Kindern vor, und kurz bevor sie gingen, überraschte er eines der Mädchen mit einem Geburtstagsständchen auf seiner Gitarre. Am vierten Tag flogen sie in einem Heißluftballon über Felder und Gewächshäuser, wo an gentechnikfreiem Saatgut geforscht wurde, und Stäusel erzählte davon, wie er gedachte, die Welt für seine Kinder, von denen er mindestens fünf wollte, ein wenig besser zu machen. Dass in der Geschichte weder ein Streichquartett noch ein Sonnenuntergang vorkamen, war dann fast ein wenig enttäuschend. Am fünften Tag hielt ein unscheinbarer Lieferwagen vor der Apotheke, dessen Fahrer Sophie mehrere Kartons mit Impfstoff und einen Strauß Blumen übergab.

Sophie ging und goss Tee auf. Dann schüttete sie die Plätzchen auf einen Teller, die Stäusel nach einem alten Familienrezept in der Küche seines Hotels gebacken hatte, nachdem er dem Koch eine seltene Flasche Whisky zugesteckt hatte. Ich hatte zwar keinen blassen Schimmer, welcher Film da gerade ablief, aber es war definitiv der falsche. Also gut, dachte ich, du hast deinen Auftritt gehabt, jetzt ist Feierabend. Es war an der Zeit, dass sich Stäusel vom Acker machte und sich nie wieder blicken ließ. Je schneller er aus unserem Leben verschwand, umso besser.

Sophie reichte mir den Teller mit den Plätzchen. »Stell dir vor, Luke. Mike und ich werden bald sogar Kollegen.« FutureHealth war auf Stäusels Rat von Bayer geschluckt worden. Nun stand im Raum, ihn zum stellvertretenden Geschäftsführer zu machen, mit der Perspektive, die Leitung von FutureHealth zu übernehmen, da der Gründer in absehbarer Zeit seine restlichen Anteile verkaufen und sich aus dem operativen Geschäft zurückziehen würde. In jedem zweiten Satz schwärmte Stäusel, wie sehr er sich freute, in Sophie bald eine so außerordentlich kompetente wie sympathische und attraktive Mitarbeiterin in seinem Team zu haben. Dann zeigte er Fotos von seinem Ferienhaus in Nordschweden, wo es regelmäßige Planungstreffen geben und man sich im Kollegenkreis einfach entspannen sollte, um den Fokus neu zu justieren, wie er es nannte.

Während ich meine Nerven gerade wieder so weit unter Kontrolle hatte, dass ich nicht von dem Hocker fiel, wäre ich am liebsten aufgestanden und hätte Stäusel ein Bündel Scheine in die Hemdtasche gesteckt, damit er endlich seine Fresse hielt. Leider konnte ich nicht genau sagen, um welche Summe es sich dabei handeln musste. Ich wusste nur, dass er mit dem Geld, das ich im Monat verdiente, seinen Wagen volltankte.

So unausstehlich seine aufgeblasene Art auch war – er hatte erreicht, wovon ich nicht einmal träumte. Stäusel musste niemanden bitten, man bat ihn. Er reagierte nicht, er agierte. Er wusste schon immer, welches Ziel er auf welchem Weg erreichen wollte, und obwohl ich mir nicht sicher war, ob er unsere Demütigungen früher in der Gewissheit ertragen hatte, uns alle irgendwann fürchterlich alt aussehen zu lassen, oder er einfach nicht in der Lage gewesen war, sich zu wehren, so saß er doch jetzt da und rieb mir, ohne es offen auszusprechen, unter die Nase, was für ein Loser ich war.

»Hat sonst noch jemand Hunger?« Ich versuchte aufzustehen, kippte um und fiel rücklings auf den Teppich, dann rappelte ich mich umständlich wieder auf und kündigte verstört an, zu Pepe zu gehen. Ich sehnte mich danach, mir eine Flasche von Pepes Blindmacher zu genehmigen. Anders war dieser Abend und alles, was in diesem Schmierentheater noch an Demütigungen kam, einfach nicht zu ertragen. »Ich mach das.« Sophie griff nach ihrem Mantel. »Ihr habt euch so lange nicht gesehen. Außerdem muss ich Pepe sagen, dass wir uns wieder versöhnt haben. Ist auch in deinem Interesse, Luke.«

Sie deutete auf meinen Schritt, lächelte, verschwand, und es war höchste Zeit, einige Dinge richtigzustellen, bevor mir die Situation völlig entglitt. Michael Stäusel war eine Gefahr. Man brauchte schon eine Menge Phantasie, um sich das vorzustellen, aber es waren nicht nur seine Statur und sein Status, die mich beunruhigten. Sophie und er funkten auf einer Wellenlänge. Es gab eine Menge Themen, über die sie diskutieren konnten, und das fundiert und tiefgründig. Nicht, dass ich eifersüchtig war. Es war nicht der Mann auf dem Sofa, der mich beunruhigte, sondern das, wofür er stand. Ich fürchtete, Sophie könnte durch ihn sehen, was mir fehlte, auch wenn sie niemals irgendwelche Gefühle für ihn haben würde und er nicht für sie. Schließlich war sie schwanger und zwar von mir.

Stäusel fiel mir ins Wort, noch bevor ich überhaupt etwas sagen konnte. »Sophie gehört mir.«

»Was?« Egal, womit ich gerechnet hatte. Das war es nicht.

»Glaubst du ernsthaft, ich werde hier mit ansehen, wie so eine Klassefrau ihre besten Jahre mit einer Flasche wie dir vergeudet?« Stäusel baute sich vor mir auf. »Sieh dich doch mal an, Schaefer. Das ist jämmerlich. Und du willst ein Mann sein?«

»Moment.« Der aggressive Ton gefiel mir überhaupt nicht.

Stäusel legte nach. »Weißt du eigentlich, was Klaustrophobie ist?«

»Du willst mir die Freundin stehlen?« Der Junge musste zum Arzt.

»Ich bin damals durch die Hölle gegangen in dieser Abstellkammer. Ich habe keine Luft mehr bekommen. Ich hatte eine Scheißpanik. Und wenn mich nicht zufällig der Hausmeister am nächsten Morgen rausgeholt hätte, ich schwör dir, ich hätte mich lieber aufgehängt, als das ganze Wochenende da drinbleiben zu müssen. Meinst du ernsthaft, ich hätte das vergessen?«

»Stäusel, warte. Das war eine Verkettung unglücklicher Umstände.«

»Ihr habt damals gedacht, ihr seid die Allergrößten, und dass ihr euch alles erlauben könnt. Aber es gibt keine ewige Jugend. Für niemanden. Euch hat nie interessiert, was ihr anrichtet. Das war ein Fehler, Schaefer.« Da war ein nervöses Zucken unter seinem Auge.

»Du hast recht.« Ich musste ihn irgendwie beruhigen.

»Und für diesen Fehler wirst du bezahlen. Ich hätte in der Kammer genug Zeit gehabt, wahnsinnig zu werden – stattdessen habe ich mir ausgemalt, wie ich mich eines Tages dafür rächen werde. Pech für dich, dass du dich ausgerechnet in eine Pharmazeutin verknallt hast. Damit machst du es mir fast zu leicht. Noch heute werde ich Sophie vorschlagen, in die Zentrale zu wechseln. Ich werde ihr all ihre beruflichen Träume erfüllen, ihr bieten, was du nie konntest, ihr geben, was du nicht hast. Und wenn ich dir einen guten Rat geben darf: Pack dein Zeug und verschwinde, bevor ich dich richtig fertigmache. Und mach dir keine Sorgen, Lukas, mich stört es nicht, dass sie schwanger ist. Im Gegenteil. Ich werde mich rührend um das Mädchen kümmern. Vielleicht schick ich dir sogar mal ein Foto.«

Das Erste, was Sophie sah, als sie wieder im Wohnzimmer stand, war, wie ich Stäusel am Kragen gepackt hielt. Der Rest war reiner Reflex. Ich sah Stäusel ausdruckslos an und legte den Kopf in den Nacken. Ich schrie nicht. Ich fluchte auch nicht. Ich schloss langsam die Augen, mein Kopf schnellte nach vorn, krachte mit der Stirn zuerst in Stäusels Nase, rutschte ab und mein linkes Auge schlug auf seinen Wangenknochen. Stäusels Grinsen verzog sich zu einer schmerzverzerrten Fratze, während ihm das Blut aus der Nase schoss. Er taumelte zwei Schritte zurück und kippte um wie ein frisch gefällter Baum.

»Nein!« Sophie ließ die Pizzakartons fallen und stürzte an mir vorbei. An den Rest konnte ich mich nur bruchstückhaft erinnern.

Sophie, wie sie neben dem blutenden Stäusel kniete. Ich, wie ich mir benommen an die Stirn fasste, während es in meinem Kopf dröhnte, als hätte jemand einen Gong geschlagen. Sophie, wie sie Stäusel ein feuchtes Handtuch in den Nacken presste, um die Blutung zu stoppen. Stäusel, wie er wieder zu sich kam und bei jeder Berührung aufstöhnte, als läge er im Sterben. Sophie, wie sie mich anschrie und sich fragte, wie sie sich ausgerechnet mit *mir* habe einlassen können, wo gerade *sie* es doch hätte besser wissen müssen. Ich, wie ich nicht verstand, was sie mir damit sagen wollte. Stäusel, wie er grinste.

Einige Tage später erntete Linus seine Hanfplantage ab und beobachtete die Nachbarschaft. Zwei Männer lieferten sich eine wüste Schlägerei um einen Parkplatz. Schlugen sich um den letzten freien Platz in einem Café. Prügelten sich um einen Einkaufswagen im Supermarkt. In der letzten Szene verstaute Linus seine Ernte mit hochgezogenen Schultern in seinem Rucksack: *»Und ihr wollt die Krone der Schöpfung sein?«*

kapitel 23

Es hätte kalt sein sollen, aber es war nicht kalt. Es hätte regnen sollen, aber es regnete nicht. Ein Taxi hätte direkt neben mir durch eine Pfütze rasen und im Hintergrund hätte schwermütige Musik laufen sollen, aber nichts davon passierte. Das war kein Film, in dem Sophie am Fenster stand, den Vorhang zur Seite schob, mich sah, unten, im Regen, das Fenster öffnete und meinen Namen rief. Das war die Wirklichkeit, das Leben, gnadenlos und gerecht, und ich hatte mich nicht getraut, mich umzudrehen und zu ihr hochzusehen, in der Angst, sie würde dort nicht stehen. Ich konnte in ihren Augen lesen, als sie mich aus ihrer Wohnung warf, dass sie mich keines Blickes mehr würdigen würde.

Wenigstens war es dunkel, als ich durch die Stadt irrte, in meinem Kopf nichts außer einer bleiernen Leere. Ich fühlte nichts, dachte nichts, als ich durch die Nacht taumelte, hilflos und ratlos, wie ein angeschlagener Boxer. Ich war zu schwach, zu hart von meinen eigenen Schlägen getroffen, um mich aufzubäumen. Ich hatte meine Niederlage akzeptiert. Es war, als würde ich mich selbst auszählen. Acht. Neun. Zehn. Gong.

Ich wusste, dass Stäusel gewonnen hatte und ich verloren. Und als ich keinen anderen Ausweg wusste, ging ich zu Obelix. Obelix war in gewisser Weise ein Fachmann für meinen Liebeskummer, obwohl er selbst damit keinerlei Erfahrungen hatte, während ich auf so viele hätte verzichten können. Obelix war der Typ, der auf Partys mit Mädchen knutschte und sich heimlich davonschlich, während ich der Typ war, der mit ihnen knutschte und ihnen dann hinterherlief. Wie ich, so teilte auch Obelix seine Welt in *geht* und *geht gar nicht*, und für ihn gingen

Beziehungen nun mal *gar nicht*. Für Obelix bedeuteten Beziehungen Forderungen. Verbindlichkeit. Verzicht.

Vermutlich hatte ich tatsächlich allen Ernstes geglaubt, Obelix würde nie im Leben eine Beziehung haben und sich bis ins hohe Alter mit zwanglosen Affären begnügen. Dass er für immer bliebe, was er schon immer war. Mein bester Kumpel, den ich so sehr beneidete, weil er hatte, wovon Stäusel behauptete, es wäre nicht möglich – ewige Jugend. Denn genauso stellte ich mir das Leben auf einer Feuerwehrwache vor. Wie einen Spielplatz, auf dem Erwachsene Kinder blieben. Natürlich wusste ich, wie anstrengend und belastend dieser Knochenjob für Körper und Geist sein konnte. Ich wusste, dass Obelix an einem Tag Dinge zu Gesicht bekam, die ich in einem ganzen Leben nicht sehen wollte. Aber darüber sprach er nicht. Stattdessen erzählte er, wie sie im Sommer von der Drehleiter in den selbstgebauten Swimmingpool sprangen, und von den Schneekanonen, die sie im Winter aus alten Schläuchen bauten, von tollkühnen Mutproben, sinnlosen Streichen und was ihnen noch einfiel.

Und dann stand sie plötzlich vor mir, dunkle Locken, spitze Nase, am Körper nichts außer einem dieser taillierten Hemden, wie Obelix sie neuerdings trug.

»Ich bin Maja.«

Ich war mir sicher, diese Frau noch nie gesehen zu haben.

»M-A-J-A.« Sie sah mich an, als würde sie darauf warten, dass bei mir endlich der Groschen fiel. »Maja Strauss. Die Kommissarin vom achten Revier. Ist gleich um die Ecke. Kölner Straße.«

Ich gab ihr die Hand. »Schön, dich kennenzulernen, Maja. Aber was machst du hier, Kind?« Schlafmangel war eine der besten Drogen.

Sie kniff die Augen zusammen. »Ich wohne hier.«

Ich meinte, so etwas wie »Ich wohne hier« verstanden zu haben, wollte mich aber nicht festlegen lassen. »Wo ist Obelix?«

»Wer?« Irgendwie redeten wir gerade aneinander vorbei.

»Obelix. Der wohnt hier nämlich zufällig auch, genauso wie ich. Was hast du mit ihm gemacht? Wenn ich jetzt reinkomme, Maja, wo werde ich ihn finden? Sitzt er noch gefesselt in der Küche, oder hast du ihn bereits von hinten mit der Kaffeekanne erschlagen. Sollte ich vielleicht besser gleich die Kollegen rufen?«

Ich hörte Obelix' Stimme aus dem Badezimmer. »Ist er das, Baby?«

»Ich glaube schon, Olli. Wo bleibst du denn?«

Das Rauschen der Toilettenspülung ertönte, dann stand Obelix vor mir, lediglich ein Handtuch um seine Hüften gewickelt, und legte seinen Arm um Maja Strauss. »Meine Fresse, Lukas, wie siehst du denn aus? Und ich dachte, du hättest Stäusel eine Kopfnuss verpasst und nicht umgekehrt.« Maja Strauss. Aber natürlich. Obelix kannte sich plötzlich mit Wein aus. Er trug diese Hemden, keine Turnschuhe mehr, und irgendwas war mit seinen Haaren passiert.

Ich tastete nach der eierförmigen Beule, die meine Stirn zierte, und als ich in den deckenhohen Spiegel sah, der noch nicht im Flur hing, als ich das letzte Mal hier war, erkannte ich das Veilchen, das mein linkes Auge zierte. »Moment, woher weißt du, was los ist?«

»Stäusel hat gestern hier angerufen. Er wollte mit dir reden und dich dann umbringen. Oder war es umgekehrt?«

»Gestern?« Wie in Trance ging ich in die Küche und setzte mich.

»Es ist gleich Mittag, Lukas. Ich hab gestern Nacht ewig versucht, dich zu erreichen. Wo warst du?« Obelix setzte sich zu mir.

»Keine Ahnung. Bin rumgelaufen.« Ich hielt mir die Stirn. »Und wo ist Stäusel jetzt? Wieder bei Sophie? Ich meine, sind die beiden jetzt zusammen?« Ich schlug die Hände vor das Gesicht, um das alles zu vergessen.

»Keine Ahnung. Sophie hat mir nur *Mach's gut* geschrieben.«

Mein Kopf. »Sie ist weg? Wo ist sie hin? Wir müssen sie suchen.«

»Ich denke nicht, dass sie das will.« Obelix verdrehte die Augen. »Verdammt, Lukas, dieses Mal hast du wirklich Scheiße gebaut. Das verzeiht sie dir nie.«

»Dann musst du mir helfen, dass sie es doch tut.« Ich wusste zwar, wie es sich anfühlte, verlassen zu werden, und jedes Mal, wenn es passierte, hatte ich es hingenommen, indem ich mir einredete, allein besser dran zu sein. Doch nun hatte ich zum ersten Mal in meinem Leben wirklich etwas zu verlieren. Sophie und das Kind. Erschöpft von einem ganz und gar beschissenen Tag, sank ich in den Stuhl. »Hilf mir, Obelix.«

»Das habe ich schon bei der Sache mit Stäusel versucht, und es hätte beinahe funktioniert, wenn du ihm nicht seine verdammte Nase gebrochen hättest. Ganz ehrlich, Lukas, ich glaube, dir ist nicht mehr zu helfen.«

Und das konnte natürlich sein. Ich versuchte, Sophie anzurufen, schaffte es aber nicht einmal auf die Mailbox, weil der gewünschte Teilnehmer derzeit nicht erreichbar war. Stäusel. Sophie war mit ihm gegangen, vermutlich waren die beiden längst im Ausland, um in seiner Bullerbühütte ihre gemeinsame Zukunft zu planen. Und selbst wenn sie nicht bei Stäusel war, sondern bei ihren Eltern, ich würde sie nicht finden. Ich wusste doch noch nicht einmal ihre Adresse, geschweige denn, dass ich ihre Eltern zufällig auf der Straße erkennen würde. Telefonbuch? Kein Eintrag.

»Vielleicht gibt es doch noch eine Möglichkeit.« Maja stellte die Kaffeekanne auf den kleinen Küchentisch, der auf einmal gar nicht mehr so klein wirkte, wie ich ihn in Erinnerung hatte. Überhaupt schien die ganze Küche geräumiger und auch heller geworden zu sein, seit die Ameisen weg waren. »Kaffee?«

»Ausnahmsweise. Danke. Und welche soll das bitte schön sein?«

»Du hast mir doch von dieser Zicke erzählt, Olli. Wie hieß sie noch? Nina. Also, wenn es einen Menschen gibt, dem sich Sophie sicher anvertrauen wird und der weiß, wo sie ist, dann ihre Freundin. Womöglich ist Sophie sogar bei ihr.«

»Ich weiß nicht.« Nina würde nicht viel für mich übrighaben, außer mir vielleicht ein zweites Veilchen zu verpassen.

»Lukas, glaub mir, sie weiß es. Frauen sind so. Ihr Männer mögt nicht über eure Probleme sprechen. Über eure Fehler. Deshalb sucht ihr die Schuld auch ständig bei anderen oder schiebt sie auf andere. Glaub mir, ich weiß, wovon ich rede. Ich muss mir von euch nämlich täglich die bescheuertsten Ausreden anhören.«

»Aber Nina ist auf Sophies Seite. Sie wird mir nichts sagen.«

»Fahr zu ihr und finde es raus oder vergiss Sophie.« Maja legte einen Eisbeutel neben meinen Kaffee. »Deine Entscheidung, Lukas.«

Es war nicht allein Majas schroffer Ton, der mich überzeugte. Sie hatte einfach recht. Natürlich wüsste Nina, wo Sophie war, nur wusste ich nicht, warum sie dieses Wissen ausgerechnet mit mir teilen sollte. Ein frisches Hemd würde jedenfalls bestimmt nicht schaden, dachte ich, stand auf und ging in mein Zimmer. »Was ist denn hier passiert?« In dem Raum, in dem ich gut und gern ein Viertel meines Lebens verbracht hatte, erinnerte sich höchstens noch der Fußbodenbelag an mich. In der Ecke stapelten sich bestickte Sitzkissen, an der Wand hingen Felle mit primitiven Symbolen, und vor dem offenen Fenster drehte sich ein Traumfänger im Wind. Der Raum war ein offenes Lagerfeuer von einem Indianerzelt entfernt.

Obelix griff nach meiner Schulter. »Ich wollte es dir eigentlich schonend beibringen. Das ist jetzt unser Wohnzimmer.«

»Du meinst wohl Wigwam. Und wo sind meine Sachen?«

»Die habe ich auf der Wache in einem der Keller eingelagert. Hör zu, Lukas.« Obelix hatte mich bis zu diesem Tag noch nie bei meinem richtigen Namen genannt. »Du warst seit Wochen nicht mehr hier. Du hast seit Monaten keine Miete gezahlt. Dann habe ich Maja kennengelernt, und … Na ja, sie arbeitet in der Kölner Straße. Das ist doch ein Zeichen. Und irgendwann war ich mir einfach sicher, dass du nicht mehr zurückkommst.«

»Alter, das war es dann mit unserer WG?« Ich ging zum Fenster.

Obelix nickte. »Und kein Mensch sagt mehr ›Alter‹.«

»Ist vielleicht besser so.« Ich lauschte den gewohnten Geräuschen, den Zügen, der Baustelle, den Türstehern, holte tief Luft und schloss das Fenster. »Ich fahr jetzt zu Nina. Und denk dran, Obelix. Du schuldest mir eine Auswärtsfahrt.« Ich ging zur Tür.

»Wieso?« Obelix hatte seinen Arm wieder um Maja gelegt.

Ich deutete auf seine neue Freundin. »Sie ist Polizistin.«

Obwohl ich selbst kaum daran geglaubt hatte, hatte ich vor langer Zeit mit Obelix gewettet, dass die erste Frau, mit der er zusammenzöge, nur eine Polizistin oder Krankenschwester sein konnte. Nun fragte ich mich, warum ich diese hellseherischen Fähigkeiten nur in Bezug auf ihn besaß, aber nicht auf Sophie, während ich den Frosch im Schritttempo stadtauswärts lenkte, um Zeit zu gewinnen. Wenn ich etwas aus Nina herausbekommen wollte, musste ich erst das Eis brechen, das meterdick zwischen uns lag. Ich griff zu Schal, Wollmütze und Skibrille, die für Notfälle im Handschuhfach lagen, während im Radio von einem der wärmsten Oktobertage in der Geschichte der Wetteraufzeichnungen die Rede war, und parkte den Wagen. Vor der Casa Rehfuß wässerte Herr Rehfuß den Rasen, vor der Casa Schnattner spannte Frau Schnattner kleine Schirme über den Blumen auf. Als Herr Rehfuß mich sah, rieb er sich verdattert die Augen. Frau Schnattner zeigte mir einen Vogel. Ich drückte die Klingel.

Die Frau, die mir öffnete, hatte zerzaustes Haar, tiefe Ringe unter den Augen und sah in ihrer ausgeleierten Jogginghose irgendwie verlottert aus. Ich wich zurück. »Scheiße, Nina, bist du das?«

»Jetzt keine dummen Witze, Lukas. Was willst du?« Nina schnäuzte in ein Taschentuch. Dass sie sich die Grippe eingefangen hatte, von der alle Welt sprach, gereichte ihr nicht gerade zum Vorteil.

Ich machte noch einen Schritt zurück. »Ist Sophie bei dir?«

»Nein.« Sie nieste, und die Tränen stiegen ihr in die Augen.

Noch einen Schritt. »Ich brauche Hilfe.«

»Genauso siehst du auch aus. Sag mal, ist dir kalt? Und könntest du diese dämliche Brille abnehmen? Ich will das Veilchen sehen.«

»Ich brauche deine Hilfe, Nina, bitte. Ich hab Scheiße gebaut und zwar so richtig. Ich muss Sophie finden und – Moment, woher in aller Welt weißt du von dem Veilchen? Läuft das schon im Radio?«

Normalerweise wäre es angebracht gewesen, sie höflich danach zu fragen, ob ich eventuell ungelegen käme und womöglich störte, da ich ja unangemeldet bei ihr aufgekreuzt war. Aber erstens konnte ich mir das alles selbst beantworten, und zweitens war mir das Risiko, dass sie nur mit den Achseln zucken und mir die Tür vor der Nase zuschlagen würde, zu hoch. Ich zwängte mich an Nina vorbei und stand mitten in einem innerfamiliären Krisengebiet.

Ich hatte die Casa Duncker als einen Ort vollkommener Harmonie in Erinnerung, die Blaupause einer perfekten, heilen Welt. Und jetzt fragte ich mich, welches Naturereignis eine solche Zerstörungskraft gehabt haben könnte, während ich der Spur der Verwüstung durch das untere Stockwerk folgte. Ein

Erdbeben vielleicht. Die fleischfressende Pflanze verhungert, die Bodenfliesen übersät mit schmierigen Fußabtritten, und an den Wänden hatten sich allenfalls mäßig talentierte Kinderhände mit bunten Wachsmalstiften verewigt.

Die Wohnzimmercouch glich einem Feldlager – Schlafsack, einzelne Männersocken, Weinflaschen, ein Campingkocher, was nur einen Schluss zuließ: Martin war hochkant aus dem Schlafzimmer geflogen, denn auf dem Esstisch, der ihm nun als Arbeitsplatz diente, stand ein Laptop, auf dessen Bildschirm mit Lippenstift geschrieben *Blödes Arschloch* zu lesen war. Im ersten Stock brüllten die Kinder, als würden sie bei lebendigem Leib verbrannt, während Spielzeug tosend die Treppe hinunterpolterte und in tausend Teile zersprang.

Nina machte sich erst gar nicht die Mühe, die Situation schönzureden. »Bei uns läuft es wohl auch gerade nicht so gut.« Sie schluckte. »Martin betrügt mich.«

»Mit wem?« Der Kerl sah aus wie ein Staubsaugervertreter, dem seine Mutter noch die Wäsche machte, aber er hatte es offenbar faustdick hinter den Ohren.

»Nicht so, wie du denkst. Er bescheißt bei der Zeitentabelle.«

»Natürlich, die Zeitentabelle. So ein dummer Wichser. Das kann er echt nicht bringen.« Ich schlug mir an den Kopf, als würde ich sie verstehen, und hatte doch nicht die leiseste Ahnung.

»Mit Kindern wird Zeit ein kostbares Gut. Jeder von uns hat eine Stunde am Tag nur für sich, zum Zeitunglesen, Fernsehen oder Spazierengehen. Und damit es gerecht zugeht und keiner zu kurz kommt, notieren wir, wer was wie lange macht. Und jetzt halt dich fest. Martin liest heimlich auf dem Klo. Oder telefoniert. Oder spielt mit dem Handy, während er die Kinder ins Bett bringt. Was glaubst du, warum er ständig nach ihnen sieht? Letzte Woche hat er mich locker um vier Stunden beschissen.«

»Aber …« Ich fand, dass wir über richtige Probleme reden sollten. Meine Probleme.

»Moment.« Sie wirbelte herum. »Das ist noch nicht alles.«

»Natürlich nicht.«

»Ich glaube, er manipuliert die Küchenuhr.« Von oben kam ein Geräusch, als würde eine Kiste mit Holzklötzen in eine volle Badewanne geschüttet. »Und die Kinder sind die Kinder. Die bestichst du, dass sie sich benehmen, wenn Gäste da sind, und dann tanzen sie dir wieder auf der Nase herum und lachen dich aus.«

»Ich hatte beim letzten Mal eigentlich das Gefühl, dass ihr das alles ziemlich gut im Griff habt.« Ich wollte mich setzen, aber alle Sitzgelegenheiten waren mit irgendwelchem Zeug belegt.

»Weil wir moderne Eltern sind? Das große Blendwerk unserer Zeit. Heute soll alles unter einen Hut passen – Karriere, Familie, Freunde, Haushalt, Beziehung. Und weil wir uns nicht eingestehen wollen, dass das die Quadratur des Kreises ist, weil wir nicht versagen wollen, gaukeln wir uns Perfektion vor. Ich sage ja nicht, dass das, was du hier gerade siehst, unserem normalen Alltag entspricht. Aber dieser Abend damals eben auch nicht.«

Nina schnäuzte in ein Papiertaschentuch und schnippte es durch den Raum, als wäre es eine Zigarettenkippe.

»Wird schon wieder, Nina.« Ich hätte natürlich etwas Erbaulicheres sagen können, irgendwie Ermutigendes, aber die Zeit drängte.

Nina schien meine Gedanken zu erraten. »Ist schon in Ordnung, Lukas. Ich helfe dir, bevor dieser Stäusel sie kriegt.«

»Du kennst ihn? – Natürlich. Dumme Frage.«

»Die beiden waren hier, um mich zu überreden, dass ich diesen Rundflug mit dem Heißluftballon mitmache.« So langsam fragte ich mich, wo ich in dieser Zeit eigentlich war. Von Aliens entführt? Nina hakte sich bei mir unter und ging mit mir in Richtung Haustür. »Aber dieser Stäusel ist so ein widerlicher Großkotz. Wie mein Ex. Der musste nicht mal was sagen, da hatte er schon verschissen. Der ist so arrogant. Schmierig. Selbstherrlich. Eitel. Protzig.« Ich hätte Nina stundenlang zuhören können, denn sie war nicht nur bei Käse und Wein ziemlich gut in Adjektiven. »Jedenfalls ist Sophie bei ihren Eltern. Hier ist die Adresse.«

Einigermaßen verdutzt griff ich nach dem gelben Zettel. »Danke.«

»Und hast du diesen Gutschein noch, den dir deine Eltern zum Geburtstag geschenkt haben? Sophie hat mir davon erzählt und dass sie ewig darauf gewartet hat, mit dir in dieses Hotel in der Schweiz zu fahren, damit ihr zwei diesen ganzen Stress hinter euch lassen könnt.«

»Das hat sie gesagt? Ich dachte, sie wollte nicht mit mir Urlaub machen, weil sie doch den Stern vertreten musste.«

»Wir reden hier von einem Wochenende. Nicht von einem Jahr. Hör zu. Du fährst jetzt zurück, suchst den Gutschein, packst für euch ein paar Sachen zusammen, schnappst dir Sophie, und ihr kommt erst wieder, wenn ihr euch ausgesprochen und versöhnt habt.« Nina schob mich energisch aus der Tür.

»Und was sage ich ihr?« Ich hielt mich am Türrahmen fest.

»Dir wird schon was einfallen. Ach noch was.« Nina reichte mir einen zweiten gelben Zettel. »Hier ist Sophies Nummer.«

»Nina, ich habe Sophies Nummer seit nunmehr zwei Jahren, was bedeutet, dass ich sie in ein paar Wochen sogar auswendig kann.«

»Ihre neue Nummer.« Sophie hatte sich schon Wochen zuvor eine zweite SIM-Karte für ihr Telefon besorgt. Und so lernte ich eine weitere Lektion in weiblichem Weitblick. »Gib ihr noch ein oder zwei Tage, damit sie zur Ruhe kommt, und dann fahr zu ihr.«

»Mach ich. Danke.« Ich nahm Nina in den Arm und küsste sie erst auf die rechte und anschließend auf die linke Wange.

Am nächsten Tag erklärte Linus dem Fuchs anhand einer Karte, wo der Marder seinen Mittagsschlaf hielt. Er verriet dem Adler, wo der Habicht sein Nest hatte. Er verpfiff die Katze an die Bulldogge. Auf dem vierten Bild lag er mit Sonnenbrille und Longdrink auf einem Ast und genoss die Ruhe: *»Der Feind deines Feindes ist dein Freund.«*

kapitel 24

Eine gewöhnliche Mobilfunknummer bestand aus einer Kombination von elf oder zwölf Zahlen, und nicht selten setzten sie sich aus einfachen Zahlenreihen oder Zahlenwiederholungen zusammen oder was einem sonst dabei half, sich ein gutes Dutzend Ziffern leichter merken zu können. In Sophies neuer Nummer hingegen gab es nichts dergleichen. Diese Nummer war ein einziges Chaos.

Ich tippte sie vorsichtig und mit zittrigen Fingern in mein Telefon. Nicht vergeben. Probierte es erneut, ohne dass es etwas an dem Ergebnis änderte. Warum konnten diese bescheuerten Tasten auch nicht einmal still halten? Ich wählte abermals die Nummer und landete auf der Mailbox eines Mannes mit starkem osteuropäischem Akzent, dessen Name alles mögliche bedeuten konnte, weshalb ich zur Sicherheit Sophie eine Nachricht hinterließ.

Der nächste Versuch endete damit, dass ich mich rund zehn Minuten mit einer gewissen Frau Wimmer über ihr Rheumaleiden austauschte, und als ich endlich zu Wort kam, war es der guten Frau herzlich egal, ob ich mich nun verwählt hatte oder nicht. Anschließend sprach ich wieder auf die Mailbox des Osteuropäers, entschuldigte mich bei einem Herrn Vorneweg für die Störung und würgte Frau Wimmer gleich nach der unangenehmen Geschichte mit den Lymphknoten ab. Ich versuchte ein letztes Mal, mich zu konzentrieren, und las die Nummer laut von dem Blatt ab, während ich sie eintippte, als zu meiner großen Überraschung Sophies Stimme erklang. »Lukas? Bist du das? Du sollst mich doch nicht anrufen. Und woher hast du überhaupt diese Nummer?«

»Ja. – Ja. – Ich weiß. – Von Nina. Sophie, bitte, bevor du gleich wieder auflegst, muss ich dir unbedingt was sagen.«

Sie zögerte keine Sekunde. »Ich will es aber nicht hören.«

Ich musste ihr ein Angebot machen, das sie nicht ablehnen konnte. »Bitte, nur fünf Minuten.« Bitte, bitte, bitte, dachte ich.

»Nicht einmal für fünf Sekunden.«

Ein besseres Angebot. »Drei Minuten.«

»Dreißig Sekunden.«

Hatten wir da gerade etwa angefangen zu feilschen? Um Zeit? Einverstanden, dachte ich, feilschen wir, Hauptsache, sie legte nicht auf. »Nur eine Minute, Sophie.«

»Und die ist gleich abgelaufen. Noch fünfzehn, vierzehn, dreizehn.«

Sollte ich jemals auf die Idee kommen, den Lebensunterhalt meiner Familie auf einem Basar verdienen zu wollen, jemand möge mich zurückhalten. »Warte, Sophie.« Ich räusperte mich. »Hast du gewusst, dass die Herzen von Müttern und ihren ungeborenen Kindern synchron schlagen können, so etwa bei jedem zweiten Schlag. Und dass sich der Herzschlag des Kindes sogar dem der Mutter anpasst, etwa wenn sie besonders gestresst ist oder sich aufregt und ihr Herz deshalb schneller schlägt. Dann überträgt sich das auf das Kind, das sogar anfangen kann, um sich zu schlagen, was sich anfühlen soll, als würde in einem ein Affe schattenboxen.«

»Ja, natürlich wusste ich das.« Sophie seufzte. »Ich bin nämlich zufällig gerade schwanger. Von dir! Leider. Es tritt, wann immer du in meiner Nähe bist.«

»Aber hast du gewusst, was für abgefahrene Kräuter es gibt, die in der Schwangerschaft wahre Wunderdinge bewirken sollen? Brennnesselblätter sollen eisen- und blutbildend, Frauenmantelkraut blutstillend und Johanniskräuter echte Stimmungsaufheller sein. Himbeerblätter kräftigen sogar das Gewebe, auch die Gebärmutter, weshalb man sie auch an Kühe verfüttert. Nicht, dass ich dich mit Kühen vergleichen wollte, aber theoretisch könntest du mit Fenchel sogar deine Milchqualität verbessern.«

Sophie räusperte sich. »Lass es mich präzisieren: eine an alternativer Medizin interessierte Schwangere, die in einer Apotheke arbeitet.«

»Und hast du gewusst, was für Schmarotzer Parasiten sind. Der kleine Leberegel zum Beispiel wohnt in den Gallengängen von Schafen. Seine Eier werden über den Schafsdarm ausgeschieden und von Schnecken gefressen. Die Larven manipulieren die Schnecke so, dass sie sie wieder auskotzt, was dann Ameisen anlockt. Die Ameisen wiederum werden von den Larven dazu gebracht, entgegen ihrer Natur an Gräsern hochzuklettern und sich dort festzubeißen, bis ein Schaf sie samt Larve frisst. Krass, oder? Hättest du gedacht, dass in der Natur solch nervtötende Freaks unterwegs sind?«

»Nein, Lukas, das hätte ich nicht einmal im Traum für möglich gehalten. Sag mal, liest du das gerade etwa vom Blatt ab?«

Es waren nur Stichpunkte. »Jedenfalls habe ich mir überlegt, dass auch in mir so ein Parasit sitzen könnte und mich fremdsteuert und dass ich ohne meinen kleinen Copiloten eigentlich ganz normal bin.«

»Warte. Kann es sein, dass du etwas vom Thema abkommst? Oder sollte das tatsächlich der richtige Zeitpunkt sein, um über deine Theorien zu sprechen, die dein unsägliches Verhalten irgendwie erklären sollen?«

»Oh, natürlich nicht. Entschuldige.« Ich knüllte den Zettel zusammen.

»Wie kommst du auf diesen Quatsch? Hast du was genommen?«

»Ja, Bücher. Deine Bücher. Ich hab in den letzten zwei Tagen angefangen, ein wenig darin zu blättern. Sophie, ich will verstehen, womit du dich beschäftigst. Ich will, dass du dich auch mit mir über all das unterhalten kannst, genauso, wie du es mit Stäusel kannst.«

»Wie geht es ihm eigentlich?«

»Stäusel? Keine Ahnung. Müsstest du das nicht besser wissen?«

»Nein, warum sollte ich?«

Ich zögerte kurz, aber das war nicht der Moment, in dem ich darauf Rücksicht nehmen konnte, dass sie mir das Herz brechen könnte. »Na ja, ich dachte …«

»Was dachtest du?« Gedankenlesen funktionierte wohl nicht übers Telefon. »Dass ich mit Stäusel …?« Zumindest nicht gleich auf Anhieb. »Das ist nicht dein Ernst, oder? Das traust du mir wirklich zu?«

»Ich dachte nur, dass er so viel von dem hat, was ich nicht habe.«

»Was meinst du? Sein Auto? Seinen Job?« Genau das meinte ich. »Du glaubst wirklich, dass beeindruckt mich?« Absolut.

»Lukas, das interessiert mich nicht. Ich will einen liebevollen Mann, einen, auf den ich mich verlassen kann.«

»Aber was ist mit dem Rest? Dem romantischen Essen. Dem Lagerfeuer. Dem Heißluftballon. Den Keksen.«

»Er erpresst den Landgutbesitzer, weil der illegalen Dünger benutzt hat. Er lässt sich von den Jungakademikern seine Veröffentlichungen schreiben, weil er ihnen sonst die Karriere vermiest. Die Gewächshäuser gehören nicht zum Konzern, und die Keksdose habe ich am nächsten Tag im Müll gefunden.«

»Er hat dem Mädchen in dem Kinderheim ein Ständchen gesungen.«

»Ja, und die Kleine hat die Heimleiterin gefragt, wer der komische Mann ist, als er mal kurz rausgegangen ist, um zu telefonieren. Die haben den da noch nie zuvor gesehen.«

»Stäusel ist ein Schaumschläger? Aber …? Wie …?« Ganze Sätze konnte ich gerade nicht.

»Es war nicht so schwer, ihm auf die Schliche zu kommen. Ich glaube, man nennt es gesundes Misstrauen. Hatte ich früher nicht, ist aber enorm hilfreich.« Drei. Zwei. Eins. »Lukas?« Ich konnte hören, wie sie zögerte, mir diese Frage zu stellen. »Wo bist du eigentlich?« In einem der Fenster im ersten Stock wurde der Vorhang zurückgezogen. »Das gibt es doch nicht. Nina hat dir auch meine Adresse gegeben?«

»Sie ist gar nicht so übel.« Ich hob die Hand und winkte vorsichtig.

»Das habe ich auch nie behauptet. Was willst du hier?«

»Kommst du mit mir in die Schweiz?« Jetzt war es raus.

Sophie holte tief Luft. »Lukas, wie oft noch? Weglaufen ist keine Lösung.« Sie ließ den Vorhang wieder zurückfallen.

»Aber manchmal der einzige Ausweg. Ich habe doch noch diesen Gutschein von meinen Eltern. Wir fahren da einfach hin, nur wir beide und reden über alles. Ich verspreche dir, dass ich es wieder gutmache. Dass ich mich ändern werde. Wirklich ändern.«

»Lukas, selbst wenn ich wollte, was nicht heißt, dass ich es will, ich habe keine Zeit. Ich kann hier jetzt nicht einfach weg.«

»Doch, kannst du. Welches Datum haben wir heute?«

»Den achtundzwanzigsten September. Warum?« Sie hatte es tatsächlich vergessen.

»Du bist jetzt im Mutterschutz. Du hast alle Zeit der Welt.«

»Ich muss mich noch um so viel kümmern.« Ich hörte, wie sie mit sich rang, während ihr Schatten vor dem Fenster auf und ab tigerte.

Jetzt nur nicht lockerlassen. »Es sind nur drei Tage.«

»Und meine Sachen?« Der Schatten kratzte sich am Kopf.

»Ich hab alles gepackt. Reichen dir zwölf Paar Socken?«

Es folgte langes Schweigen, und ich begann zu zweifeln, ob ich wirklich überzeugend gewesen war. »Sophie, ich liebe dich so, wie du bist. Und wir Dicken müssen doch zusammenhalten.«

Dann sprang die Haustür auf, und Sophie schlurfte über den Gehweg zur Straße, die eine Hand auf dem Bauch, die andere auf dem Steiß, und öffnete die Beifahrertür. Noch während sie sich in den Sitz fallen ließ, fiel ihr Blick auf die Hotelunterlagen, die unter der Windschutzscheibe klemmten. Sie studierte die Buchungsbestätigung des Bergblick Exklusiv Wellness und Spa Ressort, als überprüfe sie die Richtigkeit meiner Angaben. Ich spürte den kleinen Stich im Herzen. Dann warf sie die Blätter hinter sich, bevor sie behutsam den Sicherheitsgurt über ihren Bauch zog und mich musterte, als würde ich sie an jemanden erinnern.

»Was ist?« Dieser Blick machte mich nervös.

»Ich habe nur überlegt, ob da ein Mensch zum Vorschein kommt, wenn du dich mal wieder wäschst?«

»Sophie, ich habe viel Zeit damit verbracht, deine Bücher zu lesen. Eventuell habe ich meine Körperhygiene etwas vernachlässigt.«

»Du rasierst dich, sobald wir in dem Hotel sind.« Ich mochte nicht, wenn sie mit mir wie mit einem kleinen Kind sprach, nickte aber. »Alles klar. Fahr los.« Wir hatten die Autobahn noch nicht erreicht, da drehte sie ihren Kopf zur Seite und fiel in einen tiefen Schlaf.

Weil nicht viel dafür sprach, dass Sophie in den nächsten drei Tagen wieder aufwachen würde, fuhr ich kurz hinter der Schweizer Grenze auf einen Parkplatz, öffnete das Handschuhfach so vorsichtig, als würde bei dem kleinsten Geräusch Alarm ausgelöst, und zog das Navigationsgerät heraus. Ich schloss das Kabel an, doch als ich den Knopf unterhalb des kleinen Bildschirms drückte, blieb das Display schwarz. Der Wettbewerb, dachte ich. Scheiße.

Kurz bevor ich zu Sophie gefahren war, hatte ich meine Mappe für einen Nachwuchs-Comic-Wettbewerb zur Post gebracht. Ich hatte davon zufällig und eigentlich viel zu spät erfahren, aber dem Gewinner winkte ein Preisgeld von mehreren tausend Euro, also packte ich hastig einige Linus-Folgen zusammen und schob sie in ein Couvert. Weil es der Tag des Anmeldeschlusses war und die Postfiliale jeden Moment schloss und weil mir das Navigationsgerät auf dem Weg dorthin eine Sackgasse verschwieg, riss ich es wütend aus der Verankerung und feuerte es in den Fußraum. Mit all den Dingen, die ich in den letzten dreißig Jahren in einem unbeherrschten Augenblick mutwillig zerstört hatte, ließe sich wohl ohne weiteres ein ganzer Flohmarkt bestücken. Ihren materiellen Wert traute ich mich nicht einmal zu überschlagen.

Insofern hätte es bestimmt geholfen, wenn Sophie eine dieser altmodischen Straßenkarten gelesen hätte, während ich in Richtung Hotel fuhr. Und mir wäre wirklich kein Zacken aus der Krone gebrochen, wenn ich sie aufgeweckt und um Hilfe gebeten hätte, aber aus falschem Stolz und Ehrgeiz tat ich es nicht. Stattdessen übersah ich eine Abfahrt und gleich noch eine, glaubte, mich anhand der Himmelsrichtungen orientieren zu können, und hatte doch längst die Orientierung verloren. Ich fuhr links, wo ich hätte rechts fahren müssen, und rechts anstatt links. Die Lichter der letzten Ortschaft waren bereits seit über einer halben Stunde in der Dunkelheit verschwunden, als die Nadel der Tankanzeige in den roten Bereich fiel. Eine Minute später fing der Frosch an zu ruckeln, als hätte er einen Schluckauf. Sophie begann sich zu räkeln und den Schlaf aus den Augen zu reiben. Der Wagen gab ein schlürfendes Geräusch von sich, spuckte eine dunkle Ölwolke aus und blieb stehen. Stille legte sich wie ein schwerer Umhang über den Wagen.

»Fuck.« Ich schlug mit der flachen Hand gegen das Lenkrad. Das bekannte Gefühl, selbst schuld zu sein, aber es nicht wahrhaben zu wollen, bahnte sich in mir unaufhörlich seinen Weg.

Sophie murmelte etwas, gähnte und blinzelte in die Nacht. »Wo sind wir?«

»Keine Ahnung.« Ich sah angestrengt in den Himmel, als ob ich in den Sternen lesen könnte wie in einer Karte. Schöner Schein. »Eigentlich hätte das Hotel gleich hier vorn sein müssen.«

»Hast du dich verfahren?« Es klang wie eine Feststellung. Wie: Ich hätte wetten können, dass wir deinetwegen mitten in der Nacht am Arsch der Welt landen. Vielen Dank. Und weil sie mir die Schuld an dem Schlamassel gab, ich sie aber lieber bei anderen suchte, stieg ich aus und trat dem Frosch mit Wucht gegen den Kotflügel. »Dreckskarre!« Den Kühlergrill. »Verkackte Dreckskarre!« Schlug mit der Faust auf die Motorhaube. »Verkackte Dreckskarre, elende!«

»Lukas!« Sophie hielt sich den Kopf, als würde er sonst in tausend Stücke zerspringen. »Nicht schon wieder. Das bringt doch nichts.«

Ich raufte mir die Haare. »Warum kann eigentlich nicht einmal alles so laufen, wie man es gern hätte? Warum muss immer irgendwas schiefgehen? Es ist doch zum Verzweifeln.« Ich ging um den Wagen herum und trat gegen die Kofferraumklappe. Mein Fuß wurde auf der Stelle taub.

»Lukas, jetzt krieg dich wieder ein!«

Diese Schmerzen. Aber sie hatte recht. »Schon gut.« Zu spät.

Ein fürchterlicher Knall durchschlug die Nacht. Ich warf mich auf die Straße und kroch mit aufgeschürften Knien zur Beifahrertür, während eine Schar aufgescheuchter Vögel aus den Baumkronen flatterte wie bei Hitchcock.

»Lukas!« Sophie riss den Kopf herum. »Was war das?«

»Scheiße, ich glaube, das war ein Schuss.« Ich spürte, wie meine Hose das Blut aufsaugte, und da man in solchen Momenten offensichtlich zu keinem klaren Gedanken imstande ist, dachte ich, dass es damals ganz sicher die richtige Entscheidung gewesen war, den Dienst an der Waffe zu verweigern. Für lebensverachtende Gefechte im Schützengraben war ich völlig ungeeignet.

»Was?« Sophie hatte den Ernst der Lage noch nicht erkannt.

»Glaub mir, auf mich ist schon mal geschossen worden.« Ich hatte mir mein Leben lang versucht auszumalen, wie es sein würde, diesen Satz zu einer Frau zu sagen. Aber als es dann endlich so weit war, war das Ergebnis eine herbe Enttäuschung.

»Von wem? Von Pedro? Lukas, du hast damals in deinem Zimmer geschlafen, umgeben von meterdicken Burgmauern.«

»Und das wollen wir jetzt hier ausdiskutieren, während irgendein Irrer auf uns ballert, oder wie hast du dir das vorgestellt? Was soll auf unserem Grabstein stehen, nachdem er uns weggepustet hat, Sophie? *Leider sind sie viel zu früh von uns gegangen, aber wenigstens haben sie vorher noch darüber geredet?* Kopf runter!«

Ich kniete nun auf Höhe der hinteren Tür, versuchte, den Griff zu erreichen, und für einen kurzen Moment herrschte eine geradezu gespenstische Stille. »Wir müssen hier w…«

Das letzte Wort blieb mir förmlich im Hals stecken, als sich etwas Hartes, Kaltes in meinen Rücken bohrte.

kapitel 25

Alois Bienzeisler war ein wortkarger Mann von furchteinflößender Statur, und dass er statt vieler Worte den Doppellauf seines Jagdgewehrs für sich sprechen ließ, verstärkte nur die Wirkung seiner imposanten Erscheinung. Sein schlohweißes Haar flatterte unter einer grob gestrickten Wollmütze im Wind, und sein zerfurchtes, sonnengegerbtes Gesicht schien allein aus wilden Barthaaren zu bestehen. Er trug einen schweren Regenmantel und weite Cordhosen, die in hohen Stiefeln steckten, und er wäre ohne weiteres als bärbeißiger Matrose durchgegangen, hätte der nächste Hafen nicht Hunderte Kilometer entfernt gelegen. Wo auch immer wir waren, wir waren hoffnungslos verloren.

Mit dem Lauf der Waffe bedeutete mir Bienzeisler, vom Wagen zurückzutreten, während er mit der freien Hand eine Taschenlampe hielt und zu Sophie leuchtete. Er hielt die Flinte ebenso entspannt wie entschlossen, während Sophie langsam ausstieg und die Hände hob, als wolle sie sich ergeben. Bienzeisler sah sie erstaunt an, als spielte ihm sein Verstand einen Streich, dann schüttelte er den Kopf, und Sophie ließ die Hände wieder sinken. Mit dem Lauf wies er mich stumm an, unsere Taschen aus dem Auto zu holen. Anschließend schwenkte er ihn herum, sodass er auf eine Hütte zeigte, die oberhalb einer Wiese stand, einsam und verlassen, wie auf dem Buchdeckel eines skandinavischen Psychothrillers.

Vorsichtig stapften wir durch das sumpfige Gras, ich das Gepäck in den Händen, Sophie ihren Bauch unter dem Arm und hinter uns Bienzeisler, den Finger am Abzug. Während Sophie keinen Mucks machte, keuchte ich auf halber Strecke bereits wie ein löchriger Blasebalg. Mit der einen Hand hielt ich die Taschen, mit der anderen schob ich Sophie den Hügel hinauf, während eine Mischung aus Angst und Adrenalin meine letzten Reserven freisetzte. Von Bienzeisler war nichts außer dem Schlurfen seiner Stiefel zu hören.

Mein Puls trommelte in meinen Ohren, aber die Plackerei vermochte nicht, meine nackte Panik zu übertönen. Wenn er jetzt abdrückt, dachte ich, einfach so und ohne jede Vorwarnung, würde man unter den nachtaktiven Tieren in der Gegend nur schwer einen halbwegs glaubwürdigen Zeugen auftreiben, immer vorausgesetzt, unsere Leichen würden überhaupt gefunden. Natürlich würde man zuerst in unmittelbarer Nähe des Bergblick Exklusiv Wellness und Spa Ressorts nach uns suchen und auf den üblichen Zufahrtsstraßen dorthin, aber doch nicht hier, irgendwo im Nirgendwo.

Die letzten Meter zur Hütte führten über eine enge Treppe, aber noch bevor ich die Eingangstür erreichte, versperrte mir plötzlich Alois den Weg, das Gewehr geschultert. Und dann passierte etwas Merkwürdiges. Kaum hatte der alte Mann die Klinke heruntergedrückt und die Tür aufgestoßen, wich die Anspannung aus meinen verschwitzten Poren. In einem alten Kachelofen loderte ein Feuer, das die Wohnstube in warmes Licht tauchte. Ein Tisch in der Ecke war gedeckt für drei Personen, und die Menge an geräuchertem Schinken, Bergkäse und frischem Brot, die dort bereitlag, hätte uns, abgeschnitten von der Außenwelt, über Wochen am Leben gehalten.

Neben einem der Fenster, das zur Straße ging, lag ein Fernglas, und ich vermutete, Bienzeisler hatte alles von hier oben beobachtet, den regungslosen Frosch und mich, wie ich um ihn herumgeturnt war, als suchte ich Streit. Anschließend hatte er den Tisch gedeckt und beschlossen, uns zu helfen. Und da mein Hunger größer als mein Horror war, vergaß ich sogar das Gewehr.

»Ist wohl überflüssig, sich weiter den Kopf darüber zu zerbrechen, ob sich in deiner Wohnung noch ein paar Haare von mir finden, um meine Leiche identifizieren zu können.« Ich ging auf den Tisch zu.

»Lukas, nicht.« Sophie griff meine Hand, während sie Bienzeisler im Auge behielt, der sein Gewehr in einen Schrank schloss, bevor er sich an der Kochstelle zu schaffen machte. »Was hast du vor?«

Ich zuckte mit den Schultern. »Hinsetzen. Essen. Was trinken vielleicht.« Ich versuchte, mich aus ihrem Griff zu befreien.

»Also, ich weiß nicht, wie es dir geht, aber mir ist das alles reichlich suspekt. Er hat immerhin eine Waffe auf uns gerichtet.« Sophie sah sich nervös um. »Wir sollten vorsichtig sein.«

»Es gibt sogar Würstchen, sieh mal.« Ich konnte nicht widerstehen.

»Hast du überhaupt kein mulmiges Gefühl bei der Sache?«

Ich legte meinen Arm um sie, während ich von der Wurst abbiss. »Sophie, du hast dich zu lange von Beilagen ernährt. Man stellt keinem solche Würstchen hin, den man eiskalt abservieren will.«

»Was, wenn er uns über seine wahren Motive täuschen will?«

Fast hätte ich mich an der Wurst verschluckt »Du meinst, er will uns mästen und dann über dem offenen Feuer grillen?« Jetzt ließ auch ich Bienzeisler nicht mehr aus den Augen. »Wir sollten ihn besser hineinstoßen, solange die Gelegenheit günstig ist.«

»Mmmmhhh.« Der Alte tauchte plötzlich hinter mir auf, obwohl ich hätte schwören können, dass er gerade noch vorn am Herd gestanden hatte, und sah mich an, als könne er das Gewehr jederzeit aus dem Schrank holen. Er nickte, ich verstand, verfrachtete das Gepäck in einen der Räume, die neben dem Kachelofen im hinteren Teil der Hütte lagen. Als ich auf knarrenden Dielen in die Wohnstube zurückkehrte, stellte der Alte, der nun eine helle Fellweste über einem karierten Hemd trug, einen Kessel mit heißem Wasser vor Sophie auf den Tisch und reichte ihr eine Teedose.

Ich setzte mich zu ihr auf die Eckbank, während Sophie an dem Kachelofen lehnte und langsam auftaute. Reden mochte nicht unbedingt zu Bienzeislers großen Stärken gehören, Zuhören hingegen schon. Den Alten umgab die Aura eines Beichtvaters, wie er einfach nur dasaß, groß und breit, und es dauerte nicht einmal einen halben Laib Brot, bis Sophie anfing, ihm die ganze Geschichte zu erzählen. Bienzeisler stopfte Tabak in seine Pfeife, blies kleine Rauchwölkchen in den Raum und sah sie ruhig an, während sie von unserer ersten Begegnung erzählte und das Blinzeln unterschlug, von der ersten Umarmung, dem ersten Kuss. Sie erzählte von der Leichtigkeit der ersten Monate und wie schwer nun alles geworden war. Bienzeisler schmauchte an der Pfeife, und wenn er sich bemüßigt fühlte, etwas zu sagen, dann nur: »Mmmmhhh.«

Sophie erzählte, wie die Schwangerschaft über unser Leben hereinbrach wie eine unbekannte und unaufhaltsame Naturgewalt. Und je größer das Ganze wurde, desto kleiner wurde ich.

Je länger Sophie erzählte, desto mehr schien es außerdem, als würden die Strapazen der vergangenen Monate von ihr abfallen wie welkes Laub, und kein Exklusiv Wellness und Spa Ressort wäre vermutlich jemals in der Lage gewesen, ihr diese Erleichterung zu verschaffen. Nur hin und wieder, wenn sie Bienzeisler davon berichtete, wie ich es in der Apotheke verbockte, die Nachbarn zur Weißglut trieb, ihr Gitarrenspiel verhöhnte, ihre Hungergelüste verspottete, einen Jungen wollte, ihre Frauenärztin schikanierte und ihre beste Freundin; wie ich vor ihr davongelaufen war und sie abgewiesen hatte; wie ich im Supermarkt ausgeflippt war, im Elektrodiscounter, im Auto und in ihrer Wohnung und wie ich Stäusel die Nase gebrochen hatte – immer dann nahm Bienzeisler die Pfeife aus seinem Mund und sah mich so an, dass ich fest damit rechnete, er würde sein Gewehr holen, es Sophie in die Hand drücken und den Raum verlassen.

Als Sophie fertig war, ging sie ins Bett, ohne sich von mir zu verabschieden. Ich rutschte auf ihren Platz, bereit, Bienzeisler nun mein Leid zu klagen, weil Künstler auf Stress eben empfindlicher reagierten als andere Menschen, doch er interessierte sich einen Scheiß für meine Version der Geschichte. Ohne überhaupt Notiz von mir zu nehmen, drückte der Alte die glühende Asche in seiner Pfeife aus, schob die Teller zusammen und bedeckte die Käsereste mit einem Tuch. Dann erhob er sich schwerfällig, musterte mich ein letztes Mal kopfschüttelnd, bevor er die Lichter in der Stube löschte und mit einem abschätzigen »Mmmmhhh« verschwand.

Dieses Grummeln konnte natürlich alles und nichts bedeuten und war doch unmissverständlich. »Mmmmhhh« bedeutete: Wie oft soll diese wunderbare Frau eigentlich noch auf dich zugehen, dir verzeihen und vergessen, wenn du sie enttäuscht hast, bis du endlich kapierst, wie liebenswert sie ist. Wie besonders, stark und doch zerbrechlich, bis du endlich anfängst, sie auf Händen zu tragen? Liebe ist nicht alles, Sportsfreund, aber ohne Liebe ist alles nichts.

Die Tür zu Bienzeislers Zimmer öffnete sich noch einmal, und er steckte seinen Kopf hindurch, als hätte er ganz vergessen, mir etwas Wichtiges zu sagen: »Vollidiot!« Dann zog er die Tür behutsam wieder zu.

In der Nacht riss mich ein knarrendes Geräusch aus dem Schlaf. Ich lauschte in die Stille, die hier oben über allem lag, vernahm Sophies vertrautes Schnarchen, das mit der Schwangerschaft gekommen war, und entdeckte Bienzeislers Schatten in der Tür. Ich starrte zu dem Schatten, der Schatten starrte zurück, während mich dieses lähmende Gefühl befiel, wie in einem Alptraum, in dem man vor etwas weglaufen wollte, aber nicht konnte.

Seit Sophie schwanger war, hatte ich angefangen, die abenteuerlichsten Dinge zu träumen. Bis zu der Nacht in Bienzeislers Hütte hatte Sophie sechs Karnevalsprinzen, fünf Schwarzwälder Kirschtorten, vier Eichhörnchen, drei Flaschen spanischen Wein, zwei Ampullen Impfstoff und sogar einen grünen Kombi zur Welt gebracht, und ich war, während mir eine Hebamme die Torte oder den Wein reichte, um die Nabelschnur zu durchtrennen, entweder einem Nervenzusammenbruch bedrohlich nahe oder zu Tränen gerührt gewesen.

Während Bienzeisler wie angewurzelt im Türrahmen stand, zählte ich die Sekunden, bis meine Phantasie erneut mit mir durchging, doch zu meinem Erstaunen passierte nichts. Ich rieb mir den letzten Restzweifel aus den Augen, schlackerte mit dem Kiefer, rümpfte die Nase, blinzelte übertrieben, und als der Alte nach einer Minute ausführlichem Gesichtskino noch immer nicht verschwunden war, fügte ich mich meinem Schicksal, kletterte aus dem Bett und folgte ihm auf leisen Sohlen in die Stube.

An einem Haken neben der Tür hingen ein Filzmantel und eine blaue Latzhose, davor stand ein Paar zitronengelber Regenstiefel. »Mmmmhhh.« Der Alte warf mir die Hose zu, ich zog mich im Halbschatten um und kam mir so dämlich vor, wie ich aussah. Der Mantel war zu kurz, die Hose zu weit, und die Stiefel waren so eng, dass ich genauso gut auf hochhackigen Pumps hätte laufen können. Was immer sich Bienzeisler zur Strafe ausgedacht hatte, schlimmer konnte es eigentlich nicht mehr kommen. Der Alte drückte mir einen Strick in die Hand und trat ins Freie. »Komm schon, Kleiner.«

Ich duckte mich durch die Tür und stakste wie ein betrunkener Seiltänzer hinter ihm her in Richtung Stall.

kapitel 26

Als ich wieder zu mir kam, war es bereits taghell, und vereinzelte Sonnenstrahlen, in denen die staubige Luft wirbelte, drangen durch das marode Dach. Ich lehnte, beide Beine weit von mir gestreckt, mit dem Rücken an einem Holzgatter. Neben mir lag Klarissa im Stroh und blinzelte sich einen Schwarm Fliegen aus ihren erschöpften Augen, neben ihr stand ihr zerzaustes Kalb auf wackligen Beinen und eierte unermüdlich um seine eigene Achse, als würde es auf Stelzen laufen. Als Erstes fielen mir die Gummistiefel wieder ein.

»Guten Morgen, Luke.« Die Kuh sah mich mit ihren großen dunklen Augen an und kaute auf einem Bündel Heu.

»Du kannst sprechen?« Ich rieb mir die Schläfen, als versuchte ich zu ertasten, wie viel Restverstand mir geblieben war, während mein Blick von der Kuh zu der leeren Flasche und den Schnapsgläsern wanderte, die auf einem der Querbalken standen. Die Kopfschmerzen machten es nicht gerade einfacher, sich zu erinnern, aber ich meinte, in der vergangenen Nacht eine ganze Weile mit Bienzeisler neben der Kuh im Stroh gesessen zu haben, während er dem schnaubenden Tier abwechselnd den zum Bersten gespannten Bauch massiert und uns von dem Obstler eingossen hatte.

»Natürlich kann ich sprechen. Hat sich im Laufe der Evolution so ergeben. Und soll ich dir was sagen? Ich hätte große Lust, einen Schnaps zu trinken.« Ich sah die Kuh mit aufgerissenen Augen an, als sich Sophies Gesicht in mein Blickfeld schob. Ihr hämisches Grinsen verschwand auf der Stelle. »Ruhig, Lukas.« Sie streichelte mir behutsam den Kopf, und mir fiel ein, wie fürsorglich Bienzeisler es bei Klarissa getan hatte, als die sich unter Schmerzen auf die Seite gerollt und begonnen hatte zu zittern.

Sophie tunkte einen Lappen in einen Eimer mit Wasser, während sie neidisch auf die Schnapspulle starrte, und kühlte mir die Stirn. Ich war wohl das erste Mal in Ohnmacht gefallen, als Klarissa ihren Schwanz gehoben hatte und eine bläulich schimmernde Blase aus ihrem Hintern quoll, als würde sie mit dem Arsch Kaugummi kauen. Bienzeisler hatte mich mit dem eiskalten Wasser zurückgeholt und gleich wieder verloren, als die Blase platzte, und noch einmal, als er seinen rechten Arm bis zum Ellbogen in Klarissa schob. Ich erinnerte mich, wie man zunächst nur ein Paar Hufe erkannte, bis Bienzeisler den Strick nahm, von dem ich irrtümlicherweise angenommen hatte, er wäre für mich bestimmt, und ihn um die knochigen Beine knotete. Das andere Ende drückte er mir in die Hand, und ich hatte daran gezogen, als wäre es das Letzte, was ich in meinem Leben tun würde. Das Kalb rutschte mit einem Schwall aus Blut und Glibber direkt in Bienzeislers Arme. Er legte es ins Stroh, sah, wie mir die Knie weich wurden, und schüttete mir den nächsten Schwall Wasser ins Gesicht, bevor ich umkippen konnte. Mit dem Rest wusch der Alte den Schleim von dem Kopf des Neugeborenen. Dann sank ich abermals ins Stroh und schloss die Augen.

»Gut gemacht, Kleiner.« Bienzeisler klopfte mir im Vorbeigehen anerkennend auf die Schulter und begutachtete das Kalb. Dann beugte er sich zu Klarissa. »Und, hast du dich schon bei dem Bengel bedankt, alte Dame?« Beide sahen mich an, und ich spürte, wie ich vor Verlegenheit und Stolz rot wurde. »Eigentlich müsste sie wissen, dass sie zu alt und zu schwach ist, aber irgendwie halten ihre Kälber sie jung.« Bienzeisler hatte tatsächlich Kälber gesagt, ich jedoch Kinder verstanden, und der Moment der Erleuchtung donnerte wie eine Lawine durch meinen Kopf. Sollte das etwa die Lösung sein? War es wirklich so einfach?

Wir blieben eine Woche auf der Hütte, und während Sophie nichts weiter tun musste, als auf einer kleinen Bank zu hocken und sich die Sonne ins Gesicht scheinen zu lassen, bis sich das Bergpanorama vor ihre Sorgen drängte, arbeitete sich Alois an mir ab. Er drückte mir eine Axt in die Hand, bleckte seine Zähne, denen die Pfeife eine gelbliche Patina verliehen hatte, und ließ mich Holz hacken, um die Öfen zu befeuern. Wir kochten Teer und reparierten das Dach, mähten das hohe Gras mit einer Sense, molken die Kühe, schoren ein Schaf und angelten in einem kristallklaren See. Er zeigte mir, wie man Käse machte und – nachdem ich nach dem Schlachten das Bewusstsein wiedererlangt hatte – wie man Schinken räucherte. Er zeigte mir, wie man Brot backte und Schnaps brannte, wie man sich an den Sternen orientierte und Wunden verarztete. Schwer zu sagen, was genau sich der Alte unter einem verweichlichten Großstädter vorgestellt hatte, aber ich kam seinen schlimmsten Befürchtungen wohl erschreckend nahe.

Ich lernte, meine Kräfte sinnvoll und zudem wirksam einzusetzen, mit ihnen sparsam umzugehen und sie zu mobilisieren, wenn ich mit ihnen eigentlich am Ende war. Ich lernte Geduld, Gründlichkeit, Achtsamkeit und Pflichtbewusstsein. Lernte, Dinge zu schätzen, die für mich keinen Wert gehabt hatten, Dinge zu sehen, die ich vorher nicht erkannt hatte. Und als Alois das Gefühl hatte, mich genügend auf die Welt da draußen vorbereitet zu haben, führte er mich in den kleinen Kräutergarten, in dem einige prächtige Cannabispflanzen standen, und stopfte uns eine Pfeife.

Am nächsten Morgen spannte Bienzeisler seinen alten Gaul vor den Karren, fuhr ins nächste Dorf und besorgte einen Kanister Sprit. Ich stellte die Taschen in den Frosch und tätschelte ihm das Dach, um mich für die Tritte zu entschuldigen. Dann reichte ich Bienzeisler die Hand und fragte, was ich zu fragen hatte. »Wieso das Gewehr?«

Der Alte rollte die Augen, als würde uns irgendwas hinter den Bäumen auflauern. »Tollwut.« Er hielt sich einen kreisenden Finger an die Schläfe. »Die Tiere sind nicht mehr Herr ihrer Sinne, und du hast mir in dieser Nacht auch keinen sonderlich stabilen Eindruck gemacht. Ich wollte sie euch notfalls vom Leib halten, bevor noch ein Unglück geschieht.« Ich nickte mit gesenktem Blick. »Außerdem wollte ich nicht, dass du weiter auf die Göttin eindrischst.« Er hatte sich auf den ersten Blick in die französische La Déesse verliebt.

»Danke, Alois.« Sophie stellte sich auf die Zehenspitzen und warf sich dem Alten lange und innig um den Hals.

»Wofür?« Bienzeisler schien unsicher, ob er die Umarmung erwidern sollte, und legte dann vorsichtig seine Arme um Sophie.

»Für alles.« Sie drückte ihm einen Kuss auf die haarige Wange.

»Mmmmhhh.« Bienzeisler zuckte mit den Schultern, drehte sich um, bevor ihn seine Gefühle übermannten, und stapfte, ohne sich noch einmal umzusehen, mit bebenden Schultern die Wiese hinauf.

Ich steuerte den Wagen auf die Landstraße und beschleunigte, worauf sich die Antenne löste und in hohem Bogen davonflog. Sophie griff nach meiner Hand. »Hannah.«

Ich sah zu Sophie, auf die Straße, zu Sophie, die Straße, Sophie.

»Unsere Tochter, Luke. Du weißt schon, das kleine Mädchen.« Sie tippte auf ihren Bauch. »Ich finde, wir sollten sie Hannah nennen.«

Die Namensfrage. Seit sich Sophie vor Monaten dann doch gegen Gracia, Erdmuthe, Daisy und selbst gegen Gloria entschieden hatte, waren wir nicht mehr auf das Thema zurückgekommen. Wir hatten wohl genügend andere Probleme, und dieses schien mir eines der geringfügigeren zu sein, weshalb ich es erst verdrängt und anschließend vergessen hatte. Unter den Schwangerschaftsbüchern, von denen wir so viele geschenkt bekamen, als wollten wir eine Bibliothek eröffnen, war auch ein »Lexikon der Vornamen«, dick wie ein Telefonbuch. Es gab keinen Grund, anzunehmen, dass sich dort kein passender Name für unsere Tochter finden ließe.

»Hannah? Ich weiß nicht.« Ich konnte Sophie ansehen, wie reiflich überlegt ihre Wahl war, und schlagartig wurde mir die Tragweite dieser Entscheidung bewusst. Von der Verantwortung ganz zu schweigen. Bislang hatten wir auf alles, was das Kind betraf, entweder gar keinen oder nur äußerst geringen Einfluss, was damit begonnen hatte, dass Sophie überhaupt schwanger wurde. Wir konnten nicht wirklich beeinflussen, ob das Baby die kritische Phase der ersten drei Monate überstehen würde, welche physischen Beeinträchtigungen oder psychischen Behinderungen genetisch bedingt auftreten konnten oder welches Geschlecht es hatte. Doch die Entscheidung, welchen Namen unser Kind ein Leben lang tragen würde, diese Entscheidung würden wir ganz allein treffen, und deshalb wollte ich sie nicht so einfach übers Knie brechen – auch wenn Sophie bereits Paula, Marie und Laura kategorisch ausgeschlossen hatte, weil entweder eine exzentrische Exkundin, eine geistesgestörte Nachbarin oder eine niederträchtige Bekannte so hießen. Ich raufte mir das Haar. »Was hältst du von Nele?«

»Nele geht nicht. Weißt du, was sie auf dem Schulhof singen werden? Alle Kinder spielen mit dem Messer, nur nicht Nele, der steckt's in der Kehle.«

»Kehle?« Ich schluckte. »Und was ist mit Linn?«

»Alle Kinder fliehen vor dem Monster, nur nicht Linn, die fällt hin.«

»Dann Klara.« Was sollte sich schon auf Klara reimen?

»Alle Kinder stehen vor dem Ofen, nur nicht Klara, die wird garer.«

»Komm schon, das sind alberne Kindersprüche und keine böse Omen oder so was.« Wir konnten wohl kaum den Namen danach aussuchen, ob sich ein alberner Orakelreim dafür fand oder nicht.

Sophie seufzte. Dann flüsterte sie: »Alle Kinder treffen ihren Traummann, nur nicht Sophie, die trifft ihn nie.«

Ich wusste, dass nach der Woche auf Bienzeislers Hütte nicht alles für alle Zeiten vergeben und vergessen wäre. Und ich fragte mich, was ich ernsthaft gegen Hannah einwenden könnte? Hannah klang weder übertrieben originell oder exotisch noch übertrieben niedlich oder antiquiert. »Hannah – einverstanden.«

Sophie küsste meine Hand und legte sie behutsam auf ihren Bauch. »Hast du gehört, Hannah? Papa ist einverstanden.« Es war das erste Mal, dass ich das Wort *Papa* in Verbindung mit mir hörte. Ich spürte, wie sich mir die Haare aufstellten, und fühlte gleichzeitig, wie etwas Hartes in Sophies Bauch gegen meine Hand drückte. Man konnte mittlerweile mit bloßem Auge erkennen, wie sich das Baby bewegte.

»Weißt du, Sophie, ich habe lange gedacht, dass ich kein Kind haben will, solange ich selbst noch eines bin, aber jetzt bin ich froh, eins zu bekommen, um selbst eins bleiben zu können.«

»Weiser alter Mann.« Sophie spielte mit dem Kind, indem sie auf ihren Bauch drückte und wartete, bis Hannah es ihr gleichtat.

»Das heißt aber nicht, dass ich jeden Scheiß mitmachen werde, den Väter so machen.« Als Zeichen meiner Entschlossenheit drückte ich den Rücken durch und das Gaspedal, hielt das Lenkrad mit gestreckten Armen und überholte einen Traktor im siebten Anlauf.

»Natürlich.« Sophie versuchte, nach Hannah zu greifen.

»Ich werde nicht in Babysprache mit ihr reden, und unter

keinen Umständen werde ich ›Kacki‹ sagen. Ich werde nicht an ihrem Hintern riechen, um zu testen, ob ihre Windel voll ist. Ich werde keine Breilöffel ablecken, bevor ich sie ihr in den Mund schiebe, und keine angesabberten Reste von ihr essen. Ich werde keine Gute-Nacht-Lieder singen. Ich werde keine Partnerlook-Windbreaker kaufen, keinen Fahrradhelm tragen und sie nicht im Fahrradanhänger mitnehmen. Und nichts auf der Welt wird mich dazu bringen, mir ein Tragetuch umzubinden.«

»Natürlich.« Sophie versuchte noch immer, Hannah zu erwischen.

»Aber ich werde dafür sorgen, dass es Hannah an nichts fehlt.«

»Natürlich.« Sie ließ von der Kleinen ab und streichelte mir die Wange. Sophie glaubte mir kein Wort.

Zwei Tage später versuchte Linus, auf einer einsamen Lichtung jenseits aller Zivilisation mit seinem Smartphone ein Feuer zu entzünden, indem er das Telefon zwischen seinen Händen rieb. Versuchte, damit einen Baum zu fällen. Versuchte, Wasser aus einem Bach zu schöpfen. Auf dem vierten Bild schleuderte er das Handy in den Wald: »*Wenn man mit den Dingern wenigstens Hilfe rufen könnte.*«

kapitel 27

Eine französische Originalausgabe der allerersten Lucky-Luke-Bände aus den späten 1940er und frühen 1950er Jahren wurde unter Sammlern für gewöhnlich nicht unter einem vierstelligen Eurobetrag gehandelt, wobei der tatsächliche Preis abhängig von der Beschaffenheit der Hefte und dem Geisteszustand des Käufers eine beachtliche Spannweite aufweisen konnte. Auch spätere Folgen gingen je nach Popularität und Psyche noch zu astronomischen Summen über den Tisch, und da ich einige dieser wertvollen Hefte zu meinem spärlichen Besitz zählte, verfügte ich auf einen Schlag über ein für meine Verhältnisse beträchtliches Vermögen.

Es hatte mir ein seltenes Gefühl von Endgültigkeit und Konsequenz, jedoch keinerlei Befriedigung bereitet, die Insignien meiner Jugend für das Wohl meines Kindes zu verhökern. Doch weil ich in jüngster Vergangenheit gelernt hatte, was für ein bestechendes Argument Tränen sein konnten, und die meinen sogar echt waren, wurde mir nicht nur ein hübscher Aufschlag auf den gängigen Listenpreis gewährt, sondern darüber hinaus auch ein dauerhaftes Besuchsrecht an den Wochenenden, bevor ich bereit war, mich auch von meinem größten Schatz – einer von Morris handsignierten Erstausgabe von *Le pied-tendre, Das Greenhorn*, von 1967 – zu trennen.

Wenn ich Sophie beweisen wollte, dass es mir wirklich ernst war mit ihr und dem Kind, konnte ich es wohl kaum dabei belassen, ihr gebetsmühlenartig das Versprechen zu geben, in den Wochen und Monaten nach der Geburt ein verlässlicher Rückhalt zu sein. Ich würde sie unterstützen und entlasten, wo ich nur konnte, und ich war fest entschlossen, es wirklich zu tun.

Ich würde meine eigenen Pläne, die nichts weiter als Phantasien waren, zurückstellen, mich um das Kind kümmern und uns die Zeit verschaffen, die sie nicht hatte, wenn sie bei FutureHealth einsteigen und ihre Promotion vorantreiben wollte. Doch selbst wenn ich zweifellos in der Lage war, den ideellen Wert zu erkennen, den mein Verzicht bedeutete, wäre das bei Weitem nicht genug, um auch meinen männlichen Stolz und mein Ego zu befriedigen. Dazu brauchte es sichtbare Werte, materielle Werte, die keine Zweifel an meiner Eignung als Vater und Versorger aufkommen ließen.

Die tiefe Sorge um Sophies und Hannahs Sicherheit und der in mir aufkeimende Nestbautrieb hatten längst Besitz von mir ergriffen und trieben mich unbarmherzig vor sich her. Und als Sophie Mitte Oktober, drei Wochen vor dem errechneten Geburtstermin, für ein Wochenende mit Nina in eine Pension in der Gegend fuhr, um ein letztes Mal in aller Seelenruhe auszuspannen, beschlich mich das ungute Gefühl, mir würde die Zeit davonlaufen. Wild entschlossen schritt ich zur Tat. Ich sicherte die Wohnung gegen alle erdenklichen Gefahren, die dem Baby heimtückisch an jeder Ecke auflauern könnten. Jede Kante überzog ich mit einem Schaumstoffschutz, jede Schranktür, jede Schublade. Dem Backoffen, allem, was unter einer Höhe von einem Meter einen Griff hatte, verpasste ich einen Riegel. In jede Steckdose drehte ich eine Plastiksicherung, und alles, was es in der Wohnung an giftigen Chemikalien und Reinigungsmitteln gab, raffte ich zusammen, verstaute es oben im Badezimmerschrank und versah die Türen mit einem Zahlenschloss. Kerzenständer, Stehlampen und Vasen, alles, was das Kind potenziell erschlagen konnte, verschwand vom Boden. Sämtliche Regale und Schränke befestigte ich mit zusätzlichen Winkeln an der Wand. Und dann kam Obelix und brachte die Rauchmelder an.

»Ziehst du ein oder aus, Luke?« Sophie schnaufte, als hätte sie gerade einen Achttausender bestiegen, und nicht anders fühlten sich diese vier Stockwerke für sie an. Mit Mühe und Not gelang es ihr, ihren Bauch durch einen Hindernisparcours aus Pappkartons, Styropor und anderen Verpackungsmaterialien zu manövrieren, der sich bis in den Flur auftürmte. »Was ist das?« Sie runzelte die Stirn.

»Die meisten tödlichen Unfälle passieren im Haushalt, Schatz.« Ich reichte ihr die Hand, damit sie über einen leeren Karton klettern konnte.

»Holzwolle? Luftkissenpolster? Hätte es ein einfacher Kantenschutz nicht auch getan? Nina sagt, so ein Kind ist stabiler, als man denkt.«

»Es ist nicht so, wie es aussieht. Das ist nur Müll.« Was natürlich keine akzeptable Erklärung war. Ich war nur einfach nicht mehr dazu gekommen, das Chaos zu beseitigen.

Ich hatte Sophie erst am Abend erwartet, doch dann hatte sie gegen Mittag dieses Ziehen im Unterleib bemerkt, was natürlich eine Wehe hätte sein können, denn woher sollte man schon wissen, wie sich eine Wehe anfühlt, wenn man zum ersten Mal ein Kind bekam? Und da Sophies größte Sorge war, die kleine Hannah würde von einer Sekunde auf die nächste ungebremst aus ihr herausflutschen, schossen ihr bei jedem ungewohnten Zwicken die Bilder einer blutigen Sturzgeburt durch den Kopf, während sie womöglich gerade beim Friseur säße. Schon seit Tagen schlief sie auf ihrer Bettseite auf einem mehrschichtigen Überzug aus Frischhaltefolie, nur für den Fall, dass ihr im Schlaf unbemerkt die Fruchtblase platzte. Es knisterte und knirschte, wann immer sie sich umdrehte, und ich hatte bereits wildeste Latexphantasien in meine Träume eingebaut.

Ich versuchte mich in einem Geräusch, das wie eine Fanfare oder ein Tusch klingen sollte, und stieß die Tür zu unserem Arbeitszimmer auf, das nun das Kinderzimmer war. »Ta-ta-ta-taaaa!«

Sophie schob vorsichtig ihren Kopf an mir vorbei, dann setzte sie behutsam einen Fuß in das Zimmer, als würde sie von der alten Welt in eine neue treten. In der Ecke stand ein Himmelbett mit Seitengittern, in dem eine geblümte Decke lag, darüber kreiste ein Mobile aus Einhörnern. Auf dem Fenster klebten tanzende Feen aus transparenter Folie. Neben dem Kleiderschrank, der statt herkömmlicher Griffe herzförmige Öffnungen hatte, stand ein gut sortiertes Regal mit Kinderbüchern, darüber hing ein ovaler Spiegel wie bei einem Schminktisch. Auf dem Boden lag ein Plüschteppich, daneben stand eine Holzkiste, randvoll mit Kuscheltieren, Bauklötzen und Malstiften.

»Und?« Ich konnte kaum erwarten, mit Lob überschüttet zu werden.

»Es ist sehr rosa.« Sie ließ ihren Blick ungläubig immer wieder durch das Kinderzimmer schweifen.

»Aber Hannah ist doch noch immer ein Mädchen, oder?« Ich spürte, wie sich meine Unterlippe beleidigt nach vorn schob.

»Aber doch keine von den Jakob-Schwestern.« Sophie ging zum Fenster und zupfte an den bodenlangen Vorhängen mit den goldenen Krönchen. »Und der sieht auch irgendwie schwul aus.« Sie deutete auf das Wandgraffiti, an dem ich die halbe Nacht gearbeitet hatte. Neben dem Bett ließ ein breitbeiniger Cowboy, der sich nahtlos in das Farbkonzept des Raumes fügte und wie Lucky Luke auf dem Christopher-Street-Day aussah, seinen Colt kreisen, während er mit der anderen Hand sein Pferd am Zügel hielt. Jolly Jumper hatte eine Schleife in der Mähne.

»Wie hast du das alles überhaupt bezahlt?«

Ich deutete auf die Bilderrahmen, in denen jetzt statt meiner Comics Märchenszenen hingen, und grinste.

Sophie nahm einen Teddy von einem rosafarbenen Hocker,

stieg auf ihn und legte ihren Arm mich. »Das ist echt süß, aber findest du nicht, dass da eventuell etwas der Gaul mit dir durchgegangen ist?«

Ich ließ die Schultern hängen. »Ich hab mir solche Mühe gegeben.«

»Das sieht man.« Sophie drückte mir einen Kuss auf die Wange und musterte den Wickeltisch. Ursprünglich hatte ich geplant, Tisch und Bett selbst zu bauen, vielleicht sogar den Kleiderschrank und eine Wiege, als ob eine fremde Macht diesen Trieb in mir geweckt hätte. Doch als Sophie meine ersten Entwurfsskizzen entdeckt hatte, hatte sie mich inständig gebeten, es zu lassen. Als sie versuchte, eine der Schubladen aus dem Wickeltisch zu ziehen, brach diese widerstandslos aus der Schiene. »Gut, dass das Kind schon fertig zusammengebaut ist, wenn es auf die Welt kommt.«

Den Rest des Abends verbrachte Sophie damit, mit dickem Bauch und auf Knien durch Hannahs Zimmer zu rutschen, die Schubladen für den Wickeltisch in der richtigen Reihenfolge zu montieren, die Böden im Kleiderschrank neu einzupassen, das Regal auszurichten, die Bettfüße an die dafür vorgesehenen Stellen zu schrauben und das Farbkonzept zu modifizieren. Währenddessen baute ich meinen Schreibtisch ab, den ich ins Schlafzimmer gestellt hatte, und tauschte ihn mit der Wiege. Unser Baby, glaubte Sophie, würde vermutlich weder gleich nach der Geburt Bilder malen, noch Bücher lesen und auch nicht das Gitterbettchen beziehen. Stattdessen würde es sehr wahrscheinlich für längere Zeit im Zimmer seiner Eltern schlafen, und sei es nur, um Sophie das nächtliche Stillen zu erleichtern. Wie ich hingegen Auge in Auge mit dem rosafarbenen Cowboy auch nur einen halbwegs seriösen Comic zeichnen sollte, war mir ein Rätsel.

Ich schaltete das Licht im Kinderzimmer aus, in dem so etwas wie die Ruhe vor dem Sturm herrschte, und mir lief ein wohliger Schauer aus Vorfreude und Vorbehalten über den Rücken.

Als ich zu Sophie ins Bett stieg, saß sie aufrecht auf ihrer Folie und studierte einen Katalog. »Und woher soll man bitte schön wissen, welches der richtige Kinderwagen für einen ist?«

Die großen Fragen der Menschheitsgeschichte waren leichter zu beantworten als der Glaubenskrieg, der um Kinderwagen geführt wurde. Ich hatte erlebt, wie einer jungen Mutter im Bus bei einer Vollbremsung ihr Milchkaffee aus dem Becher geschwappt und wie entsetzt sie war, dass er ihren Luxusbuggy ruinierte, während sich das halbseitig verbrühte Kind die Seele aus dem Leib schrie.

»Nina hat mir den hier empfohlen.« Sie hielt mir die Seite hin.

»Der kostet TAUSENDDREIHUNDERTNEUNUNDNEUNZIG Euro!« Zum ersten Mal in meinem Leben litt ich unter akuter Schnappatmung. »Was hat dieses Teil – etwa eine eingebaute Wickelmaschine? Bordkino? Raketenwerfer? Also, wenn er einen Raketenwerfer hat …«

Sophie schlug mir den Katalog gegen die Stirn. »Nina sagt, Heidi Klum hat den auch.«

»Das war ihr Argument?« Ich hob eine Augenbraue und sah Sophie an, dass ich goldrichtig lag. »Obelix hat am Schwarzen Brett auf der Wache einen gebrauchten für zweihundert gesehen. Soll vier Räder haben und auch sonst einen recht stabilen Eindruck machen. Oder lassen sie uns damit etwa nicht in den Park?«

»Gut, nehmen wir den.« Sie ließ den Katalog fallen und lehnte sich an mich.

»Außerdem möchte ich auf keinen Fall Heidis Gefühle verletzen. Die flippt doch aus, wenn plötzlich jeder gewöhnliche … Moment – haben wir das gerade etwa entschieden?«

»Sieht ganz danach aus, Luke. Aber ich nehme den nur unter

der Bedingung, dass er auch auf Herz und Nieren getestet wurde.« Sophie legte sich auf die Seite. »Das gilt übrigens auch für dich, mein Lieber.«

»Für mich?« Ich legte mich zu ihr. »Wie meinst du denn das schon wieder?«

Sie hielt mir ihren Finger auf die Lippen. »Morgen, Luke. Morgen.«

Dann schlief sie ein, während ich noch lange wach lag.

In der nächsten Folge war Linus' Welt in Rosa getaucht. Er beobachtete einen Mann, der ein altes Puppenhaus für seine Tochter restaurierte. Wie er dem Mädchen ein Pony schenkte. Ihr einen Spiegel über ihrem Schminktisch aufhängte. Auf dem letzten Bild sah er, wie der Mann mit einer Puppe auf dem Pony saß und durch den Spiegel den Eingang einer Diskothek observierte, in der gerade seine längst erwachsene Tochter verschwand. Linus knipste sein Feuerzeug an: »*Väter.*«

kapitel 28

Seit Sophie im Mutterschutz war, hatte sie plötzlich jede Menge Zeit für Dinge, für die sie sonst nie Muße hatte, wie etwa fernsehen. Hin und wieder fühlte ich mich sogar regelrecht eingeengt von ihrer ständigen Anwesenheit, so sehr, dass ich beinahe Platzangst bekam. Privatsphäre gehörte wohl zu jenen Errungenschaften, die man erst richtig zu schätzen lernte, wenn sie einem genommen wurden. Und während ich das Gefühl hatte, in Arbeit zu versinken, während mir die Zeit bis zur Geburt durch die Finger lief wie feiner Sand, schlug Sophies Langeweile in Ungeduld um. Ich hatte mir in den Kopf gesetzt, so viele Folgen von Linus im Voraus zu zeichnen, dass ich in den ersten Wochen zu dritt nicht am Schreibtisch sitzen müsste. Sophie thronte unterdessen auf dem Sofa, maulte und motzte und beschwerte sich über das Kind, das zu dämlich war, Tag und Nacht zu unterscheiden, und zielsicher in ihr Purzelbäume schlug, wann immer sie sich ausruhen wollte.

Als Hannah dank einiger gezielter Turnübungen tiefer in Sophies Becken rutschte, bekam sie zwar wieder besser Luft, hatte dafür aber nachts wie aus dem Nichts fürchterliche Wadenkrämpfe. Ihr Rücken schmerzte, sie hatte dieses unangenehme Ziehen in der Leiste, und ihr Bauch juckte, als würde sie nicht auf Folie, sondern Brennnesseln schlafen. Zum Glück konnte sie die Wassereinlagerungen an ihren Beinen und Krampfadern nicht sehen, weil ihr der Bauch die Sicht versperrte, wenn sie auf und ab durch die Wohnung tigerte wie ein Raubtier im Käfig. Sophie hatte von dieser Schwangerschaft die Schnauze voll und zwar gestrichen.

Gleichzeitig wurde ich von dieser permanenten Unruhe

heimgesucht, weil es da noch einen Arsch voll wichtiger Dinge gab, die ich in meinem Leben machen wollte und nun vermutlich verpassen würde, wenn die kleine Hannah da war. Selbst wenn ich längst akzeptiert hatte, nicht mehr in den Genuss von Sex mit zwei Frauen zu kommen, blieben noch der Fallschirmsprung in Neuseeland, Klettern im Grand Canyon, Pokern in Las Vegas, Tauchen auf den Malediven und Surfen vor Hawaii. Die Motorradfahrt durch Südamerika, die Jeeptour durch die Sahara, der Rucksacktrip durch Nepal und der zum Mond. Das und noch viel mehr stand auf meiner Liste der unerfüllten Träume, weshalb ich die Geburt am liebsten um ein paar Jahre verschoben hätte. Ich wollte die letzten Tage nicht untätig verstreichen lassen. »Wir sollten heute ins Kino gehen. In Jules Vernes ›In achtzig Tagen um die Welt‹.«

»Geht nicht.« Sophie stemmte die Hände in die Hüfte, als müsste sie sich selbst anschieben, bemerkte meinen fragenden Blick und sagte beinahe beiläufig: »Stresstest.«

Frage nicht beantwortet. »Sophie, wenn du in ganzen Sätzen mit mir reden würdest, könnte ich dich unter Umständen verstehen.«

Sie tat mir den Gefallen. »Seit diese Grippe sich als viel zu harmlos für fette Schlagzeilen entpuppt hat, erzählen sie im Fernsehen von nichts anderem mehr – Banken, Reaktoren, Bahnhöfe, alle müssen einen Stresstest durchlaufen. Man simuliert extreme Belastungen, um zu sehen, ob das entsprechende Objekt ihnen im Ernstfall auch gewachsen sein würde.«

Immer noch nicht beantwortet. »Und was hat das mit uns zu tun?«

Sophie wischte etwas Staub von ihren Büchern. »Luke, ich sehe, wie sehr du dich in letzter Zeit bemühst.« Goss die Blumen. »Aber ich habe nicht vergessen, was in den letzten Monaten alles passiert ist.«

»Schade.« Für ihre Schwangerschaftsvergesslichkeit hatte

es nie einen medizinischen Beweis gegeben, aber jede Menge Indizien.

»Lukas.« Sie richtete einen Bilderrahmen aus. »Es sind noch genau acht Tage bis zum Termin.« Wischte den Staub von den Blumen. »Und es wird höchste Zeit, das Ganze vorher einmal durchzuspielen.« Goss eines ihrer Bücher.

Ich nahm ihr die Gießkanne ab und ließ sie im gleichen Augenblick fallen. »Der Geburtsvorbereitungskurs! Kacke!« Ich hatte auf Ninas Geburtstag hoch und heilig versprochen, mich um einen Platz in dem Sechs-Wochen-Kurs zu kümmern, bei denen man sich mittwochs bei Tee und wehenförderndem Gebäck die Lungenflügel wundhechelte. »Ich … Warum? Es … Kann … Wieso?« Ich suchte gleichzeitig nach Ausreden und Gründen und schob gekonnt Sophie die Schuld in die Schuhe. »Du hättest mich wenigstens mal daran erinnern können.«

Sophie hauchte die Fensterscheibe an und rubbelte mit dem Ärmel einen Fingerabdruck ab. »Möglicherweise, mein lieber Lukas, wird dir bei genauerem Nachdenken ein triftiger Grund einfallen, warum ich in jüngster Zeit etwas durch den Wind und mit meinen Gedanken woanders war.« Ich fasste mir an die Stirn, die vor nicht allzu langer Zeit noch eine stattliche Beule geziert hatte. Sophie nickte vielsagend. »Ich habe uns für einen Wochenendkurs bei einer Hebamme aus der Nachbarschaft angemeldet. Versteh mich nicht falsch, aber ich will einfach sichergehen, dass du mich im Kreißsaal nicht hängen lässt.«

»Und das ist heute? Also heute … ehrlich … Eigentlich wäre mir Kino viel lieber, bevor es zu spät ist. Vielleicht könnten wir einfach danach …«

»In einer halben Stunde. Und wehe, du bist peinlich.«

Beate begrüßte uns durch die Gegensprechanlage, während im Hintergrund indische Meditationsmusik dudelte. Ich zwängte mich panisch zwischen Eingangstür und Sophie. »Warte. Hast du das gehört? Das geht nicht. Sophie, ich flehe dich an. Ich kann dir genau sagen, wie es dadrin aussehen und wie es riechen wird, was für Leute da sind, was sie anhaben und wie sie reden.« Ich versperrte ihr den Weg. »Süße, das konntest du nicht wissen, also mach ich dir keinen Vorwurf, aber lass uns einfach wieder gehen.« Sophie zwinkerte mir zu, während sie erneut die Klingel drückte. »Du hast es gewusst?« Ich konnte es nicht fassen. »Mein Leben lang habe ich versucht, mich von solchen Esotanten fernzuhalten und du hast mich trotzdem hierhergeschleppt? Vorsätzlich?« Sophie klopfte mir aufmunternd auf die Schulter und zog mich in den Flur.

Ein regenbogenfarbener Pfeil wies uns den Weg in den Keller, wo uns eine penetrante Lavendelnote in einen Raum lotste, für den bei allen Vorurteilen, die mein engstirniger Geist aufzubieten vermochte, meine Phantasie nicht ausgereicht hätte. Die Wände waren mit gebatikten Tüchern verkleidet, gegen die Sophies Badkacheln noch harmlos waren. In kleinen Bambusschalen flackerten Teelichter, und überall standen üppig bestückte Holzfiguren, die einen guten Überblick über die wichtigsten Stellungen des Kamasutra gaben, wobei man den wartenden Schwangeren nicht anmerkte, ob sie darin einen Anfang oder das Ende sahen. Auf dem Boden verteilt lagen bunte Matten, davor silbern glänzende Gymnastikbälle wie riesige Christbaumkugeln, auf denen fünf Frauen auf und ab wippten. Und erst jetzt erkannte ich das wahre Ausmaß meines Problems. Sophie folgte meinem suchenden Blick, klopfte mir erneut auf die Schulter und setzte sich auf den letzten freien Ball. Ich war der einzige Mann.

Obwohl ich mir darüber im Klaren war, dass dieser Stresstest vom Prinzip her kein Kuschelkurs wäre, und obwohl ich zu wahrhafter Buße bereit war, hätte es wirklich kein Kurs sein müssen, in dem außer Sophie nur Frauen hockten, die bereits vor der Geburt verlassen oder so bitterlich enttäuscht worden waren, dass sie ihrerseits das Weite suchten. Vor mir wippte das Jüngste Gericht zu Sitarklängen und musterte mich wie eine Schar ausgehungerter Geier, die silberne Eier ausbrüteten und auf einen günstigen Moment warteten, um sich auf mich zu stürzen und mich in Stücke zu reißen.

Noch bevor ich auf die Matte neben Sophie sinken konnte, erhob sich Beate von ihrer Kugel, rollte sie mir zu und ließ sich im Schneidersitz mit geschlossenen Augen auf den Boden nieder. Wie in Trance ließ sie den Kopf kreisen und hob ihre Arme. Sie war barfuß und an den Zehen tätowiert, trug eine mehrere Nummern zu große Leinenhose und ein kariertes Trägerhemd.

Ich beugte mich zu Sophie vor. »Rapunzel, Rapunzel, lass dein Achselhaar herunter.« Ihre Antwort war ein gezielter Nierenschlag, der mir das Wegatmen imaginärer Wehen für den Rest des Wochenendes erheblich erschweren sollte.

Sophie blickte entschuldigend in die Runde. »War nur ein nervöser Reflex. Ich dachte, ich hätte eine Wespe gesehen.« Eine Wespe, Ende Oktober. Jede der Frauen verstand Sophie auf Anhieb.

»Dann hoffen wir mal inständig, dass du sie erwischt hast.« Beate musterte mich von Kopf bis Fuß. »Wir brauchen ihn nämlich noch.«

»Und zwar lebend, oder was?« Ich würde sicher später Blut pinkeln.

»Wenn möglich.« Beate verfiel wieder in ihren Dämmerzustand.

Der Rest des Tages war geprägt von einem ausführlichen Theorieteil, den Beate mit einer Reihe von Entspannungsübungen einleitete, die ich so souverän meisterte, dass Sophie mich zweimal wecken musste. Anschließend erklärte Beate in einer Art Ausdruckstanz, den sie mit einer Stoffpuppe praktizierte, welchen Weg das Baby während der Geburt nahm, während ich mich krampfhaft darum bemühte, nicht in schallendes Gelächter auszubrechen. Das Lachen blieb mir im Hals stecken, als Beate auf die Schmerzen zu sprechen kam, die jede der Frauen durchleiden würde. Sie sprach über Schleimpfropfen, Muttermünde und vaginale Dehnungen. Über natürliche Geburten und Kaiserschnitte, Narkosetechniken, Schmerzgrenzen und Grenzerfahrungen. Über das Stillen, Zufüttern, Wickeln, Waschen und Vorsorgeuntersuchungen, die wie das örtliche U-Bahnnetz klangen. Je länger sie redete und erklärte, desto mehr litt meine Konzentration unter der verhängnisvollen Mischung aus Raumtemperatur, Duftöl und Musik. Das Wochenbett kannte ich immerhin noch aus dem Studium. Der Samstag war überstanden.

Der Sonntag war für den praktischen Teil reserviert, wobei mit »praktisch« ein Konglomerat aus Blut, Schweiß und Tränen gemeint war. Beate goss Tee auf. »Ich vermute, keine von euch hat schon einmal eine Geburt miterlebt, oder?«

Langes Schweigen, und noch bevor ich den Arm heben konnte, hatte Sophie ihn gepackt und nach unten gedrückt. »Untersteh dich, Luke. Klarissa zählt nicht.«

»Aber … Autsch!« Sie piekste mir in die Seite, was genügte, um mich von meinem Vorhaben abzubringen.

»Wisst ihr«, Beate saß nun wieder im Schneidersitz vor uns, und alles, was ihren Anblick in diesem Raum noch vollkommener hätte machen können, wären drei weitere Armpaare gewesen, die aus ihr ragten, »die Geburten, die man in Filmen sieht, sind eigentlich gar nicht so unrealistisch – das Schreien. Das Schwitzen. Das Schimpfen. Allerdings zeigen sie meist nur die letzten zwei, drei Minuten. Was zugunsten der Dramaturgie jedoch fast vollständig herausgeschnitten wird, sind die Stunden davor.« Beate zeigte auf die Wanduhr. Es war neun. »Wir simulieren das jetzt einfach mal.«

Wenn man den Satz »Wir simulieren das jetzt einfach mal« in seine Bestandteile zerlegte, bedeutete »wir« sieben Frauen, davon sechs jenseits der sechzig Kilogramm und eine deutlich über sechzig Jahre, und ich, dem die zweifelhafte Ehre zuteilwurde, den Sparringspartner zu geben. »Simulieren« hieß alles, was es an erniedrigenden, aber schmerzlindernden Übungen gab, auszuprobieren, um »das«, womit sämtliche Qualen gemeint waren, die bei Geburten auftreten konnten, besser zu ertragen. »Jetzt« bedeutete, bevor ein halbwegs brauchbarer Fluchtplan in mir reifen konnte. »Einfach« war gleich schwer und »mal« eine völlig unzureichende Umschreibung der dafür vorgesehenen Zeit.

So kam es, dass um zehn nach neun nicht nur Sophie an meinem verspannten Nacken hing, um ihren Bauch und ihre Wirbelsäule zu entlasten, sondern auch Melanie, die als späte Wiedergutmachung dafür, dass sie von der Affäre ihres Ex mit der Sekretärin erfahren hatte, als sie im Kopierer ein gestochen scharfes Bild von deren nacktem Hintern und seiner rasierten Eier fand, sich an meine Ohren krallte. In der Partnerhocke hielt ich auch Sonjas Bauch, die einem kenianischen Heiratsschwindler aufgesessen war und mir ihre Fingernägel in den Oberschenkel bohrte, während ich im Takt ihrer »Uuuhhhs« und »Aaahhhs« mitstöhnte. Beim Beckenkreisen rieb sich auch Petra an mir, die aufgegeben hatte, ihren Mann mit minderjährigen thailändischen Mädchen zu teilen, die sich vor seiner Webcam auszogen, und mir, mit der asiatischen Kultur bestens vertraut, shaolinmäßig ins Auge stach, während sie tief in ihr Becken atmete.

Spätestens als sich bei der Pressstellung im Stehen auch Silke in meine Arme hängte, die die Spielsucht ihres Gatten erst bemerkt hatte, nachdem das Haus längst zwangsversteigert war, schoss mir der Schweiß aus den Poren und ich vergaß für einen Moment sogar den Schmerz, den ihre Fersen auf meinen Schienbeinen hinterließen. Als Anke, die eine bekennende Lesbe war, seit sie ihren Gatten mit dem Staubsauger erwischt hatte, in den Vierfüßlerstand ging und ich ihr den Steiß massierte, kehrte der Schmerz jedoch unweigerlich zurück, denn kein Mann kann so dicht vor dem Kollaps stehen, dass es ihm entgeht, wenn ein Fuß seine empfindlichste Stelle trifft.

»Atmen, Lukas. Immer schön atmen« Beate spitzte die Lippen und machte es mir vor.

»Ins Becken, oder was? Geht nicht mehr.« Ich krümmte mich vor Schmerz und blickte durch den Tränenfilm zu Sophie hinüber, die an einer Sprossenwand hing. »Stresstest, ja? Na vielen Dank!« Ich bekam erst wieder Luft, als Beate ihren rituellen Geburtstanz beendet hatte, dem sich lediglich Silke anschloss, und ich hätte gut auf diesen Anblick verzichten können.

Beate drehte die Musik leiser. »Fehlt nur noch der Hocker.«

Es war zwanzig vor fünf, und mein Körper fühlte sich an wie mehrmals durch den Fleischwolf gedreht, als Beate vor mir auf dem Gebärhocker Platz nahm. Ich saß hinter ihr auf einem der Gymnastikbälle, sie hielt sich an meinen Händen fest, und als sie sich mit einem markerschütternden Schrei nach vorn warf, verlor ich das Gleichgewicht und knallte mit dem Gesicht auf ihren Rücken. Das Blut schoss aus meiner Nase und tropfte in meine Handflächen, bevor sich ein dunkler Schleier um die Welt legte.

»Na, das sind doch mal beste Voraussetzungen für eine Geburt.« Beate hielt mir ein Fläschchen mit Riechsalz unter die Nase, und ich kam zu mir. Melanie und Petra griffen mich unter den Achseln und zogen mich wie einen nassen Sack auf eine der Matten, während Beate eine mehrseitige Checkliste verteilte, die den Frauen das Packen ihrer Krankenhaustasche erleichtern sollte. Auf Sophies Zettel hatte sie noch eine handschriftliche Notiz hinterlassen:

Riechsalz und Pflaster.

»Hast dich tapfer geschlagen, wobei du für mich schon nach dem Beckenkreisen bestanden hattest.« Sophie hielt sich die Nase zu, während sie die Wohnungstür aufschloss. »Aber du solltest jetzt wirklich duschen.«

Ich drückte ihr die Post in die Hand, die ich aus dem Briefkasten genommen hatte, und während ich mir die Kruste aus Schweiß und Lavendel vom Körper spülte, saß Sophie auf der Toilette und öffnete ihre Briefe. In dem ersten steckte die Promotionszulassung von der Universität. Im zweiten die Zusage von FutureHealth. Sophie strahlte über beide Ohren, und ich hätte sie noch ewig ansehen können, so glücklich und endlich am Ziel.

»Dann ist es also entschieden.« Ich zog mir das Handtuch von den Hüften und hatte ihre ungeteilte Aufmerksamkeit. »Du die Karriere, ich das Kind.«

»Und der ist für dich.« Sophie gab mir den letzten Brief. »Sieht irgendwie wichtig aus.«

kapitel 29

Sehr geehrter Herr Schaefer,

vielen Dank, dass Sie Ihre Arbeiten bei unserem Nachwuchswettbewerb eingereicht haben. Leider sieht man Ihrer Bewerbungsmappe deutlich an, dass Sie sie auf den letzten Drücker zusammenschustert haben. Da ich dazu verpflichtet bin, auf gewisse Standards bei der Präsentation zu achten, kann ich Ihren Beitrag, so leid mir das auch tut, nicht für den Wettbewerb zulassen.

Dennoch bin ich von Ihren Comics wirklich angetan. Aus ihnen spricht eine Menge Talent, von dem wir uns vorstellen könnten, es zu fördern. Deshalb möchte ich Ihnen ein einjähriges Praktikum in unserem Verlagshaus in Hamburg anbieten. Sie können während dieser Zeit von namhaften Zeichnern lernen und in unseren verschiedenen Publikationen selbst veröffentlichen. Da Sie vermutlich um die aktuelle wirtschaftliche Lage der Branche wissen, wird es Sie nicht verwundern, dass es sich um ein unbezahltes Praktikum handelt. Ich muss Ihnen aber wohl kaum erklären, welche Chance es dennoch für Sie bedeutet.

Meine Kontaktdaten finden Sie in der Signatur.

Viele Grüße aus Hamburg
Silvia Mond

Head of Recruiting
Star-Comics-Verlag GmbH & Co. KG

Ich schluckte, denn nun galt es eine wirklich weitreichende Entscheidung zu treffen. Ich legte das Schreiben beiseite und musterte Sophie, die aus zwei Gründen jeden Augenblick zu platzen drohte. Und einer davon war definitiv Neugier. »Hattest du in den letzten zehn Monaten jemals vor, mich zu verlassen?«

Sie stutzte. »Ich? Wieso? Was hat das denn mit dem Brief zu tun?«

»Hattest du, Sophie?« Das war eine Das-wird-unser-Leben-für-immer-verändern-Entscheidung.

Sophie stand auf, zog sich an und drückte die Spülung. »Ja.«

»Du wolltest mich ernsthaft verlassen? Endgültig? Für immer?«

Sie wusch sich die Hände. »Lukas, ich habe meine Sachen gepackt, dir keine Adresse hinterlassen und mir eine neue Telefonnummer zugelegt. Wie ernsthaft sollte ich es deiner Meinung nach noch versuchen? Mit einer Gesichtsoperation?«

Gutes Argument. »Aber du liebst mich?«

»Ja.« Sie ging in die Küche und kontrollierte den Kühlschrank. Es war Samstag, und die Vorräte müssten für zwei Tage reichen.

Ich baute mich vor ihr auf. »Bedingungslos? Mit ganzem Herzen?«

Sophie schielte zu mir hoch. »Wie könnte ich dich nicht lieben? Du hast dem Kerl, der über meine berufliche Zukunft entscheidet, die Nase gebrochen! Ich möchte mir überhaupt vorstellen, wie oft ich mit ihm werde schlafen müssen, um ihm dafür zu danken, dass ich die Stelle trotzdem bekommen habe.«

Für einen Moment verlor ich komplett den Faden.

Sophie grinste. »Das war ein Witz. Aber dafür, dass ich Stäusel diesen arschkriecherischen Brief schreiben musste, habe ich noch mindestens einen gut bei dir.« Sie öffnete die Balkontür.

»Hast du. Und du würdest überall auf der Welt mit mir hingehen?«

»Du meinst einschließlich Nordkorea?« Eine kühle Oktoberböe strömte hinein.

»Nein.« Ich folgte Sophie auf den Balkon.

»Was ist mit Disneyland? Hagen?« Sie prüfte, welche der Pflanzen noch zu retten waren.

»Nein.« Ich legte tiefste Überzeugung in meine Stimme.

»Gut.« Sie griff nach einem der Blumentöpfe. »Dann würde ich mitkommen.«

Mehr wollte ich nicht hören. Von allen Unwägbarkeiten, die das Leben für einen bereithielt, war die Liebe wohl die gemeinste, weil sie sämtliche Regeln von Ordnung und Logik außer Kraft setzte, und Sophie schien mich wirklich zu lieben. Ich griff nach dem Brief und zerriss ihn. Wenn sie nach all dem Stress und den Enttäuschungen, für die ich verantwortlich war, bereit war, mit mir zu gehen, wohin auch immer es uns verschlug, dann war das Mindeste, was ich tun konnte, bei ihr zu bleiben und für sie da zu sein, wann immer sie mich brauchte. Es war das einzig Richtige, und doch fühlte es sich komisch an. Irgendwie kalt. »Ich bin geheilt.« Ich sah Sophie an, als könnte ich es selbst kaum glauben.

»Geheilt?« Sie musterte mich mit skeptischem Blick.

»Mir ist kalt.« Ich sah mich erstaunt um, als wäre ich ein fremdes Wesen, das gerade auf dem Balkon gelandet war und nun seine liebe Mühe damit hatte, die ersten Eindrücke zu verarbeiten. »Verstehst du nicht? Es sind nur ein paar Grad über null, und ich friere. Ich bin verdammt noch mal geheilt.«

»Nimm die mal.« Sophie hielt mir die Blume vor den Schritt. »Die Nachbarn gucken schon.« Ich war noch immer nackt.

Nachdem ich mich angezogen und in allen Einzelheiten von dem Brief erzählt hatte, verfinsterte sich Sophies Miene, dabei hätte sie sich eigentlich erhellen sollen. »Und warum bist du dir so sicher, dass es die richtige Entscheidung ist?«

»Weil der Mensch ein Mängelwesen ist.«

Sophie sah mich an. »Tatsächlich? Ich hatte ja keine Ahnung.«

Ich überhörte den Spott in ihrer Stimme. »Unsere Körper

mögen biologische Wunderwerke sein oder auch ein schöpferischer Geniestreich. Doch so meisterhaft sie funktionieren, offenbaren sie doch ständig ihre Schwächen. Knochen brechen, Muskeln reißen, Organe versagen und Nerven spielen verrückt.«

Sophie räusperte sich hinter vorgehaltener Hand, als versuchte sie ein Lachen zu unterdrücken. »Und was hat das mit uns zu tun?«

»Weil der Mensch ein Mängelwesen ist, sucht er ständig nach neuen Mitteln und Wegen, um seine Gebrechen zu behandeln. Und weil der Mensch, Spitze der Evolution und Krone der Schöpfung, sein Leben lang krank und verletzt sein wird, wird es immer Medizin geben.«

Sophie fand ihre Beherrschung zurück. »Und das ist deine Theorie?«

»Ganz genau. Was machst du gegen Migräne? Dir ein Comicheft kaufen und es dir auf den Kopf legen? Nein. Du gehst in die Apotheke und kaufst ein Gegenmittel. Verstehst du, was ich dir damit sagen will? Apotheken wird es immer geben, während Zeitschriften auf dem besten Weg ins Museum sind. Und deshalb ist es das einzig Richtige, dass wir beide hierbleiben, du deinen Doktor machst, bei FutureHealth einsteigst und ich auf Hannah aufpasse.«

»Und das wirst du einfach so akzeptieren?«

»Das habe ich längst.« Wenn ich nicht schon vorher so überzeugt gewesen wäre, war ich es nach meinem kleinen Vortrag ganz sicher.

Sophie schwankte noch. »Du übernimmst die Verantwortung für dein Leben, ohne die Schuld bei anderen zu suchen? Egal was auch passiert, es liegt nicht an Karneval, deinem Blut oder an einem neurotischen Parasiten, der dich in deinem Kopf fernsteuert?«

»Ganz genau.« Ich ließ mich neben sie fallen, wodurch sie fast von der Couch hüpfte.

Sie hob mein Kinn mit dem Daumen. »Das ist aber eine ziemlich erwachsene Entscheidung, die du da treffen willst.«

»Und wenn schon.« Ich verschränkte die Arme. »Kälber halten jung.«

»Was?« Sophie sah mich prüfend an. »Sag mal, Luke, kann es sein, dass Alois dir etwas von seinem Kraut mitgegeben hat?«

»Was denn für Kraut?«

»Schon klar.« Jetzt lächelte sie. »Meinst du, ich hätte nicht gerochen, dass ihr hinter der Hütte einen durchgezogen habt?«

»Kinder meinte ich.« Ich lächelte zurück. »Mir ist auf dieser Hütte klargeworden, dass es nichts Besseres gibt, das einen davor schützt, nicht ganz erwachsen werden zu müssen, als Kinder. Stell dir vor, ich würde morgen im Kaufhaus kreischend Verstecken spielen. Im Sandkasten einen Matschkuchen essen. Mich verkleiden und schminken. Die Leute würden mich für einen durchgeknallten Spinner halten. Aber wenn ich das mit einem Kind mache, kann ich selbst wieder Kind sein, und niemand wird sich daran stören. Wenn das meine Berufung ist, kann ich damit leben. Für alles andere ist es eh zu spät.« Es war vielleicht etwas viel Pathos, aber die Wahrheit.

»Zu spät?« Sophie hatte offensichtlich jegliches Zeitgefühl verloren. Sie war zeit ihres Lebens eine Sklavin ihres Kalenders, und jetzt vergaß sie, welches Datum wir hatten. Das Datum.

Ich streichelte ihren Bauch. »Morgen kommt das Kind.«

kapitel 30

An dem Tag, an dem unsere Tochter termingerecht in unser Leben purzeln sollte, geschah – nichts. Ich hatte die Nacht ebenso wenig geschlafen wie Sophie, wie sie regungslos auf dem Rücken gelegen, ihre Hand gehalten und an die Decke gestarrt, und es war nichts zu hören außer meinem rasselnden Atmen, dem Knistern der Folie und so gegen halb zehn am Morgen, einem blubbernden Geräusch, das aus Sophies Bauch zu kommen schien.

»War das eine Wehe?« Ich drehte mich schwerfällig zu ihr um und spürte, wie mein Herz schneller zu schlagen begann.

»Hunger.« Sophie stand auf und schleppte sich in die Küche, während ich ihr auf Schritt und Tritt folgte. Der neunundzwanzigste Oktober war über Monate hinweg ein abstraktes Datum gewesen, und ich hatte nicht vor, den Moment, in dem sich die Geburt ankündigte, zu verpassen.

»Könntest du bitte damit aufhören, mich anzustarren, als würde ich hier jeden Moment einen spektakulären Zaubertrick aufführen?« Sophie ließ zwei Scheiben Weißbrot in den Toaster fallen.

»Nun, in gewisser Weise wirst du genau das heute tun.« Ich nahm einige Frischhaltedosen aus dem Kühlschrank und deckte den Tisch.

»Wirst du sehr enttäuscht sein, wenn es kein Kaninchen wird?«

»Wenn du wüsstest, was ich in letzter Zeit alles geträumt habe. Ein Kaninchen würde mich weiß Gott nicht schockieren.« Routiniert schob ich ihr die italienische Salami rüber.

Sophie sah mich streng an. »Ich bin Vegetarier. Schon vergessen?«

»Oh, entschuldige.« Ich hatte längst aufgehört, mir einzubilden, diese Frau eines Tages verstehen zu können.

Sophie schmierte sich Kirschkonfitüre auf eine daumendicke Schicht aus Erdnussbutter und Haselnusscreme und reichte mir das Glas.

Ich schüttelte den Kopf. »Ich bin auf Diät. Schon vergessen?«

Und dann warteten wir. Warteten den ganzen Vormittag vergeblich auf ein Stechen oder Ziehen. Am Mittag rief meine Mutter an, die vor Nervosität über heftigen Durchfall klagte und gleich wieder auflegte, da es keine Neuigkeiten gab. Dann rief Nina an. Dann Obelix. Dann wieder meine Mutter. Am späten Nachmittag rief sogar mein Vater unter einem Vorwand an, während man im Hintergrund meine Mutter tuscheln und die Klospülung hörte. Es war später Nachmittag, jede Minute verstrich wie eine halbe Ewigkeit, als wir bereuten, den Termin für Hannahs Geburt auch nur einer Menschenseele anvertraut zu haben. Wir hätten einfach einen Monat draufschlagen oder das falsche Jahr angeben sollen. Es dämmerte. Wieder klingelte das Telefon, doch jetzt sprang der Anrufbeantworter an, den Sophie gerade neu besprochen hatte.

»Das ist der Anschluss von Sophie und Lukas. Leider sind wir gerade nicht persönlich zu erreichen …«

Sophie hatte an dieser Stelle eine kleine Kunstpause eingelegt, in die hinein sich die Stimme meiner Mutter am anderen Ende der Leitung überschlug. »O mein Gott, Werner! Es geht los!« Man hörte den Hörer fallen, Schritte und die Tür der Gästetoilette, die ins Schloss fiel, während Sophies Stimme auf dem Band wieder einsetzte.

»… da wir die Zeit, bis sich das Mädchen bequemt, geboren zu werden, mit einer spontanen Weltreise überbrücken.«

Doktor Inge Beuchelbach schien keinesfalls überrascht, als wir vier Tage später in ihrer Praxis aufkreuzten. Ich sah sie mit fragendem Blick an, holte tief Luft und plusterte mich vor ihr auf. »Was ist die Quadratwurzel aus siebenunddreißig hoch drei?« Ich hatte das dringende Bedürfnis, mich irgendwie abzureagieren.

Die Beuchelbach wich beschwichtigend einen Schritt zurück.

»Der größte gemeinsame Teiler von achtzehntausendeinhundertvier und sechsundzwanzig zum Quadrat?« Keine Reaktion. »Ich hab's dir gesagt, Sophie, die kann nicht rechnen.«

Doktor Beuchelbach setzte ihr falsches Lächeln auf. »Lieber Herr Schaefer.« Sie nahm hinter ihrem Schreibtisch Platz. »Lediglich fünf Prozent der Kinder kommen an dem errechneten Geburtstermin zur Welt.« Sie grinste verächtlich über den Rand ihrer halben Brillengläser. »Von hundert Kindern sind das demnach wie viele?«

Ich hielt ihr den Handrücken entgegen und spreizte alle fünf Finger. Dann klappte ich sie bis auf den Mittelfinger langsam nach innen.

Die Beuchelbach verzog keine Miene. »Wenn Sie dann so freundlich wären, uns für einen Moment alleinzulassen?« Hätte es unter ihrem Schreibtisch einen Knopf gegeben, durch den sich eine Falltür unter mir öffnen ließe, sie hätte ihn zweifelsohne gedrückt.

Ich versuchte zu protestieren, aber Sophie nickte, und ich schlich wie ein getretener Hund ins Wartezimmer, setzte mich, schlug die Beine übereinander und blätterte in einer Eltern-Kind-Zeitschrift.

»Und, was hatte sie zu ihrer Verteidigung anzuführen?« Wir saßen in der U-Bahn, weil es Sophie vermied, sich in unser Auto zu zwängen, wann immer es ihr möglich war. Außerdem erfuhr sie im öffentlichen Nahverkehr die Wertschätzung, nach der sie sich so sehr sehnte, wenn sich plötzlich wildfremde Menschen nach ihrem Wohlbefinden erkundigten und ihr freiwillig ihren Platz anboten.

»Du meinst, nachdem sie mir gesagt hat, dass es noch immer nicht zu spät sei, dich zu verlassen, und dass sie es wie einen Unfall aussehen lassen könnte?«

»Die Frau ist krank.« Ich schluckte. »Was hat sie noch gesagt?«

»Ingwertee mit etwas Eisenkraut und einem klitzekleinen Schuss Rizinusöl hilft.«

»Wie, Ingwertee?« Ich legte die Stirn in Falten. »Glaubst du, wir sollten jetzt mit irgendwelchen Teemischungen an unserer Tochter herumexperimentieren?« Sophie stand auf, da wir unsere Station erreicht hatten, trat aus der Tür, und die Menschenmenge auf dem Bahnsteig teilte sich vor ihr wie das Meer vor Moses. »Sophie, bitte.« Wir fuhren die Rolltreppe hinauf und überquerten die Straße. »So was muss man seriös angehen. Hat die sonst nichts gesagt?«

Sophie schloss die Haustür auf. »Treppensteigen hilft.«

Und so stiegen wir Treppen. Den halben Montag und den ganzen Dienstag. Achtundneunzig Treppenstufen hoch und wieder runter, wobei es zwischen den ersten Etagen fünfundzwanzig Stufen waren, zwischen der dritten und vierten aber nur dreiundzwanzig. Ich überlegte, ob ich den Pfannenstiehls stecken sollte, dass man sie bei der Deckenhöhe beschissen hatte, ließ es aber auf sich beruhen, nachdem die Pfannenstiehl auf der Treppe wissen wollte, ob die Tropfen auf meiner Stirn ein Anflug von Angstschweiß seien, weil das Kind eventuell doch nicht als sinnstiftendes Statussymbol taugte.

Als ich Herbert Sprotte röchelnd im zweiten Stock begegnete, raunte er mir zu, dass es Witzfiguren wie ich waren – langsam wie eine Ente, spröde wie Backpapier und weich wie Wackelpudding –, die Hitler den Endsieg gekostet hatten, während

Oma Lotte im ersten Stock Stein und Bein schwor, lieber selbst ins Gras zu beißen, als den »Schuldigen« wiederbeleben zu müssen. Ich musste wohl dringend an meinem Verhältnis zu den Nachbarn arbeiten. Wenn ich auf Hannah aufpasste, während Sophie unseren Lebensunterhalt verdiente, würde ich sie eventuell brauchen. Allein Pepe fand im Erdgeschoss aufmunternde Worte. »Sehr gute, Lukasse. Dasse iste die ricktige Weg, damit du wirste wieder ranke und schlanke.« Zu Sophie flüsterte er. »Legste du dich besser in die Bette. Wirste du von ganze alleine wieder so hubsch dunne wie vorher.«

Dreitausenddreihundertzweiunddreißig Treppenstufen waren es am Ende. Dreitausenddreihundertzweiunddreißig Treppenstufen für eine einzige, klitzekleine, die Geburt ankündigende und einleitende Wehe. Aber sie kam nicht.

»Fahrradfahren hilft.« Sophie hatte sich ein Heublumendampfbad eingelassen und einige Himbeerblätter als Geburtsbeschleuniger hineingeworfen, während ich auf der Badewannenkante hockte und meine geschwollenen Füße in das Wasser hielt.

Das Bad zeigte keinerlei Wirkung.

Ich schlüpfte in meine Radlerhosen und traute mich nicht, in den Spiegel zu sehen. »Bist du dir sicher?«

Sophie nickte.

Wir ließen die Stadt am Mittwoch hinter uns, kraxelten im Wiegetritt einige Hügel hinauf, eierten über holprige Feldwege, stürzten uns mit dem Mut der Verzweiflung rasante Abfahrten hinab, und als die Sonne bereits tief am Himmel stand, stöhnte Sophie auf, den Kopf hochrot, das Gesicht vor Schmerz verzehrt.

»Eine Wehe?« Ich stieg in die Eisen und kam schlitternd neben ihr zum Stehen.

»Scheiße, nein.« Sie keuchte. »Seitenstiche.«

Als sie sich am Abend erschöpft auf die Couch fallen ließ, hätte ich nichts lieber getan, als es ihr gleichzutun, aber das Letzte, was ich nach den Stunden im Sattel wollte, war sitzen. »Gibt es denn nichts, was wir tun können?« Außer Treppensteigen und Fahrradfahren.

Sophie legte den Kopf in den Nacken, und im nächsten Moment mixte ich ihr einen Wehencocktail aus Ingwertee, Eisenkraut, Rizinusöl, zwei Esslöffeln Sesammus, drei Teelöffeln Vanillezucker, einem Liter Aprikosensaft, etwas Haselnusscreme, einem Schuss Cognac und einer halben Flasche Bier. Sophie würgte das Gebräu hinunter, weil ihr Glaube an die Wirkung größer war als ihr Ekel, wischte sich den Mund ab, richtete sich auf und verzog das Gesicht.

»Eine Wehe?«

»Ich glaub, ich muss kotzen.«

Und wieder nichts. Am Donnerstag nicht und auch nicht am Freitag.

»Scharfes Essen hilft.« Hannah war bereits seit über einer Woche überfällig, und mittlerweile gingen uns langsam, aber sicher die Beuchelbach'schen Hausmittelchen aus. Selbst orientalischer Bauchtanz war wirkungslos verpufft. Ich schlug den Inder vor, vor dem alle warnten, weil das Essen dort nicht nur Tote weckte, sondern auch gleich wieder dahin beförderte, woher sie gekommen waren, aber Sophie, die genug von Experimenten hatte, entschied sich für Obelix' Chili. An diesem Abend sprachen wir exakt zwei Worte miteinander.

»Wehe?«

»Wasser!«

kapitel 31

»Ausziehen.« Sophies Rachen war wohl noch immer ziemlich ramponiert, obwohl sie ihn die Nacht über mit kalter Milch gekühlt hatte, während ihr Magen ihr zu verstehen gab, dass eine Wehe das alles nicht wert war. Und weil ihr das Sprechen so schwerfiel, redete sie erst gar nicht lange um den heißen Brei herum. »Mach schon.« Sie sah mich ermattet, aber erwartungsvoll an.

Ich machte eine ausladende Geste, die nach Erklärungen verlangte.

»Ich hab Beate angerufen. Sex hilft.«

Mir klappte die Kinnlade runter, denn es war nicht ausgeschlossen, dass Sophie gerade angedeutet hatte, dass wir die Geburt mit Hilfe von Geschlechtsverkehr einleiten konnten. »Damit die Fruchtblase platzt?« Mein erster Gedanke war zugleich der dämlichste. »Das werde ich nicht tun. Hörst du, auf keinen Fall!«

Sophie setzte ihr Akademikergesicht auf, diese abschätzige »In deiner Welt kommt noch der Storch«-Miene. »Luke, im Sperma befindet sich ein Hormon, das Prostaglandin heißt. Das wird Schwangeren in künstlicher Form verabreicht, um die Geburt einzuleiten, aber es wirkt auch auf natürlichem Weg.«

»Wir könnten etwas Rizinusöl in den Rest vom Chili mischen und noch mal Treppen steigen.« Ich fand, es war einen Versuch wert.

Sophie schloss die Augen. »Lukas, ich würde mir es selbst machen, auch wenn ich keine Ahnung habe, wie ich das später dem Kind beibringen soll, aber du bist nun mal der Einzige von uns beiden, der dieses verdammte Prostaglandin hat.«

»Aber …« Ich sah die Entschlossenheit in ihrem Blick.

»Kein Aber. Ich habe das nicht zehn Monate durchgestanden, nur um am Ende das große Finale zu verpassen. Ich will die Geburt weder einleiten lassen noch einen Kaiserschnitt. Ich will eine natürliche Geburt, verstanden? Und jetzt zieh dich aus.« Sie schleifte mich ins Schlafzimmer und schubste mich aufs Bett.

In all meinen sexuellen Phantasien, seit ich im Alter von zwölf Jahren bei dem Gedanken an den roten Badeanzug von Pamela Anderson mit meiner ersten Erektion konfrontiert worden war, kam der Satz »Und jetzt zieh dich aus« vor, und nicht ein einziges Mal hatte ich abgelehnt. Bis Pamela in mein Leben trat, hatte es in meiner Welt eigentlich nur eine Sache gegeben, für die sich Jungs damals begeisterten: Tetris. In jeder freien Minute stapelte ich Bausteine übereinander, was zu einem dramatischen Abfall meiner schulischen Leistungen führte. Doch niemals hätte ich es für möglich gehalten, dass mir das Wissen, Dinge auf engstem Raum unterzubringen, einmal von Nutzen sein würde.

Sophie beobachtete mich, wie ich dalag und in Gedanken sonstwo war, nur nicht bei ihr. »Du weißt aber schon noch, wie man eine Hose aufmacht?«

»Es ist lange her. Kann sein, dass ich etwas aus der Übung bin.«

Sophie kletterte neben mich, zog ihre Bluse aus und öffnete den BH. »Eine Hose aufzumachen?«

»Mit euch zu schlafen.« Ich stockte und spürte, wie ich rot wurde. Sophie starrte mich an. »Mit dir zu schlafen, meine ich.«

Sie schüttelte den Kopf, ohne dabei das Wesentliche aus den Augen zu verlieren. »Luke.« Sie rollte sich auf den Rücken, zog Hose und Slip über die Knöchel und rollte zurück. »Du musst dich endlich von dem Gedanken frei machen, Sex könnte dem Kind schaden.« Sie kletterte auf mich und saß nun nackt auf meinen Oberschenkeln. »Sex ist wie Fahrradfahren. Das verlernt man nicht.« Sie schob mein Shirt hoch zur Brust.

»Aber ich habe noch nie so …« Ich hob den Kopf und schielte auf unsere Bäuche.

»Das kriegen wir schon hin.« Irgendwie mochte ich Sophies Entschlossenheit. Sie zerrte an meinem Gürtel, öffnete die Hose und rutschte an mir herunter. »Außerdem wird sich Hannah schon beschweren, wenn du ihr zu dicht auf die Pelle rückst.«

»Ach du meine Güte.« Ich schlug die Hände vor das Gesicht.

»Entspann dich.« Sophie küsste mich und legte ihre Hände auf meine Brust. »Nicht dass dein Prostaglandin schlecht wird.«

»Sophie!« Ich griff nach ihrem Kopf. »So wird das nichts.«

»Tut mir leid.« Sie küsste mich erneut. »Genieß es einfach.«

Und dann vergaß ich alles. Wie ich aussah, wie ich mich fühlte und schämte. Vergaß die Welt um uns herum und sogar Hannah, die, nur Zentimeter von mir entfernt, vermutlich ebenso wenig wusste, wie ihr gerade geschah. Ich war mir nicht sicher, ob ich in meinem Leben einen Moment so genossen hatte wie diesen, und weil er so besonders war, ließen wir ihn einfach nicht enden. Es war, als wollten wir in einer Nacht nachholen, was wir in fast einem Jahr versäumt hatten.

Wir lagen schweißgebadet, schwer atmend und eng umschlungen, während sich der Morgen seinen Weg durch die Nacht bahnte, spürten den Berührungen unserer Körper nach, als ich glaubte, ein leises Ploppen gehört zu haben und Sophie zusammenzuckte. »Meine Fruchtblase ist geplatzt.«

Prostaglandin, dachte ich. Teufelszeug.

kapitel 32

Als ich vielleicht vier oder fünf war, erzählte mir meine Mutter Abend für Abend diese Geschichte. Eine böse Hexe kam darin vor und ein feuerspeiender Drache, ein blutsaugender Vampir und was es sonst an finsteren Gestalten gab, die es auf die hübsche Prinzessin abgesehen hatten. Doch so aussichtslos ihre Lage auch war, Abend für Abend kam ein edler Ritter des Weges und rettete sie, kurz bevor ich einschlief. Der Ritter hieß Pippin, er hatte strohblonde Haare so wie ich und dieselben blauen Augen. Hatte ich mir das Knie aufgeschlagen, stolperte Pippin abends im Kampf gegen den Drachen und biss die Zähne zusammen wie ein Mann. Klagte ich über Bauchschmerzen, trank Pippin Kamillentee, den ich verabscheute, bevor er die Prinzessin befreite. Pippin war ungemein tapfer, höflich, ausgeglichen und fluchte nie. Mein Leben lang wollte ich sein wie er. Und nun war der Tag gekommen.

Ich würde Sophie, so hatte ich mir das ausgemalt, ins Krankenhaus tragen, die Tür auftreten und rufen: »Ist hier irgendwo ein Arzt?« Ich würde sie in den sechsten Stock bis in den Kreißsaal schleppen, ins Bett legen und den Hebammen Anweisungen erteilen – Handtücher, eine Schüssel Wasser, eine Schere für die Nabelschnur. Ärzte würden kommen, die ich über Sophies Wehenaktivitäten informierte, während ich ihr gleichzeitig den Schweiß von der Stirn tupfte. Ich würde sie beruhigen und ermutigen, ihr sagen: »Pressen, Schatz, du musst pressen.« Dann käme die kleine Hannah auf die Welt, und ich würde sie in ein Handtuch wickeln und in Sophies Arme legen.

Doch kurz nachdem die Fruchtblase geplatzt war, setzten bei

Sophie die Wehen ein und mein Verstand aus. »Eine Wehe?« Ich sah mich hektisch um. »Scheiße. Was machen wir denn jetzt?«

»Was würdest du denn gern tun, Luke?« Sophie musterte mich ratlos. »Den Rasen mähen? Den Wagen waschen? Mit dem Hund raus?« Sie machte eine Pause und verzog das Gesicht. »Wehe! Vielleicht sollte ich doch zuerst das Kind auf die Welt bringen.«

Ich war völlig neben der Spur. Ich wollte Sophie auf Händen tragen, und nun war ich kurz davor, den Notarzt zu rufen. Irgendjemand musste sie mit Blaulicht und quietschenden Reifen in die Klinik bringen, während ich ihre Hand hielt und den Fahrer anbrüllte: »Geben Sie Gas, Mann!« Ich stolperte durch die Wohnung, versuchte, in eine Hose zu schlüpfen, während ich die Krankenhaustasche suchte, hüpfte auf einem Bein gegen einen der Stühle in der Küche, zog mir den nächstbesten Pullover über, verfing mich, blieb in ihm hängen und stieß im Wohnzimmer gegen das Bücherregal.

»Du wirkst etwas konfus, Luke.«

Je heftiger ich versuchte, mich zu befreien, desto mehr verhedderte ich mich. »Wo ist nur diese verdammte Tasche?«

»Unter der Garderobe. Seit ungefähr drei Wochen, würde ich sagen.«

Ich zerrte an dem Pullover und schob endlich meinen Kopf hindurch.

»Schicke Frisur.« Sophie amüsierte sich prächtig.

»Los jetzt!« Ich bändigte meine Haare, während ich zugleich die Schuhe anziehen wollte, und fiel rücklings zu Boden.

Sophie wendete sich ab. »Ich geh jetzt erst mal in Ruhe duschen.«

»Was?« Mit letzter Kraft schlüpfte ich in den Schuh. »Aber die Wehen! Das Kind! Wir müssen los!« Ich war nervös. Eines Ritters unwürdig nervös.

Ich kniete mich vor die Tasche und glich den Inhalt mit Beates Liste ab, die ich punktuell ergänzt hatte. Die Hälfte fehlte.

»Ich bin mir sicher, dass wir das Taschenmesser und den Schlafsack nicht brauchen werden.« Ich spürte Sophies Hand auf meiner Schulter und sah sie unsicher an. »Nein, auch nicht den Kompass.«

»Aber lass uns wenigstens die Taschenlampe wieder einpacken. Was, wenn der Strom ausfällt?«

»Vertrau mir, die werden auf so einen Fall vorbereitet sein.« Sophie hielt mir die eingeschweißten Astronautenkekse unter die Nase. »Und die Dinger sind staubtrocken. Holst du uns was vom Bäcker?«

Dann verschwand sie im Bad. Sophie wollte die Geburt unserer Tochter wohlriechend und mit frischgewaschenen Haaren über die Bühne bringen, und außerdem nicht auf leeren Magen.

Ich reihte mich in die Schlange vor dem Brotregal, und tippelte ungeduldig von einem Fuß auf den anderen. Ein blasser Junge mit Igelfrisur zog seine Mutter am Ärmel. »Mama, muss der Mann da Pipi?«

Auf einen Schlag war es mucksmäuschenstill. »Ich muss nicht Pipi.« Ich warf dem Jungen einen belehrenden Erwachsenenblick zu, einen von jener Sorte, von der ich mir geschworen hatte, niemals ein Kind so anzusehen. »Ich hab es eilig. Meine Freundin bekommt ein Kind, kapiert? Sie hat schon Wehen.«

»Das können Sie Leopold auch freundlich sagen.« Die Mutter stellte sich schützend vor ihren Jungen. »Der Kleine versteht das noch nicht.« Die anderen Kunden fingen an, sich einzumischen.

Ein Mann in Dreiviertelhose, Winterparka und Sandalen: »Lass doch mal einer den Mann vor, seine Frau bekommt ein Kind!«

Eine Frau mit Nerz und Seidenschal: »Nein, der muss nur aufs Klo.«

Ein Anzugträger: »Der muss nicht aufs Klo, der bekommt ein Kind.«

Eine Frau in hautengem Laufdress: »Genauso sieht der auch aus.«

»Aber Männer können keine Kinder kriegen.« Der Junge schluchzte herzzerreißend, was sämtliche Frauen vor mir auf den Plan rief. Sie zückten ihre Taschentücher, stürzten sich auf den Kleinen, und ich war plötzlich an der Reihe.

Sophie tunkte ihr Schokocroissant in Seelenruhe in eine Schale mit Kräuterquark, während die Wehen in regelmäßigen Abständen durch ihren Körper zuckten, woraufhin sie die Backen aufblies und die Luft herauspresste, als steckte sie einen Tiefschlag weg. Dann widmete sie sich wieder ihrem Croissant. »Auch mal beißen, Luke?«

Ich schüttelte den Kopf und tigerte vor ihr auf und ab. Ich konnte nichts essen. Die Aufregung. Die Verdauung. Lag in der Familie. Mütterlicherseits. Stattdessen bügelte ich Sophies Nachthemd, das sie gedachte, während der Geburt zu tragen. Ein bügelnder Ritter mit Durchfall. Ritter Pippi. Die Hexe hätte sich bei meinem Anblick vor Lachen in die Hose gemacht.

Nach dem Frühstück spülte Sophie die Teller, trocknete sie ab und räumte sie in den Geschirrschrank, lüftete kurz durch, goss die Blumen, wurde von einer Wehe gepackt, schlug die Bettdecken auf, hängte die Wäsche auf und wurde von einer Wehe gepackt. Sie sah auf die Uhr. »Alle sieben Minuten. Perfekt. Können wir?«

Sie schrieb eine SMS und griff nach der Krankenhaustasche, während ich zunehmend verzweifelt den Autoschlüssel suchte, bis ihn Sophie vor meinen Augen zwischen ihren Fingern baumeln ließ. »Ich fahre.«

Ich war die Strecke zur Klinik mehrere Dutzend Male abgefahren, zu jeder Tages- und Nachtzeit, bei Sonne, Regen und im Schritttempo, um Blitzeis zu simulieren, während vor meinem geistigen Auge Sophie auf allen vieren auf der Rückbank kauerte und keuchte. Doch jetzt saß ich auf dem Beifahrersitz, bremste, blickte über die Schulter, beschleunigte und wechselte auf die Linksabbiegerspur.

»Herrgott, Lukas, kannst du das lassen?« Sophie kurbelte mit einer Hand am Lenkrad, wobei sie sich gewaltig strecken musste, um es über ihren Bauch hinweg zu fassen zu bekommen. »Du machst mich ganz verrückt mit deinem Gehampel.«

»Eigentlich sollte ich fahren.« Ich drehte mich um und bedeutete dem Wagen hinter uns energisch, nicht so dicht aufzufahren.

»Das letzte Mal, dass du mich gefahren hast, wären wir beinahe erschossen worden.« Sophie bog über eine gelbe Ampel rechts ab, während ich den Arm aus dem Fenster hielt, so wie es Kinder auf dem Zebrastreifen lernen. Ich drückte auf den Warnblinker. »Es handelt sich hier doch um einen Notfall, oder?«

»Wenn du so weitermachst auf jeden Fall.« Sophie hielt an. »Wir sind da.«

Ich konnte mich nicht daran erinnern, dass wir uns entschieden hatten, die Geburt von einer Beleghebamme begleiten zu lassen. Und vor allem konnte ich mich nicht erinnern, dass wir uns ausgerechnet für Beate entschieden hatten.

»Ach, ihr seid schon da? Bist du doch selbst gefahren, Sophie?« Beate hatte bereits den ganzen Papierkram erledigt und uns bei den Aufzügen in Empfang genommen. »Ich habe einen der Kreißsäle vorbereiten lassen.« Sie drückte auf den Knopf. »Oder wolltest du sie hochtragen, Lukas?«

Sophie wollte als Beleghebamme jemanden, den sie kannte

und dem sie vertraute, und hatte daraufhin Beate angerufen. Die hatte Sophie instruiert, nach dem Blasensprung ganz ruhig zu bleiben, da das Kind in der richtigen Position lag und wie ein Stöpsel wirken würde. Sie sollte warten, bis die Wehen im Abstand von sieben Minuten kamen, ihr eine Nachricht schicken und losfahren. Die Türen öffneten sich, Beate wählte den sechsten Stock und zwinkerte Sophie zu. »Blasensprung also.«

Sophie wich ihrem Blick aus und nickte verlegen.

Von wegen. Ich legte einen Arm um Sophie und konnte einen gewissen Anflug von Hochmut nicht verbergen. »Prostaglandin.«

Beate schüttelte nur den Kopf. »Homo sapiens. Das Baby hat die Fruchtblase zum Platzen gebracht hat. Muss ja letzte Nacht mächtig zur Sache gegangen sein.«

»Aber …?« Ich sah zu Sophie, die auf den Boden starrte.

Beate grinste mich zufrieden an. »Ich weiß. Du hast gedacht, deine Spermien haben Superkräfte, nachdem sie schon stärker als die Antibabypille waren, aber so einfach ist es nicht. Spermien enthalten Prostaglandin, und das kann wehenfördernd sein, stimmt. Nur wirkt es in den seltensten Fällen auf natürlichem Wege, und schon gar nicht so kurzfristig. Allerdings freut es mich zu hören, dass Sophie nach Monaten der sexuellen Askese auf den letzten Drücker doch noch in den Genuss pränatalen Geschlechtsverkehrs gekommen ist. Und ich hoffe inständig, dass du ihr den Orgasmus ihres Lebens bereitet hast.« Der Aufzug erreichte den sechsten Stock, und die Türen öffneten sich.

Ich stand mit offenem Mund da und rührte mich nicht vom Fleck. Sophie küsste mich. »Es war total schön.« Sie griff nach meiner Hand. »Und jetzt kriegen wir unser Kind.«

Sophie hatte einst »Wir sind schwanger« gesagt, und es war alles andere als eine hohle Phrase gewesen. Ich wusste also, was die Stunde geschlagen hatte, als sie sagte, dass »wir« jetzt dieses

Kind kriegen würden. Womit ich jedoch nicht gerechnet hatte, war die Rollenverteilung, die das Schicksal für uns vorgesehen hatte, während »wir« es bekamen. Von dem Moment an, in dem Hannah sich nicht anders gegen die Turbulenzen zu wehren wusste, mit der wir ihre Geburt wild kopulierend in Gang setzen wollten, als die Fruchtblase zum Platzen zu bringen, bis zu dem Moment, in dem Sophie den Inhalt ihrer Krankenhaustasche fein säuberlich in den Schrank von Zimmer 06 109 auf der Geburtsstation geräumt, ihr Nachthemd übergestreift, ihre Frisur gerichtet und mit aufrechtem Gang und entschlossener Miene in den Kreißsaal marschiert war, hatte meine Freundin den Eindruck erweckt, in ihrem Leben nichts anderes getan zu haben, als Kinder zu gebären. Sie hatte die ersten Schritte der Geburt gemeistert, als würde sie in einem Lehrvideo mitspielen, und keine bekannte Kraft war stark genug, um sie aus der Bahn zu werfen.

»Scheiße! Nicht noch eine! Ich halt es nicht mehr aus!« Die ersten Stunden im Kreißsaal – wobei »Saal« eine maßlose Übertreibung für die vielleicht zwölf Quadratmeter war, die mit einem breiten Bett, medizinischem Gerät wie dem Wehenschreiber, einem Wickeltisch, einer Waage, einem Gymnastikball und einer Sprossenwand vollgequetscht waren – hatte Sophie bei jeder Wehe geklungen, als führe sie Achterbahn, verängstigt, aber irgendwie auch euphorisch. Mal lag sie rücklings im Bett und drückte den Rücken durch. Mal machte sie einen Katzenbuckel. Mal zappelte sie von einer Seite auf die andere wie ein Fisch an Land. Mal krabbelte sie auf allen vieren. Mal stand sie auf dem Bett und griff mit den Fingerspitzen nach der Decke. Mal watschelte sie im Entengang über den Boden. Und einmal hätte sie fast einen Purzelbaum gemacht. Meine Aufgabe war es, für genügend Wasser zu sorgen, während Sophie der Geburt unseres Kindes entgegenturnte, weshalb ich regelmäßig in das Hebammenzimmer stapfte und drei Flaschen besorgte – eine für Sophie, eine für mich und eine für Beate, die auf einem Stuhl saß, einen Mittelalterroman las und sich, so gut es ging, aus allem raushielt.

Doch dann schlugen die Wehen im Abstand von zwei Minuten wie Donnerschläge durch Sophies Körper, und die Schmerzen schienen sie regelrecht zu zerreißen. »Du musst fester drücken.« Sie klammerte vornübergebeugt an der Sprossenwand, während ich in die Knie ging und mich mit dem Rücken gegen sie presste, als wollte ich ein Klavier durch die Tür schieben. »Fester!« Ich spürte, wie sich ihr Körper verkrampfte und die nächste Wehe ihr erbarmungslos in den Unterleib fuhr. Ich stemmte mich mit aller Macht gegen sie, während sie aufschrie, dass es mir in der Seele wehtat. Sie litt Höllenqualen, die mich längst dahingerafft hätten, denn der männliche Organismus, so hatte es Beate bei dem Vorbereitungskurs erklärt, würde schon bei den harmlosen Wehen sämtliche lebenswichtigen Funktionen umgehend abschalten.

Das Seltsame war, dass ich mich in meiner Rolle pudelwohl fühlte, was ich mich niemals getraut hätte, zuzugeben. Aber immerhin hatte ich eine Aufgabe. Eine mit Schweiß und Schufterei verbundene Aufgabe. Und je panischer sie wurde, weil ihr die Kontrolle über ihren Körper entglitt, desto ruhiger wurde ich. Sophie hängte sich an meinen Hals, ich hielt dagegen. Sie stieß mir ihren Kopf in die Brust, ich ertrug es. Sie brüllte, keifte, fluchte, und ich fand, es war ihr gutes Recht, solange es ihr half, das alles zu ertragen.

»Du sollst verdammt noch mal fester drücken, du Schlappschwanz!« Sophie baumelte wieder an der Sprossenwand.

»Was?« Ich wäre beinahe abgerutscht.

»Du bist wirklich zu nichts zu gebrauchen!« Sie brüllte den Schmerz regelrecht heraus. »Jetzt drück endlich fester, du Weichei! Das kann doch nicht so schwer sein!« Beate beäugte uns zufrieden über ihr Buch hinweg. Offenbar lief alles nach Plan.

»Sophie, bitte. Ich habe dir nichts getan.«

»Nichts getan?« Die Wehe klang ab, und Sophie schnappte nach Luft, bis sie wieder so heftig verkrampfte, dass sie vor Schmerz in die Knie ging. »Wer hat mir denn die ganze Scheiße hier eingebrockt?«

Sie fluchte, wie ich es nicht besser gekonnt hätte. Und ich steckte ihre Tiraden weg, da ich nur allzu gut wusste, was für kathartische Kräfte so ein Wutausbruch haben konnte – man fühlte sich hinterher irgendwie klarer im Kopf. »Wir schaffen das schon.«

»Wir?« Die nächste Wehe peitschte durch ihren Körper, und Sophie war kurz davor, die Sprossenwand aus der Verankerung zu reißen. »Was machst du denn schon?« Ich hatte wirklich den Eindruck, als täte ihr das Fluchen gut. »Wenn du Waschlappen hier eh nichts tust, kannst du dich auch verpissen.«

Ich ließ sie schimpfen und stemmte mich mit aller Kraft gegen sie, während sie sich an den Sprossen festkrallte.

»Das war's.« Sophie war kurz davor umzukippen. »Ich kann nicht mehr.« Sie taumelte schon. »Besorg mir eine PDA.«

Ich ließ von ihr ab und lehnte mich neben sie an die Sprossenwand. »Moment. Warte. Ich dachte, du wolltest ohne?« Ich blickte zu Beate. Keine Regung.

Sophies Schläfen pochten vor Zorn, und man konnte förmlich dabei zusehen, wie das Blut in ihren Adern zu kochen begann. »Sag mal, bist du schwer von Begriff, du Schwachmat? Eine PDA – sofort!«

kapitel 33

Ich riss an der Tür, konnte sie aber nicht öffnen, zog an dem Griff, drückte ihn runter und rüttelte daran, bis er einen ächzenden Ton von sich gab. »Abgeschlossen!« Ich war völlig außer Atem.

»Verarsch mich nicht. Mach die blöde Tür auf, und sieh zu, dass du die PDA organisierst.« Sophie schmiss sich aufs Bett und krümmte sich vor Schmerz.

»Was soll ich denn machen? Die haben uns hier eingesperrt!«

Beate, die einer puristischen, von osteopathischen Einflüssen angehauchten Philosophie anhing, weshalb sie den Dingen ihren natürlichen Lauf ließ und nur in Notfällen eingriff, klappte ihr Buch zu, stand auf und bat Sophie, die Beine anzuwinkeln. Ich rackerte mich derweil am Türgriff ab. Mit den Fingern ertastete Beate, wie weit sich der Muttermund durch die Wehen bereits geöffnet hatte. Zehn war die magische Zahl, die es zu erreichen galt, damit die letzte Phase der Geburt beginnen konnte.

»Zwei Zentimeter, höchstens drei vielleicht.« Sie machte eine entschuldigende Geste.

»Zwei? In sieben Stunden?« Ich konnte Sophie ansehen, wie sie innerlich zusammenbrach.

»Ich denke, eine PDA ist in diesem Fall nicht die schlechteste Idee.« In ihren Kursen bereitete Beate Frauen darauf vor, Schmerzen ohne weitere medizinische Hilfe zu ertragen, und sie hatte auch Sophie von der Idee begeistert. Aber sie war keine verblendete Fanatikerin. »Lukas!« Ich hielt einen Moment inne. »Das ist eine Schiebetür.«

Eine Sekunde später stand ich in dem Hebammenzimmer und rang nach Luft. »Schwester!« Vor mir saß eine Mittvierzigerin, deren grüne Arbeitskluft sich von der Wandfarbe kaum abhob, als wäre sie ein Chamäleon und blätterte in einer Patientenakte. »Schwester, meine Freundin!« Zu mehr reichte die Luft einfach nicht. Keine Reaktion. »Schwester, meine Freundin, PDA!«

Sie klappte die Akte zu. »Ich bin keine Schwester.«

»Sind Sie nicht?« Warum dann die grellen Gesundheitsschuhe?

»Ich bin Hebamme. Der Unterschied zwischen einer Schwester und einer Hebamme liegt in der Ausbildung. Eine Hebamme hat eine dreijährige Ausbildung mit tausendsechshundert Stunden theoretischem Unterricht und dreitausend Stunden praktischem …«

»Super. Dann können Sie meiner Freundin doch praktisch ganz schnell eine PDA legen, bevor sie ihren Schmerzen erliegt.«

»Kann ich nicht.« Sie machte nach wie vor keine Anstalten aufzustehen. »Da es sich bei der PDA um eine rückenmarksnahe Anästhesieform handelt, muss sie von einem ausgebildeten Anästh …«

»Verstehe.« Die Frau machte mich fertig. »Holen Sie den Mann.«

»Das kann dauern.« Sie stand auf und ging zur Kaffeemaschine.

»Dauern?« Ich war einem Nervenzusammenbruch bedrohlich nahe.

»Nun, Ihre Freundin liegt gerade in einem normalen Kreißsaal. Um eine PDA den Vorschriften entsprechend legen zu können, muss sie aber in einen speziellen Kreißsaal mit einem speziellen Bett …«

»Und wo ist der?« Ich dachte darüber nach, wie wohltuend es wohl wäre, sich mit einem klitzekleinen Wutanfall abzureagieren, doch der Gedanke an Sophie hielt mich davon ab.

»Am Ende des Flures.« Sie griff nach einer Tasse und goss sich ein.

Es dauerte einen Moment, bis sämtliche Informationen in meinem Kopf ein halbwegs schlüssiges Ganzes ergaben. »Aber das sind keine zehn Meter. Was haben wir eigentlich für ein Problem?«

Die Hebamme schlürfte ihren Kaffee und lenkte meinen Blick auf einen Wandkalender. »Wissen Sie denn nicht, was heute für ein Tag ist?« Sie tippte auf das Datum. Es war der elfte November. Ein Montag. Der zweite im Monat.

Unser Problem kündigte sich durch ein trampelndes Geräusch an, das dem einer flüchtenden Elefantenherde nicht unähnlich war. Die Kaffeetassen in dem kleinen Regal fingen an zu klimpern, und in der Kanne, die vor mir auf dem Tisch stand, bildeten sich wellenartige Kreise. Ich starrte auf die Milchglastür, die den Kreißsaalbereich vor neugierigen Blicken schützte, und sah Schatten, die immer näher kamen. Viele Schatten.

Der Infoabend.

Die Tür sprang auf, und mehrere Dutzend erwartungsschwangere Pärchen wurden hindurchgespült. Von einem Moment zum nächsten verstand man sein eigenes Wort nicht mehr.

»Sehen Sie!« Die Hebamme zog mich zurück in ihr Zimmer, bevor ich von dem Strom mitgerissen wurde, und brüllte, während sie versuchte, die Tür gegen den Widerstand einer neugierigen Schwangeren zu schließen: »Selbst wenn der Anästhesist es hierher schaffen sollte, Ihre Freundin kriegen wir nie und nimmer in den anderen Kreißsaal. Da müssen Sie sich jetzt einfach gedulden.«

Ratlos, was ich noch hätte tun können, versuchte ich, mich durch die aufgeregte Menge zurück zu Sophie zu schlängeln, wurde aber von links nach rechts und wieder zurück gedrängt, angepöbelt und der Vordrängelei bezichtigt. Ich hatte den Kreißsaal fast erreicht, als ich Doktor Schneider in die Arme stolperte.

»Mein Gott, Doc! Heute will man Sie aber wirklich brennen sehen.« Den armen Kerl hatte es an diesem Abend noch härter erwischt als bei unserem Besuch. Offensichtlich war es bereits unten in der kleinen Kapelle zu Handgreiflichkeiten gekommen. »Ihre Krawatte, meine ich.« Ich deutete auf den Schlips, der eine Handbreit unter dem Knoten abgetrennt worden war.

»Ach so, das meinen Sie.« Seine verdutzte Miene entspannte sich schlagartig. »Wissen Sie denn nicht, was für ein Tag heute ist?«

Irgendwo hatte ich diese Frage schon einmal gehört. »Natürlich: Montag, der zweite im Monat. Infoabendtag.«

»Heute ist der elfte November, Herr Schaefer. Der elfte Elfte. Karnevalsanfang. Jetzt beginnt die fünfte Jahreszeit. Helau.« Er griff in sein Jackett und warf eine Handvoll Konfetti in die Luft.

Mir stockte der Atem. Das konnte nicht sein. Durfte nicht sein. Hannah kam an einem der höchsten närrischen Feiertage zur Welt. Was für ein Alptraum. Ich packte Schneider am Kragen. »Kann man die Geburt noch abbrechen? Oder verschieben? Nur um einen Tag?«

»Das ist ein Witz, oder?« Schneider zupfte mir etwas Konfetti aus dem Haar. »Ich habe ja gleich gewusst, dass Sie Ihre Nerven nicht unter Kontrolle haben, aber dass Sie so irre sind …« Ich starrte den Doc an, dessen Gesicht sich in eine hämische Clownsvisage verwandelte – weiß geschminkt, schmale Augenbrauen, Halbglatze, wilder Haarkranz und rote Nase –, die mich diabolisch auslachte.

»Nein!« Ich hielt mir die Ohren zu. »Nein! Nein! Nein!«

Die Tür zu dem Kreißsaal wurde geöffnet, Beate packte mich am Arm und zog mich mit einem Ruck hinein.

Bei der Periduralanästhesie handelte es sich um ein Verfahren, das die Funktion ausgewählter Nervensegmente im Rückenmark zeitweilig hemmt, was in den zugehörigen Körperregionen, in diesem Fall Beine, Bauchraum und Brustkorb, zu Empfindungslosigkeit und Schmerzfreiheit führt. Um diesen Zustand des vorübergehenden Nichtfühlenkönnens zu erreichen, wurde Sophie ein schmerzstillendes Mittel über einen Katheter in den Periduralraum des Wirbelkanals gespritzt, was die Schmerzleitung zum Gehirn vorerst unterbrach.

Dieselbe Frau, die Minuten zuvor ihre Seele an den Teufel verkauft hätte, noch lieber allerdings meine, nur damit er sie von den Schmerzen dieser Geburt befreite; dieselbe Frau, die mich in der Hölle braten sehen wollte, weil ich sie vor fast zehn Monaten nicht hatte schlafen lassen und ihr diese Schwangerschaft eingebrockt hatte; diese Frau lag nun periduralanästhesiert in ihrem Bett und grinste benebelt, als wäre sie auf dem Trip ihres Lebens. Vielleicht sollte ich mir ein Rezept für das Zeug geben lassen, dachte ich, wirkt irgendwie beruhigend und ließ mich in den Rollstuhl fallen, in dem Sophie hergeschoben worden war. Es ging auf Mitternacht zu, die Erschöpfung der vergangenen Stunden holte mich ein, und das monotone Blubbern des Wehenschreibers tat sein Übriges.

»Guck mal, Lukas.« Sophie richtete sich auf. »Ich zittere am ganzen Körper.«

»Eine Wehe?« Ich stand auf und begutachtete, wie das kleine Beben, dessen Epizentrum unter ihrer Matratze liegen musste, Sophie gehörig durchschüttelte

»Ich glaub schon.« Sie betrachtete ihren zuckenden Körper, als hätte man ihn auf Vibrationsalarm gestellt.

»Wie – du glaubst schon? Das musst du doch … Ach ja, die Periduraldingsda.«

»Und, war das jetzt eine Wehe?« Sie versuchte, den Kopf zu drehen, konnte aber den Wehenschreiber nicht erkennen.

Ich kontrollierte die Aufzeichnungen, die das Gerät ausspuckte und erkannte den gewaltigen Ausschlag auf der Kurve. »Meine Herren, ich würde sagen, das war die Mutter aller Wehen. Krass, dass du das nicht merkst. Irgendwie gespenstisch, oder?«

»Danke.« Sophie griff nach meiner Hand, küsste sie, und ich setzte mich zu ihr auf die Bettkante.

»Wofür?« Ich strich ihr eine Haarsträhne aus der Stirn.

»Dass du vorhin so ruhig geblieben bist.« Ich spürte, wie unangenehm ihr das alles war. »Ich weiß auch nicht, was in mich gefahren ist.«

Ich lächelte. »Ich glaube, man nennt es eine Wehe.« Ich gab ihr einen Kuss, während sie tapfer der Geburt entgegenzitterte.

»Nein, ich meine, dass ich so aus der Haut gefahren bin. Ich war einfach nicht mehr ich selbst. Ich hatte keine Kontrolle mehr. Es war wie eine gewaltige Gefühlslawine, die ich nicht mehr aufhalten konnte.« Der Wehenschreiber schlug erneut aus.

»Ich weiß.« Vielleicht wusste ich es sogar besser als jeder andere.

»Ich wollte nicht so ausfallend werden. Tut mir leid. Ich bin wirklich froh, dass du da bist.« Ihre Augen wurden feucht.

Die Tür wurde aufgeschoben, und Beate, die uns eine Weile alleingelassen hatte, kam zurück. Sie kontrollierte den Wehenschreiber, nickte zufrieden und musterte Sophie. »Ist dir kalt?«

»Weil sie zittert?« Ich warf Beate einen Blick zu, als wäre ich hier der Professor und sie die Schwesternschülerin an ihrem ersten Tag.

Beate schüttelte eine Decke auf und legte sie über Sophie. »Wir sollten deinen Blutdruck messen. Kann sein, dass er zu niedrig ist.«

Ich spürte, wie sich die Gedankenmaschine in meinem Kopf in Gang setzte und schwerfällig zu arbeiten begann. »Deshalb ist ihr kalt?«

»Das kann schon sein.« Beate legte die Manschette an Sophies Oberarm an.

»Und wenn der Blutdruck zu hoch ist?« Arbeitete langsam schneller.

»Ist einem tendenziell eher warm.«

»Wirklich?« Immer schneller.

»Hoher Blutdruck kann einem sogar aufs Gemüt schlagen. Man ist dann ungeduldiger, impulsiver, als ob das Blut in einem schneller in Wallung geriete. Aber ich bin keine Blutdruckspezialistin. Das ist nur eine Theorie.« Beate las das Ergebnis ab. »Etwas zu niedrig, aber noch im grünen Bereich. Alles klar, Lukas?«

Meine Gedankenmaschine war bei Beates Erklärungsversuch inzwischen regelrecht heißgelaufen, überhitzt und mir um die Ohren geflogen. »Könntest du bei mir vielleicht auch mal messen?«

Von allen Theorien, die ich im Laufe meines Lebens aufgestellt hatte, um mein unberechenbares und aufbrausendes Gemüt zu erklären, von all diesen abstrusen Hypothesen, sollte nun ausgerechnet eine der abenteuerlichsten höchsten wissenschaftlichen Kriterien genügen (der Hirnparasit lief außer Konkurrenz). Für einen Moment vergaß ich alles um mich herum und verfolgte gebannt, wie Beate die Manschette um meinen Arm anlegte, den Klettverschluss schloss und das Gerät die Manschette aufpumpte. Die Digitalanzeige leuchtete auf, sprang auf null und in diesem Moment durchbrach ein ohrenbetäubendes Kreischen die Stille.

»Es kommt!« Sophie bäumte sich auf, und ihre Stimme schraubte sich in Höhen, die die Fensterscheibe beinahe zum Bersten gebracht hätten. Beate riss mir die Manschette vom Arm, bevor das Ergebnis auf der Anzeige erscheinen konnte, und warf Sophie einen prüfenden Blick zu. »Bist du bereit?«

Sophie krallte sich in der Matratze fest. »Was, wenn ich jetzt nein sage?« Mit den Presswehen waren die Schmerzen zurück.

Beate, die sich die ganze Geburt über dezent im Hintergrund gehalten hatte, strahlte nun die Erfahrung und natürliche Autorität von fast vierzig Berufsjahren aus, während sie mit Engelszungen auf Sophie einredete. »Atmen.« Sie machte es Sophie vor. »Bei jeder Wehe einatmen, die Luft einhalten und nach unten schieben. Erst wenn du mehr Luft brauchst, atmest du wieder, nicht dass du mir hier hyperventilierst.« Beate streichelte Sophie über die Wange. »Und versuch, dich zwischen den Wehen so gut wie möglich zu erholen. Ich schau mal, ob man das Kind schon sieht.«

Beate ging an das Fußende, und in der unterbewussten Hoffnung, sie würde noch die Gelegenheit finden, meinen Blutdruck zu messen, folgte ich ihr. »Da ist schon der Kopf.« Tatsächlich schimmerte dort etwas, das mit viel Phantasie eine Schädeldecke sein konnte, obwohl es etwas von einem surrealen Gemälde hatte, zumindest aus der Perspektive eines Laien.

Sophie richtete sich auf. »Was machst du da, Luke?« Sie keuchte mir ihre Empörung entgegen, während ich eine gewisse Faszination nicht verhehlen konnte, die mir mein exklusiver Blick erlaubte. »Weg da. Komm hierher. Sofort!« Die nächste Wehe schleuderte sie beinahe aus dem Bett und schien ein ganz anderes Kaliber zu sein als die in den Stunden zuvor.

Beate traf mit unverdrossener Ruhe eine Reihe von Vorbereitungen. Jeder Handgriff war von schlafwandlerischer Sicherheit. »Du solltest zwischen den Wehen wirklich nicht pressen, Sophie.«

Sophie biss in ihr Nachthemd. »Ich presse hier, wann ich will!«

Ich blickte zu der Uhr auf dem kleinen Tisch. Fünf vor zwölf. Ich wischte den Schweiß von Sophies Stirn. »Vielleicht sollten wir wirklich noch ein paar Minuten warten.«

»Was?« Sophie und Beate antworteten im Chor.

Ich nahm Sophies Hand, und sie hätte sie bei der nächsten

Wehe beinahe zerquetscht. »Kannst du nicht noch irgendwie einhalten?«

»Einhalten?« Sophie war kurz davor, mir eine runterzuhauen.

»Ich meine, nur bis kurz nach Mitternacht, damit Hannah nicht am elften Elften Geburtstag hat. Ich würde ihr das gern ersparen.«

»Lukas!« Sophie riss die Augen auf, die Ausschläge auf dem Wehenschreiber wurden immer heftiger, und die finale Presswehe kündigte sich an.

Beate rutschte auf ihrem Hocker vom Fußende zur Uhr und drehte den Zeiger auf fünf nach zwölf. »Können wir dann?«

Ich nickte, fingerte das Fläschchen mit dem Riechsalz aus der Hosentasche, das ich seit dem Geburtsvorbereitungskurs ständig bei mir trug, und atmete tief durch die Nase. Beate griff nach dem Kopf des Kindes.

Sophies nächster Schrei klang, als würde sie auf den höchsten Punkt einer Achterbahn zusteuern, und alles, was sie nach knapp zehn Stunden Wehen noch an Kraft hatte, entlud sich, als sich der Waggon nach vorn neigte und in die Tiefe schoss. In Sophies Schrei lag eine Mischung aus Angst und Adrenalin.

Die nächsten Minuten erlebte ich wie in Trance. Wie das kleine Mädchen aus Sophies Körper glitt und Beate es hochhielt. Wie sie schrie, nachdem sich ihre Lunge zum ersten Mal mit Sauerstoff gefüllt hatten. Wie Beate uns die Nabelschnur zeigte, in die das Kind im Laufe der Schwangerschaft einen perfekten Knoten geturnt hatte, und wir nicht realisierten, wie lebensbedrohlich dieser Knoten hätte sein können. Wie ich mit zittrigen Händen die Nabelschnur durchschnitt, halb aus Rührung und halb in Sorge, Beate in einen ihrer knochigen Finger zu schneiden. Wie Beate Hannah mit einem Handtuch trocknete und sie auf Sophies Brust legte. Wie sich das Laken unter Sophie mit Blut tränkte, bis Beate nach einer Ärztin rief, um die

Blutung zu stoppen, und ich die plötzliche Hektik nicht verstand. Wie Sophies Körper sich abermals anspannte und die Plazenta auf dem Laken landete, ich den Blick abwendete und nur noch Sophie und das Baby sah.

»Sie hat keine Haare.« Sophie küsste die kleine Glatze. Dann hob sie Hannah vorsichtig an. Sophies erschöpfte Augen strahlten. »Aber sie ist wunderschön.« Sie küsste Hannah auf die Stirn, roch an ihr, streichelte ihren Rücken. »Möchtest du sie auch mal halten, Luke?«

Und dann lag das schönste Mädchen der Welt in meinem Arm und schien mich anzustarren, als wollte sie sagen: Alter, du bist das? Na, das kann ja heiter werden.

Tränen schossen mir in die Augen, und bevor ich irgendetwas unternehmen konnte, um sie zurückzuhalten, liefen sie mir über beide Wangen. Mein Hals war wie zugeschnürt. Ich schluckte und brauchte einen Moment, bis ich wieder etwas sagen konnte.

»Hallo Hannah.«

nachbemerkung des autors

Dieser Roman basiert in Teilen auf der Kolumne »Tempo 30«, die ich seit 2010 für die *Frankfurter Rundschau* schreibe. Viele dieser Geschichten sind aus dem wahren Leben gegriffen, einiges ist weitergesponnen, manches erstunken und erlogen. Deshalb gilt auch für dieses Buch: Alle Figuren sind frei erfunden, die Handlung ist das Werk meiner Phantasie. Ähnlichkeiten zu lebenden Personen oder realen Ereignissen sind rein zufällig oder pure Absicht. Zu sämtlichen Gemeinheiten gegenüber meiner Heimatstadt Hagen sei bemerkt: Nur wer dort aufgewachsen ist, darf Witze auf ihre Kosten machen. Fan des 1. FC Köln zu sein, ist in der Tat manchmal wirklich grausam. Und das Rezept für den Wehencocktail in Kapitel 30 bitte unter keinen Umständen ausprobieren. Es bringt ohnehin nichts.

dank

Mein Dank gilt allen Menschen, die bewusst, aber auch unbewusst zum Gelingen dieses Buches beigetragen haben. Allen, die mir mehr Stoff geliefert haben, als ich verarbeiten konnte, und die mir mit Rat und Tat zur Seite standen. Meiner Agentin Beatrice Beckmann von der Agence Hoffman dafür, dass sie in meinen Kolumnen einen ganzen Roman gesehen hat. Meiner Lektorin Stefanie Werk für die vielen guten Ratschläge, Ideen und die Arbeit am Manuskript. Allen, die mich ermutigt haben, diese Chance, die sich vermutlich nur einmal im Leben bietet, nicht verstreichen zu lassen, auch wenn es ein Risiko ist (danke, Patrick, für den letzten Ruck). Meinen Freunden, die deshalb alle ihren Gastauftritt haben (nehmt es nicht persönlich, es ist nur im Sinne der Dramaturgie). Meinen Eltern, die mich zu dem gemacht haben, was ich heute bin, und deren Liebe groß genug ist, um dabei auch so einiges zu ertragen. Meinen Geschwistern, die immer für mich da sind. Und vor allem danke ich meiner Tochter, dem coolsten Mädchen auf der Welt, und meiner Frau Sarah. Danke für Deine Unterstützung, Deine Geduld, Deine Inspiration und Deine Liebe. Ohne Dich würde es dieses Buch nicht geben.

Leseprobe aus

Frida Mey

Manchmal muss es eben Mord sein

Broschur
286 Seiten
ISBN 978-3-7466-2868-4

Büroleichen aller Art

Elfie Ruhland bringt selbst die schlimmste Ablage auf Vordermann. Sie hat für alles eine Lösung – auch wenn sie dazu erst die fiesen Chefs aus dem Weg räumen muss, die ihren Angestellten das Leben zur Hölle machen. Aber dann verläuft eins ihrer »Projekte« anders als geplant, und Kommissarin Alex droht ihr auf die Schliche zu kommen. Doch die hat mit Tante Lydia und ihrem Mops selbst ein Tyrannengespann am Hals, das sie nur zu gern loswerden würde …

Ihr erster Auftritt: Selten wurde so nett und freundlich gemordet wie von Elfie Ruhland.

Prolog

Das Adrenalin pumpte auf Hochtouren durch ihren Körper. Sie hatte Mühe, sich auf den Verkehr zu konzentrieren.

Ihre Gedanken überschlugen sich, kehrten jedoch immer wieder zu demselben Schluss zurück:

Es gab für alle Probleme eine Lösung!

An der nächsten roten Ampel blickte sie in den Rückspiegel und lächelte sich zu. Das neue Poloshirt stand ihr wirklich gut.

Lauthals begann sie zu singen. Als sie in ihre Straße einbog, schmetterte sie ihre Lieblingsmelodie aus »Carmen«:

»Auf in den Kampf, Tore-e-e-ero …«

Schwungvoll nahm sie die letzte Kurve – da stand er am Ende der langen Auffahrt und grinste sie an.

Automatisch stieg sie auf die Bremse, einen Moment lang zögerte sie.

»Es gibt für alle Probleme eine Lösung!«, sagte sie mit fester Stimme.

Dann trat sie das Gaspedal bis zum Anschlag durch.

1

Endlich mal wieder eine ordentliche Beerdigung. Wohlwollend ließ Elfie ihren Blick über die Trauergemeinde schweifen und zählte sechsundvierzig Personen – genau richtig für die Kapelle am Waldfriedhof. Einige muss ten zwar stehen, doch das sorgte erst für die richtige Atmosphäre. Nicht nur die Anzahl der Trauernden fand Elfi es Wohlgefallen, sondern auch deren stilvolles Auft reten. Ausnahmslos alle trugen Schwarz, wie es sich gehörte. Das ließ sich gut an. Der Pfarrer sprach über das Leben und Sterben, über Abschiednehmen und Trauer. Elfie gefiel seine eher philosophische Sichtweise. Wie oft hatte sie bei diesen Gelegenheiten schon salbungsvolles und inhaltsleeres Geschwafel hören müssen. Genauso verabscheute sie die Anbiederungsversuche mancher Geistlicher, die so taten, als ob sie den Verstorbenen gut gekannt hätten, und ihn womöglich in den Himmel lobten. Wie erfrischend, dass hier nichts von alldem stattfand. Denn bei einem Fiesling wie Martin Morgenstern gab es dazu auch nicht den geringsten Anlass, wie übrigens bei den meisten Controllern nicht. Als die Musik einsetzte und die Sopranistin das »Ave Maria« sang, merkte Elfie, wie sich tiefe Ergriffenheit bei der Trauergemeinde ausbreitete. Auch sie selbst verspürte einen Kloß im Hals, hinter ihren Lidern brannte es. So glockenrein und mit echtem Gefühl hatte Elfie das »Ave Maria« noch nie gehört. Offensichtlich hatten die Hinterbliebenen nicht gespart und eine ausgezeichnete Opernsängerin engagiert. Wahrscheinlich konnten sie ihr Glück kaum fassen, dachte Elfie bei sich, sie hatten nun allen Grund zu feiern.

Sechs distinguierte Herren traten nach vorn und hoben den Sarg an. Das mussten Morgensterns Bekannte aus dem Rotary-Club sein. Auch sie hatte jemand mit Sorgfalt ausgewählt. Sie waren alle ungefähr gleich groß und schritten gleichmäßig und würdevoll dahin. Was für ein schönes Bild.

Die Familie wirkte sehr gefasst, vor allem die Witwe. Kein Wunder, Frau Morgenstern war deutlich jünger als ihr Mann. Sie konnte jetzt noch einmal ganz von vorn beginnen.

Am Grab sprach der Pfarrer noch ein paar kurze Worte. Als er den »tragischen Unglücksfall« erwähnte, brach ein Sonnenstrahl durch den wolkenverhangenen Märzhimmel. Elfie konnte nur mit Mühe ein Kichern unterdrücken. Schnell zog sie ihr Taschentuch hervor und kaschierte ihre Belustigung mit einem Hüsteln. Wie immer trat sie als Letzte an das Grab und warf eine schwarze Rose auf den Sarg. Diesmal hatte sie eine mit extra vielen Dornen ausgesucht. Dann häufte sie mit der Schaufel so viel Erde wie möglich auf und warf sie schwungvoll hinterher. Erde zu Erde. Adieu, Martin Morgenstern.

Mit sich und der Welt im Reinen, verließ Elfie den Friedhof. Es war immer ein erhebendes Gefühl, ein Projekt erfolgreich beendet zu haben. Und diese würdevolle Beerdigung hatte den krönenden Abschluss gebildet. Einen Moment lang überlegte Elfie, ob sie noch bei Ludwig vorbeischauen sollte. Aber Montag fiel nicht in ihre üblichen Besuchszeiten, das würde ihn nur verwirren. Sie konnte ihm auch morgen noch von dem wunderschönen Begräbnis erzählen. Und übermorgen würde sie mit ihrem neuen Auft rag bei der Sekuranz-Versicherung beginnen.

2

»Gestatten, mein Name ist Ruhland, Elfriede Ruh-land. Ich bin hier, um Ordnung zu schaffen.« Mit einem Lächeln übergab Elfie ihre Visitenkarte. »Toll, dass Sie da sind. Ich bin Jenny Lehmann, die Assistentin von Frau Schicketantz. Sie ist zurzeit außer Haus. Aber ich werde Ihnen alles zeigen.« Die junge Frau warf einen Blick auf die Visitenkarte. »Ordnung ist das halbe Leben«, las sie Elfies Slogan. »Na, dann leben wir hier wohl in der anderen Hälfte. Unsere Ablage versinkt im Chaos. Kommen Sie, Ihr Platz ist da hinten.« Mit traumwandlerischer Sicherheit schlängelte sich Jenny Lehmann zwischen den Schreibtischen hindurch, von denen man vor lauter Aktenstapeln kaum etwas sehen konnte. Ein großer Tisch am Fenster war mit Ablagekörben und farbigen Mappen übersät. Schnell nahm Jenny einen Stoß Akten vom Schreibtischstuhl, sah sich suchend um und packte die Mappen dann auf einen ohnehin schon schwindelerregend hohen Turm, der augenblicklich ins Wanken geriet. Automatisch streckte Elfie die Hände aus, doch wider Erwarten fiel der Stapel nicht um. »So, das ist Ihr Arbeitsplatz. Gleich hier finden Sie die Ordner, in die alles einsortiert werden muss.« Jenny zeigte auf Regale, die eine ganze Wand des Großraumbüros vom Boden bis zur Decke füllten, und eine riesige Hängeregistratur dem Fenster gegenüber.

»Wie aufmerksam von Ihnen, dass Sie mir einen Tisch ans Fenster gestellt haben. Da ist das Licht so gut«, sagte Elfie.

Jenny errötete. »Das war eigentlich eher Zufall.«

»Nein, das sollte so sein. Zufälle gibt es nicht im Leben, Frau Lehmann.«

»Sagen Sie doch Jenny zu mir, das tut hier sowieso fast jeder. Und damit fühl ich mich auch wohler.«

Elfie nickte. »Aber gern, wenn Ihnen das lieber ist, Jenny.«

Als Jenny im Slalom zu ihrem Platz zurückging, schaute Elfie ihr interessiert nach. Wie einfallsreich sich die jungen Leute heute doch anzogen – diese verschiedenen Schichten übereinander. Jenny bevorzugte offenbar Geblümtes in allen Variationen, was ihr mädchenhaftes Aussehen vorteilhaft unterstrich. Ihre hellroten Haare und ihr blasser Teint ließen sie zerbrechlich wirken. Doch die unzähligen Sommersprossen verliehen ihr etwas Pfiffiges und ließen Elfie an ihren Ludwig denken.

Elfie ging von Tisch zu Tisch und stellte sich den anderen Mitarbeitern vor. Dann strich sie ihren Faltenrock glatt und machte sich an die Arbeit. Davon war reichlich vorhanden. Es gab weder eine alphabetische Ordnung noch ein nach Farben gegliedertes System, nicht einmal Inhaltsverzeichnisse. In diesem Aktenchaos konnte sich wirklich kein Mensch zurechtfinden.

Zunächst aber nahm sie aus ihrer Tasche das Handwerkszeug, das sie nach den Erfahrungen der Vergangenheit immer selbst an einen neuen Arbeitsplatz mitbrachte. Sie sortierte alles in die Schubladen: farbige Stifte, Lineal, Scheren, Anspitzer, Radiergummis, Alleskleber, Büroklammern. In ein kleines Fach in der Mitte legte sie ihren Füller mit der Goldfeder, ein Geschenk von Ludwig.

Nun brauchte sie nur noch einen vernünftigen Locher. Hilfesuchend schaute sie zu Jenny Lehmann hinüber. Die merkte gleich auf und trat sofort vor Elfies Schreibtisch.

»Kann ich Ihnen helfen?«

»Ja, ich brauche dringend einen stabilen Locher.«

»Am besten Sie rufen direkt das Lager im Keller an. Wird von Herrn Bender betreut. Er hat die Durchwahl siebenacht. Ich geh aber auch gern runter und hol Ihnen den Locher rauf.«

Jenny flitzte los und war in wenigen Minuten mit einem großen schwarzen Locher zurück.

Elfie strahlte. »Sie sind ein Schatz! Zum Dank richte ich Ihnen ein wunderbar übersichtliches System ein.«

»Das wäre klasse, wenn man endlich mal auf Anhieb was finden könnte.«

»Das werden Sie bestimmt, das verspreche ich Ihnen.«

Als Erstes nahm sich Elfie die Ablagefächer vor, und allmählich wuchsen auf ihrem Tisch akkurat geordnete Stapel in die Höhe. Ab und zu sah Elfie über ihre Lesebrille hinweg auf ihre neue Umgebung. Eigentlich mochte sie Großraumbüros nicht so gern. Das ständige Telefonklingeln und Tastaturgeklapper sorgten oft für eine erhebliche Geräuschkulisse. Aber hier gefiel es Elfie. Ein voluminöser Gummibaum, ein gelbgrüner Ficus sowie ein großblättriger Philodendron und einige Zimmerpalmen schluckten die Geräusche und lenkten von den kalten grauen Metallschreibtischen ab. Außerdem hatte Elfie trotz der üppigen Pflanzen alle Mitarbeiter im Blick, was bei ihrer Arbeit ein unschätzbarer Vorteil war. Alles in allem herrschte in diesem Büro eine betriebsame und arbeitsreiche, aber durchaus harmonische Atmosphäre. Elfie seufzte zufrieden und widmete sich weiter ihren Stapeln.

Während Elfie die letzten Blätter der Ablage einsortierte, wurde es totenstill im Büro. Sie blickte verwundert auf. Auch das Licht schien trüber geworden zu sein. Sie sah zum Fenster. Strahlender Sonnenschein! Nun nahm Elfie das Klackern hoher Absätze wahr, das immer lauter wurde. Alle verschanzten sich hinter ihren Akten. Nur Jenny sprang auf und eilte zur Tür.

»Guten Morgen, Frau Schicketantz«, sagte Jenny zu der hereinstöckelnden Dame. Das also war die Abteilungsleiterin.

Ohne nach links oder rechts zu sehen, ging diese grußlos auf ihr Büro zu, ließ ihr rotgepaspeltes schwarzes Wollcape von den Schultern gleiten. Jenny konnte es gerade noch auffangen. Elfie schob ihre Lesebrille auf die Nasenspitze und sah über den Brillenrand hinweg die schmale Silhouette der Vorgesetzten in ihrem Büro verschwinden.

»Wo sind die Unterlagen im Fall Schobert?«, scholl es schrill durch die offene Tür. »Wie lange soll ich eigentlich noch darauf warten? Herrgott, Frau Lehmann, gehen Sie mir doch aus dem Weg. Haben Sie mein Cape endlich aufgehängt? Das dauert wieder. Kein Wunder, dass Sie nichts geschafft kriegen. Also, wo sind die Unterlagen Schobert! Herr Weber, brauchen Sie eine schrift liche Einladung?«

Im hintersten Winkel des Großraumbüros erhob sich ein junger Mann so hastig, dass sein Stuhl gegen die Wand krachte.

»Was ist denn das schon wieder für ein Lärm! Nicht zum Aushalten! Sollte heute nicht diese Office-Managerin anfangen? Statt nur für Ordnung könnte sie auch gleich für Ruhe sorgen!«

Elfie sah mitleidig zu Herrn Weber hinüber. Der junge Mann war blass geworden. Die Akte, die er in Händen hielt, fiel zu Boden, einzelne Blätter flatterten umher. Hektisch griff er nach ihnen und stürmte los.

»Na endlich! Was ist das eigentlich für ein Laden, den ich übernommen habe? Das reinste Chaos! Frau Lehmann, schicken Sie mir diese komische Ordnungstante rein. Und machen Sie mir einen Kaffee. Aber dalli!«

Jenny blickte mit verzweifeltem Gesichtsausdruck zu Elfie herüber, hob hilflos die Schultern. Elfie stand auf und ging in das Büro der Abteilungsleiterin. Als sie an Jenny vorbeikam, lächelte sie ihr aufmunternd zu und drückte ihre Hand. Sie war eiskalt.

»Darf ich mich vorstellen? Ich bin Elfie Ruhland. Hier ist meine Karte. Ich organisiere in den nächsten Wochen Ihr Büro.«

»Wunderbar, es ist dringend nötig, dass hier mal jemand gründlich aufräumt. Mein Vorgänger hat mir ein heilloses

Durcheinander hinterlassen. Und ich muss jetzt sehen, wie ich damit fertig werde.« Nadine Schicketantz' Lächeln erinnerte Elfie an eine Raubkatze, die sich auf ihre Beute freut. Ihr Lippenstift passte genau zu ihrem roten Kostüm. »Also, ich hoffe, dass Sie die Arbeitsabläufe dieses Büros binnen kurzem neustrukturiert und optimiert haben. Dieser Laden muss endlich zum Laufen gebracht werden, damit ich den Rücken frei habe und mich um die strategischen Aufgaben kümmern kann.«

Elfie legte den Kopf schief.

»Ein bisschen wird es schon dauern, bis hier Ordnung herrscht«, meinte sie.

»Nun, wie dem auch sei«, sagte Nadine Schicketantz, »Frau Lehmann soll Ihnen zur Hand gehen. Obwohl es dadurch sicher nicht rascher geht. Die junge Dame ist weiß Gott nicht die Schnellste. Wo bleibt mein Kaffee?!«

Jenny balancierte das Tablett mit Tasse, Milch und Zucker zur Tür herein. Ihre Hand zitterte, und unter den strengen Augen von Nadine Schicketantz verschüttete sie ein wenig Kaffee, der prompt auf ihr Kleid schwappte.

»Nicht einmal das können Sie!«, spottete Nadine Schicketantz. »Um den Kaffee ist es schade, um Ihr Kleid weniger. Wo kann man eigentlich solche Fummel kaufen? In der Gärtnerei? Klar, dass Sie die Blumen gießen müssen.« Sie lachte laut über ihre eigene Bemerkung.

Jenny war noch blasser geworden. Ihre Sommersprossen funkelten im Wettstreit mit den pinkfarbenen Blümchen ihres Kleides.

»Ach, mir gefällt, wie sich die jungen Leute heute kleiden«, sagte Elfie und lächelte Jenny zu, deren Gesicht sich aufh ellte.

Nadine Schicketantz' Lächeln dagegen verschwand, ihr roter Mund wurde zu einem schmalen Strich.

»Frau Lehmann, bringen Sie mir einen frischen Kaffee. Und dann an die Arbeit! Ich gehe davon aus, dass Sie meinen Bericht abgeschlossen haben, und erwarte ihn auf meinem Schreibtisch.«

Als Elfie zurück zu ihrem Tisch ging, stellte sie fest, dass sämtliche Mitarbeiter mit gesenkten Köpfen dasaßen. Nachdenklich strich Elfie über die Kette ihres Medaillons und holte ihr Notizbuch aus der Tasche. Sie blätterte durch die vielen eng beschriebenen Seiten und schüttelte den Kopf. Bisher war es erst ein einziges Mal vorgekommen, dass sie schon am ersten Tag ein neues Projekt in Angriff hatte nehmen müssen. Auf eine leere Seite schrieb sie in Druckbuchstaben »NADINE SCHICKETANTZ« und unterstrich den Namen zweimal. Den Rest der Seite unterteilte sie mit einem schwarzen Mittelstrich. Über die linke Hälfte setzte sie ein grünes Pluszeichen, über die rechte ein rotes Minuszeichen. Darunter kam der erste Eintrag – natürlich ein Minus, das Elfie mit Datum und Uhrzeit versah.